L'UOMO IN FIAMME

UN THRILLER POLIZIESCO AGGHIACCIANTE CON UN COLPO DI SCENA SCIOCCANTE

THRILLER CRIMINALE DELL'ISPETTRICE STEPHANIE BROADBENT

LIBRO 3

JACK PROBYN

CLIFF EDGE PRESS

eBook ISBN: 978-1-80520-240-0

ISBN: 978-1-80520-241-7

Prima Edizione

Visita il sito web di Jack Probyn all'indirizzo www.jackprobynbooks.com.

RIGUARDO AL LIBRO

Quando i resti carbonizzati di un corpo vengono ritrovati nelle pittoresche colline del Surrey, il trauma del passato dell'ispettrice Stephanie Broadbent si riaccende.

La vittima è stata bruciata viva. Nessuna traccia. Nessun testimone. Presto ogni pista si riduce in cenere.

Quando viene ritrovato un altro corpo, Stephanie scopre un legame che minaccia di incendiare il mondo e altri corpi.

Se vuole catturare l'assassino, dovrà addentrarsi tra le fiamme e affrontare la sua paura.

CAPITOLO
UNO

Quando Nigel Hadlow aprì gli occhi per la prima volta, un'acuta esplosione di dolore detonò dietro il suo cranio, balenando come un temporale e lasciandolo stordito e disorientato. Quando li riaprì e la sua vista cominciò a schiarirsi, esaminò l'ambiente circostante e si rese conto di essere racchiuso tra quattro pareti di legno che sembravano stringersi attorno a lui.

L'aria di metà novembre era fredda e pungente, umida dell'odore di fieno e letame in decomposizione proveniente dall'esterno, presto soverchiato da un sentore chimico che gli si aggrappava in gola come schegge e gli faceva contorcere lo stomaco.

Provò a muoversi.

Non accadde nulla.

Provò di nuovo, sforzando braccia e gambe, e fu allora che si rese conto di avere le mani tese ai fianchi, legate strette ai polsi con quella che sembrava corda, ancorate a qualcosa nel pavimento di cemento. Allungò il collo lungo il corpo e, nella debole luce, vide le caviglie legate insieme, anch'esse avvinte da una corda e fissate a qualcosa di freddo e duro.

Era in un film dell'orrore.

Il panico gli sbocciò nel petto.

Provò a gridare, ma la voce gli uscì debole e rotta, come se avesse urlato per un po' senza rendersene conto.

Che diavolo stava succedendo? Come era finito lì?

Chiuse gli occhi e cercò di ricordare.

Aveva accostato sul ciglio della strada dopo aver sentito uno strano rumore provenire dagli pneumatici. Aveva lasciato il motore acceso ed era sceso, dirigendosi verso la parte anteriore dell'auto per ispezionarli. Poi un'altra macchina aveva accostato, goffamente e di sbieco, con le gomme che stridevano come se il guidatore avesse fretta. Una figura era emersa e si era diretta verso di lui. Era buio – dopo le sette – e quindi la visibilità era scarsa, a parte i fari che avevano illuminato per un istante i lineamenti della figura. Eppure c'era stato qualcosa di familiare in quel volto, no?

Sì.

Solo che non riusciva a collocarlo. Un volto perso molto tempo prima. Perso nel tempo, perso finché non era diventato meno di un ricordo.

E poi il buio.

Non si era accorto del Taser estratto dalla tasca della figura. Il suo cervello si era spento del tutto. E ora era lì, in un luogo freddo e buio, legato al pavimento come se fosse su una croce.

Il suono del Taser gli rimbombò di nuovo nelle orecchie, furioso ed elettrico.

Fu subito sostituito da un altro rumore. Qualcosa di vicino. Più ripetitivo. Più aspro.

Che si avvicinava. Diventava più forte.

Con la coda dell'occhio ne intravide un barlume. Un lampo di arancione, rosso, giallo. Piccolo all'inizio, ma inconfondibile. Una fiamma, che faceva capolino da sotto la parete di legno.

Non appena la registrò nel suo stato delirante, il corpo di Nigel tremò contro le corde. Strattonò con tutte le sue forze, ma i legacci non cedettero. Più si dibatteva, più le fibre gli mordevano la pelle, scavando solchi nei suoi polsi e nelle sue caviglie. Il sangue colò, caldo e inutile.

In pochi secondi, una linea di fuoco strisciò lungo la base di una delle pareti, consumando avidamente paglia e detriti di legno come carta secca, sputando braci ardenti nell'aria. Le travi di legno sopra di lui gemettero e scricchiolarono, le loro strutture che si coprivano di bolle sotto il calore.

Nigel urlò.

Terrore puro, animalesco.

Il fuoco avanzò impetuosamente, strisciando sul pavimento verso di lui. Il fumo denso si infittì, avvolgendogli il viso e riempiendogli i polmoni. Tossì e boccheggiò, la gola che gli si serrava mentre l'ossigeno veniva strappato al suo corpo.

Il suo petto si sollevò, ogni inspirazione un'agonia, come schegge di vetro che gli squarciavano la trachea.

«Aiuto!» gracchiò, con la voce che veniva meno. Era appena più forte di un sussurro.

Le fiamme continuarono ad avvicinarsi, come un predatore che insegue lentamente la sua preda. Poteva sentirne il calore, rovente, bruciante, che gli strinava i peli del corpo. La sua schiena si inarcò istintivamente, nel tentativo di liberarsi dai legacci, ma le corde tennero duro.

Si contorse. La sua pelle rabbrividì. Poi bollì.

Il fuoco gli baciò prima gli stivali, sciogliendone le suole. Le fiamme divamparono intorno alle sue caviglie, poi si arricciarono nell'incavo delle ginocchia, inghiottendo le corde finché non si carbonizzarono e si spaccarono. Il dolore arrivò rapidamente. Vaste ondate di agonia eruppero dentro di lui. Subito dopo, la sua carne si coprì di vesciche, poi scoppiò. L'agonia era incandescente, e gli risaliva le gambe come piombo fuso. Urlò di nuovo, ma il fumo gli rubò il suono dalla gola, proprio mentre stava per rubargli la vita.

Il suo corpo fu scosso da convulsioni.

Poi venne la parte peggiore. La consapevolezza che non sarebbe morto all'istante.

Che sarebbe stata una morte lenta e deliberata, progettata per farlo soffrire, per fargli sentire ogni secondo straziante.

Il fuoco gli risalì lo stomaco, divampando sul petto e arricciandosi sotto le braccia. La sua camicia prese fuoco: una fiammata come un fiammifero su ramoscelli secchi. La sua pelle si scorticò. I suoi occhi si sgranarono. Le sue labbra si separarono, ma non poteva più urlare. Solo il suono del soffocamento. Soffocava nel fumo.

Sopra di lui, la struttura dell'edificio gemette di nuovo.

Girò la testa in un ultimo atto istintivo, tendendosi verso la porta che non si sarebbe mai aperta. Verso l'aria che non avrebbe mai più respirato. Verso la luce che non sarebbe mai arrivata.

E poi il buio, e il dolore cessò.

CAPITOLO
DUE

L'uovo sbatteva violentemente nell'acqua fremente, rimbalzando contro le pareti della nuova padella Tefal che aveva comprato nel fine settimana come se cercasse di scappare. Stephanie si appoggiò al bancone della cucina, a braccia conserte, osservando le bolle scoppiare e saltare come se fossero a un concerto. Rimase ipnotizzata, persa tra le bolle, con gli occhi che faticavano a seguire l'uovo che rimbalzava e danzava. Chinandosi in avanti, avvicinò il viso all'acqua. Il calore era intenso e si ritrasse subito quando delle gocce d'acqua le schizzarono sul braccio. Il dolore le divampò sulla pelle nuda, e se la sciacquò sotto il rubinetto. Pochi istanti dopo, il dolore si placò, sostituito da una sensazione sorda e intorpidita. Chiuse il rubinetto e fissò il piccolo segno rosso che le stava sbocciando sull'avambraccio. Un dolore come una puntura di spillo.

Rimase lì per un momento, appoggiata al lavello, a guardare fuori. Una leggera pioggerellina aveva cominciato a cadere quella mattina, tamburellando contro la finestra.

Poi l'acqua nella padella cominciò a traboccare e a sfrigolare sulla piastra elettrica, distraendola. Scattò in azione, rimuovendo con cautela la pesante padella per il manico con entrambe le mani. Dalla pentola si levarono volute di vapore, che salivano come dita spettrali. Tenendo una mano sul manico, con l'altra spense la piastra. Proprio mentre iniziava a scolare l'acqua nello scolapasta che aveva trovato nascosto in fondo a uno dei mobili, il suo telefono cominciò a squillare, vibrando rabbiosamente sulla superficie. I suoi occhi corsero allo schermo e, in quella frazione di secondo, inclinò l'acqua troppo in fretta, schizzandosene un po' sull'avambraccio.

«Maledizione!»

Lasciò cadere la padella nel lavello con un clangore. Un'ondata di dolore le montò sulla pelle e imprecò più volte a bassa voce, tenendo gli occhi fissi sullo schermo.

Riconobbe subito il numero.

Stava chiamando di nuovo. La ventesima volta nelle ultime cinque settimane. O forse di più? Aveva perso il conto.

Per non parlare dell'interesse.

Non aveva alcun desiderio di parlargli. Era entrato da poco nella sua vita e già le sembrava che cercasse di imporsi, di muoversi al proprio ritmo quando, secondo lei, sarebbe dovuto essere il contrario. Certo, era lui quello a cui era appena morto il padre, e aveva anche appena scoperto di avere due sorellastre di cui non sapeva nulla. Certo, era lui quello che aveva appena scoperto che suo padre era in realtà suo zio e che il suo vero padre lo aveva dato via alla nascita. E sì, lui era cresciuto come figlio unico, mentre Stephanie aveva sua sorella, Kimberley. E allora? Dov'era la considerazione per quello che aveva passato *lei*? Aveva trascorso gli ultimi trent'anni cercando di liberarsi dalla morsa che suo padre aveva su di lei. Era lei quella che era stata abusata e maltrattata da lui. Non Kimberley. E di certo non Jordan. A quanto pare, lui aveva avuto un'infanzia amorevole che si era inasprita solo negli ultimi anni. Eppure, nessuna considerazione per lei.

Finalmente, la chiamata terminò. Serrò la mascella quando la notifica di chiamata persa apparve sullo schermo. Continuò a fissarla, aspettando che comparisse la notifica della segreteria telefonica.

Un momento dopo, apparve.

Un altro messaggio. Senza dubbio simile a tutti gli altri.

Ehi Steph, sono io. Volevo solo sapere se eri libera questo fine settimana per un caffè, magari? So che Kim ha detto che c'è un posto che le piace, e credo volesse venire anche lei. Sarebbe bello vederti e fare final-mente due chiacchiere. Comunque, sai dove trovarmi...

Quando lo schermo divenne nero, il suo viso apparve nel riflesso. Fece una smorfia, sentendosi pervadere da un gelo. Era spaventoso quanto Jordan gli assomigliasse, assomigliasse al loro padre. Lo sguardo oscuro e lascivo nei suoi occhi. Il viso affilato e spigoloso. Persino il modo in cui i capelli cominciavano a stempiarsi.

Non riusciva a liberarsi di quella sensazione inquietante che le percorreva il corpo.

Misericordiosamente, il cervello le ricordò che c'era qualcos'altro di cui doveva occuparsi: il dolore al polso che sembrava iniziare a diffondersi alla parte superiore del braccio. Aprì di nuovo il rubinetto dell'acqua fredda, lasciando che il getto gelido le scorresse sull'avambraccio, offrendole un po' di sollievo mentre si riversava sulla sua pelle. Per un momento, chiuse gli occhi e si concentrò unicamente sull'acqua corrente che schizzava contro il lavello d'acciaio inossidabile e sul lontano picchiettio della pioggia contro il vetro.

Una volta che il dolore si attenuò, prese uno strofinaccio e si asciugò delicatamente la scottatura. Sgusciò distrattamente l'uovo, il guscio che si spaccava come corteccia secca sotto le sue dita, e lo gettò su un piatto con una manciata di foglie d'insalata appassite, un filo d'olio d'oliva e un pizzico di sale Maldon.

Non era certo la colazione dei campioni, ma sarebbe bastata per affrontare la sfilza di riunioni che l'attendevano quella mattina.

Si sedette al tavolo, tirò a sé il piatto e infilzò l'uovo con una forchetta. Proprio mentre stava per darne un morso, il suo telefono ricominciò a squillare.

Non era Jordan questa volta.

Control.

Grugnì e si asciugò la bocca con il dorso della mano, il pollice sospeso sull'icona verde prima di scorrere per rispondere.

«Broadbent.»

La voce all'altro capo era professionale, calma.

«Ispettore Capo, mi scusi per il disturbo. Abbiamo ricevuto una chiamata dai Vigili del Fuoco di Guildford. Hanno ricevuto segnalazioni stamattina di un fienile che potrebbe essere stato incendiato durante la notte.»

«Capisco. Le squadre dei vigili del fuoco sono sul posto?»

«Sì, signora.»

«Allora perché sta chiamando la Squadra Grandi Crimini?»

«Perché credono di aver trovato resti umani tra le macerie, signora.»

CAPITOLO
TRE

I resti carbonizzati del fienile si trovavano in mezzo a un terreno agricolo a Chilworth, a breve distanza da Guildford, raggiungibili solo tramite una stretta strada di campagna a corsia unica. Stephanie avvistò la struttura bruciata a quasi un chilometro di distanza, una macchia nerastra contro il mosaico di colline verdi e marroni che la circondavano. Fermò l'auto a qualche centinaio di metri, accodandosi a una lunga fila di auto della polizia e camion dei pompieri, prima di incamminarsi lungo il sentiero verso la scena del crimine.

Era certa che fosse un'impressione psicologica, ma sentiva la temperatura salire, il calore residuo dell'edificio che le scaldava le guance e la fronte, come se si stesse avvicinando a un fuoco che non c'era più. Poi inspirò; l'odore acre della combustione, di legno bruciato e gomma annerita le riempì le narici.

Quando raggiunse la fine del sentiero e i resti apparvero alla sua vista, rallentò fino a fermarsi, schermandosi gli occhi dal sole basso del primo autunno.

Poi il mondo le si capovolse.

L'odore. La vista. Plastica bruciata, legno carbonizzato e qualcosa di quasi dolce che marciva al di sotto. Lo stesso odore amaro le era rimasto impregnato nei capelli, sulla pelle e sulle federe dei cuscini per settimane, durante l'infanzia.

Tolse la mano dagli occhi e presto il sole svanì. Non era più a

Chilworth, non si trovava più di fronte a una scena del crimine con agenti in uniforme e vigili del fuoco. Aveva di nuovo cinque anni, era tornata in quella casa bifamiliare, fuori in giardino con la struttura da arrampicata arrugginita e le piante in decomposizione.

E lui era lì.

Suo padre.

Era l'inizio della primavera e Stephanie era seduta fuori nel patio, a giocare con la sua Barbie preferita, Jenny. Jenny con i capelli biondi e ricci e il sorriso felice. Jenny, che non si arrabbiava mai né gridava. Jenny, con cui poteva parlare e ridere sempre.

Un attimo prima la teneva in braccio. L'attimo dopo, era sparita, strappatale via da suo padre.

«Guarda» disse lui, con la voce impastata dall'alcol. «Guarda cosa succede quando non ascolti.»

Ricordò di aver detto di no. Di averlo implorato. Di averlo supplicato di non farlo.

Ma lui sogghignò – quel ghigno insidioso, dai denti gialli – e posò Jenny a terra prima di accendere l'accendino e tenere la fiamma sotto la mano della bambola. All'inizio la reazione fu lenta: un dito annerito, un leggero incurvarsi della plastica. Poi, un improvviso *puf*. Il braccio divampò di un arancione brillante, contorcendosi e sciogliendosi come cera. Subito dopo presero fuoco le ciocche di capelli, che si bruciacchiarono e si ridussero in niente. Stephanie urlò e si lanciò in avanti, ma lui le diede un rovescio senza nemmeno guardarla, tanto forte da sbatterla contro il fianco della casa.

Poi l'afferrò, tenendole il viso vicino alle fiamme. Il calore. Il fetore. Sembrava che la morte stessa le stesse alitando addosso. Vide il corpo di Jenny sciogliersi lentamente, la testa le girava per via dei fumi. Ricordò il calore sul viso, le punte dei suoi capelli sciolti che si bruciacchiavano insieme a quelli di Jenny mentre guardava la gamba della sua amica più cara arricciarsi in una spirale annerita.

La risata malvagia e insulsa di suo padre le echeggiò nella mente mentre la scena svaniva e il fienile tornava a fuoco.

Sbatté le palpebre con forza, una, due volte, per tornare alla realtà.

L'incendio era sparito, ma la bruciatura era ancora lì.

Arrancò in avanti di qualche passo, osservando l'ambiente circostante. Quello che un tempo era stato un magazzino agricolo a due piani, ora si ergeva come un guscio scheletrico e collassato. Le sue travi erano annerite fino a diventare carbone friabile, come costole rotte. Una massa di cenere, nerastra e umida, era attaccata al suolo. Un cordone di nastro bianco e blu sbatteva dolcemente ai margini del campo. Due agenti in uniforme presidiavano l'ingresso. All'interno del cordone, la gente si muoveva con una fretta silenziosa. I vigili del fuoco con giacche ad alta visibilità erano raggruppati vicino al muro meridionale del fienile, mentre gli investigatori della scientifica, già vestiti con tute di carta bianche, fotografavano ogni centimetro annerito dell'interno.

Stephanie si registrò al cordone, indossò una tuta anche lei e poi si chinò sotto il nastro. Non riuscì a muoversi oltre; le gambe le erano diventate di piombo e non aveva la forza di avvicinarsi ai resti. Aveva provato qualcosa di simile solo pochi mesi prima, quando una studentessa universitaria era stata bruciata viva nella sua auto. Anche allora Stephanie si era tenuta in disparte, rimanendo a distanza di sicurezza, incapace di avvicinarsi.

«La sua prima scena del crimine?» chiese un uomo, fermandosi accanto a lei.

Stephanie voltò la testa verso la voce e lo guardò due volte.

L'uomo in piedi accanto a lei era alto e con le spalle larghe sotto la sua maglia rossa da vigile del fuoco. Sulla parte inferiore del corpo indossava pantaloni ignifughi, le cui strisce ad alta visibilità luccicavano al sole. Un arazzo di cicatrici gli segnava la pelle, correndo su e giù per le braccia muscolose, così come sul collo e sul viso, resti di un incendio che lo aveva lasciato gravemente ustionato. Lui notò che il suo sguardo si soffermava sulle cicatrici, ma non ebbe un sussulto, non disse nulla e non tentò di nasconderle. Accettò invece quegli sguardi come se ci fosse abituato.

«La... la mia prima scena del crimine?» ripeté lei, borbottando. Sapeva che era maleducato fissare, ma c'era qualcosa di attraente e allo stesso tempo notevole in quelle ferite che le catturava lo sguardo. «Ne ho viste parecchie, in carriera.»

Lui le sorrise calorosamente, ridacchiando piano. «Anch'io.»

«Questa però è la mia prima scena di un incendio da un po' di tempo. Soprattutto una come questa.»

«Non le piace?»

Scosse la testa. «Forse è il mio tipo di scena preferito in assoluto.»

«Paura del fuoco?»

Fece spallucce. «Si potrebbe dire di sì.»

«Ce l'ho avuta per un po'...» cominciò lui.

Lei studiò le sue braccia e il suo collo, cercando di farlo senza dare nell'occhio. «A causa delle sue...? Le sue...?» Non riuscì a finire la frase.

L'uomo abbassò lo sguardo sulle sue ferite. «L'auto ha preso fuoco quando ero un ragazzino. Guidava mio padre; abbiamo urtato lo spartitraffico in autostrada e poi la macchina è andata in fiamme. Tutto quello che ricordo è qualcuno che mi tirava fuori dalle lamiere mentre era avvolta dal fuoco.»

«Cristo. Quanti anni aveva?»

«Tredici. I dottori dissero che ero fortunato a essere vivo. Ma alla fine hanno fatto miracoli su di me.»

«E ha pensato, quale carriera migliore di quella che l'ha quasi uccisa?»

«Avrei potuto passare la vita a portarne rancore, ma invece ho scelto di non lasciare che mi definisse. Il modo migliore per affrontare le proprie paure è buttarvisi a capofitto.»

Stephanie rifletté su quelle parole per un momento, accogliendole e soppesandole.

«Comunque, sono Elias.» Le tese la mano. «Elias Thorne. Sono il caposquadra della caserma dei pompieri di Guildford.»

«Ispettore Capo Stephanie Broadbent» rispose lei.

«Immagino che Lei abbia bisogno di sapere con che tipo di scena del crimine abbiamo a che fare qui.»

«Un buon punto di partenza.»

Lui le sorrise, mostrando una dentatura bianca, e lei lo trovò stranamente affascinante. «Se la sente di venire a dare un'occhiata?»

Guardò il fienile, inspirò profondamente, poi espirò lentamente.

«Cosa potrebbe mai succedere di peggio?» chiese lui, indicando i suoi avambracci.

«Questo è lo spirito giusto.»

Mentre si facevano avanti, Elias parlò con una voce bassa, calma e misurata. Lei usava lo stesso tono pratico quando riferiva informazioni. «Non credo che questo posto vedesse anima viva da anni. La chiamata è arrivata stamattina alle otto, quando un ciclista di mountain bike ha notato il fumo.»

«Nessuno l'aveva visto prima?»

«No.»

«E le fiamme?»

Lui scosse la testa. «L'incendio è divampato nel cuore della notte. Poco prima di mezzanotte.»

«Come fa a saperlo?»

«Lo capiamo da quanto è bruciato il legno. O almeno, ci dà una stima.»

«Quanto è precisa?»

«Tanto quanto può esserlo una stima» disse Elias, con un'alzata di spalle. «Dovremo analizzare la materia più da vicino, ma sono abbastanza sicuro di quell'arco temporale.»

«La persona della Centrale ha detto che c'era un corpo all'interno.»

Si fermarono appena fuori da quello che presumibilmente era stato il fronte del fienile, ma che ora era ridotto a un cumulo di legno carbonizzato. Elias indicò un punto al centro dell'impronta del fienile.

«Il corpo è stato trovato lì. Da quel poco che resta della vittima, presumiamo che sia un maschio. Di mezza età, forse. Tra i trenta e i sessant'anni. So che non restringe molto il campo, ma... non è rimasto molto di lui. È quasi completamente carbonizzato. Il fuoco ha consumato la maggior parte dei tessuti molli.» Elias parlava in modo clinico, rispettoso. «Crediamo che fosse sdraiato quando l'incendio ha raggiunto il fiammata generalizzata. Basandoci sulla conformazione delle bruciature, è probabile che sia successo in fretta. Minuti, forse meno.»

Si mossero tra i detriti, calpestando con cautela finché non raggiunsero il corpo. Elias si accovacciò accanto a ciò che ne restava: una sagoma annerita, gli arti ripiegati verso l'interno, un braccio angolato sopra il cranio come in una grottesca posa di danza. Stephanie gli stava accanto, la sua tuta di carta già umida e appicciata alle braccia per il sudore.

«Il corpo è in quella che viene chiamata posizione pugilistica; vede come le braccia e le gambe sono flesse in quel modo?» Indicò con una mano guantata. «È causata dalla contrazione muscolare durante l'esposizione a un calore intenso. Il calore disidrata i muscoli, li restringe e tira gli arti in questa forma difensiva. A volte è chiamata la 'posa del pugile'.»

Stephanie si accovacciò accanto a lui, attenta a non disturbare le impronte delimitate dalla scientifica. Il corpo le tremava di paura, ma in qualche modo mantenne la calma.

«La pelle è completamente sparita» disse a bassa voce.

Elias annuì. «Sì. La maggior parte degli strati dell'epidermide e del derma è stata interamente incenerita. Quello che vede ora sono tessuti carbonizzati e ossa. In alcune aree, la superficie esterna delle ossa si è addirittura spaccata a causa del calore; si parla di frattura da calore.» Indicò delicatamente il torso, o ciò che ne restava. «Le fibre degli abiti sono bruciate, ma i resti si sono fusi con la pelle e i muscoli, creando questa massa carbonizzata. I materiali sintetici, specialmente nylon e poliestere, non si limitano a bruciare; si sciolgono e si appiccicano. Quasi come il napalm.»

Stephanie deglutì per contrastare la nausea crescente, ma servì a poco.

Elias continuò. «Se era vivo quando è iniziato l'incendio, avrebbe attraversato diverse fasi di trauma. Primo, l'inalazione di fumo: i polmoni si riempiono di gas surriscaldati, causando il rigonfiamento delle vie aeree. La respirazione diventa impossibile. Il fumo stesso porta a disorientamento, confusione e persino perdita di coscienza.» Indicò la cavità toracica. «Non lo sapremo con certezza fino all'autopsia, ma se ci sarà fuliggine nella trachea o nei polmoni, indicherà che stava ancora respirando quando è successo. Se non c'è fuliggine, potrebbe essere stato privo di sensi, o già morto, prima dell'innesco.»

Stephanie fissò il teschio annerito. «C'è qualche indicazione che sia stato legato, immobilizzato o bloccato a terra in qualche modo?»

Elias scosse la testa, poi si fermò a guardare il corpo prima di rispondere. «Niente che si possa vedere chiaramente per ora. A parte alcuni chiodi fusi e qualche cerniera, che si potrebbero trovare comunque in un posto come questo, non c'è niente che assomigli a manette o staffe. Quello che c'è potrebbe essere stato parte della struttura originalee del fienile.»

«Quindi è possibile che sia venuto qui volontariamente?» chiese Stephanie. «Un suicidio?»

«Forse. La sua posizione non fa pensare a una colluttazione, ma ciò non significa che non ce ne sia stata una. Non lo sapremo finché non avremo avuto tutto il tempo di analizzare la scena.»

Stephanie si fermò e osservò l'interno carbonizzato del fienile, assimilando la devastazione intorno a sé. Il suo sguardo cadde sullo scheletro della vittima, concentrandosi sui denti coperti di fuliggine nella sua mascella.

Le parole di Elias le echeggiarono nella mente: Nessun modo migliore di affrontare le proprie paure che buttarvisi a capofitto.

Quest'uomo aveva letteralmente affrontato le sue paure, o ne stava fuggendo? In entrambi i casi, le sue azioni lo avevano portato alla morte.

«Quanto tempo ci vorrà prima di poterlo portare via da qui?»

«Al più tardi entro mezzogiorno.»

Ciò dava loro un po' di tempo per cercare di scoprire chi fosse e perché si trovasse lì.

CAPITOLO
QUATTRO

Erano momenti come quello in cui era grato per la mascherina, per il sottile strato di tessuto che teneva fuori la maggior parte delle tossine e del fetore che minacciavano di avvelenargli i polmoni e di lasciargli un residuo nero nelle narici.

Derry Oscar si faceva strada tra lo scheletro annerito di quello che un tempo era stato un fienile, muovendosi con cautela lungo la parete est. Il suolo era un macabro tappeto di cenere e detriti, con legname bruciato, metallo contorto e l'occasionale grumo non identificabile che un tempo avrebbe potuto essere un attrezzo agricolo o qualcosa di più preoccupante.

Derry setacciò le macerie con metodo, i suoi movimenti esperti e pazienti. Ventitré anni di servizio gli avevano insegnato che le scene del crimine rivelavano i loro segreti lentamente, con riluttanza. Bastava corteggiarle un po' e alla fine si sarebbero concesse.

Peccato che la stessa filosofia non avesse mai funzionato nella sua vita privata.

Raggiunta la fine della parete, si spostò nell'angolo dove questa incontrava un altro muro e smosse un pezzo di legno carbonizzato, quando un bagliore metallico catturò la sua attenzione. Lì, semisepolta sotto una trave crollata e coperta da uno spesso strato di fuliggine, c'era una piccola scatola di latta rettangolare. Il polso di Derry accelerò mentre spazzava via con cura i detriti. Aveva sempre amato scoprire piccoli reperti, frammenti delle vite delle vittime che offrivano indizi su chi fossero e che tipo di persone fossero state.

Non si era aspettato di trovare nulla su quella scena del crimine.

Fino a quel momento.

La scatola era vecchio stile, del tipo usato di solito per conservare tabacco o dolciumi, e straordinariamente intatta nonostante l'inferno che aveva consumato ogni cosa attorno a essa.

La sollevò con entrambe le mani, sorpreso dal suo peso, e l'aprì con cura, facendo leva sui cardini con estrema cautela. All'interno, protetta dalle fiamme dall'involucro di metallo, trovò una fotografia che ritraeva il volto e le spalle di un adolescente, non più di tredici o quattordici anni, che sorrideva debolmente con giovanile innocenza. Era l'istantanea di un felice momento nel tempo. Derry la estrasse per osservarla più da vicino. La fotografia sembrava essere stata ritagliata frettolosamente, il che suggeriva che facesse parte di un'immagine più grande e completa.

Un miracolo che non fosse andata distrutta nell'incendio.

Mentre la girava per esaminarne il retro, Derry notò un'iscrizione sul fondo della scatola, un messaggio che era stato inciso nel metallo con qualcosa di affilato.

Rimosse uno strato di polvere e sporcizia, rivelando un breve messaggio:

Il giorno che sta per venire li incendierà, dice il Signore degli eserciti. - Malachia 4:1

Derry fissò il versetto, con la mente che lavorava a pieno ritmo. Ne aveva viste di cose nel corso della sua carriera – un sacco di cose, in effetti – ma questa, più di ogni altra, era decisamente fuori dalla sua portata.

CAPITOLO
CINQUE

Mezz'ora dopo, dopo essersi districata nel traffico mattutino del centro di Guildford, Stephanie arrivò davanti alla centrale e parcheggiò nel suo posto designato. Non sapeva chi glielo avesse assegnato, ma era sicura che fosse stato uno scherzo, perché era il più lontano possibile dall'ingresso e l'unico posto designato non al riparo degli alberi o all'ombra dell'edificio. Non era per niente entusiasta all'idea del caldo estivo che, di lì a sei mesi, le avrebbe arroventato il cruscotto.

Proprio mentre scendeva dall'auto, il suo telefono cominciò a squillare.

Kimberley.

Rispose alla chiamata, incastrandosi il telefono tra orecchio e collo mentre attraversava il parcheggio.

«Ciao, sorellina.»

«Ah, allora il tuo telefono *funziona*!»

Stephanie emise un sospiro pesante. «Te l'ho detto, non sono pronta.»

«Questo non significa che puoi continuare a ignorarlo, però. È il nostro fratellastro, Stephanie.»

«Il *tuo* fratellastro. Tu sei stata ben felice di accoglierlo nella tua famiglia. Ma io non sono ancora a quel punto.»

«Perché no?»

Si fermò fuori dall'ingresso, spostandosi di lato per non intralciare i pochi gradini che portavano alle doppie porte.

«Perché lui è una parte di papà,» rispose lei.

«Anche noi.»

«Ma noi abbiamo anche la mamma dentro. E questo equilibra le cose. Lui ha una madre che non lo voleva e lo ha abbandonato, e un padre che nemmeno lo voleva.»

Kimberley sbuffò, chiaramente infastidita dal commento. «Non siamo sempre il prodotto dei nostri genitori,» disse. «Lui non ha lasciato che questo lo definisse. Ha avuto un'educazione difficile.»

«Più difficile della nostra?»

Kimberley borbottò qualcosa, incapace di rispondere.

«Ecco, appunto.» Si diresse verso l'ingresso e posò la mano sulla porta dell'edificio. «Devo andare. Sono al lavoro. E puoi dirgli di smettere di chiamarmi o di mandarmi messaggi. Li ho visti e non voglio rispondere. Se mai dovessi cambiare idea, sarò *io* a farglielo sapere. Ho il suo numero di cellulare.»

Stephanie riattaccò prima che sua sorella potesse rispondere, poi entrò a Mount Browne, il quartier generale della polizia del Surrey, e salì al primo piano, verso l'ufficio della Squadra Grandi Crimini. Spinse la porta e fu accolta dal bagliore familiare delle luci fluorescenti, dal leggero ticchettio delle tastiere e dal sommesso mormorio delle conversazioni mattutine. Lo spazio era grande ma angusto, fiancheggiato da scrivanie ingombre e schedari stracolmi che non venivano svuotati da anni. A sinistra, una fila di scrivanie si trovava accanto a finestre che davano sul parcheggio e sul verde in lontananza. A destra c'era la loro sala operativa, uno spazio che occupava metà dell'ufficio. Appese alle pareti c'erano molteplici lavagne bianche, ognuna delle quali descriveva diverse indagini a vari stadi di completamento. Cercò una lavagna libera e la trovò nell'angolo più lontano della stanza.

«Buongiorno a tutti,» annunciò, la sua voce che fendeva il rumore come una schioccata di frusta. «Riunione tra un paio di minuti, per favore.»

Pochi minuti dopo, come una versione mediocre degli Avengers – senza i costumi eleganti, gli addominali scolpiti o i superpoteri – la squadra si era riunita, trascinando le sedie delle scrivanie nello spazio comune. Il primo ad arrivare fu il sergente Noah Mackenzie, che sembrava una comparsa smarrita reduce da una convention di fantascienza degli anni Settanta, vestito con un cappotto di velluto color melanzana intenso, una camicia rosa chiaro abbottonata, un panciotto color ruggine e pantaloni senape. La sua espressione tormentata suggeriva che non dormisse dagli anni Settanta, mentre si portava una tazza di caffè alla bocca.

Accanto a lui sedeva il sergente Devon Lafferty, che aveva cambiato l'angolazione dei suoi folti capelli scuri così che ora gli ricadevano sulla sinistra. Subito di fronte a lei c'era l'agente Giles Swinger, che finiva l'ultimo boccone del suo croissant, le cui briciole erano ordinatamente posate sul suo petto. Alla sua destra c'erano le altre donne della squadra, l'agente Fiona Singleton e l'agente Olivia "Wellard" Willard; Stephanie notò che quest'ultima era seduta così in fondo alla riunione che quasi non l'aveva vista. Fiona sedeva davanti, giocherellando con il suo cordino, una contromisura per impedirsi di mangiarsi le unghie.

Stephanie si spostò verso la lavagna pulita, mise le mani in tasca e li guardò tutti negli occhi. Notò subito che Olivia distoglieva lo sguardo, fissando la moquette.

«Stamattina è stato scoperto un corpo in un fienile bruciato a Chilworth,» disse Stephanie. «Maschio. Identità sconosciuta. Età tra i trenta e i sessant'anni. Il corpo è stato trovato al centro.»

Noah scarabocchiò qualcosa sul suo blocco. Giles emise un suono simile a un mormorio.

Stephanie continuò. «Finora, la causa è considerata indeterminata. Nessun accelerante evidente. E le legature, se mai sono esistite, sono state distrutte nell'incendio. Quindi, ufficialmente, non ci sono ancora prove del coinvolgimento di terzi.»

«Incendio doloso?» chiese Giles.

«Lo hai suggerito per ogni incendio che abbiamo avuto quest'anno,» ribatté Fiona.

«Solo perché sta ancora cercando i responsabili dell'incendio fuori dal suo garage,» commentò Devon.

«Mi è costato una fortuna! Quei maledetti bastardi sapevano anche che era il mio garage.» Giles incrociò le braccia sul petto ed emise un forte sbuffo d'aria che soffiò le briciole di croissant sul pavimento.

«Forse l'hanno fatto *perché* sapevano che era il tuo garage,» borbottò Fiona, abbastanza forte da farsi sentire dagli altri. «Io l'avrei fatto.»

Noah non alzò lo sguardo dal suo blocco note. «Sappiamo da quanto tempo il corpo si trovava lì, capo?»

Stephanie scosse la testa. «La stima preliminare del caposquadra dei vigili è che l'incendio sia iniziato verso mezzanotte. Un ciclista in mountain bike ha notato il fumo verso le otto di stamattina. I vigili del fuoco sono arrivati poco dopo. Il corpo e il fienile saranno bruciati per almeno otto ore prima che qualcuno lo trovasse.»

«Nessun documento?» chiese Devon, appoggiandosi allo schienale della sedia, una caviglia incrociata sull'altro ginocchio, come se stesse guardando una serie TV invece di discutere di un cadavere carbonizzato.

«Non ancora,» rispose Stephanie. «Ma cercheremo tramite le impronte dentali e il DNA. La Scientifica spera di ottenere qualcosa di utilizzabile dai resti.»

«Vestiti?» chiese Fiona. «Etichette di marca, cuciture, qualcosa del genere?»

«Bruciati al punto da essere irriconoscibili, temo. Quello che resta del corpo è... be', è quasi del tutto consumato.»

«Potrebbe essere stato un suicidio?» chiese Noah, alzando finalmente lo sguardo. «O qualcuno che voleva farcelo credere?»

«Esatto,» disse Stephanie, puntandogli un dito contro. «Dobbiamo mantenere una mentalità aperta. Finché non sapremo il contrario, potrebbe essere una cosa o l'altra.»

Si girò e scarabocchiò *SUICIDIO/OMICIDIO?* sulla lavagna con un pennarello nero a punta grossa. Poi aggiunse *VITTIMA?* sotto.

«Telecamere a circuito chiuso?» chiese Giles, spazzolandosi via le ultime scaglie di croissant dal petto, per poi ispezionarsi i polpastrelli in cerca delle ultime briciole.

«Non c'è molta copertura da quelle parti,» disse Stephanie. «È terreno agricolo. La casa più vicina è a quasi un chilometro di distanza.»

«Sappiamo a chi appartiene il fienile?» chiese Devon.

«No. Dovrete scoprirlo voi. A giudicare dallo stato del posto, è abbandonato da un po'. Tutto il sentiero e il cemento circostante erano invasi dalle erbacce. Dovrete trovare qualcuno che possieda il terreno o che lo conosca, magari uno dei vicini, vecchi affittuari o gente del posto che ha usato i sentieri nei dintorni.»

«Potrebbe essere un buon posto per tossicodipendenti o adolescenti che cercano un posto dove bere senza essere visti,» aggiunse Fiona. «Spazi del genere vengono usati spesso.»

«Sembra che tu parli per esperienza,» commentò ironicamente Giles.

Stephanie ignorò il commento. «Di solito, sarei d'accordo con lei. Ma non ho visto segni di attività recente. Niente spazzatura. Niente lattine di birra. Niente siringhe. Non sembrava che nessuno ci fosse stato per un po'.»

Rimasero tutti a riflettere su questo per un momento.

Tranne Olivia, che non aveva detto una parola.

Gli occhi di Stephanie si soffermarono su di lei. «Tutto bene, Wellard?»

L'agente sbatté le palpebre, sorpresa dall'attenzione. «Sì, capo. Sto solo ascoltando.»

«È stata molto silenziosa,» disse Noah gentilmente. «Insolito per lei.»

Lei accennò un sorriso fragile. «Scusate. Sto bene. Sto solo assimilando, sto al mio posto.»

Fiona le lanciò un'occhiata di sbieco ma non disse nulla.

Stephanie lasciò che il silenzio si protraesse, poi andò avanti. «Adesso stabiliamo una cronologia. Noah, lei si occupi della proprietà del terreno e verifichi la storia dell'edificio con il comune. Fiona, voglio che lei perlustri la zona. Le proprietà più vicine, scopra se qualcuno ha sentito o visto qualcosa la scorsa notte. Giles, trovi le telecamere e veda se qualcuno nelle vicinanze ha visto o sentito qualcosa. E, Devon, voglio che lei si occupi dei social media e della stampa.»

Noah alzò una mano come se fosse a scuola. «E lei cosa fa, capo?»

«Aspetto che qualcosa di interessante mi arrivi in posta. Ho ricevuto una chiamata dal responsabile della scena del crimine che diceva che uno della Scientifica ha tirato fuori un contenitore di metallo dalle macerie. Potrebbe esserci qualcosa dentro. Non ne sapremo di più finché non arriverà il registro delle prove. Tutti hanno capito?»

La squadra rispose con un grugnito quasi da squadra di football, poi tornarono alle loro scrivanie e si misero al lavoro. Proprio mentre Olivia iniziava ad alzarsi dalla sua, Stephanie la chiamò.

«Wellard, ha un minuto? Nel mio ufficio? O le va di fare due passi fuori?»

CAPITOLO
SEI

Olivia entrò nell'ufficio di Stephanie con la riluttanza di una bambina a cui viene detto di mettere i suoi panni nel cesto della biancheria. Chiuse con cautela la porta alle sue spalle, come se un rumore forte o un movimento improvviso potessero far crollare la stanza. In piedi con le mani dietro la schiena, osservò lo spazio che, nelle ultime settimane, si era trasformato da una stanza neutrale in qualcosa di più personale, invitante e accogliente. Ora c'erano delle piante negli angoli, che purificavano l'aria per Stephanie, insieme a fotografie dei suoi ricordi più cari del servizio in polizia e a qualche soprammobile colorato che aveva comprato al centro commerciale in città per ravvivare un po' l'ambiente.

Stephanie tirò indietro la sedia della scrivania e vi si accomodò, facendo cenno a Olivia di sedersi di fronte a lei. L'agente si mosse con riluttanza. Olivia era come la madre dell'ufficio. Premurosa, piena di riguardi; si informava sempre sul resto della squadra e chiedeva se avessero bisogno di qualcosa. Metteva sempre le necessità della squadra al di sopra di ogni altra cosa. Ma Stephanie si chiese quante volte le persone facessero lo stesso per lei. Se si chiedessero se stava bene o se qualcosa la tenesse sveglia la notte.

Stephanie appoggiò gli avambracci sulla scrivania e si sporse leggermente in avanti.

«Allora» disse piano, «che succede?»

«Cosa vuoi dire?» chiese Olivia, nascondendosi dietro un sorrisetto privo di convinzione. Abbassò lo sguardo sulle mani.

«Qualcosa non va. Lo sento. È il mio lavoro. Eri molto silenziosa poco fa. Di solito fai commenti a raffica prima di suggerire di rimetterti in riga.»

«Davvero?»

«Andiamo, Wellard. Va tutto bene?»

Olivia rispose con un'alzata di spalle. Poi, a bassa voce, replicò: «Sono solo... ho solo una di quelle giornate no.»

Stephanie rimase in silenzio per un momento, lasciando che il silenzio riempisse la stanza in un modo che pareva sicuro piuttosto che imbarazzante.

«Nient'altro? A casa? I ragazzi?»

Olivia sospirò, gonfiando leggermente le guance. «Mi stanno facendo dannare, al momento. Sono a quell'età in cui rispondono male, credono di essere chissà chi e mi creano un sacco di problemi solo perché cerco di prendermi cura di loro. Harry pensa di essere troppo fico per qualsiasi cosa, e Josh ultimamente si sta comportando male. Ieri mi hanno chiamata da scuola perché ha detto al suo professore di matematica di... be', insomma, di andare a quel paese.»

Stephanie fece una smorfia. «Carino.»

«E mi parlano solo quando vogliono qualcosa» disse Olivia con una risata stanca. «I ragazzi adolescenti sono come coinquilini che non pagano l'affitto e ti trattano come un distributore automatico. A volte è semplicemente... estenuante.»

«Sembra sfiancante.»

«Lo è. E qui... amo questo lavoro, davvero. Ma ultimamente mi sento come se stessi... scomparendo un po' sullo sfondo. Solo a registrare deposizioni e aggiornare l'HOLMES, giorno dopo giorno. È un lavoro alienante. Voglio sentirmi di nuovo utile. Voglio fare più che inserire dati e correggere gli errori di battitura della gente.»

Stephanie la studiò. Non era una lamentela; era una confessione, una richiesta di aiuto. Stephanie non desiderava altro che far crescere tutta la sua squadra. Era quello che facevano i leader. Se una persona prosperava, prosperavano tutti. Se una persona restava indietro, tutti si univano per sostenerla.

«Sei stata impeccabile dal giorno in cui sono arrivata» disse

Stephanie. «Tieni tutto in moto, ci fai restare sani di mente, e senza di te saremmo in un mare di guai. Ma se vuoi di più, se lo vuoi *davvero*, ti appoggerò. Ti interessa assumere un ruolo più importante in questo caso?»

Olivia sbatté le palpebre. «Del tipo?»

«Come ha fatto Giles in precedenza. Hai visto il cambiamento in lui?»

«Gli ha dato alla testa. Non la smetteva più di parlarne.»

«Be', ora può essere il tuo turno. Che ne dici?»

«Non so... non so cosa sto facendo.»

Stephanie abbozzò un sorriso. «È questo il bello. Nessuno di noi lo sa. Ma troviamo un modo per far funzionare le cose.» Diede un'occhiata allo schermo. «La prima cosa sulla lista sarebbe l'autopsia. Mettiti in contatto con la squadra dei vigili del fuoco e con Leanna, scopri da quanto tempo è morta la nostra vittima e vedi se riesci a ottenere la sua identità.»

Olivia esitò, poi si raddrizzò leggermente. «Vuoi che ci vada *io*?»

Stephanie annuì. «Penso che tu ne sia più che capace. E se vuoi fare carriera, avrai bisogno di essere esposta a ogni parte del processo. Te la senti?»

«Sì» disse Olivia, con un piccolo ma crescente senso di determinazione che emergeva. «Sì, credo di sì.»

«Bene. E puoi comunque registrare le cose sull'HOLMES, se questo ti calma l'anima.»

Olivia scoppiò in una risata genuina, la tensione che le abbandonava le spalle. «Non la calma per niente.»

Stephanie sogghignò. «Benvenuta al livello successivo, allora.»

«Che fortuna.»

«C'è gente che sogna di passare una mattinata circondata dall'odore di formaldeide.»

«Quella gente ha bisogno di una vacanza.»

Stephanie si alzò. «Bene. Ti inoltro i dettagli e mi assicuro che Leanna sappia che parteciperai tu. E se la scuola chiama di nuovo, passameli. Sarei più che felice di toglierti questo peso dalle spalle.»

Risero entrambe, e il momento si protrasse finché Olivia non si alzò e si diresse verso la porta.

«Grazie, capo.»

«Quando vuoi» rispose Stephanie. «E Olivia...?»

Lei si fermò, a metà della porta.

«Non dubitare più di te stessa, per favore. Tu e io non staremmo avendo questa conversazione se non pensassi che non solo ne sei capace, ma te lo meriti. Lavori sodo per la squadra, e io voglio lavorare sodo per te in cambio. Ma se ti monterai la testa come a Giles – o anche di più – allora dovrò rimetterti in riga.»

CAPITOLO
SETTE

Nel momento in cui Olivia uscì dall'ufficio di Stephanie, lo sentì. Un cambiamento. Come se qualcosa dentro di lei si fosse riallineato. Non fluttuava né era raggiante, ma avvertiva un sottile sollievo nel petto, una quieta ondata di energia nelle ossa. Il suo passo aveva un'elasticità che non aveva da settimane, da mesi. E il mondo assunse una tinta più vivida e calda quando uscì dall'edificio. Per la prima volta da tanto tempo, notò i colori delle auto, degli alberi, delle foglie. Persino il cielo divenne un po' più blu, un po' più invitante.

E per la prima volta da ancora più tempo, si sentì utile. Vitale.

Fuori, camminava con un passo più elastico mentre attraversava il parcheggio, arrivò alla sua Peugeot 208 che le costava troppi soldi al mese, e aprì la portiera con il telecomando. Mentre scivolava in macchina, la colpì l'odore del deodorante per auto alla lavanda che si era comprata nel tentativo di darsi una calmata. L'aroma le sembrò più intenso del solito, vorticandole in testa.

Mise il cellulare nel supporto sul cruscotto e accese il motore. Proprio mentre stava per uscire dal parcheggio, il telefono cominciò a squillare. Sullo schermo apparve una foto di Josh che faceva una smorfia buffa in un ristorante durante la loro vacanza di famiglia a Minorca. Rispose alla chiamata.

«Josh? Tutto bene?»

«Mi servono dei soldi.»

Secco. Dritto al punto. Niente ciao. Niente come stai? Neanche un per favore. Quand'è che aveva perso il controllo dei suoi figli al punto da farli diventare le pesti che erano?

«Di che cosa stai parlando?» domandò lei.

«Mi servono i soldi per il pranzo oggi.»

«Che ne è stato dei soldi che ti ho dato a inizio settimana?»

Ci fu una pausa. «Io… ho dovuto comprare una calcolatrice nuova in negozio.»

«Perché? Che è successo a quella vecchia?»

«Si è rotta.»

«Come?»

«Si è rotta e basta.»

«Le calcolatrici non si rompono e basta, Josh.»

«Ieri a matematica l'ho lanciata a un mio compagno e si è rotta.»

Lei sospirò pesantemente. I colori del parcheggio si smorzarono leggermente.

«Quei soldi che ti ho dato erano per il cibo. Mi hai promesso che sarebbero durati.»

«Lo so, ma…»

«No, Josh. Non ne avrai altri. Sono al lavoro e non posso continuare a mandarti soldi ogni volta che finisci tutto. Devi trovare quelle dieci sterline o restare senza per oggi. Oppure vedi se puoi restituire la calcolatrice. Magari la prossima volta penserai a come tratti le cose e ti ricorderai che i soldi non crescono sugli alberi.»

Dall'altro capo del filo calò il silenzio. Riusciva quasi a sentire il suo broncio attraverso il microfono.

«Va bene» borbottò lui.

«Ti voglio bene» disse lei automaticamente.

Lui riattaccò senza rispondere.

Olivia fissò lo schermo per un secondo, mentre l'immagine del suo viso veniva sostituita da una foto di famiglia sulla schermata di blocco. Sospirò. Si disse di non lasciarsi abbattere.

Che tenesse pure il muso. Che se la sbrigasse da solo. Questo le era concesso. Una vittoria. Un momento. Qualcosa per sé.

E per la prima volta da tanto tempo, non si sentiva solo una madre che cercava di sopravvivere al suo lavoro. Si sentiva una detective.

CAPITOLO
OTTO

Olivia alzò lo sguardo sull'ingresso posteriore in mattoni grigi dell'obitorio, stringendo in una mano il tesserino di servizio e nell'altra il telefono. Spinse la porta ed entrò in un corridoio clinicamente gelido. L'odore di disinfettante era così forte da farle pizzicare le narici. Le sue scarpe stridevano sul linoleum mentre si faceva strada lungo il corridoio, con gli occhi alla ricerca della stanza giusta. Le fu subito chiaro che non aveva la minima idea di cosa stesse facendo o dove stesse andando. Stephanie le aveva detto il numero della stanza da cercare, ma Olivia era il tipo di persona che riusciva a perdersi anche su una linea retta e non aveva alcun senso dell'orientamento. Vagò per l'edificio, su e giù per i corridoi, aprendo con cautela le porte a vento finché, alla fine, una voce la chiamò da dietro.

«Ti sei persa?»

Olivia si voltò verso la voce e vide una donna alta in tenuta da chirurgo, appoggiata a una porta a doppio battente in fondo al corridoio. Era Leanna Moore, il medico legale. Aveva i capelli scuri raccolti in una coda alta e portava occhiali dalla montatura nera appoggiati a metà del naso.

«Sono l'agente Olivia Willard» disse, mostrando il tesserino. «Sono qui per l'autopsia della vittima del fienile di Chilworth.»

«Ah, sì. Il petardo. Vieni, siamo a metà tostatura.»

«A metà... cosa?»

Leanna aprì le porte. «Vedrai» disse, scomparendo oltre la soglia. Olivia si affrettò lungo il corridoio ed entrò nella stanza. All'interno, la temperatura scese ulteriormente. L'acciaio inossidabile dominava lo spazio, con due barelle allineate al centro; una sosteneva un corpo coperto da un lenzuolo. Sul lato opposto della stanza c'era una postazione di lavoro dotata di strumenti, bilance e un monitor digitale.

«Questo è bello croccante» disse Leanna allegramente, tirando indietro il lenzuolo con un gesto teatrale. «Ti presento il nostro John Doe. O quello che ne resta.»

Il corpo era annerito e rannicchiato su se stesso. Le braccia piegate ai gomiti, i pugni serrati e le ginocchia leggermente flesse. Olivia si bloccò alla vista, rendendosi solo vagamente conto di essere rimasta a bocca aperta.

«Tutto bene?» chiese Leanna, inclinando la testa. «Non mi svieni, vero? Una volta mi è svenuto un agente. Ha battuto la testa sul mio frigo. Ho dovuto ricucirlo prima ancora di toccare il cadavere.»

«Sto bene» disse Olivia, forzando un sorriso tirato mentre entrava nello spazio sterile, lasciando che la porta si chiudesse alle sue spalle con un sibilo sommesso.

Il corpo era peggio di quanto avesse immaginato. Ciò che restava era poco più di un insieme di arti rannicchiati in posizione fetale, la pelle color carbone, spaccata e frammentata, con i tratti del viso sciolti e irriconoscibili.

«Maschio, probabilmente tra i quarantacinque e i sessant'anni» cominciò Leanna, indicando varie parti del corpo della vittima. «Corporatura media, tra il metro e settantacinque e il metro e ottanta. Ne sapremo di più una volta reidratato il tessuto e misurate le ossa lunghe. Abbiamo oltre il novantacinque percento di superficie ustionata. Pelle, tessuti molli, muscoli... tutto sparito. Quello che stai guardando è, be', un grosso pezzo di carbone umano.»

Olivia prese un appunto, cercando di tenere gli occhi sul taccuino piuttosto che sul corpo bruciato e spaccato.

«Niente di rilevante all'esterno?» chiese.

Leanna annuì, sollevando un brandello fuso di quello che una volta poteva essere un indumento. «Materiale sintetico bruciato qui sulle cosce. Probabilmente pantaloni. Il resto è fuso con il corpo.

Non abbiamo pelle intatta, nessun segno distintivo e di certo nessun tatuaggio. Tuttavia...» Fece un cenno verso i polsi e le caviglie. «Vedi queste aree? Leggermente più lisce. Meno carbonizzazione. Questo suggerisce che forse c'era qualcosa avvolto intorno: corde, manette, forse fascette da elettricista. Ha protetto la pelle dal contatto diretto con le fiamme per un po'.»

«Quindi... era legato?»

«Forse. O forse no. Non è una prova conclusiva, temo. Se fosse stata una corda, sarebbe andata a fuoco in un amen. Senza fibre residue o segni di legatura, siamo nel campo delle pure supposizioni, e non è un posto dove mi piace stare.»

Olivia scribacchiò in fretta. «Qualche segno di trauma precedente all'incendio?»

«Niente di visibile. Nessuna ferita da taglio. Neanche da corpo contundente. E senti questa...» Leanna fece un passo indietro e raccolse un referto stampato dal vassoio accanto a lei. «I suoi polmoni erano pieni di fuliggine. Trachea, bronchi, anche una lieve congestione polmonare. I livelli di carbossiemoglobina sono al sessantadue percento.»

«Il che significa?»

«Che era vivo quando è scoppiato l'incendio. Stava inalando fumo come un fumatore incallito. Probabilmente è svenuto in pochi minuti per il calore e l'esposizione al monossido di carbonio, per poi morire poco dopo. È stato relativamente rapido, ma non indolore. Assolutamente, decisamente non indolore.»

Olivia impallidì.

Leanna si addolcì leggermente. «Lo so. È terribile. Non c'è un modo semplice per descrivere ciò che il fuoco fa al corpo, purtroppo. Pensiamo che sia una cosa plateale: boom, avvolto dalle fiamme. Ma è lento, logorante. Tutto ciò che è molle brucia per primo. Il corpo si contrae. Gli organi si restringono. Il cervello praticamente cuoce. E a seconda di cosa indossava, il tessuto potrebbe essersi fuso nella sua pelle e aver continuato a bruciare molto tempo dopo che aveva perso i sensi.»

«Cristo» mormorò Olivia.

«C'è anche un delizioso profumo di maiale bruciato durante il processo, nel caso te lo stessi chiedendo.»

«Non me lo stavo chiedendo» rispose Olivia d'istinto. «E il contenuto dello stomaco?»

«Ottima osservazione» disse Leanna. «Aveva mangiato. C'è del cibo parzialmente digerito nello stomaco, anche se è particolarmente difficile distinguere cosa. Calcolo che abbia mangiato diverse ore prima della morte, ma era solo un pasto leggero. Quindi, forse a pranzo. E» aggiunse, alzando un dito «c'è anche del liquido nello stomaco. Ne sapremo di più quando arriveranno i risultati della tossicologia, ma potrebbe essere qualsiasi cosa, dalla birra alla Fanta all'acqua.»

Olivia si morse l'interno della guancia, osservando quello che una volta era stato un volto. «Quindi, se non possiamo identificarlo visivamente... da dove cominciamo?»

Leanna si sfilò i guanti e si diresse verso un piccolo banco d'acciaio, tirando fuori una cartellina con diversi documenti pinzati. «Ci sono alcune opzioni.»

«Spari» disse Olivia, non del tutto sicura di pensarlo davvero.

Leanna spuntò gli elementi sulle dita. «Primo: impronte digitali, ma in questo caso, niente da fare. Troppi danni termici. I polpastrelli sono andati. Anche se ci provassimo, è improbabile che otterremmo un'impronta utilizzabile. Secondo: l'arcata dentaria. È la nostra migliore occasione. Abbiamo recuperato diversi denti. Alcuni sono fratturati dal calore, ma alcuni molari sono sopravvissuti intatti. Li farò pulire e organizzerò per fare delle radiografie, ma non servono a molto se non abbiamo qualcosa con cui confrontarli. Se questo tizio è mai stato da un dentista nel Regno Unito e hanno archiviato la sua cartella, potremmo essere fortunati.»

«Quanto ci vuole?»

«Da qualche giorno a un paio di settimane. Dipende da quanto velocemente possiamo accedere agli archivi e se esiste anche solo un fascicolo da confrontare. Ci sono un sacco di variabili. Se aveva un'assistenza dentistica privata o ha cambiato studio un po' di volte, la cosa può rallentare.»

Olivia annuì, scarabocchiando furiosamente sul suo taccuino.

«Faremo anche il test del DNA» continuò Leanna. «Possiamo estrarre un campione dal femore o dai molari. Anche in questo caso, i tempi sono lunghi, potrebbero volerci fino a un paio di settimane, specialmente se non c'è una corrispondenza con cui confrontarlo. Ma verrà inserito nel database nazionale. La squadra Persone Scomparse potrebbe trovare qualcosa se qualcuno è stato denunciato di recente.»

Olivia emise un sospiro. «Quindi, in pratica... aspettiamo.»

«Questa è la scientifica. Qui giochiamo sul lungo periodo, tesoro. Ma come ho detto, se arrivassero certe informazioni prima del tempo, la cosa potrebbe accelerare. Ti manderò via email il referto completo non appena sarà pronto. Se hai altre domande, sai dove trovarmi.»

CAPITOLO
NOVE

Stephanie bussò alla porta ed entrò senza attendere il permesso. Il commissario capo Clive McGowan si stava togliendo gli occhiali quando lei aprì la porta.

«È impegnato, capo?»

«A quanto pare non più. Entri.»

Il commissario capo bloccò lo schermo del computer e spostò di lato la tastiera, come per eliminare la tentazione di accedere e controllare le email mentre parlavano.

«Cosa la preoccupa, ispettrice?»

«Wellard» rispose lei, sedendosi.

«Ah sì?»

«Ho notato qualcosa di diverso in lei stamattina. Era più silenziosa del solito, non aveva molto da dire. Teneva lo sguardo basso, sembrava che non volesse essere lì. L'ho presa da parte nel mio ufficio e mi ha detto che si sentiva un po' persa e stanca della solita routine.»

«Capisco» disse Clive, annuendo pensieroso.

«Ha anche qualche problema a casa con i figli. Sono in quella fase dell'adolescenza in cui tutto ciò che fanno diventa complicato.»

«Ormoni.»

«E non solo. Credo che tutto sommato se la caverà, ma l'ho messa a lavorare a stretto contatto con me su questo caso dell'incendio: Operazione Windbreaker. Potrebbe darle un nuovo scopo, magari tirarla un po' su.»

Altro cenno pensieroso col capo. «Ottima idea. Qualcuno ha da ridire?»

Stephanie strinse le labbra e scosse la testa. «Non che io sappia. Ma se così fosse, ricorderò loro che facciamo tutti parte della stessa squadra.»

«Ben detto. C'è qualcosa che vuole che faccia?»

Scosse di nuovo la testa. «Non per ora, capo. Volevo solo segnalarglielo, nel caso notasse qualcosa che a me è sfuggito.»

E per la propria autostima. Una piccola pacca sulla spalla per ricordarsi che stava facendo un buon lavoro.

«Mi piace come ragiona» disse lui, come se le avesse letto nel pensiero. «È un bene dare alla squadra maggiori responsabilità al di fuori dei loro soliti ruoli.»

«Fa crescere il livello di tutti» aggiunse lei.

«Esattamente.» Il commissario capo riportò le mani sulla tastiera. «Altro? Come procede l'operazione?»

«Abbiamo appena iniziato, capo. Stiamo ancora cercando di identificare la vittima. Tuttavia, uno della Scientifica ha trovato una scatoletta di latta con una fotografia e un'iscrizione religiosa. La squadra sta indagando su entrambe le cose al momento, ma non possiamo fare molto finché non identifichiamo la vittima.»

Prima che McGowan potesse rispondere, qualcuno bussò alla porta. Entrambi si voltarono in quella direzione.

«Avanti» la invitò Clive, con la sua voce profonda.

Un istante dopo, una timida Fiona fece capolino nell'ufficio, impacciata come se avesse appena interrotto un litigio tra i suoi genitori.

«Scusate l'interruzione. Io… Riguarda l'Operazione Windbreaker, capo.»

«Dica pure» la incoraggiò Stephanie.

«In realtà, arriva dall'ufficio persone scomparse. Hanno ricevuto una denuncia stamattina da una donna di Bracknell. A quanto pare suo marito doveva rientrare ieri sera da un convegno di lavoro, ma non si è fatto vivo.»

Stephanie si raddrizzò all'istante. «Da quanto tempo è scomparso?»

«Direi da circa diciotto ore.»

Si stava già alzando dalla sedia. «E la sua descrizione?»

«Corrisponde vagamente a quella della nostra vittima. Più o meno la stessa età, stessa altezza, anche se so che non è molto su cui basarsi, per cominciare.»

«Ottimo lavoro. Mi dia l'indirizzo della moglie, vado subito lì. Dov'è Olivia? Voglio che venga con me.»

CAPITOLO
DIECI

Jennifer Hadlow li condusse in salotto con un'aria di contenuta compostezza, le labbra serrate in un sorriso educato ma tirato. Stephanie entrò per prima, con Olivia subito dietro, e il calore della casa le avvolse all'istante. La stanza era immacolata, arredata con la precisione di chi teneva molto alle apparenze, come se ricevesse ospiti quasi ogni giorno. Un divano blu notte e due poltrone coordinate formavano un elegante ferro di cavallo attorno a un tavolino da caffè in vetro su cui poggiavano una pila di riviste *Country Living* e una pianta curata con attenzione. Sulla mensola sopra il camino elettrico erano allineate fotografie incorniciate: una giovane coppia a un matrimonio, due ragazzini in uniforme scolastica e un cane ormai morto da tempo. Ogni cosa nella stanza aveva il suo posto; era il tipo di casa in cui le scarpe non superavano mai la porta d'ingresso e le tazze vuote non potevano mai restare a lungo nel lavandino.

Jennifer si mise a sedere sul bordo del divano, con le mani composte in grembo, la schiena dritta. I capelli, tinti di un biondo delicato, le incorniciavano il viso con sobria eleganza. Stephanie la stimò sulla cinquantina avanzata, e si muoveva con un'energia che smentiva la sua età.

Stephanie e Olivia sedettero sulle poltrone coordinate, i taccuini in equilibrio sulle ginocchia. Le dita di Jennifer si intrecciarono mentre guardava le due detective, la sua postura rigida, le spalle alte.

«Grazie per averci accolto in casa sua» esordì Stephanie, con voce gentile e pacata. «Comprendiamo che questo sia un momento molto angosciante per lei. Io e la mia collega siamo della Squadra Grandi Investigazioni.»

«Grandi Investigazioni? Al telefono ho parlato con l'ufficio persone scomparse...» C'era un'incrinatura nella voce di Jennifer, accompagnata da un velo di accusa.

«Questo perché ci stiamo occupando di un altro incidente avvenuto la scorsa notte.»

«Quale incidente?»

«C'è stato un incendio a Chilworth. Sono stati trovati dei resti. Ora, ovviamente, non voglio trarre conclusioni affrettate e dare per scontato che suo marito fosse coinvolto; tuttavia, al momento abbiamo difficoltà a identificare il corpo. Quindi dobbiamo accertare la probabilità del coinvolgimento di suo marito.»

Jennifer si portò una mano alla bocca. «Un incendio? Pensate che Nigel fosse coinvolto in un incendio?»

«Speriamo di no» rispose Olivia. Il suo tono era più morbido, più gentile di quello di Stephanie. Da madre a madre. «In definitiva, speriamo di escluderlo dalla nostra indagine e che salti fuori sano e salvo. Ma dobbiamo chiederle...»

Senza dire nulla, Jennifer si alzò di scatto dal divano, sparì in cucina e tornò un attimo dopo con una scatola di fazzoletti, tamponandosene delicatamente uno all'angolo dell'occhio. Si lasciò ricadere sul divano, la sua compostezza calma e discreta che si sgretolava rapidamente.

«Cosa può dirci degli spostamenti di suo marito ieri?»

Jennifer lanciò un'occhiata all'orologio sulla mensola del camino, poi di nuovo a Stephanie. «Sarebbe dovuto essere a un convegno tutto il giorno» disse, con voce ora più chiara. «A Farnborough. Una sorta di grande fiera per immobiliaristi a cui va ogni anno. Mi ha mandato un messaggio alle sei meno dieci per dirmi che stava tornando.»

«Ha preso la macchina o il treno?»

«La macchina. Non sopporta fare il pendolare.»

Stephanie prese un appunto. «Quando lo aspettava a casa?»

«Circa un'ora dopo. A quell'ora, il traffico sarebbe stato terribile.»

«E quando ha sospettato che qualcosa non andava?»

«Si sono fatte le nove circa e non avevo ancora avuto sue notizie. Ho provato a mandargli messaggi e a chiamarlo, ma non rispondeva. Di solito usa il telefono per avvisarmi se è bloccato nel traffico. Ma niente. Allora ho pensato che avesse avuto un incidente. Ho controllato le notizie e i siti sul traffico, ma non sono riuscita a trovare nulla.» Jennifer cominciò a giocherellare con il fazzoletto tra le dita. «Continuavo a telefonare agli amici che abitano qui vicino, nel caso fosse rimasto in panne e fosse andato da loro per chiedere aiuto, ma nemmeno loro l'avevano visto o sentito. Mi dicevano tutti di non preoccuparmi, che probabilmente era bloccato o si era perso da qualche parte, e che alla fine sarebbe tornato a casa. Non ho dormito per niente stanotte. Ero troppo preoccupata per lui. E quando stamattina non c'era ancora nessuna notizia, è stato allora che ne ho denunciato la scomparsa.»

Stephanie prese un altro appunto. Scambiò una breve occhiata con Olivia, poi tornò a guardare Jennifer. Si sporse leggermente in avanti. «Signora Hadlow, posso chiederle: negli ultimi giorni o settimane, ha notato qualcosa di insolito nel comportamento di suo marito? Le è sembrato diverso in qualche modo?»

Jennifer esalò lentamente, poi annuì. «Sì, è stato stressato. A volte scontroso. Con la testa fra le nuvole. Ma ha un progetto enorme in attesa di approvazione al momento - stanno ancora aspettando i contratti per un nuovo complesso in una chiesa abbandonata - e ha dovuto trattare con gli investitori, il comune, con tutti. Ho letto qualcosa sul fatto che fosse stato sospeso o ritardato. Credo che questo lo abbia un po' sopraffatto, ma lui... lui tira dritto e basta.»

«Le ha detto se c'era qualcosa di specifico che lo turbava o che non lo lasciava dormire la notte?»

«No. Non lo fa mai.» Fece una piccola risata amara, come se ricordasse una loro precedente conversazione. «È un tipico uomo, in questo. Si tiene tutto dentro, non parla mai di quello che gli passa veramente per la testa. Glielo chiedevo, ma lui liquidava sempre la cosa. Non è cambiato nulla nei venticinque anni che siamo stati insieme.»

«Ha fatto qualcosa di recente che fosse fuori dalla sua routine?» chiese Olivia. «Cambiamenti di programma? Riunioni a cui di solito non andava, forse?»

Jennifer si massaggiò le tempie. «Non lo so. Suppongo abbia fatto un paio di serate tardi, ma è rimasto sul vago. Era un uomo vago, in realtà. Mi diceva le cose solo quando gliele estorcevo con le pinze.»

Stephanie notò la quieta tristezza nel suo tono, fece un cenno gentile con il capo, poi diede un'occhiata ai suoi appunti prima di continuare. «Suo marito era religioso, signora Hadlow?»

Jennifer alzò lo sguardo, accigliata. «Nigel? No. Per niente. Non è mai andato in chiesa per quanto ne so, a meno che non fosse per un matrimonio o un funerale.» Scosse la testa con certezza. «Perché?»

Stephanie esitò un momento, poi prese dalla sua cartellina una busta di plastica trasparente. All'interno c'era una copia della fotografia che era stata trovata nella scatola di latta sulla scena del crimine.

«Abbiamo trovato questo» disse Stephanie con cautela «sulla scena dell'incendio.» La porse a Jennifer. «Riconosce il ragazzo in questa foto? Pensa che possa essere suo marito?»

Jennifer prese la busta con mani tremanti e studiò attentamente la fotografia. Strinse gli occhi, poi se l'avvicinò al viso. «Io... non ne sono sicura» ammise dopo una lunga pausa. «Non credo che sia Nigel. Il naso sembra diverso. E i capelli. Ma non ho mai visto foto di lui da ragazzo. Ha detto che è stata trovata vicino all'incendio?»

Stephanie annuì.

Qualcosa mutò nell'espressione di Jennifer, mentre la tristezza lasciava il posto a un barlume di speranza. «Allora forse non era lui! Forse non era lì. Voglio dire... questo non gli somiglia. Non a me, almeno. E perché avrebbe dovuto avere una cosa del genere?»

Stephanie non rispose subito. Voleva stare attenta a non offrire false rassicurazioni, ma allo stesso tempo riconobbe l'ancora di salvezza emotiva a cui Jennifer si era appena aggrappata.

«Stiamo esplorando ogni possibilità» disse con dolcezza. «Nel frattempo, sarebbe possibile prelevare alcuni oggetti personali che potrebbero aiutarci con l'identificazione? Uno spazzolino da denti, forse, o un rasoio?»

Jennifer annuì immediatamente, alzandosi. «Sì, sì certo. Ce n'è uno nel bagno di sopra.»

«E se potesse fornirci anche il nome del suo dentista» aggiunse Olivia «ci aiuterebbe a ottenere la sua cartella odontoiatrica da confrontare con i resti. Solo per precauzione.»

Jennifer si fermò ai piedi delle scale, voltandosi a guardarli. «Solo domande di routine, vero?»

«Sì» rispose Stephanie, notando la speranza crescente nella voce di Jennifer. «Solo domande di routine.»

CAPITOLO
UNDICI

Non appena le portiere dell'auto si chiusero con un tonfo, Stephanie appoggiò la testa al poggiatesta ed espirò. L'abitacolo era freddo, nonostante il sole pomeridiano che filtrava attraverso il cruscotto. Olivia allacciò la cintura facendola scattare in posizione.

«Beh,» mormorò, «poteva andare peggio.»

«Sta scommettendo tutto sul fatto che quella foto ritragga qualcun altro,» replicò Stephanie mentre avviava il motore.

«E *tu* credi che sia lui?»

«Potenzialmente. Ma dobbiamo averne la conferma prima di poter fare qualsiasi cosa.»

«Molto diplomatica,» commentò Olivia.

«Forse sarei dovuta diventare una politica.»

«No. Loro sono bravi a mentire. Tu no.»

Olivia rivolse a Stephanie un sorriso d'intesa mentre questa tirava fuori il telefono e scorreva la rubrica. Trovò il numero di Leanna, la chiamò e chiese all'anatomopatologa il nome e le informazioni di contatto di un odontologo forense. Dopo aver ricevuto i dettagli, Stephanie posò il telefono sul cruscotto e compose il numero.

Il telefono squillò due volte prima che una voce sbrigativa rispondesse. «Unità di Odontologia Forense, parla il dottor Sam Heaney.»

«Dottor Heaney, sono l'Ispettrice Capo Stephanie Broadbent della Sezione Grandi Crimini del Surrey. Pensiamo di aver identificato i resti di Chilworth e abbiamo bisogno urgentemente di una comparazione dentale.»

Seguì una breve pausa, poi: «Capisco. Ha già la documentazione odontoiatrica?»

«L'avremo entro la fine della giornata. Sua moglie ci ha appena fornito il nome del suo dentista: lo studio dentistico Winnaker a Bracknell. Richiederemo direttamente a loro la documentazione.»

«E il corpo?»

«È già in coda presso il suo dipartimento. Dovrebbe aver ricevuto una chiamata dall'anatomopatologa, Leanna Moore, questo pomeriggio.»

«Esatto,» confermò Heaney. «È stata eseguita una valutazione odontoiatrica post-mortem, ma finora non era stata richiesta alcuna identificazione.»

«Beh, la consideri ufficiale. Il soggetto si chiama Nigel Hadlow. Le invieremo la cartella odontoiatrica non appena l'avremo. Può darle la priorità?»

Una pausa. «*Posso*, ma mi servirà un'autorizzazione scritta.»

«Le manderò un'e-mail non appena arriverò in ufficio, entro la prossima ora.»

«Allora farò in modo che la comparazione sia completata al più tardi entro domani mattina. Forse anche prima, se c'è una forte corrispondenza.»

«Grazie, dottor Heaney.»

La linea cadde. Stephanie toccò lo schermo per terminare la chiamata. Olivia sistemò le cartelle che aveva in grembo, rivelando in cima l'immagine del ragazzo.

«Pensi che sia lui?»

Stephanie non rispose subito. Guardò la foto per un po'. «Mi preoccupa di più il *perché* sia lì, piuttosto che *chi* sia.»

CAPITOLO
DODICI

C'era poco da fare per il resto della giornata se non aspettare; la parte peggiore del lavoro, quella che Stephanie odiava di più. Come promesso, una volta tornate alla centrale, lei e Olivia avevano inviato la documentazione dentistica di Nigel Hadlow all'odontoiatra forense, e il dottor Heaney aveva confermato ancora una volta che avrebbero ricevuto i risultati il più in fretta possibile.

Ora era solo una questione di attesa. Così, per non cedere alla tentazione di chiamare il numero dell'ufficio di Heaney a ogni ora spaccata, Stephanie salutò tutti, salì in macchina e si diresse a casa.

Quando arrivò era buio pesto. Inizi di novembre. Uno dei suoi mesi meno preferiti. Anzi, tutto il tardo autunno e l'inverno erano i suoi periodi meno preferiti. La primavera, era allora che si sentiva felice, la stagione del rinnovamento, della rinascita e della ricrescita. Un periodo in cui non faceva né troppo caldo né troppo freddo; per lei, era semplicemente perfetto. La stagione della giusta misura.

Una pioggerella leggera scendeva dal cielo, picchiettando dolcemente sul suo impermeabile mentre scendeva dall'auto e apriva la portiera posteriore per afferrare una manciata di fascicoli e la borsa del computer.

Mentre se la metteva in spalla, la porta di casa del suo vicino si aprì. Un sottile spiraglio di luce divise in due il loro vialetto comune e ne uscì Jimmy, che indossava una camicia elegante e un paio di Levi's. In mano teneva un sacco nero della spazzatura. Quando posò gli occhi su Stephanie, si bloccò.

«Buonasera, detective» disse, gettando il sacco nel bidone davanti a casa sua.

Stephanie fece un sorrisetto, sbattendo la portiera dell'auto. «Dovremo smetterla di incontrarci così. La gente inizierà a sparlare.»

Jimmy rise sguaiatamente nel buio. «Ho smesso di preoccuparmi di ciò che la gente pensa di me già negli anni Ottanta, cara. Ci sono cose più importanti di cui preoccuparsi.»

Quanto era vero, pensò Stephanie. Anche se sapeva, per esperienza, che era più facile a dirsi che a farsi. Doveva ancora conoscere qualcuno capace di spegnere i pensieri come se fossero un interruttore.

«Giornata intensa in ufficio?» chiese Jimmy, continuando prima che lei potesse rispondere. «Ho visto sui social dell'incendio che c'è stato.»

«Sui social?» Stephanie inarcò un sopracciglio. «Non pensavo li usassi.»

«Sono sorpreso quanto te, ma riesco più o meno a usare le funzioni base. Terribile quello che è successo, comunque. Da bambino andavo in quel fienile e in alcuni degli altri lì vicino. Io e un paio di amici andavamo in bicicletta in quella zona e lanciavamo sassi attraverso il campo per vedere chi li tirava più lontano.» Il suo viso si illuminò al ricordo. «Comunque, come tanti posti al giorno d'oggi, immagino che sia semplicemente stato abbandonato e lasciato in rovina. Sai se è stato doloso?»

Steph rilassò un po' le spalle; sapeva dell'incendio, ma non del corpo che era stato trovato all'interno. Lei e la squadra non avevano ancora divulgato quell'informazione al pubblico.

«Non ne siamo ancora sicuri» rispose lei.

«Roba orribile, orribile. Perché la gente sente il bisogno di fare queste cose?»

Lei si strinse nelle spalle. «Ne so quanto te.»

«Spero che il responsabile abbia ciò che si merita.»

«Se dipenderà da me, l'avrà.» Fece una pausa. «Non è che per caso hai visto di nuovo uomini sospetti che gironzolano davanti a casa mia o bazzicano per la strada?» chiese. «Sembra che ogni volta che ti vedo, ci sia qualcosa di sospetto che accade qui fuori.»

Jimmy sollevò un dito in aria. «Ora che me lo fai notare...»

L'espressione di lei si rabbuiò, il corpo le si irrigidì.

«Ora che me lo fai notare, non ho visto assolutamente nulla» disse lui scherzosamente.

Stephanie emise un respiro breve e secco che allentò la tensione nel suo corpo. Il suo pensiero era andato subito a Jordan, il suo fratellastro, che gironzolava fuori da casa sua, cercando in più di un modo di farsi strada a forza nella sua vita.

«Magari la prossima volta» scherzò lei. «E se dovesse succedere, assicurati di fare una foto. Mi renderebbe la vita molto più facile quando cerco di rintracciarli.»

Si avviò verso la porta di casa, cercò a tentoni le chiavi nella borsa, poi lo salutò. Aspettò che Jimmy fosse rientrato prima di entrare in casa sua. La porta, aprendosi, urtò un mucchietto di posta sullo zerbino, spostandolo di lato. Giostrandosi tra i fascicoli e la borsa del computer, si chinò per raccoglierla, sfogliando distrattamente un'offerta per una carta di credito, il menù di un take-away e una lettera dell'agente immobiliare di zona che le chiedeva se avesse preso in considerazione di vendere la sua proprietà. Poi...

Le sue dita si fermarono sull'ultima busta. Una lettera indirizzata a lei. Scritta a mano. Francobollo di seconda classe. Lo stomaco le si attorcigliò. Lasciò cadere la borsa dalla spalla, chiuse la porta con un calcio e portò la posta in cucina. La pioggia ticchettava dolcemente contro i vetri. In casa regnava il silenzio, rotto solo dal ronzio del frigorifero e dal debole ticchettio che emetteva a intermittenza.

Strappò la busta. All'interno c'era un singolo foglio di carta a righe piegato, con un lato sfrangiato, come se fosse stato strappato da un blocco note.

Steph,

Spero non ti dispiaccia per l'intrusione, ma ormai ho esaurito tutti i modi possibili per contattarti, tranne forse una lettera in bottiglia che potresti trovare in vacanza un giorno o l'invio di un messaggio in codice Morse.

Volevo solo farmi sentire. Se mai avessi voglia di fare due chiacchiere o di conoscermi, sai come trovarmi. Di solito sono disponibile a qualsiasi ora, quindi non devi preoccuparti di disturbarmi.

Sono sconvolto quanto te da tutta questa storia. Ho parlato con Kim e, a quanto pare, non abbiamo i migliori legami familiari – mi dispiace per quello che Colin ti ha fatto passare – ma voglio solo dirti che non sono assolutamente come lui, e non lo sarò mai.

So che è difficile per te. Ma è difficile anche per me. Forse potremmo affrontare la cosa insieme?

Spero di sentirti.

Jord x

Stephanie lesse il biglietto due volte, poi una terza. Un travolgente miscuglio di preoccupazione e frustrazione crebbe dentro di lei, tinto da una scintilla di senso di colpa. Era tutto molto confuso. Da un lato, si era preso il tempo di sedersi, scrivere e spedire la lettera al suo indirizzo – un'azione che richiedeva riflessione, tempo e impegno. Ma dall'altro, era strano e sbagliato. In soldoni, non voleva incontrarlo di nuovo, non voleva conoscerlo. Non aveva fatto parte della sua vita negli ultimi quarant'anni, quindi perché pensava di poter far parte dei prossimi quaranta?

Poi si ricordò del messaggio vocale che le aveva lasciato quella mattina; aveva ragione, aveva davvero usato ogni mezzo disponibile per contattarla. Sarebbe arrivato un punto in cui sarebbe stato troppo? Lo avevano già superato?

Alla fine avrebbe ceduto e lo avrebbe fatto entrare, o la sua preoccupazione avrebbe continuato a crescere?

In quel momento, c'era solo una cosa nella sua mente.

«Come cazzo ha avuto il mio indirizzo?» chiese ad alta voce.

Tirò fuori il cellulare e scorse i preferiti. Il suo pollice esitò. Poi premette il nome di Kimberley.

Il telefono squillò due volte prima che una voce esausta rispondesse: «Steph?»

«Ehi. Scusa se ti disturbo» disse Stephanie, cercando di mantenere la voce ferma. «Sono appena tornata a casa e ho trovato una lettera sullo zerbino.»

«Una lettera?»

«Sì. Da *lui*.»

Una pausa. Stephanie sentiva dei rumori di fondo: il lavaggio ritmico della lavastoviglie, il borbottio attutito della TV, un tintinnio di posate.

«Oh… capisco» disse Kimberley, con un tono già colpevole.

Stephanie si accigliò. «Aveva il mio indirizzo, Kim. Come pensi sia successo?»

Kimberley non rispose subito. Poi seguì un sospiro. «Me l'ha chiesto. Ho pensato… non lo so. Ho pensato che potesse essere d'aiuto.»

«D'aiuto a cosa? Ad aiutarlo a entrare prepotentemente nella mia vita?»

«È nostro fratello, Steph.»

«È un estraneo» sbottò Stephanie. «È un estraneo con il nostro sangue, tutto qui. Questo non gli dà il diritto di sapere dove vivo. Questo è un limite che non puoi permetterti di superare per conto mio.»

«Non pensavo che fosse un problema così grande…»

«È questo il problema, Kim. Non hai pensato.»

La voce di Kimberley si incrinò, stanca e tesa. «Stavo cercando di fare la cosa giusta.»

Stephanie camminava avanti e indietro per la cucina, passandosi una mano tra i capelli. «Beh, non lo era. Non voglio che mi scriva, che mi mandi messaggi o che mi chiami. E non lo voglio sulla soglia di casa.»

«Non è una minaccia…»

«È indesiderato. Dovrebbe bastare.» Stephanie prese fiato, cercando di reprimere la rabbia che le artigliava la gola. «Ti chiedo, come sorella, di non dare più le mie informazioni. A nessuno.»

Kimberley rimase in silenzio, poi alla fine disse, a bassa voce: «Okay. Mi dispiace.»

Stephanie riattaccò prima che la sua voce potesse tradirla.

Rimase in piedi in cucina, fissando la lettera sul bancone, con la pioggia che continuava a ticchettare dolcemente sui vetri. Per un momento, il silenzio in casa le parve soffocante. Poi, con un gesto deciso, piegò la lettera a metà, la infilò nel cassetto accanto al frigorifero e lo richiuse.

CAPITOLO
TREDICI

L'odore di caffè aleggiava denso nell'aria, avvolgendo Stephanie come una calda coperta di lana. Coffee Culture, incastonato nel pittoresco vicolo acciottolato che collegava la via principale di Guildford con la più trafficata North Street, era uno di quei posticini perfetti: lampadari vintage pendevano bassi sopra tavoli di legno, le pareti di mattoni a vista davano carattere e una serie di piastrelle decorate, una più particolare dell'altra, adornava il pavimento. Una musica indie d'atmosfera mormorava in sottofondo, di tanto in tanto sovrastata dal sibilo del vapore della macchina del barista, dallo stridere delle posate sulla ceramica e dal brusio delle conversazioni.

Era la tipica clientela di metà mattina. Un gruppo di donne sulla sessantina occupava il tavolo vicino alla vetrina, sorseggiando lentamente i loro cappuccini. Le loro borse erano posate ordinatamente sulle sedie libere, mentre i cappotti erano ripiegati con grazia sulle loro ginocchia. Una di loro sottolineò il suo racconto con una risata sguaiata che fece voltare qualche testa. Vicino al retro, un paio di mamme con i passeggini chiacchieravano a bassa voce, sorseggiando i loro flat white mentre i loro bambini mordicchiavano pezzi di banana. Due studenti universitari con felpe oversize e auricolari sedevano chini sui loro portatili, concentrati sui loro studi. Al bancone, un uomo in Lycra teneva d'occhio la sua bici parcheggiata fuori mentre aspettava un matcha latte da asporto.

Stephanie sedeva da sola a un tavolo d'angolo, con la schiena contro il muro e una chiara visuale della sala. Il piatto rustico marrone di fronte a lei era artisticamente apparecchiato con avocado schiacciato, un uovo in camicia e una spolverata di peperoncino in scaglie su pane tostato di lievito madre. Sembrava delizioso, eppure non l'aveva toccato, se non per tagliare l'uovo a metà e guardare il tuorlo colare fuori.

Giocherellò con una forchettata di avocado, facendola roteare distrattamente prima di posarla di nuovo. Lo stomaco le brontolava, ma la mente le diceva di no. Non era in vena di lottare, ma stava succedendo lo stesso. Premette forte il ginocchio contro la parte inferiore del tavolo nel tentativo di distrarsi, ma i pensieri non le davano tregua.

La lettera era ancora piegata nel cassetto di casa. Il suo fratellastro, un uomo di cui aveva appena saputo l'esistenza, aveva invaso la sua vita come una lenta infiltrazione dal soffitto. Non riusciva a smettere di pensarci. A lui. A cosa voleva. A cosa voleva lei. A volte desiderava non avere una famiglia; così tutto lo stress e il dolore della sua vita sarebbero svaniti. Ma poi ricordava che non avrebbe avuto neanche la bellezza, il calore, la felicità, i ricordi che condivideva con sua sorella.

Solo che Kimberley aveva dato via il suo indirizzo, l'aveva tradita in quel modo. Delusa.

Stephanie espirò bruscamente dal naso e alla fine diede un morso, masticando lentamente, come per testare la reazione del suo corpo. Finora, tutto bene.

Poi il suo telefono squillò, vibrando rumorosamente sul tavolo. Sobbalzò, afferrò il dispositivo e rispose.

Era Olivia.

«Hai un minuto?»

«Sono in pausa pranzo. Che c'è?»

«Abbiamo una corrispondenza per i resti dell'incendio. L'odontologo l'ha confermato dieci minuti fa. È lui. È Nigel Hadlow.»

Stephanie si strinse la radice del naso. Il nome le echeggiò in mente. Il marito scomparso. L'uomo la cui moglie pensava fosse solo bloccato nel traffico.

«Sei sicura?»

«Certo.»

Steph si appoggiò allo schienale della sedia, l'appetito che si dissolveva come zucchero nel tè caldo. Avevano una vittima. Un nome da associare al loro John Doe. Molto più velocemente del previsto.

«Cosa facciamo adesso, capo?»

Stephanie abbassò lo sguardo. «Aspetta un attimo» disse, alzandosi dal tavolo e dalla sedia. «Torno in centrale.»

Afferrò il cappotto e si diresse verso l'uscita, lasciando il piatto di cibo quasi intatto.

CAPITOLO
QUATTORDICI

Nel momento in cui Stephanie varcò la porta della sala operativa, l'atmosfera cambiò. Le conversazioni si spensero, le teste si voltarono e alcune sedie scricchiolarono mentre i membri della squadra si raddrizzavano.

La macchina si era messa in moto.

Stephanie si diresse a passo svelto verso il suo ufficio, si tolse il cappotto con una scrollata di spalle e gettò la borsa sotto la scrivania prima di tornare nella sala operativa.

«Bene,» disse, battendo le mani una volta per attirare l'attenzione di tutti. «Abbiamo avuto la conferma che il corpo recuperato dall'incendio a Chilworth è stato identificato come quello di Nigel Hadlow. Questo non significa che sappiamo già cosa sia successo, quindi voglio che ogni pista venga seguita.» Indicò Giles e Noah. «Voi due, quel giorno Hadlow è andato alla conferenza in auto, quindi partiamo da lì. Trovate la sua macchina. Rintracciate il suo percorso dal centro conferenze al fienile. Telecamere a circuito chiuso, autovelox, stazioni di servizio; voglio ogni singolo filmato dal momento in cui è partito a quello in cui è scomparso dai radar. Scoprite se ha incontrato qualcuno o se si è fermato sul ciglio della strada per orinare, o per far salire qualcuno. Vogliamo conoscere ogni centimetro del suo tragitto. Capito?»

Noah scarabocchiò furiosamente sul suo taccuino. «Sissignore, capo.»

Da Giles: «Suona delizioso, capo.»

«Bene.» Si rivolse a Fiona. «Voglio che parli di nuovo con sua moglie. Le dia la notizia. Sia onesta, ma non la sommerga di informazioni. Abbiamo bisogno di una cronologia chiara degli spostamenti di Nigel, di qualsiasi cosa fuori dall'ordinario, di chiunque abbia menzionato, di qualunque cosa possa spiegare perché sia finito in quel fienile.»

Fiona fece un cenno secco con la testa e si portò la punta del mignolo alla bocca. «Ricevuto.»

«E veda anche cosa riesce a scoprire su eventuali problemi nel loro matrimonio. Tradimenti, problemi finanziari... quel genere di cose. Se c'è un'incrinatura in superficie, dobbiamo trovarla.»

Si guardò intorno nella stanza, i suoi occhi che si spostavano da un membro della squadra all'altro, fermandosi su Devon.

«Controlli il suo cellulare e i suoi documenti finanziari. Veda se c'è qualcosa che possa indicare che qualcuno lo perseguitasse o se le cose si erano messe così male da spingerlo a fare questo a sé stesso.»

«Pensa ancora che possa trattarsi di suicidio, capo?» chiese Devon a bassa voce, la sua priva di sicurezza.

«Finché non avremo il rapporto completo dei vigili del fuoco e prove contrarie, voglio che manteniamo una mente aperta.»

«Quel rapporto dovrebbe arrivare a breve,» disse Giles, alzando una mano. «Da quanto ho sentito, Elias e la sua squadra lo stavano compilando stamattina.»

Stephanie annuì e controllò l'orologio. Sentiva l'adrenalina che cominciava a contrarle i muscoli. Tutto ciò che doveva fare ora era incanalarla. «Sollecitalo,» disse. «Vedi se riescono a farcelo avere prima che io e Olivia torniamo.»

«Torniamo?» chiese Olivia.

«Tu e io andremo a parlare con l'ultima persona che l'ha visto vivo: il suo datore di lavoro.»

«Cosa vuole che facciamo per la stampa, capo?»

La domanda venne da Devon. Lei si voltò verso di lui, lo studiò per un momento, poi rispose: «Lascio decidere a Lei. Ma aspetti che la sua famiglia sia stata avvisata. Si attenga ai fatti. Niente di più.»

«Capo,» rispose Devon con un cenno del capo.

«Molto bene. Mettiamoci al lavoro. Scopriamo che diavolo è successo a Nigel Hadlow.»

Il traffico si infittì mentre entravano nel cuore di Guildford e Stephanie rallentò fino a procedere a passo d'uomo dietro un autobus. La pioggia luccicava sull'asfalto come polvere di stelle. Davanti a loro, un'impalcatura si arrampicava sullo scheletro di un grattacielo a metà costruzione, e un'imponente gru incombeva sulla città come un uccello rapace in attesa.

«Una volta quello era un parcheggio,» bofonchiò Olivia, con le braccia strette sul petto. «Anche molto frequentato e comodo. Nessuno si è mai lamentato, ma a qualcuno da qualche parte è venuta la brillante idea di smantellarlo per costruirci sopra un altro condominio di appartamenti carissimi. Geniale.»

Stephanie emise un piccolo grugnito evasivo, con l'attenzione rivolta a un ciclista che zigzagava troppo vicino al suo specchietto laterale.

Passarono poi accanto al sito dell'ex Debenhams, o a ciò che ne restava. I vecchi grandi magazzini erano stati sostituiti da lucidi pannelli di vetro e da un gigantesco striscione che prometteva appartamenti di lusso a partire da 500.000 sterline. Mezzo milione di sterline per vivere accanto a una strada trafficata in una vivace città universitaria. Stephanie avrebbe potuto pensare a modi migliori per spendere i suoi soldi, supponendo che avesse mezzo milione di sterline in più che le avanzava da qualche parte, cosa che non aveva.

«Ed eccone *un altro*,» bofonchiò Olivia, con la voce carica di disgusto.

Stephanie sbuffò. Dato che non viveva nella zona da molto tempo e per certi versi si sentiva ancora un'estranea, non aveva motivo di essere irritata quanto Olivia. «Sembri una vecchia di cent'anni.»

«E me li sento tutti. È solo un peccato, sai. Danno le chiavi in mano a questi costruttori a cui non frega un cazzo di nessun altro se non di loro stessi e dicono: fateci quello che volete, non ci interessa.»

In lontananza, due palazzi residenziali più recenti si ergevano dietro la stazione ferroviaria. Puliti, netti, moderni.

«E si sta espandendo,» aggiunse Olivia, puntando il pollice verso il parabrezza. «Hai visto Woking di recente?»

Stephanie sorrise. «Difficile non vederla. La vedo da Chantries Ridge. Sembra che qualcuno abbia fatto cadere una pila di scatoloni dell'IKEA in mezzo al Surrey. Ma la gente ha bisogno di case, Liv.»

«Sì, sì. Ma sai come le ottengono? L'altro giorno ho visto sui social che molti di questi vecchi edifici finiti nel mirino dei costruttori, be'... all'improvviso prendono fuoco e bruciano.»

«Intendi una cospirazione?»

Olivia si strinse nelle spalle. «Dico solo che ti fa pensare, no?»

L'unica cosa a cui fece pensare Stephanie fu se il fienile dove era morto Nigel Hadlow fosse stato destinato a un potenziale affare immobiliare, ma si rese conto che era altamente improbabile data la sua posizione isolata. Non riusciva a immaginare nessuno che volesse vivere in un condominio a diversi chilometri dai servizi locali.

«Dagli altri dieci anni,» disse Olivia con un sospiro. «Scommetto che vivremo tutti in posti con codici QR al posto delle porte.»

«E robot come vicini.»

«Non possono essere peggio di quelli che ho adesso.»

Stephanie ridacchiò e svoltò in una stretta strada laterale mentre uscivano da Guildford in direzione di Basingstoke. Era ora di smetterla di lamentarsi del profilo della città e di iniziare a scavare nella vita di un uomo che poteva essersi dato fuoco da solo, oppure no.

CAPITOLO
QUINDICI

Un solo pensiero le occupava la mente: Stephanie. Nonostante il dolore fisico che sentiva allo stomaco e nel resto del corpo, riusciva a pensare soltanto all'unica cosa che le causava quel dolore emotivo, quella sofferenza interiore. Il suo rapporto con la sorella maggiore non era più stato lo stesso dopo la rivelazione che aveva mandato in frantumi la sua intera visione del mondo. Non poteva più fidarsi di Stephanie, non poteva più credere a una sola parola che le usciva di bocca. Stephanie le aveva mentito per tutta la vita, e lei sentiva che c'era dell'altro che non le veniva detto: un presentimento, un'intuizione tra sorelle.

Un tempo erano state inseparabili, legate dalla loro storia comune, ma quel legame era stato costruito sulle menzogne. Per trentatré anni, Kimberley aveva creduto che sarebbero state sempre insieme, sorelle per la vita. Si era immaginata che Stephanie sarebbe stata la prima persona da chiamare in caso di emergenza, forse anche prima di suo marito, Jason. Eppure, nel momento in cui aveva più bisogno di loro, nessuno dei due aveva risposto al telefono. Probabilmente erano entrambi troppo impegnati con il lavoro per preoccuparsi di lei, per mollare tutto e sostenerla.

Buffo, suo marito e sua sorella, le persone a cui un tempo aveva affidato la propria vita, non si vedevano da nessuna parte. L'avevano abbandonata, gettando la maschera.

Un'ondata di nausea la pervase quando una figura si mosse da un lato all'altro della sala d'attesa, strappandola ai suoi pensieri. Si agitò a disagio sulla sedia dallo schienale rigido, si sistemò il cappotto piegato in grembo e strinse la borsetta contro il pancione come se fosse un salvagente. Dall'altra parte della stanza, un bambino piccolo strillò, tirando la manica della madre, mentre lei gli sussurrava qualcosa di severo a denti stretti. Un'altra donna incinta sfogliava un opuscolo sulla gravidanza senza leggerne una parola, con un'espressione assente e distratta.

Kim fissò la parete azzurro pallido di fronte a sé, su cui erano esposti volantini sulle diverse fasi della gravidanza e sui prodotti per la pulizia sicuri. Eppure, non vedeva niente di tutto ciò. La sua mente tornò alla macchia di sangue che aveva visto quella mattina. Leggera, sì. Ma inconfondibile. E anche il dolore al basso ventre non era svanito. Non proprio un dolore, ma una tensione che la faceva preoccupare.

La figura accanto a lei si mosse sulla sedia. Si voltò a guardarlo.

Jordan. La persona che aveva risposto subito alla sua chiamata. Quello che aveva mollato tutto per venire con lei.

Jordan sedeva tranquillo, con le gambe larghe in un modo che suggeriva che fosse il padrone di casa, i gomiti appoggiati leggermente sui braccioli della sedia. Indossava una felpa nera con cappuccio sotto una giacca di jeans, con le maniche arrotolate a metà per rivelare polsi sottili e una pelle pallida e lentigginosa. I capelli biondo scuro erano tirati indietro in modo disordinato, come se ci fosse passato le dita tra i capelli per tutta la mattina. C'era una morbidezza nel suo viso che lo faceva sembrare quasi fanciullesco, eppure la sua mascella e la forma della sua bocca rispecchiavano quelle dell'unico uomo di cui nessuno dei due voleva parlare.

Il loro padre.

A Kim non piaceva quanto Jordan gli somigliasse, proprio come a sua sorella. Ma mentre il loro padre era sempre sembrato crudele, Jordan sembrava... normale. Stanco. Come un adulto vicino ai quarant'anni che cercava di dare un senso alla sua vita.

Aveva provato speranza, eccitazione alla scoperta di un nuovo fratello. Non solo perché aveva una persona nuova nella sua vita, ma perché Jordan le sembrava una seconda possibilità. Un nuovo inizio. Qualcuno che poteva capire la complessità della loro infanzia senza giudicarla per come l'aveva gestita, o per come non era riuscita a gestirla di recente. Avevano già fatto il test del DNA, lo avevano spedito e avevano ricevuto i risultati solo pochi giorni prima: una corrispondenza accurata al 99,97%. Fratellastri. C'era qualcosa di stranamente emozionante in tutto ciò. La prova scientifica che l'estraneo accanto a lei era sua carne e suo sangue, che lui le apparteneva e lei a lui, in qualche modo strano e contorto.

Così, nel momento del bisogno, lo aveva chiamato. E lui aveva risposto.

L'assenza di Stephanie le doleva nel petto come un livido che continuava a premere.

«Tutto bene?» le chiese Jordan, rompendo il silenzio e posandole una mano sulla parte superiore del braccio.

Lei accennò un sorriso sicuro. «Sono nervosa.»

«Sono sicuro che andrà tutto bene.»

Lei forzò un altro sorriso. «Grazie di essere venuto, comunque.»

«Ci mancherebbe. È a questo che servono le famiglie.» Fece un cenno verso il pancione. «Non avrei mai pensato di avere un fratello o una sorella. E non avrei mai pensato di diventare zio. Ora posso trattare il piccolino come il fratello che non ho mai avuto da piccolo.»

Lei ridacchiò, poi si massaggiò lo stomaco che ebbe una piccola contrazione. Annuì senza dire nulla, temendo che la voce le si sarebbe incrinata se ci avesse provato.

Un'ostetrica in camice blu scuro uscì da una porta laterale e la chiamò per nome: «Kimberley Taylor?»

Con fare incerto, si alzò, stringendo il cappotto e la borsa in una mano, mentre l'altra copriva istintivamente il pancione. Esitò per un lungo momento.

Poi si voltò verso Jordan.

«Puoi entrare con me?»

«Certo.»

Insieme, seguirono l'infermiera attraverso le porte a due battenti ed entrarono nel Reparto Maternità.

CAPITOLO
SEDICI

Gli uffici della Hadlow & Templeton si trovavano al primo piano di un piccolo grattacielo a Basingstoke. L'edificio era esattamente come Stephanie se lo era immaginato: moderno, spazioso e inondato di bianco. Qualcosa che era stato preso da Londra e scaraventato nel bel mezzo dello Hampshire. Negli ultimi due decenni, l'azienda aveva costruito la propria reputazione trasformando terreni inutilizzati in redditizi complessi residenziali in tutto il sud dell'Inghilterra, con Nigel e il suo socio in affari, Vinnie, al timone.

Una receptionist con le cuffie li guidò lungo un corridoio dalle pareti a vetro fino a una sala riunioni lunga e dal soffitto alto. Il tavolo era enorme, accompagnato da sedie spigolose più stilose che comode. Una parete era interamente di vetro e offriva una vista panoramica di Basingstoke e dei nuovi quartieri residenziali circostanti, che facevano sembrare la cittadina una costruzione Lego. In fondo alla stanza sedeva Vinnie Templeton, che si alzò al loro ingresso. Alto, sulla cinquantina come Nigel, con i capelli argentati pettinati con cura, aveva un'abbronzatura profonda che suggeriva una multiproprietà in Spagna e regolari viaggi all'estero per giocare a golf. Indossava un abito blu navy di taglio italiano abbinato a una camicia rosa pallido lasciata aperta sul colletto. Tutto di lui, dal Tag Heuer al polso ai costosi mocassini di pelle, emanava una ricchezza di tipo pretenzioso.

Stephanie presentò se stessa e Olivia.

«Mi risulta che Lei abbia parlato al telefono con la mia collega, signor Templeton» disse.

Vinnie annuì. «Sì. È una notizia terribile, terribile. Da allora non sono più riuscito a concentrarmi su nulla. Prego, accomodatevi.»

Stephanie e Olivia obbedirono, spostando le sedie all'estremità opposta del tavolo.

«Posso offrirvi un caffè? Acqua?»

«Siamo a posto» disse Stephanie. «Grazie. E apprezziamo che abbia trovato il tempo per riceverci.»

«Ci mancherebbe, ma le pare. Qualunque cosa vi serva, siamo a vostra disposizione.» Si passò le dita tra i capelli. «Io solo… io solo non riesco… Ed è sicura che si tratti di Nigel?»

Stephanie rispose con un cenno del capo impercettibile ma deciso. «Le prove del DNA lo hanno dimostrato al di là di ogni ragionevole dubbio.»

Vinnie emise un lungo sospiro e tirò su col naso più volte, come se stesse trattenendo le lacrime, o forse fingendo. «Una parte di me sperava che fosse qualcun altro, sa. Che fosse uno scherzo. So che è una cosa orribile da dire, ma… sapete già cosa gli è successo?»

«È per questo che siamo qui» rispose Olivia, posando il blocco note e la penna sulla scrivania. «Stiamo tentando di ricostruire i suoi spostamenti la sera in cui è morto.»

«Certo. Certo.»

Olivia lasciò passare un istante prima di parlare. «Qual era il ruolo di Nigel nell'azienda?»

Vinnie si appoggiò allo schienale, a braccia conserte. «Nigel supervisionava lo sviluppo strategico. Era lui a trattare con le autorità locali, a fare pressioni sugli urbanisti comunali, a gestire l'acquisizione dei terreni, le negoziazioni per la pianificazione e gli ostacoli legali: il tipo di lavoro che la maggior parte dei costruttori cerca di evitare. Era bravo. Affascinante quando serviva, e meno quando era il momento di essere duri.» Fece un gesto verso il paesaggio urbano oltre il vetro. «Metà dei complessi che vede da qui non esisterebbero senza di lui.»

«Quindi aveva rapporti con funzionari governativi?»

«Rapporti?» Templeton fece una breve risata. «Praticamente viveva negli uffici comunali. Conosceva per nome ogni capo urbanista a sud della M25. Era sempre al telefono, a organizzare pranzi di lavoro, sopralluoghi, caffè per aggiornarsi. Piaceva a un sacco di gente, e a un sacco di gente no. Era parte del processo. Ma aveva quella... quella calma anche quando le cose andavano storte, sa?»

Olivia guardò Stephanie, poi di nuovo Vinnie. «Le cose stavano andando storte di recente?»

Una pausa. Vinnie si strofinò il mento con un pollice. «Non in modo drammatico. Ma abbiamo incontrato un intoppo con uno dei nostri prossimi cantieri: un progetto vicino a Guildford. È la conversione di una vecchia chiesa su un terreno in disuso appena fuori città. Un posto bellissimo. Avrebbe reso felici un sacco di giovani che sarebbero andati a viverci. Ma il sito è diventato un punto critico per la comunità. Se ne stava occupando Nigel. C'erano stati un paio di problemi iniziali e alcune preoccupazioni sollevate internamente, ma ogni volta che gliene parlavo, mi diceva che era tutto sotto controllo e di non preoccuparmi.»

«Lei si preoccupava?»

«Al cento per cento» ammise. «È il mio lavoro preoccuparmi. Ma mi fidavo di lui. L'ultima notizia che ho avuto è che siamo in una fase di stallo.»

«Avrebbe potuto essere sotto pressione?» chiese Olivia.

Vinnie alzò lo sguardo, lasciandosi sfuggire una risatina. «Certo che lo era. Lo siamo entrambi. Alla fine della fiera dobbiamo rispondere agli azionisti e agli investitori. Ma la cosa non lo ha mai toccato. Sapeva gestire la pressione.» Vincent si interruppe, immerso nei suoi penseri. «Però... ora che me lo chiede, *aveva* ricominciato a fumare. L'ho sorpreso fuori due o tre volte nelle ultime due settimane, a fumare come se avesse di nuovo venticinque anni. Aveva smesso da anni. Gliel'ho chiesto, ma ha liquidato la faccenda con un gesto.»

«Era un comportamento insolito per lui?» domandò Stephanie.

Vinnie si mosse sulla sedia. «Sì. E no. Nigel interiorizzava lo stress. Era il suo modo di fare.»

«Cosa può dirci della conferenza la sera in cui è morto?»

«Il Southeast Infrastructure and Regeneration Forum? È l'evento più gettonato della zona. Io e Nigel siamo andati per i due giorni, abbiamo parlato con i rappresentanti comunali, altri costruttori, consulenti legali, un paio di finanzieri per sentire cosa dicevano del settore e come andavano le cose.»

«A che ora è finito l'evento?»

«Ufficialmente, alle quattro del pomeriggio. Ma alla fine non ce ne siamo andati prima delle sei circa.»

«Vi siete separati?»

«Sì.»

«E come le è sembrato quando lo ha lasciato?»

Vinnie sporse le labbra. «Perfettamente normale. Persino rilassato. Di certo non era in alcun modo angosciato.»

«Le ha detto se aveva programmi per il dopocena?»

«No.» Vinnie scosse lentamente la testa. «Ha solo detto che ci saremmo visti in ufficio il giorno seguente.»

Stephanie si appoggiò leggermente all'indietro. «Direbbe che eravate molto legati?»

«Per quanto si possa essere legati a un socio in affari dopo vent'anni.»

«Le ha mai parlato di qualcosa che lo turbava? Chiamate? Messaggi?»

Il sorriso di Templeton si spense. «Non in particolare. Abbiamo avuto problemi nel corso degli anni. Residenti, ambientalisti, la stampa, manifestanti accampati fuori dai nostri cantieri, quel genere di cose. Anche qualche minaccia di morte... tutto all'ordine del giorno. Ma non mi aveva detto nulla di recente.»

«E per quanto riguarda l'interno dell'azienda?» chiese Olivia. «C'erano tensioni? Qualcuno scontento di lui?»

«Non che io sappia. Io e lui avevamo dei disaccordi, naturalmente. Non si costruisce un'azienda insieme senza scontrarsi di tanto in tanto. Ma non c'era nulla fuori dall'ordinario.» Esitò. «Altrimenti sono sicuro che me ne avrebbe parlato. Eravamo soci. Ciò che toccava lui toccava me.»

Stephanie annuì. «Vorremmo avere accesso alla sua agenda, al telefono aziendale e alle email.»

«Posso autorizzare la cosa» disse Vinnie. «Farò in modo che l'IT prepari tutto. Per alcuni dati potrebbe essere necessaria una richiesta formale, ma se serve a scoprire cosa è successo...»

Stephanie lo ringraziò, gli porse un biglietto da visita e poi fece per andarsene. Mentre si dirigevano verso la porta, Vinnie li richiamò. «Crede che sia stato un omicidio?»

Stephanie si fermò, con una mano sulla maniglia della porta.

«Non escludiamo nessuna ipotesi» rispose.

Poi uscì, lasciando Vinnie Templeton da solo in fondo al tavolo, a fissare il tabellone del Monopoli a grandezza naturale che lui e Nigel avevano costruito.

CAPITOLO
DICIASSETTE

Mentre Stephanie saliva al posto di guida, sbatté la portiera contro il vento che si stava alzando e si lasciò cadere all'indietro con un sospiro. Il cielo sopra Basingstoke si era oscurato, carico di nuvole di pioggia, e il traffico della prima serata cominciava già a intensificarsi sulle strade. Olivia si allacciò la cintura accanto a lei, impegnata a scarabocchiare qualcosa sui suoi appunti. Proprio mentre stava per parlare con la sua agente, il telefono le vibrò nella tasca del cappotto. Lo tirò fuori e vide il nome di Giles sullo schermo.

«Signor Swinger» disse, posando il telefono sul cruscotto.

Un sospiro giunse dal microfono. «Per favore, non dire il mio nome in quel modo.»

«Ma *è* il tuo nome, no?»

«Sì, ma lo odio. Non hai idea di quante me ne hanno fatte passare a scuola.»

«Oh, posso immaginarlo. Lo so quanto sanno essere crudeli i bambini.»

Ricordò una scena della sua infanzia: un freddo pomeriggio di febbraio nel cortile della scuola. Aveva dodici anni, indossava scarpe di seconda mano e la divisa scolastica, e se ne stava vicino alla struttura per arrampicarsi, stringendo il suo tascabile in cerca di conforto, mentre un gruppo di ragazze le girava intorno, indicandola e ridendo di qualcosa di divertente che aveva detto Ellie

McFadden. Era rimasta immobile, le guance in fiamme, le mani strette intorno al libro fino a far diventare le nocche bianche. E poi...

«Capo?» La voce di Olivia la riportò alla realtà.

Sb batté le palpebre, rendendosi conto che stava stringendo il volante più del necessario, poi guardò la detective, che aveva un'espressione di materna preoccupazione.

«Scusa. Cosa stavi dicendo, Giles?»

«Niente. Pensavo mi avessi riattaccato in faccia.»

«Mi sono distratta. Come possiamo aiutarti?»

«Il rapporto di Elias. È appena arrivato.»

«E?»

Giles inspirò leggermente, come se si preparasse per un gran discorso. «Ha chiesto di te, sai? Proprio di te.»

«Ah.»

«Ha detto che voleva consegnarti il rapporto di persona. A dire il vero, sembrava piuttosto triste quando gli ho detto che non c'eri.»

Percepì il suo tono e lo disapprovò immediatamente.

«È rimasto a gironzolare per un po' dopo, nel caso fossi comparsa. Cosa c'è sotto, capo? C'è qualcosa tra voi?»

Sentì la gola stringersi. «No. E questa è l'ultima volta che accenni a una cosa del genere. La mia vita sentimentale è la *mia* vita sentimentale, e al momento è inesistente tanto quanto le nostre piste in questa indagine, quindi preferirei che concentrassi i tuoi sforzi per trovarne qualcuna prima ancora di pensare a ficcare il naso nella mia vita privata, che rimarrà sempre fuori dalla tua portata.»

Poteva sentirlo sorridere attraverso il telefono. «Beh, allora cosa vuoi che faccia con i documenti che ti ha lasciato?»

«Documenti?»

«Sì. Mi ha dato degli opuscoli e del materiale su come superare la paura del fuoco.»

Lanciò un'occhiata imbarazzata a Olivia. «Lasciali sulla mia scrivania. Ci darò un'occhiata quando torniamo. Ora, possiamo tornare all'argomento? Cosa diceva il suo rapporto?»

Giles si schiarì la gola. «Allora, il punto d'origine è stato confermato nell'angolo anteriore destro del fienile, sul pavimento. Elias dice che la fonte di ignizione era compatibile con una sigaretta caduta o un oggetto simile.»

«Sigaretta?»

Stephanie e Olivia si scambiarono un'occhiata.

«O simile» confermò Giles. «In base allo schema della bruciatura e alla corrispondenza dei residui. È quasi certo che fosse una sigaretta accesa. Ha anche detto che il fuoco si è propagato incredibilmente in fretta. Il fienile era pieno di paglia secca, vecchi barattoli di vernice e del legname. Una volta attecchito, è andato a fuoco come un fiammifero. Calcola che dall'innesco al divampare completo dell'incendio ci sono voluti meno di tre minuti.»

Stephanie fece una smorfia.

«Elias ha anche detto che hanno trovato tracce di accelerante sul terreno.»

«Dove?»

«Sul terreno, capo.»

«Sì. Questo lo so. Ma dove *esattamente*? Dappertutto? In un punto circoscritto? Con uno schema preciso? Sii specifico.»

Ci fu una pausa mentre Giles consultava gli appunti. «Non lo dice.»

«Puoi informarti?»

«Che differenza fa, capo? Sicuramente la presenza di accelerante suggerisce che qualcuno gli ha fatto questo.»

«Non necessariamente» replicò lei lentamente. «Se l'accelerante fosse stato sparso per tutto il fienile, indicherebbe che si è recato lì, ha cosparso il posto di benzina, poi si è seduto al centro e si è fumato un'ultima sigaretta. Se fosse stato solo in un angolo, allora forse qualcuno lo ha spostato al centro e ha dato fuoco all'angolo, dandosi il tempo di fuggire. Infine, se avesse seguito uno schema preciso, tipo un cerchio intorno al suo corpo, forse, indicherebbe anche la presenza di qualcun altro. In ogni caso, niente è certo. La presenza di accelerante *non* determina se si sia ucciso o se sia stato ucciso.»

«Capito» disse Giles. «Chiederò chiarimenti.»

Stephanie annuì tra sé. «Bene. Dobbiamo essere meticolosi su questo caso.»

«Magnifico. Vi aggiorno non appena ho notizie.»

La linea cadde.

Per un istante, nessuna delle due donne parlò. Fuori dall'auto, il traffico scorreva a passo d'uomo. I tergicristalli presero vita con un tonfo mentre cominciavano a cadere le prime gocce di pioggia.

«Allora» disse Olivia, guardando di sottecchi Stephanie. «Pensi ancora che possa essere un suicidio?»

Stephanie espirò dal naso. «Non lo so. Forse. O forse no. Ma in ogni caso, quest'uomo è stato messo a tacere. E io voglio sapere perché.»

Mentre inseriva le chiavi nel quadro e le girava, Stephanie sentì lo sguardo di Olivia su di sé, accompagnato da un sorriso sornione. La sua espressione diceva più di mille parole.

«Non dirlo nemmeno. Non c'è niente sotto. È solo Giles che fa lo stupido.»

«Andiamo, capo. Non devi mentirmi. Penso che sia un bell'uomo. Ed è un vigile del fuoco, il che lo rende ancora più sexy.»

«Davvero?»

Il sorriso sul volto di Olivia si allargò. «Io adoro gli uomini in divisa. Se non ti interessa, potrei farmi avanti io.»

CAPITOLO
DICIOTTO

Durante la loro assenza, il pannello operativo per l'Operazione Windbreaker era stato riempito di fotografie della scena del crimine, immagini del volto sorridente di Nigel Hadlow prese dal sito web dell'azienda, numerosi appunti, deposizioni di testimoni e una mappa che evidenziava i luoghi chiave: il centro congressi di Farnborough, il luogo dell'incendio e l'indirizzo di casa di Nigel.

La squadra si era già riunita nella sala operativa quando tornarono, preavvisata da Stephanie. Lei si diresse a passo svelto verso il fronte della stanza, lasciando che Olivia si sedesse accanto a Fiona.

«Bene» esordì, sbattendo un fascicolo sulla scrivania. «Ho appena ricevuto una chiamata da Giles; il rapporto di Elias conferma che l'incendio è stato causato da quella che sembra essere una sigaretta caduta su un'area altamente infiammabile del pavimento, ma questo non indica necessariamente dolo. Ci sono anche tracce di un accelerante, il che solleva seri interrogativi su come sia scoppiato l'incendio e chi fosse presente in quel momento.»

Devon si raddrizzò sulla sedia. «Quindi stiamo pensando a un incendio doloso?»

«Teniamo aperte entrambe le possibilità finché non avremo più informazioni. Potrebbe essere un suicidio o qualcuno che ha cercato di cancellare le proprie tracce. In ogni caso, voglio che ogni pista sia percorsa come se fosse un'indagine per omicidio. A che punto siamo con la proprietà del terreno?»

«Ho controllato al Catasto e ho scoperto che il terreno appartiene ai proprietari della fattoria dove si trova il fienile» rispose Devon.

«Ci hai parlato?»

«Sì.»

«E?»

«Sono preoccupati ma non sono sospettati.»

«Perché no?»

«Perché al momento sono fuori dal paese.»

Stephanie annuì, assimilando l'informazione. Poi si rivolse a Noah. «Qual è la situazione dell'auto di Nigel?»

«Non è ancora saltata fuori» rispose lui. «Anche se abbiamo ricevuto una segnalazione dall'ANPR verso le diciotto e venti in direzione nord sulla A31, ma niente dopo. O sono state cambiate le targhe, o è stata abbandonata da qualche parte senza telecamere in vista.»

«Fai una ricerca completa dell'ANPR in un raggio di trenta miglia dal centro congressi» ordinò. «E incrocia i dati con i filmati a circuito chiuso dei distributori di benzina. Qualcuno deve averla vista per forza. Che macchina guida?»

«Una Jaguar F-Pace.»

«Non so niente di macchine. È un modello abbastanza moderno e sofisticato?»

«Sì.»

«E allora non avrà un qualche tipo di sistema di tracciamento o monitoraggio GPS? Non potrebbero localizzare dove si trova o dove è stata l'auto?»

Noah sembrò cadere dalle nuvole. «Verifico subito.»

«Grazie. E il telefono di Nigel? I suoi messaggi, le chiamate? Informazioni di tracciamento da quello?»

Devon si sporse in avanti, stringendo una pila di fogli stampati. «Ho esaminato i suoi messaggi di testo, le chiamate, le email e i messaggi su varie piattaforme delle ultime settimane. Ho trovato una serie di messaggi da un numero non registrato iniziati circa tre settimane fa. Sono diventati più frequenti man mano che ci si avvicina alla sua morte. L'ultimo messaggio è arrivato alle diciassette e otto minuti la sera in cui è scomparso.»

Passò i fogli a Stephanie, che li scorse rapidamente:

Pensi di poter fare quello che ti pare, vero?

*L'opinione pubblica vorrà davvero sapere come hai fatto a farlo appro-
vare, non credi? Corruzione ai massimi livelli.*

Ho le email, Nigel. I bonifici. Le foto. Mi fai schifo.

Non dovrebbero permetterti di farla franca.

O questa cosa si ferma, o rendo tutto pubblico. Tic tac.

Stephanie sentì i peli delle braccia rizzarsi. «Ricatto?»

«Sembrerebbe di sì» confermò Devon. «Ma non c'è nessun
nome, nessuna informazione di contatto. Nessuna indicazione su a
cosa si riferiscano. E i messaggi sono stati inviati da un telefono usa
e getta. Nessuna traccia di chiamate da quel numero, neanche. Solo
questi SMS. Ho fatto richiesta al provider di rete per vedere cosa
possiamo recuperare dal numero. Dopo aver visto questi, ho
chiesto alla squadra reati finanziari di indagare sui conti personali e
aziendali di Nigel, e hanno segnalato due pagamenti anomali a un
conto offshore privato. Uno è andato a una società di consulenza
privata che non sembra esistere, e l'altro... be', stiamo ancora
cercando di rintracciarlo.»

«Di che cifra stiamo parlando?»

«Diverse decine di migliaia. Entrambe le transazioni sono avve-
nute negli ultimi sei mesi. Non sono state registrate come spese
aziendali e non sono nemmeno dichiarate nella sua dichiarazione
dei redditi personale.»

«Soldi per comprare il silenzio» mormorò Stephanie. «Qualcuno
sa lo stato attuale del progetto di riqualificazione della chiesa?»

Fiona guardò il suo schermo. «Hadlow e Templeton hanno
richiesto il permesso di riqualificare St Clement's, una chiesa scon-
sacrata a Chertsey, lo scorso autunno. La richiesta ha incontrato la
resistenza di gruppi di tutela del patrimonio, residenti del posto e
del deputato locale. Tuttavia, è stata approvata con una rapidità
insolita: entro sei settimane. La motivazione ufficiale fornita è stata
"necessità economica e conservazione del patrimonio".»

Stephanie sollevò un sopracciglio prima di guardare Olivia.
«Conservarla demolendola?»

«In sostanza» rispose Fiona. «Intendevano trasformarne una
parte in appartamenti di lusso e demolire il resto.»

«Mi sorprende che non avessero intenzione di raderla al suolo
con il fuoco» intervenne Olivia a voce alta.

«Cosa?» chiese Fiona, la sua confusione rispecchiata sui volti dei colleghi.

«Niente» disse Olivia, liquidando il commento. «Quindi, questo significa che era coinvolto in qualche affare losco con tanto di mazzette, e poi qualcuno l'ha scoperto.»

«O ne sapevano abbastanza da mandare minacce» suggerì Devon, picchiettando sulla pagina. «E ne sapevano abbastanza da minacciare di rendere tutto pubblico. O pensava che pagarli avrebbe risolto il problema, oppure...»

«Oppure è andato nel panico» concluse Stephanie. Tornò a guardare il pannello, il viso sorridente di Nigel. «Stava subendo delle minacce. Si trovava in una situazione più grande di lui. Ma se si è tolto la vita, perché farlo in un posto così isolato?»

Nessuno rispose.

«Non sembra un suicidio» aggiunse, scuotendo la testa. «Sembra che qualcuno stia mandando un messaggio, rendendo la morte il più caotica possibile in modo che il suo corpo sia a malapena riconoscibile.»

«Dobbiamo scoprire se qualcuno lo ha seguito o se ha incontrato qualcuno lì» disse Noah.

Stephanie si rivolse a Fiona. «Mettiti in contatto con il consiglio comunale. Voglio sapere tutti i nomi coinvolti in quel progetto della chiesa. Nomi, contatti, tutto.»

«Sarà fatto.»

«Devon, rintraccia quei bonifici. Voglio sapere chi ha ricevuto i pagamenti, come e quando. Se c'è una società di comodo di mezzo, rintracceremo anche quella. Dobbiamo determinare chi conosceva i segreti di Nigel e chi voleva metterlo a tacere.»

Tornò al pannello operativo, appuntando i messaggi minatori scritti in inchiostro rosso sotto la foto di Nigel.

Si rivolse di nuovo a Devon.

«Ci serve un nome e un numero collegati a quegli SMS. Qualunque cosa sia, chiunque ci sia dietro, è probabilmente il motivo per cui Nigel si è tolto la vita o è stato messo a tacere. Voglio sapere per cosa veniva ricattato e chi era il responsabile.»

CAPITOLO
DICIANNOVE

Stephanie chiuse con cura lo sportello del frigorifero e si diresse con noncuranza verso il divano, una mela fresca in mano. Si accomodò nel suo angolo, che si era consumato sotto il suo peso, e raccolse le gambe al petto.

La televisione era accesa, trasmetteva la replica di un documentario naturalistico di David Attenborough. Immagini di savane e incendi violenti balenavano sullo schermo, con fiamme rosso-arancio che lambivano i tronchi di alberi secolari.

Batté le palpebre. Deglutì.

Diede un morso alla mela.

Ne percepì a malapena il sapore. Il rumore del fuoco le si insinuò sotto la pelle. Le pulsazioni le martellavano in gola. Si costrinse a guardare lo schermo. Le fiamme, la cenere, il fumo.

Era uno dei meccanismi di difesa che le aveva consigliato Elias: la terapia dell'esposizione. Solo che non era proprio la stessa cosa. Il fuoco era dall'altra parte dello schermo televisivo. Eppure, sentiva la stanza diventare più calda, umida, soffocante.

Abbassò la mela, la fissò per un istante, poi la posò sul tavolino, lasciandola a metà. Alzandosi, si asciugò le mani sui pantaloni della tuta e spense la televisione.

Silenzio, se non fosse stato per il battito del suo cuore che le rimbombava nelle orecchie. Si allontanò dallo schermo e colse il proprio riflesso. Comparve il volto di suo padre, che si teneva un accendino sulla guancia. Una piccola fiamma scoccò e le saettò contro, illuminandogli i lineamenti.

E poi sentì il calore strisciarle su per la schiena.

Un leggerissimo odore di bruciato.

Annusò a fondo. L'odore si intensificò. Scrutò il soggiorno ma non vide alcun segno di fumo, fiamme o calore. Era tutto nella sua testa, il fuoco che strisciava fuori dalla televisione come in una scena di *Poltergeist*. Era tutto nella sua testa, ma il suo corpo non lo sapeva. Qualcosa impediva al messaggio di raggiungere il cervello, e lei afferrò il bordo della T-shirt, sfilandosela con un solo gesto. Poi, uscì dai pantaloni della tuta. Sentiva la pelle strana, a disagio. Pungente, come se fosse in fiamme, come se qualcuno la stesse spennellando con un pennello infuocato. La stava soffocando, anche se era seminuda in mezzo al soggiorno.

Il volto di suo padre la fissava intensamente, con uno sguardo implacabile. Il fuoco sullo schermo si ingrossò ferocemente.

Corse di sopra, in bagno.

La doccia prese vita con un cigolio, e lei si mise sotto il getto prima che avesse il tempo di regolarsi, lasciando che l'acqua gelida la colpisse con tutta la sua forza. Trasalì, ma non si mosse. Rimase perfettamente immobile. Trattenne il respiro mentre l'acqua le scorreva sulle spalle e lungo la schiena, appiccicandole i capelli al viso.

Non è reale, si disse. Non è reale. Non è reale.

Il fuoco non c'era, così come il volto di *lui* non era davvero lì.

Dopo qualche minuto, una sensazione di torpore prese il sopravvento sul suo corpo, e il panico cominciò a defluire con l'acqua giù per lo scarico. Stephanie allungò la mano verso il rubinetto e chiuse l'acqua. L'appartamento tornò silenzioso. Uscendo, afferrò un asciugamano e si asciugò come in trance prima di vestirsi e tornare in soggiorno. I capelli umidi le gocciolavano sulle spalle e lungo la schiena. Si rimise il top e i pantaloni della tuta prima di tornare sul divano. La mela era ancora sul tavolino. Poi trovò la forza di dare un'occhiata allo schermo della televisione.

Per fortuna, il volto di suo padre era scomparso, e tutto ciò che vide fu il nero e il suo riflesso sfocato, mentre la scena cambiava mostrando l'immagine di un animale in fuga dall'incendio.

CAPITOLO
VENTI

Olivia imprecò a mezza voce mentre apriva l'ombrello con uno strattone e chiudeva la portiera dell'auto con un colpo d'anca. Una nebbia bassa e carica di pioggia era scesa sul Surrey, e quello era tutto ciò che aveva. Era uscita di casa con una tale fretta quella mattina che aveva dimenticato l'impermeabile. E anche i ragazzi avevano dimenticato i loro. Per non parlare del fatto che Josh aveva dimenticato la sua borsa da ginnastica per la terza volta di fila. Era chiaro che l'incontro della sera prima con il suo coordinatore di classe non aveva cambiato assolutamente nulla nel suo atteggiamento o nella sua voglia di cambiare. Olivia era stata costretta ad ascoltare il signor Kapoor esporle le sue preoccupazioni sul comportamento del figlio, mentre l'unica cosa a cui riusciva a pensare era come lo avrebbe punito.

La punizione non era ancora arrivata. Ma sarebbe arrivata. Quando meno se lo sarebbe aspettato.

Ombrello alla mano, si avvicinò alla piccola fila di auto della polizia che avevano accostato sul ciglio della strada. La Jaguar di Nigel Hadlow era stata trovata quella mattina presto. Alcune segnalazioni, insieme alle informazioni del sistema di localizzazione della casa produttrice, indicavano che era stata abbandonata sul ciglio di una tranquilla strada di campagna, non lontano dal fienile.

Mentre si avvicinava, capì che l'auto aveva subito la stessa sorte di Nigel. Quella che una volta era una Jaguar elegante e moderna, ora era poco più di una carcassa bianca, distrutta da un incendio violento. Il tettuccio si era leggermente incurvato verso l'interno per il calore, deformando la scocca. La vernice era sparita, lasciando scoperto il metallo. I pneumatici erano scoppiati. I finestrini erano esplosi, lasciando frammenti di vetro sparsi sul ciglio della strada e sull'erba bagnata. Il contorno sbiadito della targa confermava che si trattava dell'auto di Nigel.

Una coppia di investigatori della scientifica stava fotografando il rottame. Dietro di loro c'era Elias, a braccia conserte, che osservava ogni loro mossa. Il cattivo umore di Olivia, che aveva cominciato a placarsi alla vista della Jaguar bruciata, si dissolse del tutto quando lo vide.

C'era qualcosa di speciale in un uomo in divisa.

Quando lui si voltò e la scorse, le si annodò qualcosa nello stomaco. Le fece un cenno quasi impercettibile con il capo. Niente sorriso. Risoluto. Sicuro. Rassicurante.

Lei aggirò i detriti, raggiungendolo. «Buongiorno» disse, presentandosi.

«Detective.» Fece un gesto verso il rottame. «Come può vedere, abbiamo un altro bel pasticcio tra le mani.»

Lui parlava, ma lei gli prestava poca attenzione. Il suo sguardo scese, notando le cicatrici sul collo e sulla mano destra, che sparivano nel polsino della giacca.

C'era qualcosa di speciale in un uomo in divisa con le ferite a provarlo.

Deglutì. «Sembra che l'abbiano incendiata per bene.»

«Bruciata dall'interno» spiegò Elias. «L'incendio è divampato da qualche parte nel vano piedi del passeggero anteriore. Potrebbe essere stato un accelerante o un ordigno incendiario improvvisato, ma non lo saprò con certezza finché non avremo avuto la possibilità di esaminarla nel dettaglio.»

Olivia si accigliò, scrutando la carcassa annerita. «Qualche traccia forense...?»

«Se c'erano DNA, impronte, sangue o fibre, ora sono cenere. Lo stesso vale per l'elettronica. Il computer di bordo del veicolo si è fuso fino a diventare irriconoscibile. Potrebbe benissimo aver bruciato per mezza giornata, forse anche di più.»

Olivia si girò lentamente, ispezionando i dintorni. La strada era poco più di un viottolo a una sola corsia, protetto dalla copertura degli alberi, senza case in vista.

«Ci sono prove che sia stata spostata dopo che ha smesso di bruciare?»

Elias scosse la testa. «No. È bruciata in situ. Può vedere dove i pneumatici si sono fusi con l'asfalto.»

Olivia tirò fuori il suo taccuino, aprendolo a una pagina pulita. «Quanto dista il fienile da qui?»

«Poco meno di quattrocento metri.»

«E allora perché abbandonarla qui?» mormorò lei.

Elias si lasciò sfuggire una risata secca. «È compito suo scoprirlo. Io mi limito a riportarle i fatti.»

CAPITOLO
VENTUNO

S empre convinta che possa essere un suicidio, capo?»
«   Non fu la domanda in sé a infastidirla, ma l'intonazione, il *tono* che celava. Come se la risposta fosse ovvia e lei una stupida a suggerire di non escludere alcuna ipotesi.

«Come Le ho detto più e più volte, non escluderemo alcuna ipotesi finché non avremo prove concrete a suggerire che Nigel è stato ucciso» rispose lei, fulminando Giles con lo sguardo. «Trovo strano che l'auto di Nigel sia stata trovata a circa quattrocento metri da dove è morto? Sì. Trovo strano che entrambi siano stati distrutti dal fuoco? Sì. Ma non c'è niente che suggerisca che non abbia parcheggiato l'auto, le abbia dato fuoco e poi si sia allontanato verso il fienile per fare lo stesso con se stesso.»

«Ma perché avrebbe dovuto dare fuoco all'auto per poi farsi fuori poco dopo?»

Lei scrollò le spalle. «Purtroppo, l'unica persona che sa con certezza cos'è successo è Nigel stesso. E siccome il suo corpo non è altro che un tizzone carbonizzato, non abbiamo il lusso di poterglielo chiedere. Certo, è possibile che qualcuno lo abbia fermato sul ciglio della strada, abbia interagito con lui, bruciato l'auto e poi lo abbia trasportato al fienile? Certo che sì; è una possibilità molto concreta, ma finché non raccoglieremo prove a sostegno di una delle due teorie, non potremo sapere cosa sia successo. Ecco perché voglio che perseguiamo entrambe le piste, in modo da non trascurare nulla.»

L'atmosfera nella stanza si fece più pesante mentre Stephanie incrociava le braccia sul petto. Giles sprofondò sulla sedia, riportando l'attenzione sullo schermo.

«Passando ad altro...»

La voce era quella di Devon. Si girò sulla sedia e alzò lo sguardo verso Stephanie con un'espressione speranzosa e ottimista.

«Sì?»

«Vuoi la buona notizia o la buona notizia?»

Lei lo guardò accigliata, per niente colpita.

«Dimmi e basta, per favore, Devon. Di che si tratta?»

«Credo di aver trovato la persona che ha mandato i messaggi e le email a Nigel prima che morisse.»

Lei rilassò leggermente la stretta delle braccia sul petto. «Continua.»

Devon si girò del tutto sulla sedia, a gambe larghe, le dita che tamburellavano mentre afferrava un foglio stampato dalla scrivania.

«Allora, ho eseguito qualche tracciamento avanzato sui metadati delle email. L'account che mandava i messaggi era criptato e rimbalzava su diversi server internazionali. All'inizio, non ho trovato niente. Ma poi ho pensato: e se questa persona non fosse così intelligente come crede? Così ho controllato la configurazione dell'indirizzo email stesso e, confrontandolo con i dati storici dei contatti nel telefono di Nigel, ho scoperto un numero usa e getta che corrispondeva a uno dei suoi registri di chiamate cancellate. Quel numero era intestato a una SIM ricaricabile, acquistata il mese scorso in un'edicola a Woking.»

Sollevò il foglio stampato come se fosse un trofeo.

«E?» lo incalzò Stephanie.

Il sorriso di Devon si allargò. «E quello stesso numero una volta era collegato a un profilo social temporaneo che aveva taggato una protesta contro la speculazione edilizia lo scorso autunno. Ho scavato nei metadati di quel post, con un piccolo aiuto da Facebook, e l'ho ricondotto a un indirizzo IP.»

Stephanie inarcò un sopracciglio. «Dove?»

«Da qualche parte a Woking. Appartenente a una certa signorina Tina Keel. Che, guarda caso, lavora per il Comune di Woking, nel dipartimento per l'edilizia e lo sviluppo.»

Stephanie fece una pausa, prendendosi un momento per considerare le implicazioni. «Ottimo lavoro» disse.

«E per rendere le cose più interessanti, il suo nome era sulla lista della conferenza a cui ha partecipato Nigel. Ho chiamato gli organizzatori e mi hanno confermato che si era registrata con il suo indirizzo email del comune.»

«Bel colpo. E hai fatto tutto da solo?»

Lui ridacchiò, come se si stesse trattenendo. «Non proprio. Ho avuto un piccolo aiuto dalle squadre della scientifica digitale. Ma ho contribuito a inoltrare le richieste e a seguire le pratiche.»

«Cosa faremmo senza di te?» replicò lei con un sorrisetto. «Bene, credo sia ora di fare una visita alla signorina Keel.»

«Basta che torni in tempo per il pub dopo il lavoro» la chiamò Fiona.

«Pub?»

«Quel posto dove vai per dimenticare tutte le preoccupazioni e i problemi. Ad alcuni di noi andava di bere qualcosa.»

Stephanie abbassò lo sguardo su Devon di fronte a lei. Lui le fece un cenno rassicurante. «Ci sarò anch'io» disse. «L'anima della festa.» Poi le lanciò un'occhiata che sembrava dire: *non preoccuparti per me, starò bene*.

<h1 style="text-align:center">CAPITOLO
VENTIDUE</h1>

Quando aveva conosciuto Devon all'inizio di un'indagine su un serial killer, lo aveva trovato ripugnante e un po' prepotente. Tuttavia, ora che aveva imparato a conoscerlo e che aveva visto un suo lato diverso — un lato addolorato, emotivamente a pezzi e vulnerabile che di recente si era affidato pesantemente all'alcol — aveva cominciato a provare compassione per lui. Lo considerava un suo pari, un amico. Lo aveva visto sprofondato in un abisso di alcol ed era stata lei ad aiutarlo a uscirne. Ecco perché sentiva di essere la più qualificata per esprimere le sue preoccupazioni.

Stephanie gli diede un'occhiata mentre era al posto di guida. «Sei sicuro per il pub di stasera?»

Devon tenne gli occhi sulla strada. «Parli come la mia terapeuta.»

«Dico sul serio» disse lei. «È solo che non penso sia una grande idea. Specialmente in un posto del genere.»

Lui annuì lentamente. «Capisco. E apprezzo la preoccupazione, davvero. Ma me la sto cavando bene. Non tocco un goccio da...» — si interruppe come per controllare un orologio interiore — «tre settimane e mezza.»

«È un'ottima cosa» disse lei, pensandolo davvero. «Davvero ottima.»

«Aiuta il fatto che ultimamente vedo più spesso Finn» aggiunse lui, con voce ora più mite. «Nei fine settimana, qualche sera. Giovedì scorso sono anche riuscito ad accompagnarlo a scuola. Fa sembrare le cose un po' più normali. Come se avessi di nuovo qualcosa da perdere.»

Stephanie emise un piccolo grugnito. «Sta' attento e basta, Devon. Questo è tutto quello che dico.»

«Sempre, capo.»

Il navigatore suonò mentre svoltavano nel parcheggio del Woking Borough Council.

Venti minuti dopo, Tina Keel fu finalmente pronta a riceverli.

Una donna sulla sessantina era in piedi sulla soglia e li guardava, sbattendo le palpebre da dietro occhiali spessi. I suoi capelli radi, di un biondo platino, erano raccolti in uno chignon basso, e indossava un cardigan di lana sopra una camicetta a fiori che le tirava leggermente in vita.

Si girò verso la sua assistente, confusa, come se avesse appena sentito un cattivo odore.

«Janie, che significa? Questo non è il mio appuntamento delle tre.»

Janie, l'addetta alla reception che Stephanie e Devon avevano importunato negli ultimi venti minuti, si voltò verso di loro. Aprì la bocca per parlare, ma Stephanie la batté sul tempo.

«Siamo della polizia del Surrey, signora Keel. Ci chiedevamo se potessimo farle qualche domanda.»

«La polizia? E per quale motivo?»

«Potremmo continuare questa conversazione dentro?» propose Stephanie, indicando l'ufficio.

«Io... Sì.»

Stephanie e Devon ringraziarono Janie, poi seguirono Tina nel suo ufficio. Lo spazio era modesto, con tutto l'essenziale. Sul tavolo c'era una tazza piena di tè alla menta piperita, il cui odore aleggiava nell'aria. Una stampa incorniciata dello skyline di Woking era appesa sopra la sua scrivania, anche se il vetro era incrinato in un angolo. Tina si lasciò cadere lentamente su una sedia da ufficio cigolante e offrì loro i posti di fronte.

«Non mi aspettavo di vedere la polizia qui» disse.

«La gente non se l'aspetta quasi mai» replicò Stephanie, mentre tirava a sé una sedia di fronte.

«Di che si tratta? Un problema di pianificazione urbanistica?»

«Siamo qui in relazione a Nigel Hadlow.»

L'espressione di Tina si irrigidì. «Oh. Capisco. Perché?»

«È morto» rispose Stephanie senza giri di parole.

Il viso di Tina si sgranò per lo shock, mentre il resto del suo corpo rimase immobile, persino il petto che si alzava e si abbassava. «Morto?»

«Purtroppo.»

«Come?»

«Il suo corpo è stato scoperto dopo un incendio.»

La donna ansimò sonoramente. «Ma cosa...? Perché voi...?» Ridacchiò goffamente mentre si rianimava di colpo e si agitava sulla sedia, evitando il loro sguardo. «Cosa c'entro io? Voglio dire, perché siete qui?»

Stephanie si appoggiò allo schienale, lasciando che Devon continuasse. «Ci risulta che voi due abbiate avuto in passato degli screzi, è corretto?»

Tina si passò un dito sull'orecchio, spingendosi indietro delle ciocche di capelli. «Non... non so a cosa si riferisca.»

Stephanie aprì la cartellina ed estrasse un fascio di messaggi stampati e pinzati. Li posò sulla scrivania.

«Li ha inviati lei?»

Tina strizzò gli occhi per guardarli. Le sue guance si tinsero di un rosa più intenso. Si chinò in avanti.

«Sì» disse dopo una pausa. «Sì, va bene. L'ho fatto. Ma non è come sembra. Non lo stavo *minacciando*, non davvero. Volevo solo... volevo solo che la smettesse.»

«Smettesse di fare cosa?» chiese Devon.

«Di essere così... *corrotto*. Metà degli edifici che vede nello skyline oggigiorno sono della sua azienda. E sono stati tutti affari loschi fatti con mazzette e bustarelle. So delle conversazioni che ha avuto con alcuni capi dipartimento in questo e altri posti. Il suo nome circolava come se fosse una specie di Brad Pitt, e lui pensava di poterla fare franca.» Scosse la testa disgustata. «Quando ho scoperto la faccenda del sito della chiesa di St Clement's, ho cercato di intervenire, ma a quel punto era troppo tardi.»

«Questo non le ha impedito di minacciarlo al riguardo.»

Tina ignorò l'insinuazione. «Ho provato a sollevare la questione internamente, ma nessuno mi ha ascoltato. Il che non è una sorpresa, visto che le persone a cui riporto sono quelle che ricevono le mazzette. Semplicemente non credo che quello che lui e la sua azienda stavano facendo fosse giusto. E poi... e poi ho scoperto che c'è un'altra chiesa sul loro registro. St. Mary's a Shalford. È lì da decenni a prendere polvere, e così gli ho mandato un messaggio anonimo al riguardo. Ho pensato che se lo avessi spaventato un po', fatto sudare, forse si sarebbe tirato indietro dal sito di quella chiesa. Forse avrebbe confessato. Deve aver funzionato, perché da allora non ho visto nessuna novità o sviluppo in merito.»

Il problema che aveva causato notti insonni a Nigel Hadlow. Il problema che lo aveva fatto ricadere nel vizio del fumo.

Stephanie studiò Tina ancora per un istante. «Lei non è stata coinvolta in alcun modo in quello che gli è successo?»

Tina alzò lo sguardo, con gli occhi che brillavano di dolore e innocenza. «Assolutamente no. Non lo volevo morto. Volevo che ne rispondesse. C'è una bella differenza.»

«Ci risulta che abbia partecipato alla conferenza a Farnborough?» continuò Devon.

«Esatto. Appena è finita, sono andata a casa. Ho cenato. Ho guardato la televisione con mio marito e il cane. Lo giuro, non ho avuto niente a che fare con quello che gli è successo.»

Stephanie scambiò un'occhiata con Devon, poi fece un piccolo cenno d'assenso. «Va bene. Grazie, signora Keel. Avremo bisogno di una lista di chiunque con cui abbia parlato di questa faccenda. E potrei aver bisogno di richiamarla.»

«Certamente. Qualsiasi cosa possa fare per aiutare.»

Mentre si alzavano per andarsene, Tina aggiunse: «Era una persona cattiva. Ma non meritava quello che gli è successo.»

CAPITOLO
VENTITRÉ

Il pub Weyside brulicava del chiacchiericcio infrasettimanale, un rifugio caldo e rumoroso contro la pioggerellina di inizio inverno. Dalla cucina si diffondeva il profumo di arrosto e sugo, mescolandosi all'odore familiare di birra e alcol. Stephanie era appoggiata allo schienale del separé vicino alla finestra, con il cappotto ammucchiato accanto a sé e una Guinness mezza vuota davanti. Aveva scelto un posto con una chiara visuale del locale, lanciando frequenti occhiate a Devon, seduto a qualche sedia di distanza, che stringeva un boccale da pinta pieno di Coca-Cola Light. I cubetti di ghiaccio tintinnarono lievemente quando bevve un sorso.

Di fronte a loro, Giles e Noah erano nel pieno del loro racconto, a metà di una storia che avevano già condiviso due volte da quando lei era entrata in squadra.

«No, no, ascolta» disse Giles, gesticolando animatamente. «Abbiamo appena finito questo sopralluogo, ok? Una casa piena di gatti. E dico *piena*. Entro, e questa piccola minaccia rossa mi si lancia dal frigo dritto alla testa. Come un missile.»

«Hai urlato» disse Noah, sorridendo.

«Ho gridato. C'è differenza.»

«Amico, hai *strillato* come un bambino al parco giochi.»

Attorno al tavolo scoppiò una risata.

Mentre si lanciavano in una nuova storia, catturando subito l'attenzione del resto del gruppo, Fiona diede un colpetto sulla spalla a Stephanie.

Posando il bicchiere di vino sul tavolo, disse: «Volevo dirtelo prima, ma mi è passato di mente.»

Stephanie distolse l'attenzione, girandosi a metà sul sedile.

«Dimmi pure.»

Fiona abbassò la voce. «Ho contattato la madre di Nigel Hadlow per quella foto trovata sulla scena del crimine, quella del ragazzino.»

Lo stomaco di Stephanie si contrasse. «Sì?»

«Non ha la minima idea di chi sia. Dice che non è Nigel, né nessun altro della famiglia. Niente nipoti, cugini o vicini. È stata piuttosto categorica. Ha detto che non aveva mai visto quel ragazzo in vita sua.»

Stephanie posò il bicchiere con un tintinnio sommesso e fissò un punto della stanza per un istante, con i pensieri che le turbinavano in testa. Il calore che sentiva nel petto si dissipò, sostituito da un freddo lento e profondo.

«Cosa vuol dire che non sa chi è?»

Fiona si strinse nelle spalle. «Dice che non è nessuno che conosce.»

Lo sguardo di Stephanie cadde sul tavolo. «E allora chi diavolo è?»

CAPITOLO
VENTIQUATTRO

Un dolore, incommensurabile e soverchiante, gli montò alla testa. Bagliori bianchi esplodevano nel suo campo visivo ogni volta che muoveva gli occhi, senza illuminare nulla nell'oscurità che lo circondava. Cristo, come gli faceva male la testa. Non aveva mai provato niente del genere. Fu costretto a tenere gli occhi chiusi, ritrovandosi a dover fare affidamento sugli altri sensi mentre la nausea gli rimbombava nel cranio.

Sapeva di trovarsi su una superficie solida, un pavimento duro. Che la spalla, il gomito, l'anca e le caviglie, i punti di contatto con il suolo, pulsavano con un battito sordo e profondo, come se fosse lì da giorni. Provò a muoversi, ma si rese subito conto che non c'era nessun posto dove andare. I polpastrelli gli sfregarono contro una superficie di legno, liscia e levigata. Gli si mozzò il respiro in gola. Allungò ancora di più le dita, cercando a tentoni in ogni direzione. Una parete. E un'altra. E un'altra ancora. Sopra la sua testa. Dietro di lui. Di fianco. Allungò le gambe, ma si bloccò di colpo prima di poterle distendere del tutto. Un'altra parete.

Il polso prese ad accelerare. No... no, no, no.

Il panico lo assalì, rapido e violento. Torse il corpo, le ginocchia che sbattevano contro qualcosa di duro. La testa urtò il coperchio, pochi centimetri sopra il suo viso. Allungò di nuovo le mani, facendole scorrere sul coperchio. Legno. Spigoli. Angoli. Chiodi.

Era in una scatola.

In trappola.

Aprì gli occhi nella vana speranza di svegliarsi dall'incubo, da quel sogno infernale, ma tutto ciò che vide fu un nero profondo, cavernoso.

Picchiò i palmi delle mani sul coperchio della scatola. Fitte di dolore gli saettarono lungo i polsi fino ai gomiti.

«Ehi!» urlò con voce roca, e il suono gli rimbalzò contro come un'eco crudele, beffarda. «Ehi? Qualcuno! Aiuto! C'è nessuno?»

Trattenne il respiro, in ascolto. Nessuna voce. Nessun passo. Nessuna speranza di salvezza. Solo il suono del suo panico crescente, il suo respiro affannoso. Una goccia di sudore gli scivolò lungo il viso e serrò la mascella. Dopo qualche secondo, gli occhi cominciarono ad abituarsi alla luce. Da qualche parte nel coperchio c'era una piccola fessura, un foro scavato nel legno. Un buco per respirare, niente di più. Presto, vide il vago profilo delle sue mani, della sua T-shirt e del suo corpo rannicchiato nella scatola.

Poi lo sentì. Un suono. Debole. Un passo? Un colpo di tosse? Il suono della vita! Forse qualcuno stava venendo a salvarlo.

Ma poi percepì un altro suono, e si rese conto di quanto si fosse sbagliato. Un crepitio basso. Come carta accartocciata lentamente. Lontano, ma sempre più forte.

E poi arrivò l'odore. Qualcosa di denso, nauseabondo. Fumo.

In poco tempo, si fece strada nella scatola. Lo stava inalando, ne stava soffocando. Tossiva, si contorceva. Il corpo sussultava a ogni movimento dolente, la spalla e la fronte che sbattevano contro i confini della scatola.

Il fumo continuava a filtrare dal buco, denso e implacabile.

Ricominciò a controllarsi e sbatté i palmi delle mani contro il coperchio.

«Vi prego! Qualcuno mi aiuti! Fatemi uscire!»

Fissò lo sguardo attraverso il buco, sperando che apparisse qualcuno: un eroe, un soccorritore. Poi un'ombra si mosse al di là di esso, breve e tremolante. Passò rapidamente attraverso quel poco di luce che c'era, poi svanì nella penombra.

«Aspetta! Torna indietro. Fermati! Ehi? Ti prego, non lasciarmi qui dentro!»

Spinse con le spalle contro il coperchio. Diedi calci alle pareti con i talloni. La scatola non si mosse. Chiunque l'avesse costruita, l'aveva fatta per durare.

Si sfinì in fretta e ansimò, fermandosi per riprendere fiato. Non fece alcuna differenza. Il fumo stava entrando velocemente, ora, più pesante e più denso. E poi arrivò il bagliore. Nel buco. Ai bordi. Che si insinuava attraverso le fessure del legno.

Fuoco.

Onnicomprensivo, divoratore. Che bruciava intorno a lui. Il crepitio si amplificò, come un subwoofer in sottofondo. Lentamente, cominciò a sentire il calore. Il fuoco si stava avvicinando rapidamente, il fumo lo stava soffocando. L'aria all'interno della scatola era densa e sciropposa, e ogni respiro diventava più difficile del precedente. I suoi polmoni urlavano in cerca di ossigeno, ma tutto ciò che trovavano era veleno. Fumo acre gli artigliò la gola e il petto, soffocandolo dall'interno.

Si contorse violentemente, artigliando il coperchio, le pareti, gli angoli. Le unghie si impigliarono nelle venature del legno e si strapparono, una dopo l'altra, macchiando il legno di sangue. Scalciò e spinse con tutta la forza che gli era rimasta, ma non c'era nessun posto dove andare. Ogni superficie lo respingeva. Le pareti sembravano più vicine. Più strette. Come se la scatola stessa si stesse restringendo intorno a lui.

«Ti prego…» gracchiò. «Non farlo.»

La sua voce era spezzata, ora. Riusciva a malapena a sentirla sopra il ruggito delle fiamme.

Un'improvvisa ondata di calore attraversò la base della scatola. Le piante dei piedi si riempirono di vesciche. Urlò, ritraendo le gambe, come se potesse fare la differenza. La scatola scricchiolò sopra di lui. Forte, minacciosa. Il legno stava cedendo, cambiando forma sotto lo sforzo.

Poteva sentirlo: il fuoco si faceva strada lungo i lati, famelico e spietato.

Un altro lampo di luce passò sopra il buco per respirare. Scattò con gli occhi in quella direzione. Un'altra ombra. Più vicina, questa volta. Rimase sospesa. A guardare.

«Ti prego!» singhiozzò. «Farò qualsiasi cosa, basta che mi fai uscire!»

Ma l'ombra scomparve di nuovo.

E poi giunse un suono che non si aspettava: chiodi che si spaccavano. Legno che si fendeva. La scatola non era più solo una prigione. Stava diventando la sua pira. Strillò mentre una linea di arancione rovente si diffondeva su una parete. L'interno cominciò a risplendere. Piccole lingue di fuoco spuntarono dalle crepe, protese verso di lui.

Il calore era ormai insopportabile. Il sudore gli colava dal viso, sfrigolando sul legno.

Diede un altro calcio, un ultimo, disperato tentativo, ma le gambe incontrarono resistenza. Nessuna cedevolezza. Nessuna via d'uscita.

Sarebbe morto lì dentro.

Bruciato.

Vivo.

Aprì la bocca per urlare di nuovo, ma non c'era più aria per farlo.

Solo fumo. Solo fuoco.

E poi il buio.

CAPITOLO
VENTICINQUE

La Chiesa di Ognissanti, classificata di primo grado, si trovava a Ockham, un piccolo villaggio sul lato est della A3, la strada che collegava Guildford a Londra e alla M25. Era leggermente arretrata rispetto alla strada, delimitata da un muretto e da un cancello di ferro, entrambi anneriti dal calore, con i cardini del cancello ormai deformati e fragili. L'edificio, originariamente tozzo e spigoloso, aveva ora un tetto d'ardesia che sprofondava vicino al centro, visibilmente danneggiato dall'inferno che si era scatenato la notte precedente. Intorno alla chiesa, le lapidi vicine erano coperte di cenere, le loro iscrizioni oscurate, e si inclinavano in direzione opposta all'edificio, come se cercassero di sfuggire all'incendio.

Risalente in origine al tredicesimo secolo, la chiesa aveva subito vari ampliamenti nel corso degli anni, tra cui la Cappella del Re sul lato nord. Era un luogo intriso di storia, dove generazioni di fedeli si erano recate per pregare e per piangere i propri morti. Ora, però, in un'altra grigia e uggiosa mattina di novembre, non era altro che un guscio annerito: silenzioso, in rovina e denso del tanfo di fumo.

Stephanie accostò al perimetro esterno e saltò giù dall'auto. Al centro della strada stazionavano due camion dei pompieri, con le squadre che stavano rimettendo a posto l'attrezzatura dopo aver spento l'incendio. Stephanie si fermò alla vista dell'edificio di fronte a sé. Sapeva già cosa avrebbero trovato all'interno: un altro cadavere. L'operatrice della centrale non ne aveva fatto menzione, ma non appena aveva sentito la donna parlare di un incendio, aveva riconosciuto la tetra verità. Non si trattava di un incendio doloso casuale. Non era stato un incidente. Era premeditato. E nella sua mente, se c'era un corpo all'interno, non si trattava di un suicidio.

Il suo corpo fu scosso da un lieve tremito mentre i suoi occhi si posavano sulle macerie. Durante il tragitto, aveva cercato di farsi coraggio per affrontare le rovine, ma era servito a poco. Tutto ciò che riusciva a vedere e a pensare era suo padre e la bruciatura sull'avambraccio che le pungeva sotto il maglione.

Provò una stretta al cuore per l'edificio e il suo valore storico. Un pezzo di storia, come Notre Dame a Parigi, raso al suolo e distrutto dagli elementi. Prima che potesse muoversi (non che lo volesse), vide Elias avvicinarsi a un camion dei pompieri. Lui la notò e le andò incontro, gettando un'occhiata alla piccola cartellina che lei aveva preso dal sedile del passeggero.

«Allora hai preso il materiale che ti ho dato?» chiese lui, indicandolo.

«Questi? Sono un'altra cosa. Ma sì, l'ho preso. Molto gentile da parte tua, grazie.» Si guardò intorno e poi abbassò la voce. «Ma non ce n'era davvero bisogno.»

«Lo hai già usato?»

Lei esitò prima di rispondere. «Ci ho dato un'occhiata ieri sera, dopo aver visto un documentario. Sento già di riuscire a elaborare questo posto meglio di come avrei fatto l'altro giorno.»

Lui inarcò un sopracciglio, chiaramente scettico riguardo alla sua affermazione. Nemmeno lei ci credeva fino in fondo.

«Da quanto tempo sei qui ferma?» le chiese.

«Sono appena arrivata.»

«Già. E riesci a mettere un piede davanti all'altro?»

Lei si guardò i piedi. «Alla fine sì.»

Lui sbuffò. «Vuoi che ti dica io cosa è successo, o preferisci vedere di persona?»

Le immagini della loro ultima visita sulla scena del crimine le inondarono la mente: l'odore, il fumo, i resti carbonizzati, il corpo annerito e accartocciato di Nigel Hadlow. Se avesse potuto evitarlo, lo avrebbe fatto.

«Non vedo alcun motivo per sprecare un'ottima tuta protettiva» rispose schiettamente.

Elias rise seccamente, poi le fece cenno di seguirlo un po' più lontano dal perimetro esterno, lontano dal rumore dei camion dei pompieri e delle squadre al lavoro.

«Ci hanno chiamato poco prima delle cinque del mattino» cominciò lui a bassa voce. «Un residente della zona si è svegliato per l'odore di fumo e ha visto il bagliore dalla finestra della sua camera da letto. Quando sono arrivate le squadre, il posto era già in preda alle fiamme. Da quello che abbiamo potuto valutare, l'incendio ha avuto origine nella navata centrale e si è propagato rapidamente attraverso il tetto fino al presbiterio. Ci è voluta più di un'ora per domarlo. Quello che resta è... per lo più macerie e devastazione.»

Stephanie annuì, con lo sguardo fisso su un albero vicino. Elias continuò.

«Fortunatamente, grazie a tutta la pioggia che abbiamo avuto, non si è propagato agli alberi o ai campi vicini, quindi è stato circoscritto.»

«Qualcuno è entrato?»

Elias annuì. «Solo per un rapido controllo di sicurezza.»

«E?»

Elias espirò pesantemente e si voltò leggermente, indicando attraverso le finestre striate di fuliggine. «I primi soccorritori della mia squadra hanno trovato un corpo.»

Lei rimase in silenzio per un istante di quieta contemplazione.

«Ma questa volta lo hanno trovato in una cassa.»

«Una cassa?»

«Quel che ne resta e che non è bruciato. L'abbiamo trovata davanti all'altare, dove la navata incontra il presbiterio, nascosta sotto i resti del leggio. Le fiamme l'avevano già consumata quando la squadra ha iniziato a gettare acqua.»

Stephanie si voltò a guardarlo. «Una bara?»

«Non proprio.» Si strofinò la nuca, lo sguardo annebbiato. «Voglio dire, era all'incirca della stessa misura, abbastanza grande per un adulto, ma erano solo sei pezzi di legno messi insieme, costruita a mano e chiusa con chiodi dall'esterno.»

«Quanto è messo male il corpo?»

Elias esitò, il che le disse tutto quello che aveva bisogno di sapere. «Come la tua vittima dell'altro giorno: carbonizzato e irriconoscibile. Ustioni sul cento per cento del corpo. Serviranno l'arcata dentaria o il DNA per l'identificazione. È rimasto molto poco... a livello strutturale.»

Stephanie inspirò lentamente dal naso.

«Da quello che abbiamo potuto valutare, non sembra che il fuoco sia stato appiccato all'interno della cassa. È stato appiccato attorno a essa e ha bruciato verso l'interno.»

«Accelerante?»

«Potrebbe essere. Non lo sapremo finché non faremo le analisi. Abbiamo trovato un unico foro per respirare in un angolo del coperchio, il che suggerisce che chiunque fosse lì dentro era cosciente, o almeno respirava, quando è iniziato l'incendio.»

Stephanie si sentì stringere la gola. «Nessuna traccia di chi fosse?»

Elias scosse la testa. «Niente. Ma continueremo a cercare.»

Stephanie chiuse gli occhi per un momento. Un altro corpo, bruciato vivo. Chiuso in una cassa. Sembrava simbolico. Ma perché?

Prima che potesse rifletterci ulteriormente, un membro della squadra dei vigili del fuoco si avvicinò con passo strascicato. Un uomo sulla trentina, in forma e attivo come il resto della sua squadra, che rimase ai margini della conversazione, in attesa di un cenno.

«Di che si tratta?» chiese Elias.

«Un'auto» disse l'uomo. «Abbiamo trovato un'auto che è nelle stesse condizioni della chiesa.»

CAPITOLO
VENTISEI

«Dove?» chiese Elias, inarcando un sopracciglio.

«A circa un centinaio di metri a est della chiesa, nel campo dietro quella fila di alberi. Sembra che sia stata abbandonata e data alle fiamme la notte scorsa. Era ancora calda quando l'abbiamo raggiunta poco fa; non è stato difficile individuarla una volta sorto il sole. Dobbiamo averla mancata mentre succedeva tutto il resto.»

Stephanie lanciò un'occhiata a Elias. «Marca e modello?»

Il vigile del fuoco annuì. «Sembra un'Audi Q5.»

«Targa?»

«È molto bruciata, ma la targa è chiaramente visibile.»

Fu un sollievo. Se fossero riusciti a ottenere la targa, avrebbero potuto controllarla nel database e trovare il proprietario più velocemente di quanto ci sarebbe voluto per richiedere i dati odontoiatrici.

«Andiamo» disse lei, già in cammino.

Elias si mise al suo fianco, guidandola attraverso uno stretto varco nella siepe che si apriva su un ampio campo di erba schiacciata e fango rivoltato. Il cielo di novembre incombeva basso su di loro, grigio e minaccioso, e l'odore la investì prima ancora che vedesse il rottame.

L'auto si trovava in un leggero avvallamento, inclinata in modo strano nel campo. Il fuoco l'aveva completamente sventrata. Il suo scheletro era annerito e coperto di vesciche, la vernice un tempo lussuosa si era disintegrata rivelando pannelli deformati e un sottoscocca bruciacchiato. Ogni finestrino era andato in frantumi, lasciando denti frastagliati nelle cornici. Dei pneumatici non restavano che i cerchioni fusi, e i cerchi in lega si erano deformati per il calore, cedendo sotto il proprio peso. Stephanie sbirciò in quello che una volta era stato il lato del guidatore. I sedili in pelle non c'erano più e il cruscotto si era sciolto e colato.

«Come il veicolo di Nigel Hadlow» borbottò. «Solo che stavolta è più vicino. Siamo a pochi passi dalla scena del crimine.»

«A meno di qualche minuto» concordò Elias, gettando un'occhiata alla sagoma distante della chiesa in rovina. «Il che significa che o ha guidato lui stesso l'auto fin qui e le ha dato fuoco, o è stato qualcun altro.»

Fissando il veicolo, lei disse con un sorrisetto: «Pensavo che ti limitassi a esporre i fatti. Io non credo che questo sia altro che un omicidio. Non se c'erano chiodi nella bara. Qualcuno deve averceli messi, e deve averci messo prima il suo corpo.» Esaminò il terreno intorno a sé. «Dobbiamo far transennare quest'area e cercare impronte nel fango. Non dovremmo essere qui.»

Elias si allontanò con cautela dal veicolo, guardando a terra. «Pensi che la vittima sia stata trascinata qui o era cosciente quando è arrivata?»

«Il mio istinto mi dice che è stata trascinata. Non lo so.»

Tornarono lentamente indietro attraverso il campo, mentre il vento si alzava e tirava il cappotto di Stephanie. Ricominciò a piovere, sottili proiettili di ghiaccio che le pungevano le guance. La temperatura era scesa, in linea con l'ambiente macabro.

Mentre emergevano da dietro la siepe ed entravano nel sagrato, Stephanie notò una manciata di agenti della Scientifica e di investigatori dei vigili del fuoco sparsi lungo il perimetro dell'edificio. Alcuni fotografavano i segni di bruciatura lungo il muro, mentre altri segnavano i detriti con dei marcatori di prova gialli.

Elias rallentò al suo fianco, scrollandosi il fango dai guanti. «Suggerisco di fare delle riprese con il drone di lato, per vedere se ci sono tracce di pneumatici nel campo e determinare da dove proveniva l'auto.»

«Ottima idea» rispose lei.

Elias stava per rispondere quando qualcuno gridò in lontananza.

«Signora! Elias! Da questa parte!»

Si voltarono e videro uno degli specialisti dei vigili del fuoco che faceva loro cenno dalla parete della chiesa esposta a sud. Era accovacciato vicino a un leggero avvallamento nell'erba, proprio sotto un'arcata annerita di una finestra, e gesticolava con urgenza.

Stephanie accelerò il passo, con i piedi che affondavano nel terreno bagnato.

«Che c'è?» chiese quando arrivarono.

«Presto. Penso che vorrà vedere questo...»

CAPITOLO
VENTISETTE

Stephanie percorse in fretta la breve distanza fino al limitare dell'edificio. Man mano che si avvicinava, l'odore si intensificò, aleggiando attorno alla costruzione come una bolla. Scacciò dalla mente l'immagine delle macerie e si concentrò unicamente sull'esperto dei vigili del fuoco, che indossava l'uniforme d'ordinanza e teneva un oggetto tra le mani.

Lo riconobbe immediatamente, ma non volle illudersi prima di averlo visto bene... prima di posare gli occhi sugli oggetti all'interno. L'esperto era un uomo alto, poco più di un metro e ottanta, e dall'aspetto rude. Le sue spalle ampie riempivano il cappotto, e una profonda cicatrice gli segnava il mento. La guardò con aria carica di aspettativa mentre lei si fermava di fronte a lui.

«Non ero presente all'ultimo incidente, ma ne ho sentito parlare,» esordì, abbassando lo sguardo sull'oggetto.

Lentamente, aprì le mani guantate per rivelare una piccola scatola di latta, quasi identica a quella che era stata scoperta sulla scena del crimine di Nigel Hadlow. A Stephanie si mozzò il respiro mentre guardava. La scatola era della stessa dimensione, bruciacchiata sui bordi, il coperchio leggermente deformato dal calore, le cerniere fragili e annerite, con pagliuzze di fuliggine ancora attaccate alla sua superficie come cenere sulla pelle. L'esperto la sorreggeva con delicatezza, come se la minima mossa falsa avesse potuto disintegrarla.

Elias le si avvicinò alle spalle, in silenzio.

«L'ho trovata nascosta proprio sotto una sporgenza,» continuò l'esperto. «Era celata, incastrata in una fessura tra due pietre. Ancora calda.»

Stephanie si accovacciò per vedere meglio mentre lui apriva lentamente il coperchio.

Dentro c'era una fotografia.

Proprio come l'altra volta. Ma ora la stava vedendo dal vivo, per davvero.

L'immagine era sbiadita, i bordi arricciati, ma per lo più intatta, protetta dalla chiusura ermetica della scatola. Mostrava il volto di un ragazzo di circa tredici o quattordici anni, che fissava dritto l'obiettivo con un sorriso tirato, come se desiderasse che la fotografia finisse il più in fretta possibile. A prima vista lo sfondo era indistinto, ma quando si avvicinò notò una forma dietro la spalla del ragazzo. Una linea curva. Un contorno ombroso. Forse la spalla o il braccio di qualcun altro, parte di qualcosa di più grande. Un quadro più ampio, forse, come se la foto fosse stata ritagliata o strappata da un'immagine di gruppo. Il pezzo mancante di un puzzle.

Chiuse gli occhi, cercando di ricordare la fotografia trovata sulla scena del crimine di Nigel Hadlow. Erano le stesse? Simili? Tratte dalla stessa immagine più grande?

La sua memoria la rievocò; il ragazzo della foto precedente era in posa davanti a uno sfondo che assomigliava al bordo di un sipario. Questa aveva la stessa illuminazione e la stessa ombra sulla guancia del bambino. Una foto gemella, o forse un bambino del tutto diverso, scattata a pochi istanti di distanza?

Stephanie aprì gli occhi e fece un cenno all'esperto dei vigili del fuoco.

«Può imbustarla? *Con cautela*. Ci servirà un confronto diretto con la prima il prima possibile.»

L'uomo annuì, passandola a un agente della scientifica lì vicino.

«C'è dell'altro,» disse, tenendo ancora in mano la scatola. La girò leggermente in modo che Stephanie potesse vedere l'interno del coperchio. Incisa nel metallo, con una scrittura ordinata e precisa, c'era la frase:

Poiché il Signore, tuo Dio, è un fuoco divoratore, un Dio geloso - Deuteronomio 4:24

Stephanie sentì lo stomaco stringersi e la bocca seccarsi. Un altro criptico messaggio religioso.

Gettò un'occhiata a Elias. «Quali sono le probabilità di trovare due scatole di latta contenenti fotografie e un messaggio religioso simili su due scene del crimine simili, e che non siano collegate in qualche modo?»

La domanda era retorica, ma Elias rispose comunque.

«Se fossi un uomo d'azzardo, direi molto scarse, signora.»

Lei annuì pensierosa, incapace di staccare gli occhi dalla scritta nella scatola. Gli ingranaggi nella sua mente cominciarono a girare, a elaborare, a evocare i passi successivi. L'esperto chiuse la scatola e la consegnò a un altro agente della scientifica, che la infilò in un sacchetto sterile per le prove.

Una brezza smosse ciò che restava dell'edera vicino al limitare dell'edificio, sollevando fuliggine nell'aria come neve che cade.

Doveva scoprire chi fossero quei ragazzi. Prima che un altro cadavere apparisse in una scatola.

CAPITOLO
VENTOTTO

«Lei pensa ancora che sia un suicidio, capo?»

La domanda venne di nuovo da Giles e, ancora una volta, c'era quell'intonazione compiaciuta, da *te l'avevo detto*, che la irritò.

Incrociò le braccia al petto ed emise uno sbuffo d'aria calda prima di voltarsi a metà verso la lavagna delle indagini alle sue spalle. A quel punto, vi erano state appese alcune istantanee della seconda scena del crimine, comprese le fotografie scattate dalla scientifica al ragazzo e alla scatola di latta.

«No, non lo penso» esordì, tornando a guardare la squadra. Tutti la fissavano con pazienza. «Il modus operandi della morte di Nigel Hadlow e di quest'ultima è quasi identico. La stessa causa del decesso. La stessa auto carbonizzata. Le stesse scatole di latta contenenti fotografie simili dei ragazzi e le iscrizioni religiose. Adesso ci sono abbastanza prove per presumere che i due casi siano collegati, anche se c'è ancora molto lavoro da fare.» Indicò la fotografia del secondo ragazzo. «La scientifica ispezionerà la scena non appena avrà ricevuto il via libera dai vigili del fuoco. Tuttavia, nel frattempo, dobbiamo confermare l'identità della vittima. Fortunatamente, questa volta, abbiamo una possibile lettura della targa. Voglio che quel numero venga rintracciato e che vi sia associato un nome. È la nostra massima priorità. Inoltre, tenete d'occhio le denunce di scomparsa che arriveranno durante la notte, nel caso si ripeta una situazione simile a quella di Nigel Hadlow.» Afferrò la collana di sua madre e ne seguì il contorno attorno al collo, pensando a lei. «Ora, nessuno sembra riconoscere il ragazzo nella prima immagine, quindi ogni volta che parlate con amici, familiari o colleghi, di entrambe le vittime, voglio che mostriate loro entrambe le fotografie. Devono riconoscere almeno uno di loro.»

«Torniamo da amici e parenti di Nigel Hadlow?» chiese Devon.

«Assolutamente sì» rispose lei seccamente. «Non c'è bisogno che diciate loro cos'è successo, solo che abbiamo trovato un'altra foto nelle nostre indagini e ci chiedevamo se potessero identificare il bambino che vi è ritratto.» Lanciò un'altra rapida occhiata alle due foto affiancate. «Qualcosa mi dice che sono state prese dalla stessa immagine e che fanno parte di qualcosa di più grande.» Si rivolse di nuovo alla squadra, abbassando la voce. «Qualcosa mi dice anche che questo è l'inizio di qualcosa di grosso. Dobbiamo muoverci prima che spunti un altro cadavere. Mentre aspettiamo la conferma dell'identità della vittima, voglio che vengano recuperate le riprese delle telecamere a circuito chiuso del veicolo e della zona circostante. Elias e la squadra sospettano che l'incendio sia avvenuto nel cuore della notte, forse dopo mezzanotte. È stata trovata poco prima delle cinque del mattino. Quella è la nostra finestra temporale. Cinque ore per rintracciare l'auto della vittima e quella del potenziale assassino.»

«In mezzo alle stradine di campagna? Sarà una passeggiata» ribatté Fiona.

«Congratulazioni» disse Stephanie, lanciando all'agente un'occhiata sprezzante. «Si è appena nominata responsabile delle indagini porta a porta con questo commento. Ben fatto.»

Un piccolo grido di giubilo e un applauso da parte di Devon si diffusero tra la squadra. Era il lavoro più lungo e meno piacevole, che spesso dava scarsi frutti, ma era anche uno dei più necessari e importanti. Perché quella volta su dieci in cui si otteneva una pepita d'informazione, era una pepita d'oro che poteva aiutare a sbloccare un'indagine.

«Grazie, capo. Ricevuto.»

Stephanie rispose con un sorriso beffardo. «Una volta che conosceremo l'identità della vittima, voglio sapere tutto della sua vita. Dove lavorava, a che ora andava a dormire, quando si svegliava al mattino, a che ora andava in bagno... e dove. Voglio anche dei collegamenti...» Si voltò verso la lavagna, afferrò un pennarello rosso e, con un tratto spesso, tracciò una linea tra le due fotografie, ripassandola più volte. «Voglio sapere cosa collega queste due persone. C'è qualcosa; lo sento nelle ossa. Dobbiamo solo scoprire cosa. Domande?»

Il silenzio calò sulla squadra. Annuirono tutti educatamente, assimilando le informazioni ed elaborando come sarebbero state le loro prossime dodici ore.

«Fantastico, allora mettiamoci al lavoro.»

Immediatamente, si alzarono dalle sedie e si affrettarono a tornare alle loro scrivanie, muovendosi con un senso di esitante ottimismo. Stephanie rimase indietro per un po', osservando i loro movimenti prima di avviarsi verso la sua. Mentre si chiudeva la porta alle spalle, il suo cellulare cominciò a squillare.

Numero sconosciuto.

Si bloccò. L'angoscia le montò dentro, partendo dalla bocca dello stomaco per salirle rapidamente in gola. Il suo primo pensiero fu che fosse il suo fratellastro, che la prendeva alla sprovvista con una chiamata da un numero che non riconosceva.

Fissò lo schermo finché non scattò la segreteria telefonica. Se era importante, avrebbero lasciato un messaggio.

Un istante dopo, ne apparve uno. Il suo dito indugiò sul pulsante un momento più del solito. Lo toccò, poi premette play.

«Ciao, Steph. Sono io. Chiamami quando ascolti questo messaggio.»

CAPITOLO
VENTINOVE

Perché la gente faceva così? Chiamare e poi ignorare la telefonata di ritorno subito dopo? Come se, una volta lasciato il messaggio in segreteria, avessero spento il telefono in tutta fretta. Avevano forse paura che la persona li richiamasse?

«Non ha senso», borbottò tra sé mentre si muoveva per l'ufficio. Fermatasi alla finestra, guardò il campo al di là. Sull'erba, una piccola squadra di sei conduttori di cani era raggruppata a chiacchierare, mentre i loro cani vagavano liberi, annusando in giro e godendosi la loro breve tregua.

Proprio mentre stava per scaricargli addosso una ramanzina, la persona dall'altra parte rispose.

«Louis», disse. «Che hai fatto? Ho provato a richiamarti e mi hai ignorato».

«Io... sono andato in bagno», rispose lui sulla difensiva. «Non è permesso nel tuo ufficio? Qui la gente può usare il bagno tutte le volte che vuole».

«Felice di sapere che il *Surrey Live* è ancora all'avanguardia per i diritti dei lavoratori», disse Stephanie, sogghignando mentre si appoggiava con l'anca alla scrivania.

Louis sbuffò. «Siamo dei pionieri, che ti posso dire?».

«Potresti iniziare col dirmi perché hai chiamato».

«Subito al dunque? D'accordo. Ci sono giunte voci di un altro incendio, stavolta alla chiesa di Ockham?».

Lei esitò. «Cosa mi stai chiedendo, Louis?».

«Se è vero...».

«Potrebbe. Dipende da chi sono le tue fonti».

«Non costringermi a pregarti, Steph. Sai quanto sia umiliante per un uomo nella mia posizione?».

«Intendi dire stare in bagno a far finta di non evitare le mie chiamate?».

Lui ridacchiò. «Touché. Senti, non sto cercando di forzare la mano. Posso mandare uno dei miei ragazzi a dare un'occhiata di persona, ma la benzina non costa poco di questi tempi, e i biglietti del treno ancora meno».

«Quindi è un'operazione di taglio dei costi?».

«Solo una stretta ai cordoni della borsa. I due casi sono collegati? Cos'è successo?».

Stephanie sospirò pesantemente, spiegandogli in breve ciò che avevano scoperto quella mattina.

«A chi appartiene il secondo corpo?», le chiese lui.

«Ci stiamo lavorando».

«I due sono collegati? Non capita tutti i giorni che la gente venga data alle fiamme, Steph. A meno che non sia un caso di incendio doloso andato molto, molto male».

«Purtroppo non credo che siamo di fronte a questo».

«Allora credo che tu debba prepararti al fatto che questa storia possa diventare di portata nazionale. La gente impazzirà. Il coinvolgimento sarà altissimo e, prima che tu te ne accorga, avrai orde di giornalisti e reporter fuori dalle scene del crimine».

«Intendi come fanno i tuoi ragazzi a volte?».

Lui con un grugnito ignorò la domanda. «Sto solo dicendo che vorrei giocare d'anticipo e avere i fatti da te prima che qualcuno riporti male una voce di corridoio».

Ci fu una breve pausa. A Stephanie tornò in mente l'accordo che avevano stretto quando era entrata nella polizia del Surrey. Aveva voluto che il loro rapporto fosse reciprocamente vantaggioso, un approccio del tipo "una mano lava l'altra". Lui era stato corretto con lei in passato, specialmente durante il caso dell'Uomo Nero poche settimane prima, quando si era rifiutato di pubblicare delle sue foto che compromettevano la sua professionalità, dimostrandole che poteva fidarsi.

«D'accordo», disse lei. «Ma non verrà pubblicato nulla finché non avremo fatto l'identificazione. Se fai uscire qualcosa prima del tempo, ti ritroverai a sputare carbone per settimane, intesi?».

«Parola di scout», disse lui, anche se lei era abbastanza sicura che non fosse mai andato oltre i Lupetti.

Lo mise al corrente dei punti essenziali: due vittime, modus operandi simile, corpi carbonizzati e le scatole di latta identiche con le iscrizioni enigmatiche e le fotografie. Lui non la interruppe, anche se lei riusciva a sentire lo scarabocchiare di una penna sulla carta.

«È una cosa grossa», disse lui infine.

«Dimmi qualcosa che non so».

«Nessuno è più stato ficcato in una cassa e bruciato vivo dal Medioevo. E anche allora, di solito lo riservavano alle streghe».

«Grazie per la lezione di storia, professore».

«Sto pensando di aggiungere una rubrica alla piattaforma: Le Piccole Lezioni di Louis. Che ne pensi?».

Stephanie sogghignò. «Avresti bisogno di qualcuno che te la scriva. La tua ortografia è atroce».

«Questa è diffamazione».

«Ho visto le tue email. Sono come enigmi da decifrare. Metà delle volte devo inoltrarle alla squadra per la traduzione. È un miracolo che la rivista vada così bene».

«Beh, allora magari smetto di scriverti. Vediamo come ti trovi».

«Allettante», disse lei, facendo scorrere un dito lungo il lato della sua tazza di caffè. Il suo sorriso si spense un po' quando tornò a guardare la lavagna bianca coperta di appunti sul caso. «Comunque, ci sono ancora molte cose che non sappiamo e ti ho dato tutto quello che potevo».

Louis emise un lungo respiro. «Pensi che sia lo stesso assassino?».

«Sì. Penso di sì. E penso che abbia appena iniziato».

Seguì un breve silenzio, e quando lui parlò di nuovo, la sua voce si era leggermente addolcita. «Beh, sai come trovarmi se vuoi parlarne. O, sai, anche solo per lamentarti di nuovo della mia ortografia».

Lei ridacchiò. «Potrei prenderti in parola».

«Tienimi aggiornata. E, Steph?».

«Sì?».
«Cerca di non finire nella terza cassa».
«Farò del mio meglio», disse lei.

CAPITOLO
TRENTA

Poco più di due ore dopo, ebbero un nome.

I rottami dell'Audi Q5 appartenevano a un uomo di nome Carlos Vazquez.

Carlos aveva cinquantatré anni, era residente da tempo nel Surrey e aveva trascorso gran parte della sua vita adulta lavorando nell'edilizia. Secondo i primi controlli sui suoi precedenti, era specializzato in complessi residenziali di lusso e supervisionava le opere di scavo e la gestione dei cantieri per una ditta con sede a Croydon. Era sposato con una donna di nome Ana, sua moglie da ventidue anni, e avevano una figlia adulta che viveva a Manchester. Nessun precedente penale. Un uomo che pagava le tasse, se ne stava per i fatti suoi e, fino a quella mattina, non aveva mai avuto guai con la polizia. A tutti gli effetti, era un cittadino modello.

Il suo nome emerse poco dopo che la scientifica terminò i rilievi sull'Audi carbonizzata. La targa, sebbene parzialmente fusa, aveva rivelato abbastanza caratteri da permettere a Noah e alla squadra di fare un controllo nel database della Motorizzazione Civile. Da lì, arrivarono a Carlos.

Meno di mezz'ora dopo, Stephanie e Olivia erano ferme davanti a un edificio in mattoni dall'aspetto dimesso, alla periferia del centro di Woking, con le braccia conserte per ripararsi dal vento che montava. L'insegna sopra l'ingresso recitava: Cloverfield Dental Practice. Il posto di lavoro di Ana Vazquez. I pazienti entravano e uscivano ogni pochi minuti, bambini che si strofinavano le mascelle intorpidite, avvolti tra le braccia delle madri mentre tenevano la testa bassa per ripararsi dalla pioggerellina.

Stephanie odiava quella parte. La cortese confusione prima del crollo nel dolore. Non diventava mai più facile, ma era inutile rimandare l'inevitabile.

«Andiamo».

Si affrettarono verso l'ingresso. Una donna alla reception alzò lo sguardo con un sorriso professionale che svanì non appena si presentarono.

«La signora Vazquez è in ufficio. Le dico che siete qui».

Attesero nella sala d'aspetto solo un minuto prima che emergesse una donna sulla cinquantina. Era minuta, con capelli scuri e ricci raccolti in una coda di cavallo ordinata, e indossava una tunica blu scuro sotto un camice bianco. Si bloccò non appena vide Stephanie e Olivia, e la sua espressione le confermò il motivo per cui erano lì. Si portò una mano alla bocca e inspirò bruscamente.

«Oh mio Dio» disse, con un sussurro.

Stephanie si fece avanti. «Signora Vazquez? Sono l'ispettrice capo Broadbent, e questa è l'agente scelto Willard. Possiamo parlarle in privato?».

Ana sbatté le palpebre rapidamente, già scuotendo la testa. «È per Carlos?» domandò, con il panico che le saliva in gola. «Sta bene?».

Stephanie addolcì il tono. «Se potessimo sederci un momento».

Le lacrime affiorarono subito agli occhi di Ana, ma lei annuì e si voltò rigidamente, guidandole lungo un corridoio corto e stretto, oltre una fila di ambulatori. In fondo c'era il suo piccolo ufficio. Sulla scrivania, una foto incorniciata di un'adolescente in toga da laurea. Ana si chiuse la porta alle spalle, ma non si sedette. Rimase in piedi accanto alla scrivania, con le braccia incrociate sul petto, come per prepararsi a ciò che stava per arrivare.

«Che cos'è successo?» chiese di nuovo, con la voce ora più sottile. «La prego. Me lo dica e basta».

«Stamattina abbiamo trovato un'auto intestata a suo marito vicino alla chiesa di All Saints a Ockham».

Gli occhi di Ana si spalancarono, senza dire nulla.

«L'auto era stata data alle fiamme ed era nascosta dietro la chiesa».

Si portò una mano alla bocca. Stephanie deglutì a fondo.

«Suo marito non era nell'auto... tuttavia, c'è stato un incidente *nella* chiesa che ha coinvolto un altro incendio. Abbiamo trovato un corpo. In questa fase, non possiamo confermare se fosse suo marito; tuttavia, le prove ci portano a credere che lo sia».

Per un momento, Ana non disse nulla. Il suo volto si contrasse come se il suo cervello faticasse a elaborare l'informazione, come se le avessero parlato in un'altra lingua. Le gambe le cedettero e sprofondò nella sedia dietro la scrivania.

«No, no, no» mormorò, le parole che le uscivano a fiotti mentre fissava il pavimento. «È lui, non è vero? Ecco perché non è tornato a casa ieri sera. Sono impazzita cercando di contattarlo, di rintracciarlo. Io... Quanto tempo ci vorrà per sapere se è lui?».

Olivia le si avvicinò, si accovacciò e le posò una mano confortante sulla spalla.

«Il corpo è stato portato via per l'autopsia. Ci vorrà un po' di tempo per identificarlo; tuttavia, ciò che aiuterebbe molto sarebbe avere accesso alla sua cartella odontoiatrica e anche a un campione di DNA».

Ana tirò su col naso per ricacciare indietro un grumo di muco. «È nel posto giusto». Indicò un computer dall'altra parte della stanza. «Le cartelle di tutta la mia famiglia sono lì dentro».

Stephanie lanciò un'occhiata al computer, poi di nuovo ad Ana. Olivia si voltò verso di lei, e Stephanie intercettò il suo sguardo, rispondendo con un cenno secco del capo.

«Grazie» continuò Olivia. «Porteremo via le prove. Nel frattempo, per aiutare la nostra indagine...». Si frugò nella tasca posteriore. «Speravamo potesse dirci cosa stesse facendo suo marito la scorsa notte».

«Lavorava» rispose Ana, tirando su col naso ripetutamente. «Faceva tardi. Un paio di persone della sua squadra erano in cantiere, e lui era in ufficio».

«A che ora doveva tornare a casa?».

«Non aveva un orario fisso. Mi manda sempre un messaggio quando sta per partire».

«E ieri sera le ha mandato un messaggio?».

Ana scosse la testa. «È stato allora che ho iniziato a farmi prendere dal panico. Non era da lui. Solo verso le nove o le dieci, non avendo sue notizie, ho provato a chiamarlo sul cellulare».

«Che è successo?».

«È scattata subito la segreteria telefonica».

Doveva essere spento, pensò Stephanie. O l'aveva spento lui e si era diretto alla chiesa di notte, o qualcuno l'aveva spento per lui.

Olivia tirò fuori un foglio di carta che conteneva le scansioni delle due foto trovate sulle scene del crimine. Passò il foglio ad Ana e le lasciò dare un'occhiata.

«Dobbiamo chiederglielo» disse. «Riconosce uno dei ragazzi in queste foto? Si prenda tutto il tempo che le serve».

Ma ad Ana non servì. Immediatamente, indicò l'immagine a sinistra, quella trovata sulla prima scena del crimine, sul luogo di Nigel Hadlow.

«Chi è?» domandò Olivia.

«Questo è Carlos» rispose lei. «È mio marito».

Stephanie si avvicinò con apprensione. Prese il foglio da Ana e lo strinse tra le dita come se fosse radioattivo.

«È sicura che questo sia suo marito?».

«Certo che lo sono. È identico anche adesso. Non è cambiato in più di trent'anni che lo conosco».

Mentre Ana allungava la mano per prendere un fazzoletto dalla poltrona del dentista, Stephanie si fermò in una quieta riflessione. La spiegazione le era chiara. L'identità della seconda vittima era stata trovata sulla scena del primo crimine. L'assassino aveva detto loro esattamente chi sarebbe stato il prossimo. Il che significava...

I suoi occhi caddero sulla seconda foto.

Il che significava che stava guardando la terza vittima.

CAPITOLO
TRENTUNO

Devon ascoltava il suono dello squillo nell'orecchio da così tanto tempo che si ritrovò a canticchiarlo.

Mmm-mmm.

Mmm-mmm.

Cadde la linea. Ancora nessuna risposta. Sbatté la cornetta del telefono fisso sulla base e riprovò, stavolta chiamando il cellulare di Olivia.

Mentre aspettava, muoveva su e giù la gamba con impazienza. Dai, dai. Dai, dai, pensò a tempo con il trillo del telefono. Perché ci mettevano tanto?

Proprio quando stava per riagganciare, finalmente qualcuno rispose.

«Devon?»

«Finalmente! Sei viva. Ho pensato che ti fosse successo qualcosa di brutto.»

Olivia ridacchiò. «Non hai tutti i torti. Steph per poco non ha tagliato la strada a qualcuno a un incrocio a T.»

«È pessima tanto quanto le persone di cui si lamenta.»

«Solo perché stava cercando di rispondere alla tua chiamata.»

«Ben le sta. Conosce le regole. Da quand'è che hai cominciato a chiamarla Steph? Quando l'hai ottenuto *questo* privilegio?»

«L'ho sempre fatto. Ecco cosa si ottiene a essere gentili con le persone.»

Lui si appoggiò allo schienale della sedia. «Sì, certo. Gentile un corno.»

«Stai chiamando solo per darmi fastidio o avevi in mente qualcosa di specifico?»

Come se si fosse improvvisamente ricordato il motivo della sua chiamata, Devon si sporse in avanti sulla sedia e scosse il cursore, riattivando lo schermo del computer.

«Per quanto mi piacerebbe starmene qui ad ascoltare la tua voce tutto il giorno, ho chiamato solo per dirti... be', per dire a Steph, a dire il vero... che ho qualcosa che secondo me vale la pena di controllare.»

«Ingegnoso. Bel lavoro.» Ci fu una pausa mentre Olivia allontanava il telefono dall'orecchio e attivava il vivavoce. I rumori del motore dell'auto e del traffico si sentirono attraverso il microfono.

«Mi hai quasi fatto fare un incidente, Devon» giunse la voce lontana di Stephanie, come se parlasse da un'altra dimensione. «Spero per te che sia importante.»

«Che ne dici di un collegamento tra Nigel Hadlow e Carlos Vazquez?»

«Dico che hai la mia attenzione.»

«Ho spulciato i profili social di Carlos e Nigel, e li ho visti tutti pappa e ciccia al Pyrford Golf Course.»

«Ottimo lavoro. Grazie per averci avvisate. Andiamo subito lì.»

«No che non ci andate» replicò lui. «Ho già chiamato. Mi aspettano tra un'ora.»

Era una bugia, ma non era necessario che Stephanie lo sapesse.

«Oh» rispose lei.

«Non potete divertirvi solo voi due, no? Bisogna lasciare qualcosa di buono anche al resto di noi.»

CAPITOLO
TRENTADUE

Devon svoltò dalla strada principale e seguì lo stretto e tortuoso viale che conduceva al Pyrford Golf Club. La pioggia tamburellava con insistenza sul parabrezza, cadendo dalla lastra grigia e uniforme che incombeva sopra di lui. Il campo da golf appariva immacolato, con i suoi green lussureggianti e vellutati che si rifiutavano di essere sconfitti dal tempo inclemente, proprio come i giocatori che in quel momento si facevano strada lungo il percorso. Accostò in uno dei parcheggi per visitatori e spense il motore. Devon non era mai stato un fan del golf; lo trovava pretenzioso, presuntuoso e pieno di stronzi. Era un'opinione che si era formato molto tempo prima, quando durante un'indagine si era imbattuto in un sospettato, appassionato di golf, che lo aveva trattato con un tale disprezzo che a Devon era venuta una gran voglia di arrestarlo, nonostante l'evidente innocenza dell'uomo. Da allora, nutriva del risentimento verso quello sport e i suoi giocatori, vale a dire uomini bianchi di mezza età con più soldi che buonsenso; una categoria in cui stava rapidamente rientrando anche lui, soldi a parte, ovviamente.

Si preparò al tipo di imbecille che avrebbe potuto incontrare, sbuffando il suo disappunto dalle narici prima di spalancare la portiera. Il vento la afferrò subito, aprendola completamente. Lui la riafferrò e la sbatté, incurvando le spalle contro le raffiche mentre percorreva il breve tratto fino alla clubhouse. All'interno, una parete d'aria calda lo avvolse, accompagnata dal basso mormorio di conversazioni sommesse. Un paio di uomini sulla sessantina sedevano a un tavolo vicino alla finestra, scorrendo i loro cellulari con accanto dei drink a metà, i volti segnati dall'insoddisfazione.

Devon si avvicinò al bancone della reception, dove una giovane donna alzò lo sguardo da dietro lo schermo di un computer.

«Buon pomeriggio» disse, mostrando il tesserino. «Dovrei parlare con il proprietario o con il responsabile di turno. Non ci vorrà molto.»

Gli occhi della ragazza si spalancarono in preda al panico. Aprì e chiuse la bocca, incapace di formulare parole. Sembrava che non avesse mai visto un poliziotto in vita sua.

«Oh. La polizia? Ehm...» Si guardò intorno nella reception, come smarrita. «Certo. Ehm, dovrebbe essere il signor Walker. Io... Scusi. Gli telefono. Anzi, no. So dov'è.» Si allontanò da lui, poi si rigirò, alzando una mano. «Scusi, non ci sto capendo nulla.»

«Non si preoccupi» replicò lui, regalandole un sorriso rassicurante.

L'addetta alla reception sparì dietro una porta. Mentre aspettava, Devon guardò fuori dalla finestra l'arazzo di verde in lontananza, osservando il gruppo di uomini in tenuta sportiva, determinati a non farsi interrompere da nulla il tempo che si erano duramente guadagnati lontano dalle mogli e dalle famiglie.

Un istante dopo, la sua attenzione fu distolta dalla finestra quando sbucò un uomo che sembrava uscito da un catalogo di Ralph Lauren, vestito con una polo infilata in un paio di pantaloni chino bianchi.

«Lei dev'essere il signor Walker» disse Devon.

«E lei dev'essersi perso» ribatté il signor Walker. «Non abbiamo avuto problemi di recente che giustifichino una visita della polizia.»

Ci risiamo, pensò Devon. *Un altro stronzo deciso a farmi girare le palle.*

Sforzò un sorriso. «Perso? No. Ma se mai mi trovasse in un posto del genere per una visita personale, allora sì, sarei davvero perso, e le consiglierei di chiamare subito la polizia.»

Il signor Walker sbatté le palpebre, per nulla divertito. «Spiritoso.»

Devon ricambiò con la stessa moneta. «Le dispiace se parliamo in privato?»

L'uomo sbuffò, poi fece un gesto rigido a Devon perché lo seguisse. Lo condusse oltre la reception e attraverso un breve corridoio tappezzato di fotografie incorniciate del club, con giocatori che reggevano coppe e trofei. Il corridoio si apriva su un piccolo ufficio che puzzava di lucido per cuoio, con un Chesterfield consunto in un angolo e altri cimeli del golf appesi alle pareti.

Il signor Walker indicò una sedia. Devon rimase in piedi.

«Volevo farle qualche domanda su due dei vostri soci: Carlos Vazquez e Nigel Hadlow. Le dice niente uno di questi nomi?»

Walker socchiuse gli occhi, pensieroso. «Non mi suonano familiari.»

Devon estrasse un foglio piegato dalla tasca del cappotto e lo stese sulla scrivania. Mostrava una foto presa dal profilo social di Carlos, che ritraeva sia lui che Nigel Hadlow sul green, con le mazze in mano.

Walker si sporse in avanti per vedere meglio. Appena il suo sguardo si posò sulla foto, un lampo di riconoscimento attraversò il suo viso.

«Ah. Loro. Sì, ora ho capito di chi parla. Vengono circa una volta a settimana, a volte più spesso in estate. Di solito per partire a metà mattina, per lo più nei giorni feriali.»

«Vengono insieme?»

«Sempre. Sono compagni di golf.»

«Di solito c'è qualcun altro con loro?» chiese Devon.

Il signor Walker annuì. «C'è un'altra persona con cui probabilmente dovrebbe parlare. Giocavano sempre in tre, occasionalmente in quattro se portavano un ospite.» Si voltò verso un angolo dell'ufficio e batté sulla tastiera di un iMac di ultima generazione. Apparve il segnale delle telecamere a circuito chiuso: uno schermo diviso che mostrava in diretta i campi, il parcheggio e l'area del bar.

Devon stava per chiedere il nome del terzo giocatore quando Walker indicò lo schermo. «Parli del diavolo.»

Una BMW X5 argentata entrò nel parcheggio, con le gomme che schizzavano acqua nelle pozzanghere poco profonde. La portiera del conducente si aprì e ne scese un uomo sulla cinquantina avanzata, capelli ben pettinati, vestito con un completo impermeabile e con già ai piedi le scarpe da golf.

Devon sollevò le sopracciglia, poi controllò l'orologio. Era metà giornata, a metà settimana. *Ma in questo stramaledetto paese non lavora nessuno?*, pensò.

«Come si chiama?» chiese.

«Terry Houghton. Uno dei nostri clienti più assidui. Gestiva una sua società di recruiting. L'ha venduta qualche anno fa. È andato in pensione presto, ma fa ancora finta di lavorare part-time.»

Devon fece un sorrisetto. «Perfetto. Scambierò due parole con lui.»

CAPITOLO
TRENTATRÉ

Terry Houghton era il tipo d'uomo che riempiva una stanza ancor prima di varcarne la soglia. Alto, robusto e piazzato come un Labrador sovrappeso, aveva la presenza ingombrante di chi un tempo era stato un atleta, ma si era da tempo arreso alle comodità dell'età, all'alcol e a un frigo ben fornito. La pancia premeva contro la cerniera del suo impermeabile, come se potesse esplodere da un momento all'altro se avesse riso troppo forte, e un paio di grosse pappagorge poggiavano sulla sua pelle abbronzata, suggerendo che avesse passato troppe sessioni sul lettino solare o si fosse concesso frequenti viaggi nel Mediterraneo.

Stava tirando fuori la sacca da golf dal bagagliaio quando Devon gli si affiancò. L'uomo grugnì contrariato, squadrandolo con sospetto.

«Posso aiutarla?»

«Signor Houghton?»

«Sì...»

Devon gli sventolò il tesserino sotto il naso. «Potrei scambiare due parole con lei da qualche parte? Preferibilmente lontano dalla pioggia.»

L'espressione dell'uomo non tradì nulla, come se non fosse la prima volta che incontrava qualcuno nella posizione di Devon. O quello, oppure era un eccellente giocatore di poker.

«L'auto è abbastanza grande» rispose Terry.

«Eccellente. Guida lei?»

Terry gli lanciò un'occhiata sprezzante prima di rimettere la sacca da golf nel bagagliaio e chiuderlo con un colpo secco. Devon si spostò verso il lato del passeggero e salì, notando l'orologio costoso e i braccialetti che pendevano dal polso di Terry. Quando alla fine Terry lo raggiunse, l'auto si abbassò di qualche centimetro sotto il suo peso.

«Non posso dire di aver mai avuto un incontro con un poliziotto in questo modo, prima d'ora» disse.

«Ma ha già avuto incontri con noi?»

«Qualcuno, sì» rispose Terry, sfilandosi i guanti e gettandoli nel vano portaoggetti centrale. «Niente di che.»

Devon si appoggiò allo schienale, per nulla infastidito dall'ego dell'uomo. «Allora facciamola semplice. Sto indagando su due uomini: Nigel Hadlow e Carlos Vazquez. Li conosceva?»

Terry sbuffò, cercando una scatola di sigari nel bracciolo. «Si potrebbe dire di sì. Ho fatto qualche partita con loro di tanto in tanto. Una volta a settimana, più o meno, quando i nostri impegni coincidevano. Non proprio amici per la pelle, ma li conoscevo meglio della maggior parte degli uomini che vengono qui.» Aprì la scatola con uno schiocco e fece una pausa. «Le dispiace se fumo?»

«Sì» disse Devon seccamente. «Sto cercando di smettere» mentì.

Terry grugnì e richiuse la scatola. «Non pensavo che di questi tempi gli sbirri potessero permettersi di fare i preziosi.»

Devon sorrise senza allegria. «Ce lo teniamo per le occasioni speciali. Come quando due uomini vengono bruciati vivi.»

Quello bastò. Un barlume di disagio attraversò il viso di Terry. «Ho sentito qualcosa al telegiornale.»

«Le vittime erano loro.»

Terry espirò dal naso, lo sguardo perso nella pioggerellina. «Cristo.»

«Come immagino potrà capire, signor Houghton, abbiamo fatto qualche ricerca sulla vita di Nigel e Carlos.»

«Ed è per questo che lei è qui.»

«Ed è per questo che io sono qui.»

Terry si voltò lentamente, socchiudendo gli occhi. «È questa la sua teoria, allora? Pensa che c'entri qualcosa con me?»

«No» rispose Devon, con tono secco e deciso. «A meno che non mi dia un motivo per pensarlo.»

Terry emise una risata vuota. «Ho di meglio da fare.»

«Mi parli di loro. Ha idea del perché qualcuno avrebbe voluto vederli morti? Ha notato qualcosa di strano di recente? Uno dei due ha accennato al fatto di essere seguito, o che qualcuno che non volevano necessariamente tra i piedi fosse entrato nelle loro vite?»

Terry non ci pensò a lungo. «Nigel era un tipo preoccupato, ansioso. Principalmente per il suo lavoro. Non riusciva a staccare la spina. Controllava sempre il telefono. Carlos, d'altra parte, era tranquillo, un po' noioso, a dire il vero. Ma andavamo tutti d'accordo. E nessuno dei due mi ha detto niente. È golf, detective. Non un circolo di lettura. Non stiamo lì a parlare dei nostri pensieri e sentimenti. Veniamo qui per staccare la spina, per evadere dalla vita per un po' e, cosa più importante, per migliorare il nostro gioco.»

«Eppure qualcuno si è spinto a tanto pur di assicurarsi che soffrissero» disse Devon. «Se dovesse tirare a indovinare... debiti, litigi, affari loschi... le viene in mente qualcosa?»

Terry si grattò il mento. «Nigel... ha accennato a qualcosa qualche mese fa. Ha detto di essere a corto.»

«A corto?»

«Di soldi.»

«A corto per cosa?»

«Ha detto che gli servivano dei soldi per far andare in porto una cosa a cui stava lavorando.»

L'affare con il comune.

Devon inarcò un sopracciglio. «E lei lo ha aiutato?»

Terry si mosse a disagio sul sedile. «Solo un po' di contanti. Cinquantamila. Senza interessi. Non ci vedevo niente di male. Ha detto che me li avrebbe restituiti entro Natale.»

Devon lo studiò. «Ha parlato a qualcun altro di questo prestito?»

«L'ho detto al fisco, se è questo che intende. Se Nigel l'abbia fatto o no, sono affari suoi.»

Devon annuì, mentre gli ingranaggi nel suo cervello cominciavano a girare. «E Carlos sapeva del prestito?»

«Ne dubito. Come ho detto, giocavamo a golf. Tutto qui.»

Devon allungò la mano verso la maniglia della portiera.

«Apprezzo il suo tempo, signor Houghton. Se le viene in mente altro, mi faccia sapere.»

Terry grugnì di nuovo.

Mentre Devon scendeva di nuovo sotto la pioggia, mormorò tra sé e sé: «Sembra che nessuno lavori più, ma hanno tutti cinquantamila bigliettoni da buttare.»

CAPITOLO
TRENTAQUATTRO

Stephanie muoveva nervosamente la gamba su e giù, rimuginando sui suoi pensieri.

La fotografia del ragazzino trovata sulla prima scena del crimine era la seconda vittima.

Non poteva crederci. L'assassino stava giocando con loro. Diceva loro chi sarebbe stato il prossimo a bruciare vivo.

Fissò lo schermo del computer, l'immagine scoperta sulla seconda scena del crimine – il ragazzo senza nome nella foto – finché i pixel non sembrarono fondersi in un unico blocco. Era convinta che fossero state prese dalla stessa foto più grande. Che i due uomini, Carlos e Nigel, fossero collegati da qualcosa di più tangibile, più storico di un'iscrizione a un club di golf. Altrimenti, perché mai l'assassino avrebbe usato delle loro foto d'infanzia? Per rendere più difficile identificarli? Per restare un passo avanti?

Chiuse gli occhi. La testa cominciava a pulsarle e, per la prima volta da settimane, le sue papille gustative fremettero per la voglia di qualcosa di grasso e unto. Un kebab. Di pollo shish, per la precisione. Con i bordi carbonizzati, ricoperto di salsa all'aglio, avvolto in una pita calda e farcito con insalata croccante. Poteva quasi sentire l'olio gocciolarle sulla punta delle dita, assaporare sulla lingua il gusto acidulo dei peperoncini sott'aceto...

Espirò bruscamente dal naso e si appoggiò allo schienale, scacciando quel pensiero. Lo stomaco le brontolò piano, con l'eco della sua brama che le risuonava nelle orecchie. *Non ora. Non oggi.* Si concentrò di nuovo sulla foto sullo schermo, ricacciando la fame lontano dalla parte di sé che aveva bisogno di pensare.

Lo sfondo dell'immagine continuava a tormentarla. Quella forma. Qualcosa nella sua mente ne sfiorava i contorni. Uno striscione? Una corda da ginnastica? Un cartellone scolastico?

La sua gamba smise di muoversi.

Si alzò di scatto e la sedia stridette sul pavimento.

Un istante dopo, trovò Olivia alla sua scrivania, con le cuffie nelle orecchie, gli occhi che saettavano tra due schermi pieni degli estratti conto delle vittime. Quando Stephanie si avvicinò, lei alzò lo sguardo, sfilandosene una dall'orecchio.

«Puoi fare una ricerca per me?» domandò Stephanie.

«Sempre.»

«Carlos Vazquez e Nigel Hadlow... Voglio sapere se hanno frequentato la stessa scuola. Un posto in zona, probabilmente. Le medie o forse le elementari. Fine anni Ottanta, inizio anni Novanta. Vedi cosa salta fuori.»

Olivia sollevò un sopracciglio, ma non fece domande. «Dammi un secondo...»

Stephanie la osservava da sopra la sua spalla, le dita che le tremolavano lungo i fianchi. Il cuore aveva ricominciato a batterle forte; non per l'ansia, stavolta, ma per l'attesa.

Meno di un minuto dopo, Olivia si appoggiò allo schienale. «Bingo. Entrambi risultano nel registro della St Jude's School di Oxshott. Stesso anno di corso, addirittura. Dal 1981 al 1986.»

Stephanie emise un lungo respiro.

'Ci siamo.

«Si conoscevano» disse. «Molto prima del golf. Molto prima di oggi.»

Olivia si acciglió. «E allora qual è il collegamento con l'assassino?»

«Non lo so. Ma direi che è un buon punto da cui iniziare.»

CAPITOLO
TRENTACINQUE

La St Jude's School, una scuola privata maschile per ragazzi dagli undici ai diciannove anni, a Oxshott, sorgeva nascosta dietro una stretta fila di querce. Muri d'edera ricoprivano la villa vittoriana che fungeva da edificio principale. Ampi sentieri di ghiaia conducevano all'ingresso, fiancheggiati da prati meticolosamente curati, mantenuti da una squadra di giardinieri dedicata. Sullo sfondo c'era un piccolo bosco, dove la melodia del canto degli uccelli contrastava con il ronzio lontano di un tosaerba. Nonostante le opprimenti nuvole grigie che incombevano, il luogo sembrava pieno di colore e speranza, come se le rette degli studenti pagassero per una vernice dai colori più vivaci o per un'erba di qualità superiore.

Appena arrivate, Stephanie provò una familiare stretta al cuore. L'edificio assomigliava molto alla sua vecchia scuola, dove, da adolescente problematica proveniente da una famiglia distrutta, aveva vagato per i corridoi durante le lezioni, nascondendosi dagli insegnanti e intrufolandosi nelle aule vuote ogni volta che poteva. Le ricordava di quando lasciava la scuola ogni volta che ne aveva voglia per andare a trovare Kimberley alla sua scuola elementare, spiando le sue lezioni dalla finestra. Le ricordava un periodo di tormento, di dolore, di sofferenza, di disperata ricerca di attenzioni nell'unico modo che conosceva, e del suo disprezzo verso chiunque gliele offrisse.

Erano stati anni difficili. Anni in cui aveva pensato, per molto tempo, che avrebbe potuto seguire le stesse orme di suo padre. Verso una vita di crimini. Droga. Alcol. Vivendo ai margini di un sistema rotto e malconcio. Ma poi qualcosa era cambiato. Non riusciva a ricordare esattamente cosa. Una conversazione. Un litigio. Qualcosa che aveva visto o a cui aveva assistito. C'era stato un punto di svolta, un momento netto e percepibile nella sua vita, in cui tutto si era ribaltato, portandola a lottare per la sua istruzione e la sua carriera.

Stephanie scese dall'auto e fissò lo stemma della scuola, scolpito nell'arco di arenaria sopra l'ingresso. Due cervi si ergevano ai lati di uno scudo, con le corna intrecciate a foglie d'alloro. Sotto, in latino: Virtus per Scientiam. La Forza tramite la Conoscenza. Sogghignò tra sé; era il genere di stronzata pensata per far sentire meglio i genitori facoltosi che compravano il futuro dei propri figli.

Olivia la raggiunse, osservando il parco. «La mia scuola aveva più gravidanze adolescenziali di quanti studenti abbia questo posto».

Stephanie ridacchiò mentre salivano i gradini di pietra ed entravano nell'edificio principale. All'interno, l'atrio era ampio e imponente, echeggiava di passi lievi. Vecchie fotografie di ragazzi in tenuta da cricket, di recite scolastiche e di un futuro campione di scherma adornavano le pareti rivestite in legno. In lontananza, suonò una campanella.

Una segretaria con i capelli d'argento e un cardigan blu navy le accolse da una scrivania stretta. «Siete qui per vedere il signor Forester?»

Stephanie annuì. «L'ispettrice Broadbent e l'agente Willard».

La donna ne chiese loro un documento. Si allontanò dalla scrivania e le condusse lungo un corridoio fiancheggiato da porte di aule chiuse. Alcuni studenti curiosi sbirciarono attraverso stretti pannelli di vetro, ma nessuno parlò.

L'ufficio del preside si trovava dietro una pesante porta di quercia in fondo al corridoio. La segretaria bussò una volta, attese, poi le fece entrare. Il signor Forester si alzò al loro ingresso. Un uomo alto e magro sulla sessantina, indossava un abito grigio scuro con il colletto aperto. Un paio di occhiali gli poggiava a metà del naso, e li scrutò da sopra la montatura per salutarle. Controllò l'orologio.

«Se non altro, adoro quando le persone sono puntuali» disse, con voce lenta e ben scandita. «È una parte fondamentale di ciò che insegniamo qui».

«Se non si è in anticipo, si è in ritardo» replicò Stephanie con freddezza.

Il volto del signor Forester si illuminò. «Una donna che la pensa come me».

«Non proprio. L'ho sentito dire da qualcuno che l'aveva sentito da qualcun altro».

Il sorriso svanì quasi con la stessa rapidità con cui era apparso. «Ah. Be'. Non importa. Comunque, prego, accomodatevi, accomodatevi!» Indicò due poltrone di fronte alla sua scrivania, rivestite di un tessuto rigido verde bosco che scricchiolò debolmente quando Stephanie si sedette. I braccioli di legno portavano i segni di decenni di gomiti. La scrivania, di mogano massiccio, scintillava sotto la luce gialla di un'antica lampada da biblioteca, con libri rilegati in pelle impilati in un angolo. A Stephanie sembrò di essere entrata in una stanza di Hogwarts.

Forester si accomodò sulla sua sedia dallo schienale alto, congiungendo le mani davanti a sé.

«Dunque» disse, sistemandosi gli occhiali. «Mia moglie mi ha detto che siete qui per una questione molto preoccupante. Due ex alunni, giusto?»

Stephanie annuì. «Carlos Vazquez e Nigel Hadlow. Erano studenti qui negli anni Ottanta. Le dice niente?»

La fronte di Forester si corrugò in un'espressione pensierosa. Scosse lentamente la testa. «Temo di no. Sono preside qui solo da undici anni».

«Crediamo che fossero studenti qui insieme».

«Alla St Jude's nascono parecchie amicizie, legami che durano tutta la vita. La rete degli ex alunni è molto vasta e molti restano in ottimi rapporti. Ne andiamo molto fieri, in realtà».

Stephanie non era interessata a sentirsi fare propaganda. Ex alunni di qua. Prospettive di carriera di là.

«Potremmo dare un'occhiata ai vecchi annuari o ai registri degli studenti?» chiese Stephanie.

«Ma certo.» Forester si alzò. «Seguitemi. Conserviamo archivi che risalgono alla fine del diciannovesimo secolo. Non posso garantire che troverete le risposte che cercate, ma siete le benvenute. Vi chiediamo solo di rimettere tutto al suo posto e di maneggiare con cura alcuni dei reperti più antichi».

Le condusse fuori dall'ufficio, giù per una scala di servizio e attraverso un breve corridoio che si apriva su una piccola stanza dal soffitto basso all'estremità dell'edificio. Lì sotto, l'odore stantio di muffa era intenso. Armadi di legno rivestivano le pareti e al centro della stanza c'era un lungo tavolo cosparso di raccoglitori e album di fotografie.

Forester si avvicinò a uno degli armadi e aprì un cassetto con un grugnito. «Eccoli qui. Anni dal 1980 al 2005. Servitevi pure. Vi lascio lavorare, a meno che non abbiate bisogno di aiuto».

«Grideremo se ci perdiamo» disse Olivia, allungando già la mano verso l'album più vicino.

Forester annuì e le lasciò sole. I suoi passi echeggiarono sul pavimento di pietra mentre scompariva lungo il corridoio.

Stephanie estrasse un grosso raccoglitore etichettato "1983" e lo posò sul tavolo centrale. Aprì con cura il volume rilegato in pelle. La doppia pagina centrale conteneva una fotografia panoramica in bianco e nero dell'intero anno scolastico, disposti in file sui gradini anteriori della scuola. Ragazzi in blazer e cravatta, alcuni con un sorrisetto, altri che strizzavano gli occhi contro il sole, mentre gli insegnanti stavano a entrambe le estremità, con le mani giunte davanti a sé.

«Ecco» disse Olivia, picchiettando con l'unghia su un viso quasi al centro della seconda fila. «Quello è Hadlow».

Stephanie si chinò, scrutando gli studenti accanto a lui.

«Carlos» mormorò.

Vazquez era in piedi alla sinistra di Nigel, più giovane rispetto alla fotografia lasciata sulla scena del crimine. I suoi capelli erano più folti, i lineamenti più rotondi, ma era innegabilmente lui. Gli stessi occhi scuri, la stessa postura. I due ragazzi erano spalla a spalla.

«Ok, quindi abbiamo *loro*» disse Stephanie. «Ora ci servono tutti i nomi del resto dell'annata».

Passarono la mezz'ora successiva a sfogliare il resto dell'annuario, esaminando i ritratti individuali di ogni studente, annotando i nomi elencati sotto di essi e scattando fotografie con i loro telefoni come riferimento.

Poi passarono alla sezione degli insegnanti.

«La maggior parte di questi tipi sembra nata nell'età della pietra» borbottò Olivia.

Stephanie sbuffò. «Non hai torto. Guarda questo. Signor Harrow, capo dipartimento di latino. Quei baffi potrebbero soffocare un bambino».

«Scommetto che a letto era un incubo».

Stephanie lanciò alla collega un'occhiata tutt'altro che impressionata prima di tornare al lavoro. Nei dieci minuti seguenti, esaminarono l'elenco del personale, annotando i nomi da controllare. Un raccoglitore separato conteneva aggiornamenti recenti sugli ex alunni, con dettagli su pensionamenti, necrologi e occasionali encomi.

«Deceduto, deceduto, trasferito in Spagna, deceduto» disse Olivia, scorrendo una sezione. «Pare non ne siano rimasti molti da interrogare».

Stephanie sospirò e si appoggiò allo schienale della sedia, con gli occhi irritati per aver scrutato troppi nomi, troppi volti.

Proprio in quel momento, la porta cigolò e apparve Forester, sistemandosi i gemelli.

«Qualche fortuna?» chiese, entrando nella stanza.

«Qualcosa» rispose Stephanie. «Abbiamo la conferma che erano compagni di classe».

«Sono lieto di esservi stato d'aiuto.» Mise le mani dietro la schiena. «Ho fatto qualche verifica anch'io e ho pensato che questo potesse essere rilevante. Uno degli studenti di quella stessa annata, la classe dell'83, ora insegna qui».

Stephanie si raddrizzò. «Davvero? Come si chiama?»

Forester fece una pausa, poi sorrise come se stesse rivelando un segreto. «Matthew Kynaston. Insegna chimica. Devo chiamarlo per voi?»

Stephanie incrociò lo sguardo di Olivia. «La prego, lo faccia».

CAPITOLO
TRENTASEI

Matthew Kynaston entrò nella stanza dell'archivio con la cauta inquietudine di chi non è abituato a essere convocato. Era sulla cinquantina, la stessa età di Carlos e Nigel, con una corporatura esile avvolta in una giacca di tweed che aveva conosciuto decenni migliori. La cravatta era annodata senza cura e il polsino del maglione che spuntava dalla giacca era sudicio.

«Voleva vedermi?» domandò, con voce sommessa ma precisa.

Stephanie si voltò dal tavolo, chiudendo il raccoglitore che aveva davanti. «Signor Kynaston? Sono l'ispettrice capo Broadbent. Lei è l'agente scelto Willard. Grazie per essere venuto.»

Lui accennò un sì con il capo, avvicinandosi tenendo le mani in tasca. «Può chiamarmi Matthew» disse. «Il preside Forester mi ha accennato che si trattava di alcuni dei miei vecchi... compagni. Immagino che questa non sia una rimpatriata.»

Un lieve sorriso gli affiorò sulle labbra, ma Stephanie non lo ricambiò. «Carlos Vazquez e Nigel Hadlow. Entrambi del suo stesso anno, dall'ottantuno all'ottantasei. Si ricorda di loro?»

I nomi parvero smuovere qualcosa dietro gli occhi di Kynaston. Si prese un momento per abbassare lo sguardo sull'annuario ancora aperto sul tavolo, sporgendosi leggermente come se temesse i ricordi evocati da quei volti.

«Sì... mi ricordo di loro» disse questa volta a voce bassa, quasi un sussurro.

Stephanie attese, osservando il sottile cambiamento nella sua postura. La tensione gli si insinuò nelle spalle e nella parte alta della schiena, e i pugni gli si serrarono.

«E?» lo incitò lei con delicatezza, consapevole dalla sua espressione che una qualche sorta di trauma stava iniziando a ribollire sotto la superficie.

Matthew esalò dal naso e si raddrizzò. In quel momento, sembrò più vecchio, le rughe sul suo viso più profonde e più marcate. «Erano dei bulli» disse schiettamente. «Carlos e Nigel. Non solo con me. Eravamo una manciata quelli che avevano preso di mira. Chiunque fosse più piccolo, più tranquillo. Chiunque non si integrasse nel loro mondo.»

Olivia lanciò un'occhiata a Stephanie, poi fece un passo avanti. «Cosa facevano?»

Matthew esitò, gli occhi che tornavano a fissare l'immagine sgranata in bianco e nero sull'annuario. «Cosa non facevano? La solita crudeltà, suppongo si possa definire così. Ci prendevano un sacco in giro, ci affibbiavano nomignoli cattivi. Erano soliti prendermi gli occhiali e passarseli come se stessero giocando a basket. Una volta li trovai incollati sotto il mio banco. L'unico modo in cui riuscii a farli smettere fu mettendo le lenti a contatto. Un'altra volta mi riempirono l'armadietto di fango. E poi mi umiliarono tirandomi giù i pantaloni negli spogliatoi.»

Lo stomaco di Stephanie si strinse. Lei non era stata vittima di bullismo a scuola – i suoi abusi erano stati confinati tra le mura domestiche – ma l'aveva visto e aveva assistito all'impatto che aveva su coloro che ne erano colpiti, a come non riuscivano a fidarsi di nessuno, a come erano arrabbiati con il mondo, spesso sfogando quella rabbia sulle persone sbagliate, e a come perdevano fiducia e sicurezza in se stessi.

Erano vittime, proprio come lo era stata lei.

«Ha sporto denuncia?» chiese.

Matthew rise piano. «A chi? A quei tempi era diverso. Metà degli insegnanti pensava che un po' di bullismo facesse bene. Che formasse il carattere, ti rendesse più forte e più preparato per il mondo. Gli altri o si ubriacavano o andavano a letto tra di loro. E inoltre, Carlos era il figlio di qualcuno che faceva donazioni regolari alla scuola, e il padre di Nigel era un pezzo grosso della politica da qualche parte, quindi quei ragazzi erano praticamente intoccabili. Non ne sarebbe venuto fuori niente.»

«Quali erano i nomi degli altri ragazzi che avevano preso di mira?» domandò Olivia.

«Ce n'erano alcuni. Un ragazzo di nome Tom Latchford. E David Reece. E Jonathan Hale. Cristo, sono anni che non penso a loro, ma i loro nomi ti restano impressi, sa.»

«Hanno subito lo stesso tipo di abusi, o è stato peggio?»

«È stato *tutto* terribile, ispettrice. Nessuno si considera fortunato per essersela cavata con quello che *lei* potrebbe definire un "trattamento di favore".»

«Giusto» disse Stephanie, sentendo il bisogno di scusarsi. Ciò che era peggio per una persona poteva non essere nulla per un'altra. «Sa cosa fanno adesso?»

Matthew strinse le labbra e scosse la testa. Si mise le mani nelle tasche dei pantaloni. «Temo di no. Non eravamo esattamente intimi. L'unica cosa che ci legava era quello che abbiamo passato, ma non avevamo un gruppo; non ne parlavamo. Altrimenti, avremmo solo peggiorato le cose. Ci avrebbero attaccato ancora più duramente.»

«C'era qualcun altro? Nigel e Carlos agivano in coppia, o erano di più?» domandò Olivia a bassa voce.

Gli occhi di Matthew si abbassarono sul pavimento mentre il silenzio calava nella stanza dell'archivio. Per un lungo momento, nessuno parlò. Poi disse: «Avevano una piccola banda. Quattro in totale. Anthony Shore e Darren Fairhurst erano gli altri due. Sembravano tutti seguire Nigel come se fossero i suoi piccoli discepoli, i suoi piccoli sgherri.»

La voce di Matthew era piena di disprezzo.

Stephanie annotò i nomi sul suo taccuino. «E questi ragazzi, erano cattivi come Nigel?»

«Peggio, per certi versi» disse Matthew, strofinandosi la nuca. «Darren una volta chiuse un ragazzo nello sgabuzzino dell'attrezzatura sportiva per mezza giornata, e Anthony scriveva cose abiette sui muri dei bagni; era lui il responsabile di tutte le voci che giravano a scuola su di me. Erano colpevoli tanto quanto gli altri.»

Stephanie scambiò un'occhiata con Olivia, poi tornò a guardare Matthew. «Carlos e Nigel sono entrambi morti.»

Matthew alzò di scatto la testa. «Cosa?»

«Sono stati uccisi in incidenti separati a pochi giorni di distanza l'uno dall'altro» disse lei con calma. «Bruciati vivi. Crediamo che le loro morti siano collegate.»

Il volto di Matthew si sbiancò. «Santo cielo» mormorò, sbattendo le palpebre più volte. «I-io non lo sapevo. Voglio dire, ho visto qualcosa di un incendio al telegiornale, ma non sapevo che fossero loro.»

Stephanie lo studiò attentamente. Lo shock sembrava vero. L'incredulità. L'orrore.

«Conosce qualcuno che avrebbe potuto voler far loro del male, o qualcuno che sia capace di questo?» domandò Olivia.

Matthew non rispose subito. Si morse l'interno della guancia, la mente che correva veloce.

«Voglio dire, chiunque avrebbe potuto» disse alla fine. «Se me lo avesse chiesto quarant'anni fa, avrei detto tutti noi. Ma è passata una vita. I-io non lo so, ispettrice. Non ho parlato con nessuno di loro da quando ho lasciato la scuola, quindi non potrei proprio dirglielo.»

Stephanie annuì lentamente. «Comprensibile. Devo chiederle, però... dov'era nelle notti delle loro morti?»

La bocca di Matthew si schiuse per l'incredulità. «Pensa che *io* c'entri qualcosa?»

«È una domanda di routine. Niente di più.»

Fece una pausa, elaborando. «Ero a casa. Con mia moglie. E nostra figlia. Ha sette settimane.»

Stephanie fece il calcolo mentalmente. Matthew vide la confusione sul suo volto perché aggiunse: «Mia moglie è molto più giovane di me.»

Questo era un eufemismo, pensò Stephanie tra sé, ma non disse nulla. Alla fine, Olivia intervenne congratulandosi con lui per la neonata.

«Grazie» disse lui, timidamente. «È stato un turbine. Vorrei solo che qualcuno mi avesse detto fin dall'inizio quanto poco si dorme.»

«Se lo facessero, nessuno ne farebbe più.» Olivia abbassò lo sguardo sul suo taccuino. «Sua moglie potrebbe corroborare la sua posizione?»

Matthew rispose con un unico cenno del capo. «Assolutamente.

Siamo a malapena usciti di casa. E ho le foto. Con data e ora. Stiamo documentando tutto: il suo primo sorriso, il primo bagnetto, la prima cacca esplosiva.»

Olivia fece una smorfia. «Non me lo ricordi. Mi sta facendo tornare in mente tutto. I miei figli erano un incubo. Cioè, lo sono ancora. Ma...» Scosse la testa con una smorfia. «Ne sento ancora l'odore.»

Matthew ridacchiò piano, il suo viso che si rasserenava di nuovo.

Stephanie chiuse il suo taccuino. «Per ora è tutto, Matthew. Grazie per il suo tempo. E per la sua onestà.»

Lui fece un piccolo cenno con il capo e si avviò verso la porta, poi esitò. «Ispettrice?»

«Sì?»

«Chiunque sia stato... se è stato qualcuno di quei tempi... spero che lo troviate. E spero che riceva aiuto. Perché nessuno l'ha mai dato a noi.»

Poi se ne andò, e la porta pesante scattò chiudendosi alle sue spalle.

CAPITOLO
TRENTASETTE

Tom Latchford, uno dei nomi che Stephanie le aveva dato come vittima del bullismo di Nigel e Carlos, lavorava in un negozio di telefonia sulla via principale. Mentre Fiona varcava la soglia, una folata di aria calda proveniente dal condizionatore sopra l'ingresso la investì in viso con una tale forza da toglierle quasi il respiro. L'interno del negozio, come gran parte della via principale di questi tempi, era completamente vuoto, a parte un'anziana signora che cercava di ricaricare il telefono, solo per sentirsi dire che doveva farlo per via telefonica.

Fiona scrutò il resto del negozio, contando cinque commessi per due clienti. Un rapporto decisamente sproporzionato. Ma non c'era da sorprendersi; al giorno d'oggi, si poteva fare tutto dalla comodità del proprio letto o divano. Non ricordava l'ultima volta che era entrata in un negozio di telefonia per cambiare telefono; di solito lo faceva durante la pausa pranzo, nelle rare occasioni in cui capitava.

Finse di curiosare tra gli scaffali per un po', aspettando di vedere se qualcuno l'avrebbe abbordata come facevano di solito. Ma non si avvicinò nessuno. I commessi stavano dietro al bancone o seduti alle scrivanie sul retro, scorrendo i display dei loro telefoni, persi nei loro mondi. Erano tutti giovani, sulla fine dell'adolescenza o poco più che ventenni, e nessuno di loro sembrava voler essere lì; al contrario, pareva che i genitori li avessero tirati giù dal letto a calci e urla.

Fiona si sentì come un cliente in incognito, pronta a dare un feedback pessimo alla sede centrale dell'azienda. Ma prima che potesse pensare a cosa avrebbe detto, una porta sul retro si aprì e un uomo sulla cinquantina sbucò fuori, i suoi passi pesanti che rimbombavano sul pavimento di linoleum. Fiona percepì subito che era lui il responsabile. Non per l'età, ma per il suo portamento e l'espressione di disgusto che gli deformava i lineamenti mentre posava lo sguardo sui suoi dipendenti. Per un istante, si fermò al centro del negozio, con le mani sui fianchi, scrutando la sua squadra. Nessuno gli diede retta.

Borbottando qualcosa a mezza voce, rivolse la sua attenzione a Fiona.

«Posso aiutarla in qualche modo, signorina?» chiese, sfoderando la sua miglior voce da servizio clienti.

Fiona si rosicchiò brevemente un'unghia prima di rispondere. «Cercavo Tom.»

Lui inclinò la testa di lato. «Sono io.»

«Lo immaginavo.» Abbassò la voce. «Sono l'agente Singleton. Polizia del Surrey. Mi chiedevo se ci fosse un posto dove potrei farle qualche domanda.»

Il suo volto si contorse per la confusione, come se lei avesse sbagliato persona.

«Lei è Tom Latchford, giusto?»

Lui annuì.

«Che ha frequentato il St Jude's?»

Un altro cenno del capo, più debole del primo.

«Eccellente. Allora sono nel posto giusto.» Fece un gesto verso il retro del negozio. «Andiamo?»

L'espressione di Tom divenne vitrea. Si voltò e si diresse verso l'ufficio. I dipendenti rimasero incollati ai loro telefoni mentre passavano. La porta sul retro del negozio conduceva a una ripida rampa di scale, fiancheggiata da battiscopa graffiati. Messaggi motivazionali adornavano le pareti, insieme a grafici a barre che monitoravano i loro progressi di vendita mensili. Fiona seguì Tom su per le scale, il rumore delle sue scarpe che batteva sordo sui gradini dietro di lui.

Arrivato in cima, lui aprì una porta usando una combinazione di codice e chiave, facendola accomodare nell'ufficio al piano di sopra. Lì l'aria era più calda e umida. Una fila di computer impolverati costeggiava una parete sotto un groviglio di cavi e router lampeggianti. Uno schedario malconcio era sistemato in un angolo, con i cassetti leggermente socchiusi, e una cassaforte di metallo gli stava accanto, dipinta dello stesso grigio delle pareti. Fiona prese una delle sedie da ufficio libere, la mise a posto e si sedette, aspettando che Tom si fosse lasciato cadere sulla sua – una con uno strappo nel mezzo e le rotelle cigolanti – prima di aprire il suo taccuino.

«Non c'è bisogno che sembri così allarmato» esordì lei. «Non è nei guai. Sono qui in relazione a due persone che crediamo lei possa conoscere.»

I suoi occhi si spalancarono per il panico, mille pensieri diversi che gli saettavano dietro. «Okay.»

«Carlos Vazquez» dichiarò lei seccamente. «E Nigel Hadlow. Questi nomi le dicono qualcosa?»

Tom si bloccò, lo sguardo fisso sulla parete dietro di lei, le mani strette in grembo.

«Io... sì. Sì, li conosco. Siamo andati a scuola insieme. Eravamo nello stesso anno. Anche nello stesso convitto, per un periodo. Erano...»

«Vi consideravate amici?»

«Pah!» esclamò lui, riempiendo la stanza. «Assolutamente no. La cosa più lontana al mondo dall'essere amici. Non potrebbe pagarmi un milione di sterline per dirlo.» Scosse la testa con violenza. «Mi hanno reso la vita un inferno.»

«In che modo?»

«Mi chiamavano "Latch-on" come se fossi un parassita. Prendevano i miei libri e li inzuppavano d'acqua. Una volta, ci hanno persino pisciato sopra nei bagni. Avevo attacchi di panico ogni giorno prima delle lezioni. Non riuscivo a guardare un insegnante negli occhi, figuriamoci a farmi degli amici. Mi sentivo così solo in quel posto. Mi hanno rovinato per bene. I miei genitori pensavano che sarei diventato un grande accademico; sognavano addirittura che andassi a Oxford a studiare fisica. E invece, sono finito qui, a rifilare contratti telefonici a pensionati che non riescono a sentirmi parlare.»

La sua bocca ebbe un tic e i suoi pugni si strinsero, come se stesse per piangere o dare un pugno al muro. Non fece nessuna delle due cose.

«Mi hanno umiliato» continuò, digrignando la mascella. «Mi hanno fatto sentire come se non fossi niente. E alla fine... sono diventato niente.»

Fiona fece una pausa.

Scarabocchiò qualche appunto. «Mi dispiace che abbia passato tutto questo. Immagino non vi siate mai più sentiti.»

«Pah! Bella questa. Oh, ma lei dice sul serio. No, certo che no. Appena ci siamo diplomati, la mia missione è diventata dimenticare tutto di quel posto.»

Un altro scarabocchio sul suo taccuino. «Non so se ha sentito le notizie di recente, ma volevo informarla che sono entrambi morti.»

Tom sbatté le palpebre e la sua mascella si allentò, ma i suoi pugni rimasero serrati. «Cosa?»

Fiona spiegò le circostanze dei loro omicidi mentre si rosicchiava le unghie.

«Merda» replicò Tom.

«È un modo di metterla.»

«Pensa che... pensa che qualcuno della scuola...?»

«Non lo sappiamo. Ed è per questo che le chiedo: dov'era nelle notti in questione?»

Lui si grattò la mascella, apparendo improvvisamente molto piccolo.

«Vivo da solo» disse infine. «In un appartamento sopra il negozio di alcolici vicino alla stazione. Non ho una compagna da anni. Probabilmente guardavo la TV o scorrevo il telefono. Io...» Fece spallucce. «Ma non ho avuto niente a che fare con quello che è successo loro. Non guido, quindi non avrei potuto raggiungerli...»

Fiona incrociò il suo sguardo. Lui non trasalì.

«Qualcuno può confermarlo?»

«A meno che il mio bollitore non abbia imparato a testimoniare.»

Lei annuì seccamente e lo annotò. «Apprezzo la sincerità. Stiamo parlando con un sacco di persone. Controllo di routine, quel genere di cose.» Si morse un altro pezzo d'unghia, rendendosi conto di avere un disperato bisogno di una sigaretta, cosa a cui non pensava da molto tempo. «Ha mai mantenuto i contatti con altre persone della sua scuola?»

Tom scosse la testa senza esitazione. «Come ho detto, una volta uscito da lì, tutti gli altri sono usciti dalla mia vita. Ma sarò onesto, non posso biasimare chiunque sia stato. Erano persone disgustose, malvagie. E dubito che siano migliorati invecchiando. I bulli restano bulli, non cambiano. Quindi non mi sorprende che alla fine sia successa loro una cosa del genere.» Un sottile sorriso gli spuntò sulle labbra. «La giustizia sa essere una stronza.» Tirò fuori una piccola collana con una croce e la strofinò tra le dita.

Fiona lasciò che il silenzio si protraesse per un momento, i suoi occhi che cadevano sul ciondolo che lui teneva in mano.

«Lei è religioso, deduco?»

La domanda lo fece fermare. Abbassò lo sguardo sulla collana e poi la nascose, come se lo avesse appena tradito.

«Sì» disse alla fine. «Lo sono.»

«Lo è sempre stato?»

Scosse la testa. «No. Ho trovato Dio più tardi. Dopo la scuola. Dopo… tutto quello.»

«A causa di quello che è successo?»

«A dispetto di ciò, forse. Sono stato messo male per molto tempo. Non riuscivo a tenermi un lavoro. Bevevo più di quanto avrei dovuto. La terapia ha aiutato un po', ma è stata la fede a darmi qualcosa di solido.» Esitò, poi aggiunse: «Mi ha dato una ragione per alzarmi la mattina. E una ragione per smettere di darmi la colpa.»

Fiona annuì lentamente. Smise di masticare un pezzo di unghia. «E per quanto riguarda loro? Carlos e Nigel. Lei… li perdona?»

Il volto di Tom si irrigidì.

«È quello che dovrei fare, no?» disse alla fine. «Porgere l'altra guancia. Lasciare il giudizio al Signore. È quello che c'è scritto.»

«Ma?» lo incitò dolcemente Fiona.

«Ma non ci sono ancora arrivato. Prego per avere la forza, e chiedo la pace, e la maggior parte dei giorni riesco a vivere la mia vita tranquillamente. Ma quando penso a quello che mi hanno fatto… al modo in cui mi hanno tolto qualcosa che non ho mai riavuto… faccio fatica. Davvero.» La sua voce si incrinò leggermente. «La gente parla sempre del perdono come se fosse un interruttore da premere. Come se un giorno decidessi semplicemente di smettere di soffrire. Ma non è così. È un lavoro. E io ci sono ancora in mezzo. Prego ogni notte. E so che è sbagliato, ma alcune notti… a quel tempo, pregavo che ricevessero ciò che si meritavano.»

CAPITOLO
TRENTOTTO

Il calore la colpì per primo. Istantaneo. Soffocante. Una parete di fuoco le premeva contro il petto, bruciandole la pelle e scendendole in gola.

Stephanie era in fondo al vialetto, a piedi nudi e in pigiama, e fissava l'inferno che un tempo era stata la casa della sua infanzia. Fiamme brillanti, arancioni e gialle, leccavano i vetri delle finestre, incrinandoli e fondendo gli infissi di plastica. Il fumo fuoriusciva dal tetto, avvolgendosi a spirale verso il cielo. L'odore di materiale carbonizzato riempiva l'aria. Da qualche parte in lontananza, sentiva le sirene, ma erano troppo lontane. Quando fossero arrivate, sarebbe stato troppo tardi.

Sua madre e sua sorella erano alla finestra, intrappolate nella camera da letto al piano di sopra, e battevano sul vetro, colpendo con i pugni, gridando aiuto entrambe. Ma lei non poteva fare nulla; era paralizzata, le gambe si rifiutavano di muoversi.

«Mamma...» chiamò. «Kim!»

Ma la sua voce era debole, sommersa dal boato delle fiamme.

Poi la porta d'ingresso si spalancò di colpo e suo padre barcollò fuori, con tutto il corpo avvolto dalle fiamme. La pelle che si gonfiava di bolle, i vestiti che si fondevano con la sua carne. Come la scena di un film catastrofico. Le sue urla echeggiarono per tutta la strada. Il sangue le si gelò nelle vene per la paura. Suo padre barcollò per qualche metro verso di lei, con le braccia tese, ma non riuscì ad andare oltre. Crollò a terra mentre il fuoco lo consumava.

«Stepphhyyyy… ti preeeegooooo…»

Il suono della sua voce, proprio sulla soglia della morte, le provocò una scossa lungo la spina dorsale. I suoi occhi rimasero fissi sul corpo fumante che solo pochi istanti prima era suo padre. Giaceva a faccia in giù, la pelle un mosaico di carne che si gonfiava di bolle e ossa esposte. Il fuoco crepitava ancora sotto il suo torso, continuando a consumarlo. Il suo braccio ebbe un fremito. Poi più nulla. Era immobile.

E per un breve secondo, Stephanie non provò nulla.

Nessun dolore.

Nessuna pietà.

Si ricordò di quando aveva otto anni, in piedi in cucina con quella brutta vestaglia verde con le rane. Le aveva detto che era debole, che doveva diventare più tosta. Poi aveva preso l'estremità metallica dell'accendino e gliel'aveva premuta sull'avambraccio finché lei non aveva urlato.

Ora, era vittima del suo stesso metodo di abuso.

«Stephanie!»

L'urlo la riscosse.

Veniva dal piano di sopra. Sua madre e Kimberley, che continuavano a battere sul vetro, ancora disperatamente bisognose di salvezza. Il fumo nella stanza stava rapidamente coprendo i loro volti. Presto non sarebbe più riuscita a vederle.

Presto non sarebbe più riuscita a sentirle.

Si girò per correre, per fare qualcosa, ma le sue gambe erano di pietra, i polmoni stretti, le braccia tremanti. Poi una sagoma indistinta le sfrecciò accanto.

Una figura. Maschile. Lo riconobbe all'istante. Jordan. Il suo fratellastro. Che correva verso il fuoco senza pensarci due volte, senza un briciolo di preoccupazione per sé stesso. L'eroe, arrivato a salvare la situazione e a soccorrere le damigelle in pericolo. Stephanie gridò il suo nome, ma era troppo tardi. Era dentro, inghiottito dal fumo.

Un nodo si strinse nelle viscere di Stephanie.

No. No, non doveva essere lui.

Quella era la *sua* famiglia. *Sua* madre. *Sua* sorella.

Non la sua.

Non doveva piombare sulla scena ed essere quello che avrebbero venerato e celebrato. Non doveva essere quello che le avrebbe tratte in salvo e riscritto la storia.

Stephanie fece un passo avanti. Le fiamme ruggirono più alte. La casa gemette. E l'urlo di sua madre squarciò di nuovo l'aria.

Eppure, al di sopra di quello, riusciva ancora a sentire Jordan all'interno. Che tossiva. Che chiamava. Che arrivava in soccorso.

La gola di Stephanie si serrò, i polmoni le bruciavano ancora prima che il fuoco la toccasse. Una voce nella sua testa le diceva di non farlo. Le diceva che sarebbe morta se fosse entrata. Ma un'altra voce gridò più forte.

Non deve essere lui a salvarle. Devi essere tu.

Corse.

Dritto verso l'inferno.

Ma prima che potesse raggiungere la porta d'ingresso, suo padre tornò in vita e, con occhi demoniaci e malvagi e un ringhio sul volto, l'afferrò per una caviglia e la trascinò a terra.

E poi il buio.

Stephanie si mise a sedere di scatto nel letto. Il suo petto si alzava e si abbassava con scatti rapidi e irregolari. Le mani le tremavano. Il viso e i capelli erano bagnati di sudore e sentiva caldo, come se stesse bruciando, come se fosse tra le fiamme del suo incubo.

Artigliò le lenzuola e le gettò via, quasi aspettandosi che le si carbonizzassero tra le mani. La pelle le pizzicava, ogni terminazione nervosa gridava. Uscì barcollando dal letto, i piedi nudi che sbattevano sulla moquette, il cuore che martellava come una sirena. Respirava velocemente e in modo superficiale. I polmoni non si riempivano. Non riusciva a pensare. Non riusciva a fermare il panico crescente.

È ancora su di me.

Si precipitò in bagno, aprì al massimo il rubinetto dell'acqua fredda della doccia ed entrò senza nemmeno togliersi il pigiama.

L'acqua gelida la colpì come uno schiaffo.

Ansò e barcollò all'indietro, ma si costrinse a rimettersi sotto il getto. Appoggiò le mani contro la parete piastrellata, con la testa china, mentre l'acqua le scorreva addosso, inzuppandole i capelli e bagnandole i vestiti.

Ti prego, smetti di bruciare...

Si girò lentamente, lasciando che l'acqua le lavasse ogni centimetro del corpo, quasi aspettandosi di vedere del fumo alzarsi dalla sua pelle. Rimase lì, tremando, cominciando a battere i denti. Alla fine, premette la schiena contro la parete piastrellata e scivolò giù in posizione accovacciata, con le braccia strette intorno alle ginocchia.

Il sogno era sembrato reale. Troppo reale.

E non solo il fuoco.

La gelosia.

L'odio.

Quel bisogno di essere colei che le salvava.

Serrò gli occhi.

Che tipo di persona stava diventando?

Che tipo di persona avrebbe preferito bruciare viva piuttosto che lasciare che qualcun altro fosse l'eroe?

Non ne era sicura.

Ma in quel momento, fradicia e tremante sul fondo della sua doccia, non era sicura di volerlo sapere.

CAPITOLO
TRENTANOVE

La pioggia scendeva a ondate; proiettili gelidi e pungenti che fendevano gli alberi di traverso. Stephanie pedalò più forte, sfrecciando temerariamente lungo il sentiero nella foresta. Il fango le schizzava sui polpacci, lasciando strisce sulle cosce. I suoi pneumatici scavarono solchi profondi nel sentiero fradicio, proiettando detriti e terra in ogni direzione.

Il vento ululava tra i rami sopra la sua testa, strattonandole la giacca e minacciando di farle perdere l'equilibrio. Ma lei si piegò in avanti, rifiutando di arrendersi. Sforzò di più le gambe, spinta dai ricordi del sogno, dalle fiamme e dal volto di Jordan mentre svaniva nel fuoco.

I polmoni le bruciavano, ma accolse quel dolore. Era reale. Tangibile. *Meritato.*

Le foglie le schiaffeggiarono le guance, i ramoscelli le graffiarono gli avambracci e la bici sussultò sotto di lei quando colpì un groviglio di radici scoperte. Strinse più forte, con i muscoli contratti. Davanti a lei si profilava una ripida salita, resa viscida dal fango e dalle pietre smosse. Non rallentò; al contrario, l'attaccò con ferocia, le cosce che urlavano, la schiena china come un predatore. La foresta intorno a lei si offuscò mentre respirava affannosamente contro il freddo, ogni espirazione che esplodeva in una nuvola di vapore.

Niente sirene.

Niente fiamme.

Niente urla.

Proprio come piaceva a lei.

Alla fine, raggiunse la cima della salita ed emerse su un lungo tratto di terreno pianeggiante.

Poi strinse le dita sui freni, facendo slittare la bici fino a fermarsi e sollevando in aria una zolla di fango. Qualcosa in lontananza catturò il suo sguardo a diverse centinaia di metri di distanza; una piccola macchia nera, bruciacchiata, nell'oceano di campi verdeggianti e rigogliosi sottostanti. Il fienile dove, solo poche notti prima, Nigel Hadlow aveva perso la vita. Il suo corpo fu scosso da un brivido di dolore e un nodo le si formò in gola. Nella sua mente apparvero le immagini di come doveva essere stato l'incendio: il fuoco, il calore, il dolore immenso e incommensurabile. Era stato cosciente prima che le fiamme prendessero il sopravvento? Sapeva cosa stava per accadere? L'assassino era stato così gentile da assicurarsi che non lo sapesse, o si era accertato che soffrisse la massima quantità di dolore?

Sospettava che fosse la seconda opzione. Ormai le era chiaro che l'assassino aveva cercato vendetta contro Nigel Hadlow e Carlos Vazquez, che aveva una lista di nemici che riteneva meritevoli di giustizia. Era certa che avessero fatto tutto ciò che era in loro potere per assicurarsi che le vittime fossero consapevoli del loro imminente destino.

Era sicura che Nigel Hadlow e Carlos Vazquez fossero stati svegli, coscienti, che respirassero, *consapevoli* del fuoco che li avrebbe consumati lentamente, fino all'istante in cui si sarebbe preso le loro vite.

La pioggia continuava a cadere orizzontalmente, offuscando il fienile in lontananza. Gocce spesse le scivolarono dai capelli agli occhi. Cercò di scacciarle sbattendo le palpebre, ma non fece alcuna differenza.

Lì in piedi, una gamba piantata a terra mentre l'altra poggiava sul pedale, si sfilò la borsa impermeabile dalla spalla e tirò fuori il cellulare. Era il suo giorno libero. O almeno, avrebbe dovuto esserlo. Tempo che avrebbe dovuto passare a riprendersi, a rilassarsi, mentalmente e fisicamente. Ma, come al solito, aveva altre idee.

Sbloccò il dispositivo e scorse fino alla rubrica, mentre le gocce di pioggia martellavano lo schermo. Trovò il nome di Olivia e lo toccò ripetutamente. Dopo diversi tentativi, la chiamata finalmente partì.

«Steph?»

«Buongiorno.»

«Perché chiami? Non dovrebbe essere il tuo giorno libero?»

Prima che potesse rispondere, una folata di vento la investì di lato.

«Dove sei?» chiese Olivia.

«In giro. A vedere la campagna.»

«Sembra che tu sia nel Passaggio di Drake.»

Stephanie finse di sapere cosa significasse e rispose con un grugnito. «È solo un po' di vento. E pioggia. Tanta, tantissima pioggia.» Si portò una mano a coppa sull'orecchio, cercando di proteggere il telefono dalle intemperie. «Volevo solo sapere qual era l'agenda di tutti per oggi.»

«Vuoi controllare tutto nei minimi dettagli?»

«Cosa? Non è…! Non sto…!»

«A me sembra di sì, capo. Vuole anche aggiornamenti regolari su quando andiamo in bagno? Vuole sapere quanti caffè ci stiamo bevendo?»

«Wellard…»

«Abbiamo tutto sotto controllo» disse Olivia. «È il tuo giorno libero. Quindi rilassati. Se arriva qualcosa di urgente, sarai la prima a saperlo. D'accordo?»

«Volevo solo…»

«E ti ringraziamo per questo, ma non ne abbiamo bisogno. Ci stiamo occupando di tutto. Vorrei che ti prendessi un vero giorno libero, per favore.»

Lo sguardo di Stephanie si spostò dal fienile in lontananza a una piccola fila di alberi.

«Perché mi sento come se mi stessi facendo una ramanzina?»

«Perché è così.»

«È così che parli ai tuoi figli?»

«Oh, no. A loro di solito va molto peggio di così. Dovresti essere grata; con te sono gentile.»

Stephanie ridacchiò. «Lo apprezzo.»

«Goditi la giornata, capo. Non mi aspetto di sentirti fino a domani. Oh, e stai attenta là fuori. È bagnato e fangoso.»

Il sorriso sul volto di Stephanie si allargò. «Sì, *mamma*.»

Mentre riattaccava, il vento e la pioggia si placarono e nelle nuvole apparve un sottile squarcio. Era piccolo, ma Stephanie lo prese come un segno, un segno per fare un passo indietro e godersi quel poco tempo libero che aveva per sé.

Per prima cosa, avrebbe dovuto voltare le spalle al fienile e andarsene da lì il più in fretta possibile. Sentendosi ottimista sul fatto che la giornata potesse davvero essere buona, e con un piano che cominciava a formarsi nella sua mente, si mise in tasca il telefono, posò entrambi i piedi sui pedali e si allontanò, sollevando fango e sporcizia.

CAPITOLO
QUARANTA

La pioggia sferzava il parabrezza mentre Olivia svoltò dalla strada principale e imboccò la stradina stretta e tortuosa che portava al bungalow alla periferia di Weybridge. I tergicristalli combattevano una battaglia persa contro l'acquazzone, e il riscaldamento ronzava sommessamente, scaldandole i piedi e le cosce, ma i suoi pensieri erano altrove, assorbiti da Stephanie e dalla sua incapacità di staccare la spina.

L'ispettrice a volte la preoccupava. Non era salutare la quantità di ore che dedicava al lavoro, il modo in cui ogni singolo istante della sua giornata era consumato dalla professione. Non le faceva bene, e Olivia non credeva facesse bene nemmeno alla sua bulimia. Ricordò il momento in cui si era imbattuta nel segreto di Stephanie. L'ufficio era vuoto; era notte e tutti se n'erano andati dopo un paio di giri al pub. Stephanie era l'unica rimasta, e poi Olivia aveva sentito i conati, gli schizzi nella tazza, seguiti dallo sciacquone del water. Avevano concordato di non parlarne – Stephanie le aveva assicurato che era tutto sotto controllo – ma la preoccupazione per il suo superiore aleggiava ancora in un angolo della sua mente. Quella donna si strapazzava, spingendo la mente e il corpo ai loro limiti, e Olivia si chiedeva per quanto ancora avrebbe potuto reggere. Se non fosse stata attenta, qualcosa avrebbe ceduto.

O la sua sanità mentale, o il suo corpo.

Prima che quel pensiero potesse prendere ulteriore peso, la voce automatica del navigatore annunciò che era arrivata a destinazione. David Reece viveva in un bungalow tozzo e grigio, l'unico in una fila di villette a due piani. L'ex studente del St Jude's era emerso come uno dei nomi associati alle vittime di bullismo di Nigel Hadlow e Carlos Vazquez e, dopo lunghe ricerche, lei e Fiona erano finalmente riuscite a rintracciarlo.

Olivia accostò nel vialetto e spense il motore. Attraverso il vetro appannato del finestrino lato guida, vide il bagliore di un monitor dietro la tenda del salotto. Afferrò il cappotto dal sedile del passeggero, se lo infilò e corse verso la porta d'ingresso, saltando le pozzanghere.

Suonò il campanello e attese, tirandosi giù il cappuccio. Passarono alcuni istanti prima che la porta si aprisse con un cigolio, rivelando un uomo sulla cinquantina, pallido e con la barba lunga, che indossava una camicia a quadri e pantaloni chino. Teneva in mano un paio di cuffie. L'unico riferimento che aveva del suo aspetto era la foto dell'annuario scolastico scattata quarant'anni prima. Il suo viso si era addolcito con il tempo e gli spigoli della gioventù si erano arrotondati con l'età, ma la somiglianza era ancora lì, sotto il logorio di quattro decenni difficili. I suoi capelli si erano diradati; nella foto erano folti e scuri, con le punte arricciate. La sua versione adolescente sfoggiava un sorriso eccitato ed esuberante. La versione adulta non si prese nemmeno la briga di sorridere.

«Sì...?» disse lui, sbattendo le palpebre sotto la pioggerellina, con voce roca. «Posso aiutarla?»

Olivia gli mostrò il tesserino. «Speravo di poterle parlare del periodo in cui frequentava il St Jude's.»

La sua espressione si irrigidì. Per un attimo, lei pensò che le avrebbe chiuso la porta in faccia.

«Ci vorrà molto?»

«Solo pochi minuti.»

«Sono nel bel mezzo di un lavoro» disse lui, quasi scusandosi, «ma posso concederle qualche minuto.»

«Grazie» rispose Olivia, varcando la soglia. Lo seguì in un salotto trasformato in ufficio, dove due monitor mostravano una casella di posta elettronica e una presentazione in PowerPoint.

Le fece cenno di sedersi sulla poltrona e si accomodò sul bordo del divano, giocherellando con le cuffie che aveva in mano. «Allora,» disse, con un tono che suggeriva volesse già chiudere la conversazione, «di cosa si tratta?»

«Carlos Vazquez e Nigel Hadlow.»

Un debole lampo di riconoscimento attraversò il suo viso. «Cosa li riguarda?»

«Sono entrambi morti» disse Olivia con delicatezza. «Sono stati assassinati.»

David sbatté le palpebre lentamente. Una volta. Due. Poi posò le cuffie sul tavolino da caffè di fronte a sé.

«Gesù.»

Lei lasciò che il silenzio si protraesse per un momento prima di continuare. «Abbiamo indagato sul loro passato. Il suo nome è venuto fuori, insieme a quello di alcuni altri.» Allungò la mano nella tasca del cappotto e tirò fuori il taccuino. «Da quello che abbiamo raccolto, non erano esattamente degli studenti modello.»

David si appoggiò allo schienale, con le braccia incrociate sul petto. «Può dirlo forte.»

Olivia annuì, con la penna pronta. «Può parlarmi della sua esperienza con loro al St Jude's?»

Lui sbuffò. «Credevo avesse detto che ci sarebbero voluti solo pochi minuti.»

«La versione Bignami, allora.»

David emise un lungo sospiro, si passò una mano sulla mascella e poi si massaggiò il resto del viso come per prepararsi a rivivere il trauma. Procedette quindi a fornirle una versione condensata degli abusi che aveva subito da parte di Nigel, Carlos e degli altri responsabili. Mentre lo ascoltava, lei pensò che stesse minimizzando parte del trauma e la sua reazione ad esso. Dava l'impressione che non l'avesse scalfito, che fosse stato coraggioso di fronte agli abusi. Tuttavia, c'erano inflessioni nel suo tono e tic nei suoi movimenti che suggerivano fosse stato tutt'altro.

«Mi dispiace che abbia passato tutto questo» disse Olivia una volta che lui ebbe finito. «I ragazzini sanno essere dei veri stronzi.»

Le tornarono in mente i suoi figli: quanto erano diventati difficili; come si preoccupava ogni giorno che non subissero la stessa sorte di David Reece, Tom Latchford e Jonathan Hale.

E pregava che non avessero scelto di seguire le stesse orme di Nigel Hadlow e Carlos Vazquez.

David si strinse nelle spalle. «È andata così. Non ci si può fare niente adesso.»

Olivia finì di prendere un appunto sul suo taccuino, facendo scattare la penna due volte alla fine. «E nelle notti degli omicidi? Era qui?»

Lui rise seccamente. «Sì. A lavorare fino a tardi. Sono un freelance. Progetto proposte, materiale per la formazione. Principalmente per aziende che non vogliono pagare qualcuno a tempo pieno.» Indicò lo schermo dietro di sé. «Può controllare gli accessi, gli orari, quello che vuole. Non sono uscito di casa.»

«Apprezzo la sua disponibilità. Dovremo fare delle verifiche, ma è un contesto utile.»

Lui fece un mezzo cenno col capo. «Crede davvero che qualcuno li abbia uccisi per quello che hanno fatto a scuola?»

«Stiamo tenendo aperte tutte le possibilità. Ma non è l'unica persona con cui abbiamo parlato che ha avuto un'esperienza simile con loro a scuola.»

«Avevano fatto della rovina altrui il loro lavoro a tempo pieno.»

Olivia voltò pagina. «È rimasto in contatto con qualcun altro di allora? Altri studenti che potrebbero aver avuto esperienze simili?»

David scosse la testa. «Non proprio. Ogni tanto salta fuori qualcosa su Facebook, ma non ci faccio caso. Non ho la minima voglia di interagire con loro in alcun modo.»

Olivia annuì, esitò, poi chiese: «E Jonathan Hale? Abbiamo provato a contattarlo ma non abbiamo avuto fortuna. Sa dove potrebbe essere ora?»

L'espressione di David si incupì. Distolse lo sguardo, la mascella contratta.

«Cosa c'è?»

Espirò lentamente. «C'è un motivo: si è ucciso. Pochi anni dopo aver finito il college. Ha preso un paio di pillole, ha trovato un ponte, e poi ha deciso di assicurarsi che il lavoro fosse fatto.»

L'aria si fece rarefatta nella stanza.

Olivia aprì e chiuse la bocca, senza parole. Alla fine, tutto ciò che riuscì a dire fu: «Mi dispiace.»

David annuì, il viso impietrito. «Lo hanno distrutto. Proprio come hanno cercato di distruggere tutti noi. E se vuole il mio parere, hanno avuto ciò che si meritavano. Meritano tutti di soffrire.»

CAPITOLO
QUARANTUNO

Invece di ricevere l'incarico di parlare con altre vittime del bullismo di Carlos e Nigel, a Devon era toccato interrogare uno dei loro complici, uno degli individui responsabili di aver rovinato l'infanzia di altri ragazzi. Aveva pescato la pagliuzza più corta. Letteralmente. La squadra aveva scritto i nomi di vittime, testimoni e potenziali sospetti su pezzi di carta separati e li aveva gettati in un recipiente. Di conseguenza, era stato l'unico a pescare il nome corrispondente a uno dei cospiratori di Carlos e Nigel.

Anthony Shore. Un uomo che, dopo aver lasciato il St Jude's con voti mediocri e quello che molti suoi compagni e insegnanti descrivevano come un ego smisurato, si era buttato nella vendita di auto e aveva fatto rapidamente carriera fino a gestire una sua concessionaria ad Addlestone, con tanto di bandiere sgargianti e prezzi gonfiati. Viveva in una casa di nuova costruzione con la seconda moglie e vedeva di rado i figli avuti dal primo matrimonio.

Devon era stato mandato in parte per avvertirlo e in parte per interrogarlo.

Parcheggiò davanti alla Shore Motors, con il parabrezza macchiettato di pioggerellina. Attraverso il vetro, riusciva a vedere file di auto usate luccicanti, con i cofani inclinati per sembrare più attraenti e i prezzi scarabocchiati con un pennarello spesso su cartelli appoggiati al cruscotto. Il salone era illuminato dall'interno e Devon riuscì a malapena a distinguere un uomo mingherlino che camminava avanti e indietro dietro il vetro, con il telefono premuto contro l'orecchio.

Devon spense il motore, scese e si tirò su il cappuccio per proteggere i capelli dalla pioggia. Quando raggiunse la porta dell'ufficio, la spinse ed entrò. Il calore lo avvolse immediatamente. L'uomo dietro la scrivania alzò lo sguardo e chiuse la telefonata con un frettoloso: «Sì, sì, ti richiamo. Solo un secondo». Si alzò, si lisciò il davanti del suo abito dozzinale e rivolse a Devon un sorriso più studiato di uno spettacolo del West End.

Devon sbatté le palpebre. *Questo* era Anthony Shore?

Si era aspettato qualcuno di più grosso, più rumoroso. Il tipo di uomo che trasudava testosterone e presunzione. Ma la figura che aveva davanti era mingherlina, ossuta e con le spalle strette. Le sue guance erano rubizze e butterate, i capelli un riporto di radi ciuffi biondi impomatati su un cuoio capelluto roseo. Occhiali spessi ingrandivano i suoi occhi azzurro pallido, dandogli l'aspetto di uno che le battute crudeli le subiva, anziché farle. Sembrava più uno che veniva scelto per ultimo nelle squadre sportive, non uno che spadroneggiava nel cortile della scuola.

«Buon pomeriggio» disse Anthony, con una voce più aspra di quanto il suo aspetto suggerisse. «È qui per vedere qualcosa in particolare?»

Devon estrasse il suo tesserino. «Speravo di poter scambiare due parole.»

Il sorriso di Anthony vacillò. «Polizia?»

«Solo qualche domanda di routine. Riguardo a un paio di persone che potrebbe aver conosciuto. A scuola.»

Il viso di Anthony ebbe un tic, poi emise una risata impacciata e si fece da parte, indicando le sedie di pelle nell'angolo dell'ufficio. «Mi sembra passata una vita. Di cosa si tratta?»

Devon si sedette. «Carlos Vazquez e Nigel Hadlow. Le dicono niente?»

Quel guizzo tornò, questa volta più cupo. «Sì. Certo. Eravamo nello stesso anno. È da un po' che non sentivo i loro nomi.»

«Sono morti» disse Devon senza mezzi termini. «Assassinati.»

Anthony si bloccò a metà strada verso il bollitore. «Tutti e due?»

Devon annuì.

Anthony emise un lento fischio. «Porca miseria.»

«Non sembra particolarmente sorpreso.»

Anthony si grattò la nuca. «Voglio dire... non eravamo proprio amici per la pelle o altro. Non dopo la scuola. Ma comunque è... Cristo. Ha detto assassinati?»

«Stiamo indagando. Al momento stiamo esaminando le persone che avevano legami con entrambe le vittime. Questo include vecchi amici, compagni di classe, nemici. Chiunque abbia una possibile connessione.» Devon si sporse leggermente in avanti. «Incluso Lei, signor Shore.»

Anthony emise una risata nervosa. «Certo. Ovvio. Però non li vedo da anni. Lo giuro su Dio.»

«Comunque, dovrò farle qualche domanda.»

Anthony annuì, si sedette dietro la scrivania e unì le mani. Devon notò un leggero tremito. Qualunque tipo di bullo fosse stato allora, non era più quell'uomo adesso.

Almeno... non in apparenza.

«Cosa vi ha spinto a farlo?»

«Mi scusi?»

«Il bullismo. Cosa vi ha spinto a farlo?»

Anthony giocherellò con le dita. «È passato tanto tempo. Eravamo... eravamo giovani. Sa com'è. Ci si lascia trascinare.»

«È un uomo intelligente, signor Shore?»

Sembrò confuso dalla domanda. «Sì...»

«Conosce la differenza tra giusto e sbagliato?»

«Sì...»

«Quindi sa che fare il bullo è sbagliato.»

«Ero un ragazzino. Non pensavo che quello che facevamo potesse avere un tale impatto sulla gente.»

«Quindi *non* è una persona intelligente.»

Anthony smise di giocherellare con le dita. Prima che potesse rispondere, la porta del salone si aprì. Si alzò dalla sedia e gridò verso i nuovi arrivati: «Mi dispiace, ma ho dovuto chiudere per una mezz'oretta. Le dispiacerebbe tornare più tardi?»

L'uomo grugnì, si fermò un istante, poi tornò da dove era venuto.

Quando Anthony riportò la sua attenzione su Devon, disse: «È venuto qui solo per prendersela con me, o per farmi domande su Nigel e Carlos?»

«Un po' entrambe le cose, direi. Non mi piace quando i crimini restano impuniti.»

«Essere un bullo non è un crimine.»

«Lo è quando sei responsabile del suicidio di qualcuno.»

Anthony si immobilizzò. Il colore gli defluì dalle guance, lasciando la sua pelle di un bianco malaticcio. Sbatté le palpebre una, due volte, poi si lasciò cadere sulla sedia come se le ginocchia gli avessero ceduto. La bocca si aprì leggermente, ma non ne uscì alcun suono. Solo il leggero ticchettio della pioggia contro i vetri.

Devon lasciò che il silenzio aleggiasse. Non aveva fretta di salvarlo da esso.

Quando Anthony finalmente parlò, la sua voce era più bassa, svuotata. «Chi?»

«Johnathan Hale.»

Anthony impiegò un momento prima di rispondere. «Non lo sapevo. Voglio dire...» Si prese la testa tra le mani. «Mi sento così terribilmente in colpa.»

Bene. È giusto che sia così.

Non aveva tempo per i bulli, né pazienza per le persone intente a rendere le vite degli altri più difficili di quanto non lo fossero già. Pensò ai suoi giorni di scuola. Ai pranzi rubati, alle porte degli armadietti sbattute sulle sue dita e ai nomignoli "innocui" che gli erano rimasti appiccicati molto tempo dopo aver smesso di essere divertenti. Non aveva mai raccontato a nessuno le cose peggiori, nemmeno a sua madre.

«Io...» continuò Anthony. «Non so cosa dire. Sono... sono sotto shock. E anche Nigel e Carlos... Cosa sta succedendo?»

«Pensiamo che qualcuno della scuola li stia prendendo di mira.»

«Con "li" intende anche me?»

Devon non rispose. Invece, tirò fuori una foto dalla tasca interna, una delle pagine del vecchio annuario scolastico che Olivia aveva recuperato. Anthony, Carlos e Nigel, insieme a un gruppo di altri ragazzi, sorridevano e posavano come migliori amici.

La fece scivolare sulla scrivania. «È ancora in contatto con qualcuno di questa foto?»

Anthony la fissò, i suoi occhi che passavano in rassegna ogni volto familiare. Scosse lentamente la testa. «Non proprio. Siamo rimasti in contatto per un po', ma poi sono andati tutti all'università e io sono stato l'unico a entrare nel mondo del lavoro.» Anthony inspirò profondamente, poi ricominciò a giocherellare con le dita. Mentre apriva la bocca, la porta del salone si aprì di nuovo. Questa volta, la ignorò.

«Detective, non penserà che il prossimo sia io, vero?»

Devon deglutì. A fatica. «Non ha visto niente di sospetto di recente, vero? Vecchie facce, vecchi amici?»

Anthony scosse la testa, anche se non sembrava convinto.

Devon si frugò in tasca e tirò fuori la foto del ragazzo che era stata trovata sulla scena del crimine di Carlos.

«E non riconosce nemmeno il ragazzo in questa foto?»

Anthony studiò la foto, poi scosse la testa. «Non proprio, no. Ha un'aria familiare, ma non saprei dirle il suo nome.»

«Allora sono certo che andrà tutto bene» disse Devon, frugando in un'altra tasca per tirare fuori un biglietto da visita. «Ecco i miei recapiti. Se vede o sente qualcosa, mi chiami.» Lanciò un'occhiata al cliente che era appena entrato nel negozio. «Ha qualcuno che l'aspetta. Ha un'attività da mandare avanti. Io tolgo il disturbo. Grazie per il suo aiuto.»

CAPITOLO
QUARANTADUE

Stephanie attese alla porta quella che le parve un'eternità, controllando ripetutamente l'orologio mentre sua sorella se la prendeva comoda a rispondere. Avrebbe dovuto essere più indulgente con Kimberley; dopotutto, sua sorella era in stato di gravidanza avanzata e la mobilità stava diventando un problema per lei. Ma, ciononostante, Stephanie era impaziente di vederla.

Il sorriso le rimase stampato in volto mentre Kimberley apriva la porta con cautela, lasciando solo uno spiraglio che rivelava appena una parte del suo viso, come le aveva insegnato Stephanie: trattare chiunque con sospetto, specialmente i visitatori inattesi.

«Steph?»

Kimberley la guardò due volte, aprendo la porta con circospezione, come se qualcuno le stesse puntando una pistola alla testa. Se Stephanie non avesse conosciuto meglio sua sorella, avrebbe pensato di averla interrotta durante un pisolino.

«Sono io.»

«Cosa ci fai qui?»

«Sorpresa!»

Tuttavia, l'effetto sorpresa della sua visita senza preavviso non si palesò sul viso di Kimberley. Niente occhi sgranati, nessuno smarrimento o eccitazione da parte di chi non vedeva una persona cara da qualche settimana. Nessun caldo abbraccio, solo lo sguardo freddo, spento e leggermente confuso di chi si era appena svegliato.

Stephanie spinse la porta ed entrò.

«Avevo un giorno libero, così ho pensato di passare a vedere come stai.»

«Cosa?» Kimberley la guardò come se stesse parlando una lingua diversa.

«I miei colleghi mi hanno detto di rilassarmi, ed è quello che sto facendo.»

«Avresti dovuto chiamare prima. Io... avrei riordinato. Avrei preparato da bere. Avrei pulito.»

Stephanie entrò nell'ingresso, togliendosi le scarpe. «Macché. Abbiamo condiviso una stanza, Kim. Ho visto ogni tuo lato... in più di un senso. Credo di poter sopportare un po' di disordine.»

Kimberley chiuse la porta alle sue spalle, avvolgendosi in un cardigan. «Avrei potuto chiamare Jordan.»

«Ed è proprio per questo che *non* ti ho avvisata.» Stephanie puntò un dito contro la sorella. «Perché sapevo che avresti fatto una cosa del genere. Non mi interessa vederlo, Kim. Mi interessa vedere te, *mia sorella*.»

«Steph...»

«Kim... Possiamo andare avanti così tutto il giorno. Ma se solo ti passa per la testa di chiamarlo o di mandargli un messaggio per farlo venire, io esco da quella porta e me ne vado.»

Kimberley estrasse il telefono dalla tasca, poi lo rimise subito a posto. Emise un profondo sospiro e si diresse in cucina, senza dire nulla. Seguendola, Stephanie si rese conto di non avere idea di cosa stesse parlando sua sorella. La parola pulizia era presente nel dizionario di entrambe, ma con definizioni molto diverse. Kimberley era preoccupata per un cucchiaio e una tazza lasciati accanto al lavandino ad asciugare alla luce del giorno che entrava dalla finestra, mentre la definizione di Stephanie comprendeva biancheria sul pavimento, scatole di cibo da asporto impilate sul bancone della cucina e prove di uno stile di vita frenetico sparse ovunque. Per Stephanie, la cucina di Kimberley era immacolata.

«Tè?» Il disgusto nella voce di Kimberley era evidente.

«Se non hai intenzione di sputarci dentro, certo...»

Kimberley rimase in silenzio, preparando il tè tra una serie di grugniti e sospiri profondi. Mentre il bollitore fischiava, si appoggiò al bancone, posando la mano sul pancione. «Proprio non capisco. *Ancora.*»

«Capire cosa?»

«Perché non vuoi vederlo.»

«Ne abbiamo già parlato, Kim. Non voglio continuare a fare la stessa discussione. Pensavo di poter venire qui, fare una bella conversazione civile, aggiornarci su come state tu e il bambino. Pensavo di poter scaricare un po' lo stress del lavoro, ma immagino che non sarà possibile. Per favore, possiamo non parlare di Jordan per un minuto? Se e quando sarò pronta a vederlo, lo farò. Ma non un momento prima. Deve essere alle mie condizioni; altrimenti non succederà mai. E non mi importa se sono irragionevole. Credo di avere tutto il diritto di comportarmi così. Quindi, *per favore*, lascia perdere.»

Kimberley mescolò il tè in silenzio, con il viso teso. Porse a Stephanie una tazza senza dire una parola, poi si trascinò fino al divano, lasciandovisi cadere con la pesantezza di una donna che portava in grembo molto più di un semplice bambino. Stephanie la seguì, stringendo la tazza tra i palmi delle mani, assorbendone il calore. L'ora successiva trascorse in una sorta di tregua silenziosa. Parlarono di lavoro (con Stephanie che faceva la maggior parte della conversazione) e di Jason, che, secondo Kimberley, stava bocciando ogni nome che gli proponeva.

«Vuole chiamarlo "Dex"» disse Kimberley, alzando gli occhi al cielo in modo teatrale. «Tipo, *Dexter*. Chi chiama un bambino Dexter, a meno che non voglia che cresca e diventi un serial killer?»

«A me piace il nome» replicò Stephanie. «Per qualche motivo mi ricorda Dennis. Dennis la minaccia. Dexter il combinaguai.»

«L'ultima cosa che voglio è una piccola peste.»

Ridacchiando, Stephanie si alzò, prese entrambe le tazze vuote e si diresse in cucina per lavarle. Aprì il rubinetto e cominciò a strofinare senza troppa convinzione, lasciando che l'acqua calda le scorresse sulle mani, con lo sguardo perso nel vuoto. Poi, i fari di un'auto saettarono sulle piastrelle della cucina.

Le si rivoltò lo stomaco.

Un'auto si era fermata in fondo al vialetto.

Stephanie si bloccò, stringendo le dita attorno alla spugna.

Sbriciò attraverso le veneziane. Una piccola utilitaria rossa. Si voltò, una vampa di calore che le saliva rapida lungo il collo.

«Non l'hai fatto.»

Kimberley apparve sulla soglia, entrambe le mani appoggiate protettivamente sul ventre. «Cosa?»

«Non l'hai fatto!» sbottò Stephanie; la tazza le scivolò di mano, finendo nel lavandino con un sonoro crac. «L'hai invitato, non è vero?»

E poi suonò il campanello. Il cuore di Stephanie le balzò in gola. Uscì di furia dalla cucina, afferrò le scarpe e si diresse verso la porta, pronta a esplodere.

«Steph, di cosa stai parlando? Io non-»

Kimberley aprì la porta d'ingresso e un'aria gelida si riversò nel corridoio. Ma non c'era nessuno, solo un piccolo pacco marrone di Amazon. Kimberley si chinò a fatica per raccoglierlo, poi si richiuse la porta alle spalle.

Stephanie sentì un nodo formarsi in gola.

«Idiota» disse Kimberley. «Era solo una consegna. Non posso credere che tu abbia pensato che l'avessi chiamato. Quando? Quando l'avrei fatto? È un'ora che parliamo.»

Stephanie fissò la porta d'ingresso con sguardo assente. «Quando sei andata in bagno.»

«Il mio telefono era sul divano.» Kimberley gemette, scosse la testa e tornò in cucina, dove sbatté il pacco sul bancone.

«Kim...» Stephanie seguì la sorella in cucina. «Mi dispiace, non volevo... ho reagito in modo esagerato.»

Kimberley si voltò per affrontarla, con l'espressione incisa di furia e rabbia. I suoi occhi ardevano, e il petto le si alzava e abbassava in brevi e superficiali respiri.

«Devi risolvere questa situazione» esordì. «Devi darti una regolata.»

Stephanie aprì la bocca, ma non le uscì alcuna parola.

«Sono andata in ospedale l'altro giorno. Pensavo che qualcosa non andasse... qualcosa di veramente storto.» Kimberley si mise le mani sul pancione. «Ho provato a chiamare te per prima. Due volte. Direttamente in segreteria. Nemmeno Jason ha risposto.»

«Kim, io-»

«E allora ho chiamato Jordan» disse lei, con voce calma e semplice. «È stato l'unico a rispondere.»

Stephanie chiuse gli occhi per un momento. La vergogna le serpeggiò lungo la schiena come un brivido gelido.

«Mi ha raggiunta lì. Si è seduto con me in sala d'attesa. Non mi ha fatto domande, non mi ha messo pressione, ha solo... mi ha tenuto la mano mentre piangevo e pensavo che stesse per succedere qualcosa di terribile al bambino. C'era per me. Ho chiamato e lui ha risposto.»

Il silenzio calò tra loro, pesante e imbarazzante.

«Pensi che non capisca cosa rappresenta per te?» disse Kimberley, con la voce che le si incrinava. «Ma è pur sempre mio fratello. *Nostro* fratello. E abbiamo gli ultimi trent'anni da recuperare. Non lascerò che ciò che è successo in passato rovini ciò che può succedere in futuro. Mi piacerebbe che anche tu riuscissi a fare lo stesso.»

Stephanie non riusciva a guardarla. Non riusciva a sostenere il peso di quelle parole. Tutto ciò a cui riusciva a pensare era l'incubo che aveva avuto l'altra notte. L'incendio. La casa d'infanzia. Sua madre e sua sorella intrappolate alla finestra della camera da letto, che morivano bruciate vive. E poi il suo fratellastro eroe che accorreva in loro soccorso, arrivando all'ultimo momento per salvare la situazione.

«Io... mi dispiace tanto, Kim. Io... non ne avevo idea. Tu... avresti dovuto insistere, lasciarmi un messaggio in segreteria, qualcosa. Hai il mio numero dell'ufficio se non riesci mai a trovarmi. Ma non è una scusa.» Allungò la mano verso quella di Kimberley. «Sarei dovuta esserci per te, e non c'ero. Per questo, ti chiedo scusa.»

CAPITOLO
QUARANTATRÉ

La pressione sanguigna di Olivia era alle stelle. Un altro problema a scuola. Un altro incidente che coinvolgeva Josh e il suo amico dalla cattiva influenza. Stavolta, a quanto pareva, avevano pensato che fosse divertente chiudere un alunno del primo anno nello sgabuzzino delle pulizie e lasciarlo lì durante la pausa pranzo. Il povero ragazzino era stato trovato da un assistente didattico, in lacrime e a malapena in grado di spiegare cosa fosse successo.

E ora, per la seconda volta in un mese, Olivia aveva ricevuto una telefonata dal vicepreside che le chiedeva un incontro per discutere delle regole di comportamento.

Strinse più forte il volante mentre la voce del navigatore gracchiava le istruzioni sovrastando il rumore dei tergicristalli. La strada davanti a lei era stretta e resa viscida dalla pioggia del pomeriggio. Il suo sguardo passò dal tachimetro all'orologio sul cruscotto.

Non riusciva a smettere di pensarci.

Josh. Il suo bambino. Il suo dolce e sensibile bambino che dormiva con la luce del corridoio accesa e che pianse quando il suo criceto morì. Lo stesso ragazzo che ora borbottava a mezza bocca, alzava gli occhi al cielo quando gli chiedeva della scuola e pestava i piedi per casa come se fosse il padrone. La pubertà c'entrava, certo. Lo sapeva. Ma c'era qualcos'altro, qualcosa di più che si nascondeva sotto la superficie. Rabbia? Insicurezza? L'influenza di qualcuno?

Odiava l'amico che si era fatto. Alfie. Non le era mai piaciuto quello stronzetto. Fin dall'inizio, fin dal loro primo scambio di parole quando era venuto a casa loro un weekend, aveva capito che era un cattivo soggetto. Quei suoi modi. Il modo in cui parlava.

E ora, eccola lì, in viaggio per parlare con un altro dei vecchi bulli del St Jude's. Un altro uomo fatto e finito che un tempo si era divertito a umiliare gli altri.

Cercò di non fare paragoni.

Ma mentre i tergicristalli spazzavano via il cielo grigio, i suoi pensieri presero a vorticare.

E se Josh fosse diventato come l'uomo che stava per incontrare? E se, tra vent'anni, qualcuno come lei si fosse presentato davanti alla sua azienda o a casa sua, a fargli domande sul ragazzino che un tempo bullizzava?

E se fosse già troppo tardi?

Accostò e spense il motore. Il cottage era arretrato rispetto alla strada, un tozzo edificio di mattoni con un sentiero di ghiaia e la vernice degli infissi che si scrostava. Una Land Rover malconcia era parcheggiata sul davanti. Uno scacciapensieri tintinnò alla brezza.

Si concesse un attimo per respirare. E poi un altro.

Era ora di incontrare il bullo numero quattro.

Ad aprire la porta fu un uomo con capelli biondo cenere radi e un volto stanco che sembrava più scuro nella penombra del tardo pomeriggio. Indossava jeans e una felpa con cappuccio dai polsini sfilacciati e aveva le spalle leggermente curve.

«Lei è l'agente di polizia?» chiese.

Olivia mostrò il suo tesserino con un sorriso forzato. «Sono io. Posso entrare?»

A malincuore, Darren Fairhurst si fece da parte e la lasciò passare, come se lei gli avesse appena chiesto di mettere la casa in vendita. L'interno dell'abitazione era buio e disordinato. Scarpe affollavano il corridoio e il vago aroma di sigarette stantie aleggiava sotto l'odore più recente di fagioli al forno e pane tostato. Un cane di piccola taglia abbaiò una volta da una stanza in fondo alla casa, poi tacque.

«Da questa parte» borbottò Darren, conducendola in uno stretto soggiorno che fungeva anche da sala da pranzo. Una lattina di birra vuota era posata sul tavolino.

Indicò la poltrona più vicina. «Si sieda, se vuole. Scusi il disordine.»

Olivia si sedette, tirando fuori penna e taccuino. «Come Le dicevo al telefono, stiamo indagando sugli omicidi di Nigel Hadlow e Carlos Vazquez.»

Darren annuì lentamente, accomodandosi sul bordo del divano come se non fosse sicuro di potersi mettere comodo.

Olivia fece scattare la penna. «Quando è stata l'ultima volta che ha parlato con uno di loro?»

Lui si strofinò la mascella; il rumore della barba corta fu forte nel silenzio. «Uh... qualche mese fa. Carlos mi ha scritto dal nulla, invitandomi a una partita di golf con loro.»

«E Lei c'è andato?»

«Sì. Ho pensato, perché no? Non stiamo ringiovanendo.»

«E com'è stato? Ritrovarsi?»

Darren si strinse nelle spalle. «È andata bene. Un po' strano all'inizio. Erano decenni che non parlavamo come si deve. Ma una volta superato l'imbarazzo iniziale, è stato come se il tempo non fosse mai passato. Carlos aveva ancora quella sua risata compiaciuta. Nigel si comportava ancora come se sapesse tutto lui.»

«Le hanno parlato di qualcun altro della scuola? Qualcuno con cui erano in contatto?»

Scosse la testa. «Non proprio. Hanno mantenuto la conversazione leggera. Vecchie storie, per lo più. "Ti ricordi di tizio e caio?" Cose del genere. Dopo il golf, siamo andati al Red Fox, il pub in fondo alla strada, ci siamo bevuti qualche birra. Niente di che.»

«Qualcun altro si è unito a voi?»

«No. Solo noi tre.»

«Ha notato qualcosa di strano al pub? Qualcuno che vi osservava? Qualche altra persona dei tempi della scuola nei paraggi?»

Darren si fermò, masticandosi l'interno della guancia. «Nessuno che io abbia riconosciuto. Il posto era affollato. La clientela del sabato pomeriggio per la partita. Rumoroso, pieno di gente con maglie da calcio e bambini con gli iPad.»

Olivia picchiettò la penna sulla pagina. «E la conversazione? È saltato fuori qualcosa di insolito? Qualcosa che l'ha colpita?»

Darren fece una risatina, ma senza allegria. «Erano perlopiù cazzate. Finché Nigel non ha tirato fuori la gita scolastica.»

Quell'affermazione la fece alzare lo sguardo. «Quale gita?»

«Terzo anno. Un centro di attività all'aperto nella New Forest. Sa, di quelli dove ci si arrampica sui muri e si va sulle teleferiche mentre gli insegnanti in impermeabile vorrebbero essere alle Bahamas o alle Maldive.»

Olivia annuì lentamente. Non lo interruppe.

Darren si mosse sulla sedia. «A quei tempi eravamo degli stronzi. Veri e propri stronzi. E c'era questo ragazzino... Ray qualcosa. O Roy? Non lo so. Il nome iniziava con la R. Un ragazzino strano e religioso. Comunque, lo chiamavamo Topo perché parlava a malapena.»

«E cosa gli avete fatto?» chiese lei con cautela.

Lui emise un respiro lungo e pesante. «Doveva essere uno scherzo. Una prova di coraggio o una stronzata simile che gli aveva detto Carlos. Una notte, sgattaiolammo fuori dalle nostre baite, lo prelevammo dalla sua branda e lo portammo con noi nel bosco, lo spogliammo lasciandolo in mutande e lo legammo a un albero.»

«Avete fatto cosa?»

«Pensavamo fosse divertente. Gli dicemmo che doveva restare lì tutta la notte. Che se fosse sopravvissuto fino al mattino, sarebbe potuto entrare nel nostro gruppo. Fare parte della banda.» Darren si passò una mano sul viso. «Si pisciò addosso. Pianse. Urlò. E noi lo lasciammo lì lo stesso.»

Olivia lo fissò. «E cosa successe?»

«Credo che uno degli insegnanti lo trovò subito dopo l'alba. Ancora legato, coperto di morsi, tremava così forte che pensarono avesse un attacco epilettico. Dissero che era ipotermia. Per poco non lo ammazzava.»

Un lungo silenzio cadde tra loro.

«Non siete finiti nei guai?»

«Fingemmo di non averci niente a che fare. E lui non fece la spia – cosa che ci lasciò assolutamente di stucco – quindi non ne venne fuori nulla. E poi comunque i suoi genitori lo ritirarono dalla scuola qualche settimana dopo, quindi non avevamo più nulla di cui preoccuparci.»

La mente di Olivia correva veloce. Un bambino di tredici anni, seminudo e legato a un albero in mezzo al bosco, lasciato a morire di freddo mentre i suoi aguzzini dormivano comodi nelle loro brande. Non era solo bullismo. Era crudeltà. Rituale e umiliante. E ora, due dei responsabili erano morti. Bruciati.

«Qual era il suo nome completo?» chiese.

Darren si accigliò, scavando nei vecchi ricordi. «Raymond... qualcosa di strano. Non inglese. Forse ceco o polacco? Radoslav? Radan? Non lo so.»

Olivia scrisse lentamente il soprannome.

«Non penserà che sia lui, vero?» chiese Darren. «Che sia tornato a cercarci dopo tutti questi anni?»

Lei non rispose subito. Ma il pensiero aveva già messo radici nella sua mente.

«Penso che chiunque stia facendo questo sappia cosa è successo a quel ragazzo» disse. «E penso che Lei debba stare molto attento, signor Fairhurst.»

CAPITOLO
QUARANTAQUATTRO

Quella sera, Darren Fairhurst era davanti ai fornelli e mescolava una pentola di pasta con lo stesso cucchiaio di legno macchiato che usava da anni, con il televisore che mormorava in sottofondo. Trasmettevano un qualche nuovo quiz a cui non stava prestando molta attenzione, ma che faceva abbastanza rumore da confortarlo. Soprattutto dopo la conversazione che aveva avuto poco prima. Non aveva smesso di pensare a quello che lei aveva detto.

Quella sbirra, Olivia non so che, aveva riportato a galla ricordi a cui non voleva pensare da anni: i boschi, il freddo, il pianto, e Topo, o come diavolo si chiamava. Piccolo e tremante, legato. Uno scherzo che, a ripensarci, non era stato per niente divertente. All'epoca Darren non l'aveva vista così; nessuno di loro. Ma ora, con due della vecchia banda ridotti in cenere, era impossibile non rifletterci su.

Scosse la testa e spense il fornello.

Non c'era nulla di cui aver paura, si rassicurò. Solo una strana, bizzarra coincidenza. Niente di più.

Impiattò le polpette e la pasta, prese una birra dal frigo e si trascinò fino al tavolo da pranzo che dava sul soggiorno. Il suo cagnolino, Max, guaito una volta dall'angolo prima di raggomitolarsi di nuovo nella sua cuccia.

Poi suonò il campanello.

Darren si bloccò, a metà del gesto di sedersi.

Un rintocco. Poi il silenzio.

Aggrottò la fronte e posò il piatto, sfregandosi i palmi sulla felpa. Nessuno veniva a trovarlo così tardi, soprattutto con quel tempo. Diede un'occhiata all'orologio: le 21:13.

Max abbaiò di nuovo, stavolta più forte e con più insistenza.

«Basta, basta» borbottò Darren mentre si dirigeva lungo il corridoio.

Attraverso il vetro smerigliato, riusciva a scorgere una sagoma indistinta: alta e immobile.

Con cautela, tolse la sicura e socchiuse la porta.

«Sì?»

E poi la vide: la figura. Un volto che non vedeva da anni, un volto sorridente che gli provocò un'ondata di paura.

«Cosa...? Tu...?»

Prima che potesse finire, qualcosa sferzò l'aria verso di lui. Veloce.

Darren ebbe a malapena il tempo di alzare un braccio per difendersi prima che il colpo lo raggiungesse al lato della testa. Uno schiocco nauseante, come una mazza da cricket che colpisce del cuoio bagnato, echeggiò tra le pareti del corridoio. Le gambe gli cedettero e le ginocchia sbatterono sul pavimento.

La vista gli si annebbiò. Il corridoio si allungò e si deformò. Un fischio acuto gli riempì le orecchie.

La figura fece un passo avanti, inghiottendo la poca luce che proveniva dal salotto. Mani guantate si allungarono, afferrarono Darren per il colletto e lo trascinarono completamente dentro prima di chiudere la porta alle proprie spalle con un calcio.

Darren cercò di parlare, di urlare, ma un altro colpo secco lo raggiunse alla mascella, e tutto divenne bianco.

Max abbaiava furiosamente dal soggiorno, le unghie che grattavano sul parquet, ma non si avvicinò. Cane inutile.

L'ultima cosa che Darren vide prima che l'oscurità lo avvolgesse fu quel sorriso inconfondibile, lo stesso che sfoggiava una vecchia conoscenza.

CAPITOLO
QUARANTACINQUE

Un profondo senso di presagio si annodò allo stomaco di Stephanie mentre accostava davanti alla casa di Darren Fairhurst, alla periferia di Cranleigh.

Un altro incendio. Un altro incidente che coinvolgeva qualcuno legato a Nigel Hadlow e Carlos Vazquez. Stephanie non aveva dubbi che i casi fossero collegati e che l'assassino avesse scelto Darren Fairhurst come sua prossima vittima. L'unico problema era che Stephanie non sapeva fino a che punto si sarebbe potuta avvicinare alla scena del crimine.

Le immagini dell'incendio che aveva coinvolto la casa della sua infanzia continuavano a tormentare i suoi pensieri. Kimberley. Sua madre. Che urlavano per salvarsi la vita. Non era ancora nemmeno arrivata, e già le immaginava intrappolate all'interno, con le loro grida che le riecheggiavano nelle orecchie.

Poi i loro volti furono sostituiti da quello di Darren, un uomo che non aveva mai conosciuto. Quelle che erano iniziate come le urla acute di sua sorella e sua madre si trasformarono nelle grida più profonde e gutturali di lui, mentre le fiamme lo avvolgevano.

I rumori erano così assordanti che non riusciva a sentire il presentatore radiofonico che annunciava la notizia.

«Stamattina è stato segnalato un altro incendio nella zona del Surrey. Questo fa seguito a una serie di incidenti legati a incendi sui quali la polizia sta attivamente indagando.»

Qualcuno ne era già venuto a conoscenza e aveva passato l'informazione ai piani alti. La stampa nazionale...

Mentre proseguiva lungo la tortuosa strada di campagna, schermata da alberi e siepi che apparivano senza vita, il suo telefono trillò sul cruscotto. Diede un'occhiata allo schermo, sperando in un messaggio da sua sorella. Ma, ovviamente, non era lei. Kimberley era troppo orgogliosa e testarda per fare il primo passo e chiedere scusa.

E lo stesso valeva per Stephanie.

Kimberley aveva messo il suo fratellastro su un piedistallo. Una cosa che non poteva, e non voleva, superare tanto facilmente.

Invece, la notifica era un'email. Niente di importante. Poteva aspettare.

Poi la casa di Darren Fairhurst apparve alla vista: un cottage vittoriano in mezzo al nulla, circondato da un grande terreno di un ettaro e mezzo. La prima cosa che Stephanie notò fu l'odore. Denso e acre, si insinuava attraverso le prese d'aria e ristagnava nell'abitacolo. Si intensificò quando accostò e scese dall'auto. Qualcosa di biologico. Pelle bruciata. Capelli bruciati. Corpo bruciato.

Le si rivoltò lo stomaco.

Si costrinse a camminare, anche se ogni passo verso l'abitazione era come guadare nel cemento. La casa incombeva davanti a lei, crepata e annerita dall'incendio. Decine di giornalisti si accalcavano presso il cordone esterno, macchine fotografiche a tracolla, microfoni premuti sulle labbra. Lei li ignorò, tenendo la testa bassa e muovendosi con determinazione. Al cordone interno, si registrò, indossò una tuta della scientifica e ci passò sotto.

E poi lo vide.

Elias.

Era in piedi accanto ai resti scheletrici di quello che un tempo era stato un graticcio da giardino, la sua tenuta ignifuga lo proteggeva dal vento sferzante. Il suo volto sfregiato era rivolto verso le macerie, ma si voltò verso di lei mentre si avvicinava. Stephanie tenne lo sguardo basso, cercando di evitare di guardare l'esterno della casa.

Le urla di sua sorella le riecheggiavano nella mente. Il pensiero che sua sorella perdesse la vita, che perdesse il bambino nell'incendio che non era mai avvenuto...

La vista le si offuscò.

Le ginocchia le si piegarono leggermente.

Il terreno ondeggiò sotto di lei.

«Stephanie...?» Elias fu al suo fianco in un istante, le sue braccia forti la sorressero prima che le gambe le cedessero. «Ehi, ehi. Siediti. Stai bene. Va tutto bene.»

Lei non protestò. Non poteva. Non mangiava da quasi ventiquattr'ore; si sentiva debole in tutto il corpo. Elias la guidò verso un muretto da giardino che era sopravvissuto all'incendio e la fece sedere con delicatezza. La pietra fredda la ancorò leggermente, e l'aria fresca le entrò nei polmoni a folate irregolari.

Lui si accovacciò di fronte a lei. «Inspira per quattro secondi. Trattieni per quattro. Espira per quattro. Si chiama respirazione a scatola.»

Lei annuì a malapena e cercò di seguire il suo conteggio. Uno. Due. Tre. Quattro...

Non fu immediato, ma il martellare nel suo petto cominciò a placarsi. Il sudore sulla nuca iniziò a raffreddarsi. La gola, che aveva sentito stringersi, si allentò abbastanza da permetterle qualche respiro più limpido.

Elias rimase dov'era, con gli occhi fissi su di lei.

«Stai bene?» le chiese.

«No» gracchiò lei. «Ma starò bene.»

«Te la senti di dare un'occhiata a quello che abbiamo trovato?»

Lei esitò.

«Chiaramente no. Va bene. Possiamo restare qui.» Elias le si sedette accanto. «Abbiamo trovato un corpo in cucina. Uguale al precedente, quindi ti risparmio i dettagli macabri. Ma sembra che stesse cucinando la cena quando è scoppiato l'incendio.»

«Potrebbe essere stato accidentale?»

«Forse. Ma, visto tutto il resto, il mio istinto mi dice di no.»

Stephanie fissò il selciato. Ormai la sua respirazione era sotto controllo e la nebbia nella sua mente si era dissipata. Si alzò in piedi. Mentre si spolverava la tuta, un'agente della polizia scientifica si affrettò verso di loro.

«Signora» disse. «Mi scusi se la interrompo, ma ho pensato che dovesse vedere questo. È un'altra scatola di latta.»

Stephanie si rivolse all'agente. «Un'altra scatola?»

«Era nel camino, nascosta bene nella canna fumaria. Ancora intatta.»

Le gambe di Stephanie si fecero più salde. Più affidabili. «Cosa c'era dentro?»

L'agente della scientifica tenne la busta delle prove leggermente aperta in modo che Stephanie potesse sbirciare dentro.

Dentro c'era un'altra piccola foto sbiadita di un ragazzino che sorrideva all'obiettivo. Della stessa età di tutti gli altri. Dello stesso stile. Ritagliata dalla stessa fotografia più grande.

E sotto la foto, graffiate sulla latta, c'erano le parole:

Ciò che si semina, si raccoglie. - Galati 6:7

Stephanie la fissò, con la bocca secca. Un'altra nota religiosa. Questa volta sulla giustizia, sull'avere ciò che si merita. Ricordò quello che Olivia aveva accennato il giorno prima: le vittime erano state coinvolte in un incidente che riguardava un ragazzino e un albero.

Era *lui* l'assassino? Si stava assicurando che quei ragazzi pagassero per quello che avevano fatto, uno per uno?

Fissò di nuovo la casa in rovina, la sua voce ridotta a un sussurro.

«Quanti altri sono coinvolti?»

CAPITOLO
QUARANTASEI

La calamita si attaccò alla lavagna bianca con un clic secco. Lo sguardo di Stephanie si soffermò sulla foto del terzo ragazzo, prima di distoglierlo. Un silenzio preoccupato era calato sull'ufficio e la squadra sembrava turbata quanto lei.

«È successo di nuovo» disse senza mezzi termini, lasciandosi sfuggire un pesante sospiro dal naso. «Questa foto è stata trovata a un indirizzo appartenente a Darren Fairhurst.» Si voltò verso Olivia. «Sei stata l'ultima a parlare con lui, Wellard. Cosa puoi dirci? Cosa ha detto?»

Gli occhi di Olivia erano rossi e gonfi, come se avesse pianto e si fosse data la colpa per qualcosa. «Io... avrei dovuto sapere che sarebbe successo.»

«Cosa vuoi dire?»

«Mi ha chiesto se pensavo che l'assassino sarebbe venuto a prenderlo. Mi ha chiesto se avesse qualcosa di cui preoccuparsi. E io... non sapevo cosa dire. Gli ho dato una di quelle frasi di circostanza, di guardarsi le spalle. Non l'ho aiutato.»

Stephanie provò una fitta di compassione per l'agente. Negli ultimi giorni, le erano stati affidati un sacco di lavoro e responsabilità, oltre a tutto ciò con cui aveva a che fare a casa. Era chiaro che stava faticando a rimanere a galla.

«Non puoi dartene la colpa» disse Stephanie. «Non sapevamo con certezza che sarebbe stato il prossimo.»

«Io sì.»

«Come?»

«L'incidente con il ragazzo della scuola. La gita scolastica. La persona chiamata "Mouse", che hanno attirato fuori dalla sua stanza, legato a un albero e lasciato lì per tutta la notte.»

Stephanie annuì. «Sappiamo dove si trova adesso questo individuo, "Mouse"?»

Scosse la testa. «Non ho avuto modo di fare ricerche.»

«Bene. Voglio tutto quello che riusciamo a trovare su quella persona. Voglio sapere dove vive, dove mangia, dove lavora, nome compreso. E voglio portarlo qui per scoprire cosa stesse facendo ieri notte e nelle notti delle altre morti. La situazione è grave. È già successo tre volte. Non possiamo permetterci che quel numero aumenti.»

«Sicuramente non ci saranno molte altre vittime» intervenne Giles. «Quanti bulli c'erano in quella scuola?»

Prima che potesse rispondere, si intromise Devon. «Quattro. Anthony, con cui ho parlato ieri, è l'ultimo. Ha detto di non parlare con Nigel o Carlos da anni.»

Stephanie si girò verso la lavagna e cercò il nome dell'uomo sulla lista. «Indipendentemente da ciò, sarà in cima alla lista. Quindi voglio che sia messo al sicuro e protetto. Voglio che qualcuno vada a casa sua o sul suo posto di lavoro, lo informi della gravità della situazione e gli consigli di stare all'erta e di segnalare qualsiasi cosa sospetta. Nel frattempo, vediamo se riusciamo a piazzare una volante fuori da casa sua. Per sicurezza.»

Sarebbe stata una conversazione interessante con il sovrintendente capo McGowan. Tuttavia, se lei riteneva che ci fosse una minaccia credibile per la sua vita, e poteva provarlo, allora lui avrebbe avuto ben poco da obiettare. Riportò la sua attenzione su Olivia. Le balenò un pensiero. «Wellard, quando è stata l'ultima volta che Darren Fairhurst ha incontrato Nigel o Carlos?»

«L'altro giorno, capo. Sono andati a giocare a golf insieme.»

«Quando?»

«Circa sei settimane fa.»

«Allora non è "l'altro giorno".»

Olivia abbassò la testa. «Scusa. È che... lo dico per tutto. Due anni fa. Sei mesi. Ieri.»

«Beh, non farlo. Crea confusione. Sii precisa.»

Non intendeva sfogarsi con Olivia, specialmente dopo tutto l'aiuto che l'agente le aveva dato, ma era stanca, affamata e irritabile, e sentiva il peso dell'indagine schiacciarla.

«Devon, quando è stata l'ultima volta che Anthony Shore ha visto Nigel e Carlos?» chiese Stephanie.

«Anni fa» rispose Devon. «Come ho appena detto.»

«Sii specifico. Quanti anni?»

Lui si strinse nelle spalle. «Non lo so.»

«Scoprilo. Nel frattempo, se Darren Fairhurst era con loro al golf club-»

«E al pub dopo» aggiunse Olivia.

«E al pub dopo, allora dobbiamo sentire chiunque fosse al club o al pub quel giorno. È possibile che l'assassino li abbia visti tutti insieme e che sia stato quello a ispirare questa furia omicida. E già che ci siete, voglio che qualcuno scopra l'ultima volta che tutti i bulli sono stati insieme, Anthony compreso. Se l'assassino li ha visti di recente, quello potrebbe essere stato il fattore scatenante.»

«Perché adesso, capo? Perché dopo così tanto tempo?» chiese Fiona.

Fece una pausa per pensare. «Forse erano tutti al campo da golf e si sono imbattuti nell'assassino. Magari è qualcuno che bullizzavano, una delle persone le cui vite hanno influenzato e con cui non abbiamo ancora parlato o di cui non sappiamo nulla. Forse l'assassino lavorava come cameriere e non l'hanno riconosciuto, o magari sì e hanno continuato a trattarlo di merda, anche dopo tutto questo tempo. Il bullismo lascia il segno. Le persone covano un rancore radicato. Qualcosa, la classica goccia, deve aver fatto traboccare il vaso dell'assassino, e ora sta cercando vendetta sulle nostre vittime. Dobbiamo trovare Mouse e portarlo qui il prima possibile. Nel frattempo, raccogliamo i filmati delle telecamere a circuito chiuso e conduciamo indagini porta a porta. So che i suoi vicini sono a quasi un chilometro di distanza, ma qualcuno potrebbe aver visto qualcosa. Inoltre, ricostruite la cronologia del suo omicidio. A che ora è iniziato l'incendio? Qualcuno ha visto qualcosa prima o dopo? Controllate l'ANPR. Tutta la solita roba, i dettagli più tediosi che ci aiuteranno a trovare questo killer.» Fece una pausa, scrutando i loro volti. «Domande?»

Non ce ne furono.

«Bene. Allora mettetevi al lavoro.»

CAPITOLO
QUARANTASETTE

Il DS Noah Mackenzie sedeva scomodamente su una poltrona a motivi floreali. Il cuscino era quasi scomparso dopo decenni di utilizzo, facendolo sprofondare nella struttura di legno che premeva in modo fastidioso contro i suoi muscoli. Il salotto era impregnato dell'odore di stantio di un vecchio tappeto, mescolato a un sentore di torta allo zenzero appena sfornata che si raffreddava sul tavolo tra di loro. La signora Fairhurst, esile e minuta, si muoveva lentamente e con grande cautela. Il cardigan le pendeva largo sulle spalle e le sue mani tremavano visibilmente mentre posava una tazza di tè sul tavolino.

«È una torta allo zenzero», disse lei con un filo di voce. «A Darren è sempre piaciuta. Ne ho preparata una in vista della sua visita di questo fine settimana».

Il signor Fairhurst, calvo, con le guance incavate e gli occhi annebbiati, sedeva su una poltrona reclinabile di fronte. La sua respirazione era superficiale e affannosa, e le mani erano venose e coperte di macchie senili.

«Grazie», disse Noah con gentilezza, accettando il tè ma mettendolo da parte senza toccarlo. Si schiarì la gola e si mise il blocco note in grembo. «Vi ringrazio per avermi ricevuto oggi. So che non è facile e mi dispiace molto per la vostra perdita. Preferirei non dover dare questo tipo di notizie, men che meno di persona, ma... è necessario».

Nessuno dei due rispose.

«Vostro figlio, Darren, è stato ritrovato stamattina nella sua proprietà vicino a Cranleigh. La sua casa è andata distrutta in un incendio. Purtroppo... non è sopravvissuto».

La signora Fairhurst si portò una mano alla bocca, mentre il signor Fairhurst sbatté le palpebre con forza ma non disse nulla. Solo il ticchettio dell'orologio a pendolo nell'angolo ruppe il silenzio.

«Consideriamo l'incendio di origine dolosa», continuò Noah. «Ci sono... elementi che lo collegano ad altre due morti recenti. Un certo Nigel Hadlow e un certo Carlos Vazquez. Questi nomi vi dicono qualcosa?»

«Mi dicono qualcosa», disse la signora Fairhurst. «Ma non riesco a ricordare perché».

Noah spiegò il collegamento. «Erano tutti compagni di scuola che frequentavano insieme il St Jude's negli anni Ottanta».

Il signor Fairhurst annuì lentamente.

«Abbiamo trovato una cosa su una delle scene del crimine precedenti. Una fotografia», disse Noah. Aprì una busta di plastica ed estrasse con cura una stampa della foto trovata sulla scena del crimine di Carlos Vazquez. Il secondo ragazzo che, se il primo non faceva testo, doveva essere Darren Fairhurst.

La porse alla signora Fairhurst, che si sistemò gli occhiali da lettura e la scrutò, muovendo le labbra mentre studiava l'immagine. Poi la passò tremante al marito.

«Questo è Darren», disse, la voce sottile. «È decisamente lui».

«Ne è sicura?»

Il signor Fairhurst strizzò gli occhi. «Lo si capisce dalle orecchie».

«Sapete quando o dove potrebbe essere stata scattata questa foto?»

Il signor Fairhurst scosse debolmente la testa. «Non sembra che fosse a scuola».

«No», disse la signora Fairhurst. «Decisamente non a scuola».

«Magari una gita scolastica?», suggerì Noah.

Ma la signora Fairhurst scosse la testa. «Ne dubito».

Noah tirò fuori una seconda foto dalla sua cartellina. «Questa è stata trovata sulla scena della morte di Darren. Stesso formato. Stesso stile. Riconoscete l'individuo in questa fotografia?»

Gliela porse. Entrambi i Fairhurst la fissarono.

Poi il signor Fairhurst emise un leggero grugnito. «Nessuna idea. È passato così tanto tempo. A malapena mi ricordo che faccia abbiano i suoi amici di oggi, figuriamoci quelli di allora».

«Potrebbe essere qualcuno di scuola?», insistette Noah.

La signora Fairhurst prese la foto per ispezionarla più da vicino, poi la restituì. «Onestamente non ne ho idea. Mi dispiace».

«E i nomi Mouse o Ray? Vi dicono qualcosa?»

La signora Fairhurst ebbe un leggero sussulto, ma si limitò ad aggrottare la fronte. «Mouse? Come l'animale?»

«È un soprannome che è emerso alcune volte durante le nostre indagini».

Entrambi scossero la testa.

Noah si sporse leggermente in avanti, lasciando sfuggire un fiotto d'aria calda e rassegnata dalle narici.

«Pensa che il ragazzo in quella fotografia possa essere la persona che ci ha portato via nostro figlio?»

Noah ripose la foto nella sua busta. «Al contrario. Crediamo che sia la prossima vittima dell'assassino. Ecco perché dobbiamo identificarlo il più rapidamente possibile. Lascerò la foto qui con voi, nel caso vi faccia tornare in mente qualcosa. Mi rendo conto che è difficile, ma se vi venisse in mente qualsiasi cosa, qualcosa di insolito degli anni di scuola di Darren, qualche gita particolare che ha menzionato, o incidenti, o persone con cui poteva non andare d'accordo, vi prego di farcelo sapere. Anche il più piccolo dettaglio potrebbe aiutarci a ottenere giustizia per lui».

La voce della signora Fairhurst si incrinò mentre diceva: «Era un ragazzo difficile, ispettore. Ma era pur sempre nostro figlio».

Noah annuì solennemente. «Capisco. Grazie».

Quando se ne andò, il tè e la torta allo zenzero rimasero intatti sul tavolo.

CAPITOLO
QUARANTOTTO

Tutti i ragazzi cominciavano a sembrare uguali. Avevano gli stessi occhi, lo stesso naso, gli stessi lineamenti infantili e puberali, lo stesso sorriso tirato e disinteressato e la stessa aria smorta che suggeriva come nessuno di loro volesse essere lì. Per non parlare del fatto che avevano quasi tutti lo stesso taglio di capelli. Di tanto in tanto, spuntava un'eccezione con qualcuno che sfoggiava un mullet o un ciuffo, ma per la maggior parte del tempo sembrava di cercare un albero specifico in una fitta foresta. In poco tempo, Giles perse il conto di dove fosse arrivato. Quante pagine dell'annuario scolastico del 1983 del St Jude aveva saltato da quando il suo sguardo si era perso nel vuoto? Quante potenziali vittime aveva trascurato?

Un pesante sbadiglio gli sfuggì dalle labbra mentre allungava la mano verso il caffè sulla sua scrivania. Un caffellatte. Di quelli che ti lasciavano l'alito al caffè e ti costringevano a stare alla larga da tutti quando parlavi. Gli era stato affidato il compito di identificare il quarto ragazzo nell'annuario e ci stava lavorando da più di un'ora. Fino a quel momento, aveva passato al setaccio le foto degli annuari di tre anni, partendo dal primo anno fino al terzo. Mancavano ancora due anni prima che tutti i ragazzi della classe dell'86 si diplomassero per poi andare al college o entrare nel più vasto mondo del lavoro, e il tempo stringeva.

Secondo Giles, i ragazzi nelle fotografie non dimostravano più di tredici anni, il terzo anno. Ciò significava che, se il ragazzo fosse comparso in uno degli annuari, Giles avrebbe già dovuto trovarlo e associare un nome a quel volto. Ma nel suo stato di affaticamento, non aveva trovato nulla. O era troppo stanco, o il ragazzo semplicemente non era presente nelle foto. Certo, la vittima successiva poteva aver saltato il giorno delle foto dell'annuario, e Giles non poteva biasimarlo per questo. Ricordava il supplizio dei giorni delle sue foto: sua madre che gli sistemava i capelli meticolosamente, solo per vederli rovinati al momento del suo turno dopo pranzo; gli insegnanti che si assicuravano che la sua uniforme fosse immacolata prima che entrasse, solo per vederla in disordine non appena si sedeva. L'unica parte positiva di quell'esperienza era l'attesa in fila per dieci o quindici minuti, saltando parte della lezione. E come bonus aggiuntivo, se ricordava bene, capitava sempre durante la sua lezione meno preferita: scienze.

Girò un'altra pagina.

Altre file di ragazzi identici. Pose rigide, espressioni vacue e una macchia marrone di tagli di capelli insignificanti. Giles si strofinò gli occhi, poi li sbatté forte, cercando di mettere a fuoco. Si chinò, scrutando il mento di un ragazzo, poi le orecchie di un altro, poi la mascella di un altro ancora, in cerca di qualcosa, qualsiasi cosa, che corrispondesse al volto nella scatola di latta.

Niente.

Sospirò e passò alla pagina successiva.

Altre foto di gruppo. La squadra di calcio. Il club di scienze. La compagnia teatrale. Si soffermò su una: una foto sfocata di una gita nel Lake District. Ragazzi appollaiati sulle rocce, che strizzavano gli occhi sotto la luce del sole. Sembrava vagamente appartenere all'epoca giusta. Giles inclinò la testa, osservando ogni volto a turno. Ancora nessuna corrispondenza. Ancora niente.

Si passò una mano tra i capelli. «È impossibile» borbottò.

«Come va?»

Giles si voltò e vide Stephanie in piedi accanto a lui, con le braccia leggermente incrociate e il viso pallido sotto la luce cruda dei neon.

«Non sembri molto più vecchio di loro» disse lei, indicando con un cenno del capo la pagina aperta di fronte a lui. «Alcuni hanno persino più barba di te.»

Giles si massaggiò imbarazzato la barba rada sul viso che si rifiutava ostinatamente di crescere oltre lo stato attuale. «Scherzi?» disse, spingendo leggermente indietro la sedia, «ma sono a un passo dal riscrivermi all'esame di licenza media in matematica.»

Stephanie abbozzò un sorriso. «Niente?»

Lui scosse la testa. «Neanche per idea.»

«No? Continua a cercare. Deve essere lì da qualche parte.» Esitò, poi poggiò una mano sullo schienale della sua sedia. «Prenditi una pausa se ne hai bisogno. Non possiamo permetterci che ti cavi gli occhi proprio ora.»

«Stai dicendo che sono utile?» chiese lui, fintamente offeso.

«Non tirare troppo la corda, Giles.»

Lei si allontanò, e Giles si scrocchiò le dita, girò un'altra pagina e continuò.

CAPITOLO
QUARANTANOVE

Stephanie era in piedi davanti all'ufficio di Clive McGowan, con la mano che aleggiava appena sopra la maniglia. La luce dietro il vetro smerigliato era accesa e sentiva il debole grattare di una penna o di un evidenziatore che si muoveva sulla carta.

Bussò piano.

«Avanti» disse una voce carica di autorità.

Spinse la porta ed entrò. L'ufficio era angusto ma ordinato. Le pareti erano rivestite di classificatori e mappe plastificate del Surrey appese con delle calamite. Una lavagna bianca dietro la scrivania mostrava un calendario annuale pieno di un misto di appuntamenti professionali e personali scarabocchiati nelle caselle.

L'ispettore capo, in alta uniforme, alzò lo sguardo dai documenti che aveva di fronte. Teneva un evidenziatore in una mano e una tazza nell'altra. Socchiuse leggermente gli occhi mentre posava entrambi gli oggetti.

«Chiudi la porta, Stephanie. Siediti.»

Lei obbedì, sprofondando nella sedia di fronte a lui.

Lui la studiò per un istante, un silenzio che si protrasse abbastanza a lungo da farle attorcigliare lo stomaco. L'aveva convocata tramite un'email apparsa inaspettatamente nella sua casella di posta. Non aveva idea del motivo dell'incontro.

«Come ti senti?» le chiese alla fine.

«Bene, signore» rispose lei in fretta. «Sto lavorando sodo.»

Lui si lasciò sfuggire una piccola risata di scherno e si appoggiò allo schienale della sedia. «Curioso. Perché le persone che stanno "bene" non rischiano di collassare sulla scena di un crimine.»

Stephanie non disse nulla, giocherellando invece con la collana stretta attorno al collo. «Non sono collassata, signore.»

Lui la scrutò. «Vuoi dirmi cosa è successo?»

«Non è grave come sembra, signore. Davvero. E poi, come l'ha saputo?»

«Una telefonata da Louis, che ha ricevuto una chiamata da uno dei suoi reporter. Fortunatamente, nessun altro ne ha avuto sentore e lui ha promesso di non farlo finire sulla stampa. A quanto parte ti guarda le spalle» spiegò Clive. «E sono contento che l'abbia fatto; altrimenti, dubito che ti saresti fatta avanti, no?»

Lei lo guardò con espressione vuota. Visto che non diceva nulla, lui sgranò gli occhi, come in attesa di una risposta.

«Pensavo fosse una domanda retorica, signore. Certo che mi sarei fatta avanti. È mio dovere.»

«Giusto, ed è mio dovere assicurarmi che il mio personale sia in forma, in salute e che abbia accesso a tutte le risorse di cui ha bisogno.» Intrecciò le dita e inspirò profondamente. «Te lo chiedo di nuovo: cosa è successo?»

«Ho avuto un leggero giramento di testa e ho solo avuto bisogno di sedermi un attimo, tutto qui.»

«Un giramento di testa? Avevi...?» Si interruppe, valutando come formulare al meglio la domanda che aveva sulle labbra.

Stephanie sapeva esattamente cosa volesse chiederle. Era un terreno minato, quindi decise di aiutarlo.

«Non è *quello*» mentì lei, allentando la presa sulla collana. «Sono stata brava. Lo tengo sotto controllo.»

Non voleva menzionare di aver saltato un pasto o due perché aveva lavorato fino a tardi.

«Mi fa piacere sentirlo. Dovevo... solo chiedere. Ma non credere che non abbia notato quanto hai lavorato in questi ultimi mesi. Ne hai passate tante, ed è comprensibile che ti stia presentando il conto. Ma se sta succedendo qualcosa, devo saperlo.»

Stephanie esitò, le dita che si stringevano nervosamente in grembo.

«Non è niente del genere. So quello che faccio. Me la so cavare da sola. Spero di averlo dimostrato. E poi, ho passato di molto peggio.» Esitò. «È stato... il fuoco.»

Lui si accigliò. «Cosa vuoi dire?»

«Sembra che io abbia paura del fuoco, e l'incendio a casa dei Fairhurst... ha innescato qualcosa. Non è la prima volta. È solo che sta peggiorando progressivamente man mano che questa indagine va avanti.»

L'ispettore capo annuì lentamente, la sua espressione si addolcì mentre si appoggiava allo schienale. Espirò dal naso e si passò una mano sul mento; il fruscio della barba corta risuonò forte nell'ufficio silenzioso.

«Va bene» disse. «Grazie per avermelo detto. Non è facile e lo apprezzo.»

Stephanie fece una piccola alzata di spalle, quasi impercettibile, come se non avesse importanza.

«Hai mai provato le tecniche di grounding?» le chiese dopo un istante. «Esercizi di respirazione? Il controllo dei cinque sensi?»

Stephanie sbatté le palpebre. «Cosa?»

«È roba di base. Quando qualcosa innesca la reazione, trovi cinque cose che puoi vedere, quattro che puoi toccare, tre che puoi sentire... hai capito. Rallenta tutto e ti riporta al momento presente.»

Lei inarcò un sopracciglio. «Non La facevo un tipo da mindfulness, signore.»

Lui abbozzò un sorriso secco. «Infatti non lo sono. Ma ho seguito un corso sulla gestione dei traumi una quindicina di anni fa e suppongo che qualcosa mi sia rimasto. Potrebbe valere la pena darci un'occhiata. Non risolverà tutto da un giorno all'altro, ma ti dà qualcosa a cui aggrapparti quando le cose iniziano a sfuggire di mano.»

Stephanie annuì debolmente, senza impegnarsi né scartare l'idea.

Clive tamburellò una volta le dita sulla scrivania. «E un aiuto professionale?»

Stephanie allungò di nuovo la mano verso la collana e gli lanciò un'occhiata diffidente. «Inizia a parlare come Elias.»

«Elias?»

«Il caposquadra che ci sta aiutando in questa operazione.»

McGowan sorrise. «Sembra un uomo intelligente.»

Lei sospirò e si passò le mani sul viso. «Non voglio essere tolta da questo caso.»

«Non lo sarai. Non a meno che tu non mi dia un valido motivo per farlo. Sei ancora idonea a condurre questa indagine?»

«Sì.»

«Allora è tutto quello che avevo bisogno di sentire. Finché non mi scoppi, siamo a posto.»

Lei sogghignò. «Mi scusi il gioco di parole.»

«Non intenzionale, giuro.»

Stephanie si concesse un breve sorriso, che però svanì quasi subito. Le sue spalle rimasero tese sotto la camicia.

«Senti» disse Clive, il suo tono si abbassò a qualcosa di quasi paterno. Era un tono che lei non sentiva da anni, né credeva che l'avrebbe mai più sentito. «Faccio questo lavoro da abbastanza tempo da sapere quando qualcuno cammina su una corda tesa. Non devi fare l'eroina, Steph.»

Lei annuì, ingoiando il nodo che aveva in gola. «Ricevuto.»

«Bene. Ora va' a fare una pausa prima di gettarti in un altro inferno, letterale o metaforico.»

Si alzò, lisciando pieghe immaginarie sui pantaloni. «Sto bene, signore.»

«Se lo dici abbastanza spesso, forse uno di questi giorni finirò per crederci davvero.»

Stephanie si voltò verso la porta, posò la mano sulla maniglia, poi si fermò. «Grazie per non aver reso questa faccenda... più grande di quello che è.»

Clive fece un gesto con la mano. «Come ho detto, non fare l'eroina. E, Steph?»

Lei si guardò indietro da sopra la spalla.

«Parla con il terapeuta. O con chiunque, davvero. Ti assicuro che farà più bene di quanto pensi.»

Stephanie annuì ancora una volta. «Ci penserò.»

Poi uscì, chiudendosi la porta alle spalle.

CAPITOLO
CINQUANTA

Stephanie non era nemmeno tornata alla sua scrivania che Fiona la intercettò nel corridoio fuori dalla sala operativa, stringendo una cartellina al petto e con un'espressione che fece contrarre lo stomaco a Stephanie.

«Steph» disse Fiona in fretta. «Hai un secondo?»

Stephanie rallentò, espirò bruscamente dal naso e si voltò verso di lei. «Che c'è?»

«Non riusciamo a trovarlo.»

Stephanie sbatté le palpebre. «Chi?»

«Mouse. Ray... O come diavolo si chiama.»

Stephanie strinse gli occhi. «Che vuoi dire che non riuscite a trovarlo?»

«Abbiamo solo un nome *parziale*. Un soprannome. Non basta per proseguire. Abbiamo setacciato i registri scolastici del St Jude's, li abbiamo incrociati con le liste delle gite, i consensi dei genitori e abbiamo anche tentato piste alternative con ipotesi sui soprannomi. Abbiamo controllato i dati del censimento, i registri del servizio sanitario, i database della polizia. Niente. Nessuno corrisponde ai criteri.»

Stephanie si passò una mano sulla fronte, sentendo la tensione esploderle dietro gli occhi. «Quindi mi stai dicendo che questa persona non esiste?»

«Sto dicendo che o ci è stato dato il nome sbagliato, o qualcuno si è dato molto da fare per sparire dopo quella gita.»

Stephanie guardò oltre di lei, verso la sala operativa, dove Giles era curvo sul suo portatile e la sedia vuota di Noah si trovava accanto a una scrivania macchiata dai cerchi delle tazze.

Stephanie serrò la mascella. Fece un respiro per calmarsi, poi si rivolse di nuovo a Fiona. «Bene. Raduna tutti nella sala riunioni. Adesso.»

Fiona non esitò. Si allontanò di scatto e sparì oltre la porta, la sua voce che si levava sopra le conversazioni all'interno. «Briefing di squadra. Fra cinque minuti.»

Pochi minuti dopo erano riuniti intorno alla sezione dell'ufficio designata per le indagini principali. Stephanie camminava avanti e indietro, come se fosse in missione.

«Bene» disse senza mezzi termini, mettendosi le mani sui fianchi. «A che punto siamo?»

Nessuno rispose. Si guardarono l'un l'altro, evitando la responsabilità. Alla fine, Stephanie scelse Giles per iniziare. L'agente si schiarì la gola e si sistemò la cravatta prima di cominciare.

«Io... Be', non c'è molto da riferire, in realtà, capo. Ho parlato con una manciata di vicini nel quartiere di Darren Fairhurst, e nessuno ha detto di aver visto nulla. Sono tutti sulla sessantina e settantina. La maggior parte di loro non riusciva a credere che potesse succedere una cosa del genere nella loro strada. Un paio avevano problemi di udito, quindi è stato un buco nell'acqua.»

«Le telecamere?»

Giles rispose con una leggera alzata di spalle. «Alcuni hanno telecamere sui campanelli e sistemi di sicurezza più avanzati, ma molti sono stati installati in modo errato o puntano solo direttamente sulle porte d'ingresso o sui loro vialetti, il che significa che la maggior parte della strada e dell'area circostante è tagliata fuori.» Giles si interruppe come se si fosse ricordato di qualcosa, poi si affrettò alla sua scrivania. Accese il computer, premette qualche tasto e poi corse verso la stampante. Tornò con un foglio in mano, attaccandolo alla lavagna del caso. «Sono riuscito a esaminare il filmato della telecamera di un vicino – una coppia di settantenni a cui il figlio l'aveva installata – e ho trovato questo fermo immagine di un'auto che passava più o meno all'ora in cui potrebbe essere iniziato l'incendio della casa.»

«Sappiamo quando è iniziato?»

Giles annuì. «Era nel rapporto di Elias. Secondo lui è stato tra le cinque di sera e mezzanotte. L'unico problema è che...» Giles indicò la macchia nell'angolo in alto a destra dell'immagine. «Non riesco a capire minimamente di che marca e modello sia. Quindi sì, abbiamo *qualcosa*. Il punto è che questo qualcosa vale meno della carta su cui è stampato.»

Stephanie lo ringraziò, poi lo richiamò a sé.

«Vedi se riesci a trovare qualcosa che corrisponda a quella... *forma* sulle telecamere a circuito chiuso nella zona circostante» ordinò all'agente. «E controlla anche se compare su una delle scene del crimine precedenti.» Stephanie scrutò lentamente la stanza per scegliere il suo prossimo bersaglio. Indicò Devon. «Tu cosa hai per me?»

Devon smise di stare spaparanzato sulla sedia e si raddrizzò. Accavallando le gambe, disse: «Da stamattina ho esaminato i registri finanziari di Fairhurst e non ho visto niente che potesse essere motivo di preoccupazione. Ho pensato che potesse esserci un collegamento tra Darren, Nigel Hadlow e l'uomo che ha dato i soldi a Nigel, Terry Houghton.»

«Perché?» sbottò lei.

«Nel caso in cui la pista della scuola non porti a niente, capo. Ho pensato che dovessimo tenerci aperte tutte le opzioni.»

Non le piaceva l'idea di perdere tempo, ma capiva il suo ragionamento e ammise che aveva senso. Se avessero concentrato tutto il loro tempo, le loro energie e i loro sforzi sulle vittime di bullismo e tutto fosse finito in un nulla di fatto senza un piano di riserva, si sarebbero ritrovati al punto di partenza – un luogo in cui non voleva trovarsi.

«Molto bene» disse con un secco cenno del capo. «Ci sono altri casi in cui le nostre vittime potrebbero essere collegate?»

Devon la guardò con un'espressione vacua, come un coniglio abbagliato dai fari. «Non che io abbia notato finora. Ma... continuerò a cercare.»

«Ottimo.» Si rivolse di nuovo a Giles. «E il ragazzo nella fotografia?»

«Ci ho provato, capo, ma non ho la più pallida idea di chi sia questo ragazzino.»

«Ancora niente?»

«La foto è di scarsa qualità, ha quarant'anni; la persona ritratta potrebbe avere un aspetto completamente diverso ora.»

«Non voglio sentire scuse» replicò lei, la pazienza che si stava esaurendo. «Avete mostrato la foto ad Anthony Shore o ai suoi genitori per vedere se è *lui* la persona nella fotografia? Noah è ancora fuori in sorveglianza, e avremo una squadra a tenerlo d'occhio stanotte. Tutto questo sarà stato uno spreco di tempo e denaro se non è lui il ragazzo nella fotografia.»

Il volto di Giles si sgranò per l'incredulità, come se avesse appena scoperto il fuoco.

«Non ci avevo pensato. Un'ottima idea!»

«Sto facendo il tuo lavoro al posto tuo» disse lei. «Nel frattempo, dobbiamo trovare Mouse come priorità. Fiona, so che ci stai già lavorando, ma voglio che Olivia ti dia una mano, e voglio che facciate tutto il possibile per trovare questo individuo. Parlate con chiunque. Finora, è il nostro più grande sospettato.»

CAPITOLO
CINQUANTUNO

Dopo diverse ore trascorse a fare ricerche, telefonare, riattaccare, aspettare, cancellare nomi dalla sua lista e contattare persone con vari mezzi, Fiona scoprì finalmente il nome di qualcuno che aveva partecipato alla gita scolastica maschile nella New Forest.

Un assistente all'insegnamento di nome Michael Glover era stato chiamato all'ultimo minuto dopo che un altro membro del personale si era ritirato, e di conseguenza il suo nome era stato omesso da diversi documenti. Alla fine, Fiona dovette affidarsi al ricordo vago e sbiadito di un ex studente per ottenere il suo nome.

Di tutti i membri del personale che erano stati mandati in gita, Michael era l'unico ancora in vita. Ormai sulla sessantina, era uno dei partecipanti più giovani, dato che si era appena laureato quando tornò nel posto dove tutto era iniziato per lui: la St Jude's.

La casa di Michael Glover era un cottage tozzo a due piani, con un tetto spiovente coperto di muschio e l'edera che si arrampicava sulla muratura. Il suo nome era a malapena leggibile su un'insegna di legno coperta di licheni e foglie. Uno dei vetri della finestra al piano di sopra aveva una crepa sottile che lo attraversava come una vena, e la vernice sui davanzali si scrostava. Ortiche ed erbacce avevano invaso la maggior parte delle aiuole del giardino sul davanti e un vaso di terracotta rovesciato giaceva accanto a uno gnomo crepato i cui colori erano sbiaditi da tempo.

Fiona se ne stava in piedi appena dentro il soggiorno, cercando di non respirare troppo a fondo. L'aria era pesante, impregnata di un odore di tabacco stantio che le si attaccava in fondo alla gola. La moquette sotto i suoi piedi era del colore del tè leggero e poteva vedere i punti in cui i mobili vi avevano scavato solchi permanenti. Il posto recava tutti i segni di qualcuno che ci aveva vissuto da solo, senza prove di un coniuge o di un partner, e nemmeno di qualcuno che facesse visita di frequente.

Michael si lasciò sprofondare nella poltrona con la disinvoltura di chi aveva passato una vita a muoversi e a prendere pastiglie di olio di fegato di merluzzo.

«Ha proprio un bel posto qui» disse lei.

«Era dei miei genitori. L'ho ereditata quando sono mancati. Era più bella del posto in cui vivevo, così ho pensato di trasferirmi qui.»

Questo spiegava l'arredamento. Fiona frugò nella borsa e tirò fuori alcuni documenti.

«Mi ci è voluto un po' per trovarla, ma mi pare di capire che lei insegnava alla St Jude's, giusto?»

«Non ho mai insegnato. Ero un assistente. Mio padre era l'insegnante, lì. È stato lui a procurarmi il lavoro.»

Quindi eri un raccomandato, pensò Fiona.

Il termine si riferiva a qualcuno il cui successo professionale era attribuito a genitori famosi o con le giuste conoscenze. Nel caso di Michael, era stato suo padre ad assicurargli il posto nella scuola, forse a scapito di altri candidati più qualificati.

«Per quanto tempo è rimasto a scuola?» chiese lei.

«Circa dieci anni.»

«Ed è rimasto assistente per tutto quel tempo?»

Lui annuì. «Non ho mai visto il bisogno di cambiare. Guadagnavo bene, non avevo molto stress e piacevo al preside.»

Certo che gli piacevi. Altrimenti, papà avrebbe potuto avere qualcosa da ridire.

«Cosa ha fatto dopo aver lasciato la scuola?»

«Papà ha deciso di andare in pensione e io ho deciso che non volevo più stare lì senza di lui, così sono andato a lavorare in un ufficio in città.»

Fiona prese un appunto. «Cosa può dirmi del suo periodo a scuola?»

Michael si schiarì la gola. «La maggior parte del tempo è stato divertente. Avevo solo qualche anno più dei ragazzi, quindi mi vedevano come un fratello maggiore. Un paio di volte mi hanno chiesto di procurargli sigarette e alcol quando erano minorenni. La maggior parte delle volte ho rifiutato, ma ci sono state un paio di occasioni in cui li ho aiutati, solo perché sapevo che se non l'avessi fatto si sarebbero solo messi nei guai rubandoli.»

Fiona non disse nulla, si limitò ad ascoltare e ad aspettare che continuasse.

«Il resto del tempo ci prendevamo in giro e basta. Credo di aver contribuito a colmare il divario tra loro e gli insegnanti, in un certo senso. Molti di loro si fidavano di me per cose personali, segreti, quel genere di cose.»

Fiona spostò leggermente il peso. «Qualcuno di questi segreti aveva a che fare con la gita nella New Forest?»

Michael esitò. Lei notò il cambiamento nel suo respiro. Più superficiale. Le sue dita si strinsero più forte attorno alla tazza che teneva in grembo.

«Quale gita?» chiese alla fine.

«Quella del 1983. Lei fu chiamato all'ultimo minuto per dare una mano con la supervisione.»

Un altro silenzio, questo più lungo.

«Me la ricordo» disse. «Tempo maledetto quella settimana. Pioveva ogni notte. Le tende sono crollate due volte. Uno dei ragazzi è stato morso da qualcosa alla caviglia e non ha smesso di piangere per ore.»

«E l'incidente che ha coinvolto un gruppo di ragazzi e un certo Mouse?»

Michael non trasalì a quel nome, ma lei vide le sue narici dilatarsi leggermente. Guardò oltre lei, fuori dalla finestra.

«Ne hai sentito parlare, eh?»

«Sì. E vorrei la sua versione di quella notte, per favore. Come si chiamava?»

«Rami Krüger. Immigrato di seconda generazione dalla Germania. Un ragazzino strano» disse Michael alla fine. «Sempre da solo. Sempre a scarabocchiare su un taccuino o a parlare da solo. Un po' un solitario. Un po' un fenomeno da baraccone, a essere onesti. Ma stava sempre con quei ragazzi. Appiccicato a loro come la colla. O almeno ci provava. Credo che volesse così tanto far parte della loro banda che era disposto a fare qualsiasi cosa. Così una notte, lo portarono fuori, lo legarono a un albero, lo spogliarono fino a lasciarlo in mutande e lo abbandonarono. Nigel, Carlos, Darren e Anthony, i ragazzi responsabili, pensavano che fosse esilarante. Dissero che era uno scherzo. Una burla. Qualcosa di cui anche il resto di noi avrebbe dovuto ridere. Ma quando sono arrivato lì la mattina dopo mentre facevo jogging e l'ho visto...»

Michael si interruppe, la bocca leggermente contratta, come se il ricordo avesse un sapore sgradevole.

«Tremava. Braccia sopra la testa, polsi legati con una corda che avevano rubato da una delle nostre attività quel giorno. Occhi sgranati e pieni di lacrime. Bocca sporca di terra. Come un animale in trappola. Quando l'ho trovato, piangeva a dirotto.»

A Fiona si strinse la gola. Attese.

Michael si appoggiò allo schienale della sedia, sospirando. «L'ho slegato. Gli ho detto che sarebbe andato tutto bene. Che l'avrei riportato al campo per farlo riscaldare.»

«Come sapeva che i responsabili erano Nigel e i suoi amici?»

«Me l'ha detto Rami. Ma solo perché gliel'ho estorto.»

«Secondo altre persone con cui abbiamo parlato, nessuno è mai stato punito per l'incidente. Ai ragazzi è stato permesso di farla franca. Perché?»

Michael finse di guardare qualcosa incastrato sotto le unghie. «Ci sono due ragioni per questo» disse. «La prima è che... be', Rami mi ha supplicato di non dire niente a nessuno. Ha detto che desiderava così tanto entrare nel gruppo di Nigel e degli altri che era disposto a portarselo nella tomba. E l'altra ragione non mi rende molto orgoglioso.» Fece una pausa. «In fondo, pensavo che fosse esilarante. Cose da ragazzi. Un po' di nonnismo. Niente di serio.»

«Non pensa che quel tipo di umiliazione possa essergli rimasta impressa?» chiese Fiona a bassa voce. La sua voce era pacata, ma le sue mani si erano strette a pugno lungo i fianchi. «Che possa averlo plasmato?»

Michael finalmente la guardò, questa volta più bruscamente.

«Non ho idea di cosa gli sia successo dopo» disse. «Ha lasciato la St Jude's e non l'ho mai più visto.»

Fiona prese un appunto. Ora che avevano un nome confermato, avrebbero potuto avere più fortuna nel rintracciare Rami Krüger. Frugò nella borsa ed estrasse la fotografia che era stata trovata sulla scena del crimine di Darren Fairhurst. Gliela porse.

«Riconosce il ragazzo in questa immagine?»

Michael studiò i tratti del ragazzo per un tempo considerevole, esaminando ogni pixel. Fiona lo osservò, analizzando la sua reazione per il più flebile cenno di riconoscimento. Ma non ce ne fu alcuno. Alla fine, scosse la testa e le restituì l'immagine.

«Non mi sembra familiare» disse. «Quando è stata scattata?»

«Non lo sappiamo. Ma sospettiamo che sia di un periodo simile a quello in cui Darren, Nigel e Carlos andavano a scuola insieme.»

Michael incrociò le braccia. «Non mi dice niente. Mi dispiace.»

Fiona mise via le sue cose per andarsene, poi le venne in mente una cosa.

«Mi dispiace informarla» cominciò, «ma Nigel, Darren e Carlos sono morti. Su ognuna delle loro scene del crimine, abbiamo scoperto delle scatolette contenenti messaggi religiosi incisi all'interno. Ora, da quanto ho capito, la St Jude's non era una scuola particolarmente religiosa, vero?»

Michael scosse la testa. «Non so come sia adesso, ma non lo era quando c'ero io.»

«C'era qualche ragazzo religioso?»

Una scrollata di spalle. «Certo. Erano di fedi diverse.»

«Sa in cosa credevano Danny, Carlos e Nigel, se credevano in qualcosa?»

Michael rifletté a lungo, poi scosse la testa. «Non ho mai sentito menzionare nulla esplicitamente. Non era il genere di cose di cui parlavamo.» Schioccò le dita. «Tranne il piccolo Rami. Leggeva sempre cose dalla Bibbia o ne parlava. Conosceva a memoria lunghi passaggi e trovava sempre un modo per ricondurre qualsiasi argomento di conversazione a Dio e a Gesù. La maggior parte delle volte lo ignoravo, ma so che passava molto tempo in chiesa.»

CAPITOLO
CINQUANTADUE

Noah non era particolarmente entusiasta della nuova idea che Devon aveva introdotto nella squadra. L'idea di assegnare i compiti tirando a sorte. La cosa non lo esaltava, soprattutto perché quel giorno aveva pescato la seconda cannuccia più corta. Di conseguenza, si ritrovò parcheggiato di fronte alla modesta villetta bifamiliare di Anthony Shore ad Addlestone come un angelo custode, a sorvegliare la proprietà e la strada per garantire che l'uomo fosse al sicuro da potenziali pericoli. Un angelo custode che sarebbe rimasto lì ancora per poco, prima che avvenisse il cambio del turno e venisse sostituito da un agente in uniforme incaricato del turno di notte. Nelle ultime tre ore, era stato costretto nei confini dell'auto di servizio, in compagnia solo di un paio di bottiglie d'acqua, una manciata di snack e un taccuino. A parte l'occasionale piccione che zampettava sulla strada, non c'era stato assolutamente nulla da segnalare. Anthony era rimasto in casa tutto il pomeriggio e nessuno si era avventurato vicino alla proprietà. Fuori, era buio da un pezzo e l'unica luce che aveva per contrastare l'oscurità era il debole bagliore di un lampione a metà della via.

Noah controllò l'orologio per la quinta volta in meno di un minuto, e ogni volta rimase deluso come la precedente nel vedere che erano ancora le 18:55.

«Al diavolo» borbottò, stiracchiando le braccia in uno sbadiglio per quanto gli era possibile nell'abitacolo angusto. «Ora di cena.»

Allungò la mano verso l'ultima metà di un KitKat sul sedile del passeggero e se la ficcò in bocca. La cena dei campioni.

Poi il suo telefono vibrò.

Rachel. Sua moglie.

Sorrise debolmente e rispose. «Ehi.»

«Ehi, sei impegnato?»

Lanciò un'occhiata verso la casa. «Non ho un attimo di respiro. Un uccello è appena atterrato sul tetto, quindi devo tenerlo d'occhio, non sia mai che caghi sul patio.»

Rachel ridacchiò piano. «Le bambine vogliono darti la buonanotte. Hai trenta secondi prima che esplodano.»

Il cuore di Noah si intenerì. «Passamele.»

Sentì il fruscio del telefono che cambiava mano.

«Papààà!» cantarono in coro due vocine dall'altoparlante.

«Ehi, mostriciattoli miei» disse, con la voce piena di calore. «Vi state lavando i denti? O state di nuovo nascondendo la cioccolata sotto i cuscini?»

Seguirono altre risatine.

«La mamma ha detto che stai spegnendo gli incendi» disse la più grande, Amelia.

«Non li spengo. Controllo solo le case per assicurarmi che non prendano fuoco.»

«La nostra prenderà fuoco, papà?»

«No, tesoro. Ho già controllato la nostra casa per assicurarmi che non succeda.»

«Quando torni a casa?» chiese Trinity.

«Presto, piccola. Starai dormendo, ma ci vediamo domattina.»

Le bambine gemettero deluse, poi intervenne Rachel, dicendo loro di finire di lavarsi i denti e di aspettarla in camera da letto. Le bambine urlarono un "ciao" prima di sparire.

«Ti faccio sapere quando sto tornando a casa» disse a Rachel prima di terminare la chiamata.

Mentre riponeva il telefono in grembo, un paio di fari spazzarono il suo parabrezza. Un'auto senza insegne aveva accostato dietro di lui, con un'agente in uniforme al volante.

Finalmente.

L'agente Grace Patel scese e si avvicinò al suo finestrino.

«Serata tranquilla?» chiese lei.

«Calma piatta» rispose Noah, con tono impassibile.

«Beato te. Anche se è sempre meglio che rimanere bloccati nel traffico vicino a Guildford con un cane che non smetteva di vomitare, poco fa.»

«Hai vinto tu. E a questo punto, tolgo il disturbo. È tutto tuo. Buon divertimento.»

«Grazie.»

Mentre la Patel tornava alla sua auto, Noah accese il motore e partì. Gettando un'ultima occhiata alla casa, un'inquietudine gli pizzicò la nuca.

Anthony poteva anche essere al sicuro, per ora.

Ma per quanto tempo?

CAPITOLO
CINQUANTATRÉ

Stephanie era seduta al tavolo della cucina, una gamba piegata sotto di sé e l'altra che batteva irrequieta contro la gamba della sedia, mentre la luce blu dello schermo del suo portatile proiettava un bagliore fioco sul bicchiere di vino mezzo vuoto accanto.

Aveva già letto l'email tre volte, ne abbozzò diverse altre come risposta e le cancellò rapidamente una per una.

Gentile Sig.ra Broadbent,

Le scriviamo per informarla di un ritardo nella vendita della proprietà del Suo defunto padre. Durante le verifiche finali, è emerso che l'atto originale include un vincolo restrittivo risalente al 1973, che limita determinati usi del terreno. I legali degli acquirenti hanno sollevato la questione e, di conseguenza, il processo di compravendita è stato sospeso finché non saremo in grado di negoziare un atto di variazione o di ottenere un'assicurazione di indennizzo legale.

Comprendiamo quanto possa essere frustrante, soprattutto in questa fase, ma stiamo lavorando per risolvere la questione il più rapidamente possibile.

Cordiali saluti,
HG & Sons

La mascella di Stephanie si contrasse.

. . .

Vincolo restrittivo. Sapeva a malapena cosa significasse, ma sembrava una stronzata pensata per rallentare le cose e tenerla intrappolata in un limbo. La casa avrebbe dovuto essere già venduta. Lei e Kimberley avevano svuotato le stanze, fatto i conti con il fantasma del loro papà e l'avevano messa sul mercato. Ormai era un problema degli agenti immobiliari. La vendita avrebbe dovuto mettere un punto su suo padre e su tutto ciò che era a lui associato. Chiudere il cerchio. Eppure eccolo lì, a trovare un modo per renderle le cose difficili, a incunearsi in qualche modo nella sua vita. Una riga impolverata in un atto vecchio di decenni le teneva la vita in ostaggio.

Emise una risata amara e allungò la mano verso il vino.

«Questo ti piacerebbe, eh?» mormorò al silenzio. «Riesci a creare casini anche dalla tomba.»

Lo stomaco le brontolò, una sensazione familiare e sgradita che cominciava a farsi strada in fondo alla sua mente. Riconosceva i segnali di allarme e i fattori scatenanti.

E non si sarebbe arresa. Aveva bisogno d'aria, aveva bisogno di spazio.

Stephanie fissò il portatile per un altro secondo prima di chiuderlo di scatto e allontanarlo.

Era ora di uscire.

Si cambiò in fretta, indossando leggings, reggiseno sportivo, maglietta e felpa con cappuccio. Le scarpe da ginnastica erano già vicino alla porta, infangate dall'ultima corsetta che aveva tentato e abbandonato. Si legò i capelli, si mise gli auricolari e uscì di casa senza voltarsi indietro.

Fuori, l'aria era rarefatta e più fredda di quanto si aspettasse. Ma la ignorò e corse senza pensare, lasciando che la memoria muscolare la guidasse mentre si dirigeva verso il campus dell'Università del Surrey. Non sapeva perché, ma qualcosa l'aveva riportata lì. Nel luogo dove era iniziato il suo ritorno alla polizia del Surrey. Nel luogo dove quattro studentesse avevano perso la vita.

Il campus era silenzioso a quell'ora. L'inizio dell'inverno si era posato sul campo e per le strade, convincendo gli studenti che fosse meglio restare in casa piuttosto che affrontare il disagio di una serata fuori. Le scarpe battevano ritmicamente sull'asfalto mentre attraversava l'ingresso sud, superava la biblioteca e svoltava a destra verso il lago.

La consapevolezza la colpì vicino ai gradini dell'edificio del sindacato studentesco.

Maya Corcoran. La terza vittima del piano generale di vendetta di suo padre, la bambola voodoo trovata in una scatola posata sulla sua schiena.

A Stephanie si mozzò il respiro e, per un istante, rallentò fino a camminare. Lanciò un'occhiata alla pozza d'acqua dove era stato trovato il corpo di Maya. Solo poche ore prima che la trovassero, Stephanie aveva lottato con lei sul pavimento durante il loro allenamento di jujitsu. Da allora, non era più tornata a quello sport, come se fosse stato macchiato dal ricordo di ciò che era accaduto a Maya.

Con i pensieri di quella notte che le turbinavano in testa, Stephanie proseguì, attraversando la piazza e passando di corsa davanti ai luoghi in cui erano stati scoperti gli altri corpi: accoltellati, soffocati, bruciati vivi. Quattro vittime solo nel campus. Quattro famiglie distrutte. E suo padre, l'uomo che l'aveva cresciuta, aveva orchestrato tutto dalla poltrona della sua casa di riposo.

Stephanie smise di correre. Si chinò in avanti, con le mani sulle ginocchia, il respiro affannoso e spezzato. Il sudore le imperlava il collo.

Non stava più correndo solo per schiarirsi le idee. Stava correndo perché una parte di lei l'aveva riportata lì. Non per tenersi in forma. Non per distrarsi. Ma per una resa dei conti.

Anche dopo tutto quello che era successo, suo padre la costringeva ancora a girare in tondo sullo stesso terreno, prigioniera della forza di gravità dell'orrore che si era lasciato alle spalle, incapace di perdonare se stessa per il trauma e i problemi che lui aveva causato.

Si raddrizzò lentamente, ruotando le spalle all'indietro e passandosi una manica sulla fronte.

Ma ne aveva avuto abbastanza. Per troppo tempo, lui si era aggrappato ai suoi pensieri come una malattia. Ma non più. Aveva chiuso con lui.

«Non ti appartengo» sussurrò al campus buio che la circondava. «Non più.»

Poi ripartì di scatto, con un'andatura più sicura questa volta, dirigendosi verso il cancello posteriore e allontanandosi dal cuore dell'università.

Qualcosa l'aveva riportata lì quella notte.

Ma quella sarebbe stata l'ultima volta.

CINQUANTAQUATTRO

Sapeva di non voler essere lì. Non solo era sempre più stanca ed esaurita per la mancanza di sonno e lo stress dell'indagine, ma credeva anche di non avere alcun motivo per trovarsi lì. Tuttavia, aveva promesso a Clive che ci sarebbe andata. Glielo aveva promesso solo per accontentarlo e toglierselo di torno.

La terapia era sempre stata un argomento tabù nel suo mondo. Lo stigma che la circondava la faceva sentire debole, come se fosse un essere umano inferiore, perciò l'aveva evitata a tutti i costi. Sapeva di avere dei problemi – certo che li aveva, non era stupida – ma aveva i suoi metodi per affrontarli ed elaborarli. E anche se quei metodi potevano non essere l'ideale, per lei avevano quasi sempre funzionato.

Come diceva il proverbio? *Squadra che vince non si cambia…*

Si agitò sulla sedia, tirandosi la manica del maglione come se il tessuto sottile potesse proteggerla dalla stanza stessa. Si sentiva a disagio, persino claustrofobica, come se le pareti le si stessero stringendo attorno e l'atmosfera soffocante le stesse risucchiando l'ossigeno dai polmoni. Abbassò lo sguardo sul grembo e si tormentò le dita, in attesa. Non voleva scrutare il resto della stanza; si accontentava dei pensieri debilitanti che le ronzavano in testa mentre aspettava che un'estranea facesse a pezzi il suo passato come un avvoltoio che spolpa una carcassa; o quel che ne restava, almeno.

Ancora qualche minuto e la terapista sarebbe entrata, e lei

avrebbe dovuto alzare lo sguardo, fare dei convenevoli e forse anche rispondere a una o due domande.

Poi sarebbero iniziate le chiacchiere. Il rivivere la sua infanzia.

Sarebbe stata costretta a starsene lì seduta ad ascoltare i consigli della terapista, sentendosi dire cose che sapeva già.

Stephanie sentiva già un calore pungente alla nuca. Non proveniva dal termosifone alle sue spalle, ma dai ricordi, dall'angoscia, dall'ansia, dalla paranoia, dalla sensazione che aveva provato nel sogno.

La lieve cicatrice sull'avambraccio, dove suo padre le aveva avvicinato un accendino, divampò all'improvviso di un dolore lancinante, che si diffuse in tutto il corpo. Lo stomaco le si contorse leggermente e il respiro si fece più rapido. Lo ignorò, pizzicandosi la pelle delle cosce per distrarsi da quella sensazione.

Ancora un po' e sarebbe finita.

Poi la porta si aprì con un clic sommesso.

Entrò una donna, sulla cinquantina, con un cardigan sobrio e i capelli ordinatamente raccolti. Sorrise e attraversò la stanza come se avesse tutto il tempo del mondo.

«Stephanie?» disse, con voce gentile, quasi incerta.

Stephanie alzò lo sguardo, costringendo il viso a un'apparenza di neutralità.

«Sono io.»

«Grazie per essere venuta.»

Stephanie fece un cenno rapido, quasi impercettibile. «Sono qui solo per Clive. Ha detto che sarebbe stato utile parlare di alcune cose.» Si schiarì la gola e raddrizzò la schiena. «Bene, vogliamo sbrigarci? Ho una giornata impegnativa che mi aspetta.»

CAPITOLO
CINQUANTACINQUE

Non c'era sensazione migliore di quella di una svolta, specialmente quando ne eri l'artefice. L'immenso orgoglio, l'adulazione e il senso di soddisfazione che ti sommergevano quando facevi la scoperta prima dei tuoi colleghi: era una sensazione senza pari, a cui lei non era abituata.

Olivia non era sicura di come ci fosse riuscita, ma dopo svariati tentativi falliti, aveva localizzato l'uomo che credeva essere Topo. L'uomo che, dopo il suo calvario nella New Forest con la banda di ragazzi, aveva lasciato il St Jude's, era fuggito dal Surrey con la sua famiglia e aveva cambiato nome. L'unico problema era che ora viveva nel Norfolk, a tre ore di macchina. Un viaggio che l'avrebbe tenuta lontana da casa per molto tempo, e forse anche per la notte.

Alzò la mano per bussare alla porta di Stephanie, ma si fermò quando sentì delle voci all'interno. Dopo che queste tacquero, bussò.

«Avanti…» La voce di Stephanie era bassa, quasi distratta.

Olivia aprì la porta con cautela ed entrò.

«L'ho trovato.»

Stephanie alzò lo sguardo dalla scrivania, confusa. «Trovato chi?»

«Rami Krüger. Topo.» Olivia si addentrò nella stanza, lasciando la porta aperta. «Solo che ora si chiama Felix Krüger. L'ha cambiato ufficialmente anni fa. Vive in un paesino fuori Norwich. Ho controllato e ricontrollato più e più volte… è lui, è sicuramente lui. Al cento per cento.»

Stephanie si raddrizzò, il suo cervello che cominciava a mettersi in moto. «Ne sei sicura?»

«Ne sono *sicura*.»

«Fantastico. Bene, preparati, andiamo lì adesso.» Stephanie iniziò ad alzarsi dalla sedia.

«Non posso venire» rispose Olivia in fretta. «Non posso lasciare i ragazzi. È troppo lontano e non posso permettermi di lasciarli soli per la notte. Dio solo sa cosa potrebbero combinare a casa.»

Stephanie si morse un labbro, già soppesando le possibilità nella sua testa. «Hai ragione. Perdonami, avrei dovuto ricordarmelo. Qualcun altro…» Lanciò un'occhiata verso le veneziane che bloccavano la luce esterna. «Fiona?»

«Qualcuno ha fatto il mio nome?»

Entrambe le donne si voltarono e videro Fiona sulla soglia, i capelli leggermente scompigliati, un sopracciglio alzato come se avesse ascoltato più a lungo di quanto pensassero.

Stephanie si lasciò sfuggire una debole risata. «Parli del diavolo.»

Fiona sorrise, entrando. «E spuntano le corna. Allora, chi andiamo a stanare nel Norfolk?»

«Sei stata lì tutto questo tempo?»

«Sono una donna. Sono nata con un ottimo udito.»

Fiona aveva deciso di guidare, dicendo che non le capitava spesso e che adorava i lunghi viaggi in macchina.

«Mio padre era un patito di motori» raccontò mentre lasciavano la A3 per immettersi sulla M25. «Ha avuto una quindicina di macchine diverse mentre crescevo: BMW, Audi, Mercedes, Alfa Romeo, quel genere di cose. Comprava la maggior parte di seconda mano, scassate, e poi ci lavorava nel suo garage. Un vero pilota da strada, sempre a raduni illegali e a correre per le vie.»

«Nel Surrey? Davvero? Non pensavo che la scena delle corse fosse così grande da queste parti. Ho sempre pensato che si trattasse più di mostrare chi ha il fucile più grosso e chi cattura di più alla caccia alla volpe locale.»

Fiona sbuffò leggermente.

«Abbiamo avuto un sacco di problemi di quel tipo nell'Essex» disse Stephanie. «A mesi alterni, c'erano ordini di dispersione per gente che bloccava le strade. Specialmente giù verso Southend.»

«Mio padre ne avrebbe fatto parte» disse lei. «Conoscendolo, probabilmente era lui a organizzare tutto. Non so cosa avessero di speciale, ma lui semplicemente amava le macchine. Ricordo che guardavamo sempre *Top Gear* insieme la domenica.» Il suo volto si intiepidì al ricordo. «A mio fratello non interessava; era sempre impegnato a farsi i fatti suoi con la PlayStation.»

«Eri molto legata a tuo padre, suppongo?»

Il tachimetro superò le settanta miglia orarie.

«Amici per la pelle» rispose Fiona. «Inseparabili. Ho imparato un sacco sulle macchine con lui. Eravamo sempre a corto di soldi e non potevamo sempre andare in vacanza. Lui non poteva mai permettersi di prendere ferie, quindi passavo le vacanze scolastiche con lui, imparando a cosa servivano i vari pezzi, come funzionava tutto e come si assemblava, e poi andavamo a fare un giro.»

«Scommetto che hai stracciato tutti all'addestramento di guida a Hendon» scherzò Stephanie.

«Senza volermi vantare, sì. Me la sono cavata bene.»

E si vedeva. Di solito, Stephanie si sentiva a disagio a superare le sessanta, al massimo sessantacinque, senza iniziare a sudare. Eppure erano lì, a superare il limite di velocità nazionale, e lei si sentiva stranamente calma, rilassata e al sicuro. Era controintuitivo, ma sentiva che Fiona era un'ottima guidatrice; era già stata in macchina con Giles e Olivia e aveva temuto per la sua vita con entrambi. Ma non con Fiona. Con Fiona, si sentiva sicura. Come se potessero raggiungere le cento miglia orarie senza che il suo battito cardiaco accelerasse.

Lanciò un'occhiata all'agente, lo sguardo che cadeva sulle braccia sottili e leggermente abbronzate di Fiona, sulle sue cosce muscolose e sulle unghie corte e mangiucchiate.

«Devo ammettere che non ti avrei mai immaginata un'appassionata di auto» disse Stephanie.

«Intendi per il mio fisico atletico? Non lasciare che le apparenze ti ingannino, Steph. Sono tanto negata per lo sport quanto per i parcheggi a S.»

Un breve momento di silenzio calò su di loro mentre superavano un'auto nella corsia centrale.

«Eri legata a tuo padre?» chiese Fiona, poi si rese subito conto dell'errore. «Scusa. Non so perché l'ho chiesto... non stavo pensando. Scusa. Avrei dovuto saperlo...»

Stephanie ci rise su. «Tranquilla. Voglio dire, forse ci sono stati alcuni giorni quando ero una neonata che non ricordo, ma per la maggior parte del tempo, no.»

«Come te la cavi?»

«Giorni buoni. Giorni cattivi. Per lo più sono solo contenta che sia fuori dalla mia vita, così posso finalmente andare avanti.»

I pensieri dell'e-mail che aveva ricevuto la sera prima e la sua precedente conversazione con la terapeuta le riecheggiarono in testa, e si rese conto che lui non sarebbe mai stato completamente fuori dalla sua vita, che avrebbe sempre dovuto conviverci, ma che avrebbe dovuto accettarlo in un modo diverso.

«Ne... Sono contenta» rispose Fiona, trovando chiaramente la conversazione imbarazzante.

Stephanie sorrise educatamente, poi riportò l'attenzione sul tachimetro: ottanta miglia orarie.

«Di questo passo, saremo lì per l'ora di pranzo.»

«Questo è il piano. E tornare in tempo per *The Chase* alle cinque.»

Prima che Stephanie potesse rispondere, il suo telefono vibrò in tasca. Lo tirò fuori e fissò lo schermo. Elias. Rispose alla chiamata.

«Puoi parlare?» chiese lui.

«Al momento sono sulla M25, temendo per la mia vita, quindi potrei non avere molto tempo. Spara.»

«Io e la mia squadra abbiamo completato il rapporto sulla scena del crimine di Darren Fairhurst» spiegò Elias, la sua voce che sembrava più profonda, più misteriosa del solito. «In breve, non c'è molto da dire. Solo che l'incendio è partito dalla cucina e si è diffuso rapidamente, come avevo pensato inizialmente. Il corpo di Darren è stato trovato nella stessa stanza, in una posizione simile a quella delle altre vittime. Però abbiamo notato quello che sembrava un piatto pieno di cibo sul tavolo da pranzo.»

Stephanie rimuginò un attimo sulla cosa.

«Ti è sembrato una messinscena?» chiese.

«Non lo so» disse lui, in modo vago. «Conosco solo i fatti, e questo è quello che abbiamo scoperto finora.»

«Apprezzo. Grazie.»

Una pausa.

«Come ti senti dopo l'altro giorno?»

«Bene.»

«Sai, c'è una camminata sui carboni ardenti che potresti provare.»

Le si mozzò il fiato. «Sei impazzito?»

«Ti aiuterà. A me ha aiutato ad affrontare la mia paura molto tempo fa» disse lui. «Inoltre, non è così terribile come potresti pensare. È tutta una questione di testa, più che di piedi. Una volta che controlli quello che succede nella tua mente, andrà tutto bene.»

Lei ridacchiò. «Se potessi farlo, Elias, non avrei bisogno di camminare sul fuoco.»

«Giusta osservazione. Ma l'offerta è ancora valida. Se ti interessa, fammelo sapere, e vedrò se possiamo organizzare qualcosa alla stazione.»

«Sotto la supervisione di un esperto, spero.»

«Farò in modo che ci sia qualcun altro a supervisionare.»

«Questa è una conversazione imbarazzante in meno che dovrò fare.»

Lo ringraziò per l'aggiornamento, poi riagganciò. Mentre posava il telefono in grembo, Fiona le lanciò un'occhiata.

«Elias? Ancora? Che ti chiama direttamente sul cellulare?»

Stephanie sapeva dove stava andando a parare la conversazione.

«Non iniziare nemmeno. Non c'è niente tra di noi, né ci sarà. Ora fai attenzione alla strada e facci arrivare lì tutta intera, *per favore*.»

CAPITOLO
CINQUANTASEI

Grazie a una guida poco ortodossa, e probabilmente illegale, di Fiona, arrivarono a casa di Felix Krüger nel Norfolk dopo due ore e mezza; trenta minuti prima del previsto.

«Non sapevo fosse possibile guadagnare tutto il tempo che hai guadagnato tu» disse Stephanie scendendo dall'auto, con l'adrenalina che le scorreva nelle vene e le faceva tremare le ginocchia.

Una folata di vento la investì, quasi facendole perdere l'equilibrio e sbattendole spesse ciocche di capelli in faccia.

«Ma sei morta, per caso?»

Stephanie si toccò scherzosamente il petto e l'addome, poi si legò i capelli in una coda di cavallo. «A giudicare dalla mia frequenza cardiaca, non credo che mi resti ancora molto da vivere».

Felix Krüger viveva in un piccolo cottage sulla costa del Norfolk, di quelli che sembravano usciti da una commedia romantica con Jude Law e Kate Winslet. Le sue pareti di mattoni, coperte di licheni, pareva fossero lì da centinaia di anni, sopravvissute alle intemperie. L'aria odorava di alghe, un profumo abbastanza pungente da pizzicare il naso, e da qualche parte oltre le dune giungeva il boato attutito delle onde che si infrangevano sulla riva, portando con sé messaggi dall'altra parte del Mare del Nord. Un gabbiano volteggiò sopra le loro teste, emettendo un lungo grido lamentoso prima di sparire nella coltre grigia di nuvole. Fiona alzò lo sguardo e annusò l'aria.

«Puzza di pioggia» borbottò.

Stephanie suonò il campanello; il debole rintocco provenne dalle profondità del cottage, subito inghiottito dal rumore del mare.

Pochi istanti dopo, la porta si aprì di uno spiraglio per poi spalancarsi, rivelando un uomo sulla cinquantina con capelli radi e ben pettinati e occhiali che riflettevano la luce. Indossava un cardigan malva con la zip tirata fino al collo e un sorriso accattivante. Era basso e non aveva affatto l'aspetto di un serial killer.

«Siete arrivate in fretta» disse, con voce gentile. Aprì di più la porta.

«Il traffico era sorprendentemente scorrevole» disse Stephanie, lanciando una rapida occhiata a Fiona.

Felix fece loro cenno di entrare. L'interno della casa era ordinato e spoglio, con un posto per ogni cosa e ogni cosa al suo posto. Stephanie ebbe l'impressione che Felix credesse che una casa ordinata equivalesse a una mente ordinata, e viceversa. Indicò il soggiorno in fondo al corridoio, poi offrì loro tè e caffè.

Stephanie entrò nel soggiorno e dovette sbattere le palpebre, sorpresa da quanto fosse luminoso per un pomeriggio di novembre. Un tappeto a motivi geometrici si estendeva sul parquet lucido, sotto un paio di poltrone color crema rivolte verso un piccolo camino dove un unico ceppo ardeva silenziosamente. Tra le poltrone c'era un tavolino basso in rovere, con sopra alcuni libri impilati ordinatamente. L'aria odorava debolmente di mare e di sale della costa. Sulla parete, un orologio ticchettava e un acquerello raffigurante un faro era appeso sopra la mensola del camino.

Lo sguardo di Stephanie sorvolò una libreria nell'angolo. Libri, libri e ancora libri. Una cornucopia di studi religiosi, manuali, gialli, fantasy e romanzi rosa. La prova di una vita vissuta in solitudine. Stephanie si immaginò seduta lì in un pomeriggio d'inverno, a godersi il calore del fuoco e un buon libro, ignorando il vento che sferzava le finestre. Poi si rese conto di quanto fosse improbabile, di quanto fosse impossibile che la sua mente smettesse finalmente di lavorare e le permettesse di staccare la spina.

«Che bella casa» disse quando Felix tornò dalla cucina. Distribuì le bevande, poi tirò fuori un piccolo poggiapiedi e vi si sedette.

«Si sorprenderebbe di quanto lavoro richieda un posticino come questo. Ce l'ho da anni e non riuscirei a immaginarmi di vivere da nessun'altra parte» spiegò.

Stephanie e Fiona si accomodarono sulle poltrone, sprofondando nei cuscini consunti.

«Da quanto tempo vive qui?» chiese Stephanie.

Prima di rispondere, Felix si diede un colpetto sulla fronte con il dorso della mano. «Che sciocco, la torta! Ho dimenticato di offrirvi torta e biscotti. Ne gradite un po'?»

«No, non è necessario.»

«Sciocchezze.» Si alzò di scatto dalla sedia. «È ora di pranzo e avete fatto molta strada. Ho torta al limone, red velvet, al cioccolato e qualche biscotto. Tutto fatto in casa, tranne i biscotti; quelli sono comprati.»

Stephanie e Fiona si scambiarono un'occhiata. L'offerta era allettante, ma il pensiero di mangiare cibo spazzatura mandò in tilt le sinapsi nel cervello di Stephanie. Tuttavia, era troppo educata per rifiutare. Gli comunicarono le loro richieste, e lui tornò pochi istanti dopo, trascinando i piedi sul pavimento, con il sorriso orgoglioso di un padrone di casa.

«Perché ha così tante torte in giro per casa?» chiese Fiona, masticando già un boccone della sua red velvet. «Non fraintenda, non mi lamento. È solo che non ricordo l'ultima volta che ho preparato *una* torta, figuriamoci tre.»

«Ricevo molti visitatori» spiegò. «Trovo che la torta di solito aiuti le persone a parlare dei loro problemi.»

«Che tipo di problemi, di solito?» chiese Stephanie.

Felix raddrizzò la schiena e mise le mani in grembo. Le guardava mangiare come una madre orgogliosa che aspetta che i figli aprano i regali di Natale. «Oh, sa, i soliti problemi con la vita, le relazioni, il lavoro.»

«Lei è un terapeuta?»

«Oh, cielo, no. Sono un prete. Trasmetto loro il messaggio di Dio, assicurando che alla fine andrà tutto bene.»

«Un prete?» ripeté Stephanie, posando la sua fetta di torta al cioccolato sul piatto. Non ne aveva ancora mangiato.

«Sì. Dovreste averne parecchi nel Surrey.» Ridacchiò.

Stephanie impiegò un momento per assimilare la notizia. Un prete assassino, che bruciava vive le persone come atto di punizione e giustizia. Era possibile? Un grosso seme di dubbio si insinuò nella sua mente, cominciando a mettere radici sempre più profonde.

«Da quanto tempo lo è?» chiese Fiona.

Felix arricciò le labbra, inclinando leggermente la testa come per contare a ritroso. «Trentadue anni, più o meno. Ho iniziato giovane, in una piccola parrocchia nel Cambridgeshire. Pensavo che sarei rimasto lì per tutta la vita, ma Dio» fece un piccolo sorriso, quasi segreto «ha un modo tutto suo di muoverti come un pezzo su una scacchiera. Sono finito qui, e da allora non mi sono più mosso.»

«E quando dice che "trasmette il messaggio di Dio"» disse Stephanie, ancora con la forchetta in mano, «come funziona esattamente? Voglio dire... come fa a sentirLo?»

«Oh, non Lo sento come si sentirebbe un amico nella stanza accanto» rispose Felix. «È più una... presenza. Una sensazione. Magari sto leggendo la Bibbia o passeggiando sulla spiaggia, e un pensiero si deposita nella mia mente. È allora che so che è Lui. Il mio compito è ascoltare, e poi aiutare gli altri ad ascoltare a loro volta.»

«Quindi non è mai come» Fiona agitò vagamente la forchetta in aria «una voce tonante che viene dalle nuvole?»

Lui rise, scuotendo la testa. «Se fosse così, metà della congregazione scapperebbe a gambe levate.»

Stephanie inspirò lentamente. La torta rimaneva intatta davanti a lei. «Le siamo grate per il tempo che ci sta dedicando» disse lentamente. «La mia collega Le ha spiegato lo scopo della nostra visita?»

L'espressione di Felix si rabbuiò leggermente. «Alcuni vecchi... *amici*.»

«Li definirebbe amici?»

«Non esattamente. Conoscenti, allora.»

Mentre lo diceva, una folata di vento sbatté contro la finestra. Le nuvole grigie assunsero una tonalità più scura, e la stanza ne fu avvolta.

«Abbiamo parlato con diversi suoi ex amici e compagni di scuola, e abbiamo capito che Nigel, Darren e Carlos erano... molto bravi ad assicurarsi di non avere molti amici al di fuori del loro gruppo» disse Stephanie.

«È un modo di vedere le cose.»

«E sappiamo che c'è stato un incidente che ha coinvolto Lei e i ragazzi in questione. Un incidente durante una gita scolastica.»

Lo sguardo di Felix si abbassò per un momento sul tappeto e, quando lo rialzò, il nocciola acquoso dei suoi occhi sembrava più tagliente. «È corretto. Cosa desiderate sapere?»

«La sua versione dei fatti.»

E così lui raccontò di come avessero bussato alla sua porta nel cuore della notte, di come lo avessero convinto a lasciarsi legare all'albero e di come gli avessero promesso che sarebbe entrato a far parte del gruppo una volta sopravvissuto alla notte.

«Mi dispiace che abbia passato tutto questo» disse Fiona. «Che cosa ha provato nei loro confronti?»

«Rabbia, all'inizio. Rancore. Avrei voluto vendicarmi. Ma poi ho parlato con Dio, e Lui mi ha aiutato a guarire e a perdonarli.»

«Lei si è trasferito poco dopo l'incidente...»

«Quella fu una decisione di mia madre. Non voleva che stessi in un posto dove sarei stato bullizzato ogni volta che uscivo di casa.»

«Lei ha cambiato nome...»

«Quella fu una mia decisione. Raggiunta la maggiore età, decisi di rafforzare la mia fede e diventare prete, ma sentivo che il mio vecchio nome mi frenava. Così decisi di cambiarlo, per lasciarmi alle spalle quella parte del mio passato. Inoltre, è il nome di mio nonno, quindi è un piccolo omaggio a lui.»

Fiona leccò le briciole di torta dal piatto, poi si sporse leggermente in avanti, appoggiando i gomiti sulle ginocchia. «Quando è stata l'ultima volta che ha visto Darren, Nigel o Carlos?»

Felix aggrottò la fronte, come se la domanda fosse simile al tentativo di ricordare il nome del gatto di un vicino d'infanzia. «Oh... molto tempo fa. Anni. Decenni, in realtà. Non saprei dire esattamente quando. Credo sia stato quando ho lasciato la scuola.»

Stephanie si scambiò un'occhiata con Fiona, poi prese dalla borsa la stampa di una fotografia. Era l'immagine del quarto ragazzo trovato sulla scena del crimine di Darren, quello la cui identità si era ostinatamente rifiutata di venire alla luce. La posò delicatamente sul tavolino tra di loro.

«Lo riconosce?» chiese Fiona.

Felix afferrò un paio di occhiali dal tavolino e scrutò l'immagine, tenendola a distanza. Strinse le labbra, poi le dischiuse in un piccolo sospiro. «No... mi dispiace. Non ho idea di chi sia.» Sembrava sinceramente dispiaciuto, anche se Stephanie non capiva se lo fosse per il ragazzo o per non potere essere d'aiuto.

Lei annuì, facendo scivolare di nuovo la foto nella sua cartella. Poi ne tirò fuori un'altra: un foglio contenente immagini ad alta risoluzione dei messaggi religiosi che erano stati lasciati nelle lattine scoperte sulle scene del crimine.

Glielo porse. «Questi sono stati trovati sulle scene. Ci interessa la sua interpretazione.»

Felix all'inizio non toccò il foglio. Rimase immobile, come se stesse valutando se dovesse farlo. Poi, finalmente, allungò la mano, le dita pallide che sfioravano il bordo del foglio. I suoi occhi scorrevano lentamente le parole, come un uomo che legge un testo sacro.

«Questi sono... inquietanti» mormorò. «Li riconosco. Parlano di punizione e di tempi difficili. E... chiunque li abbia scritti è intenzionato a cercare giustizia, e prego per quel ragazzino nella fotografia – che presumo sia ora un adulto con una vita e un futuro – che non la ottenga.»

Lo speriamo anche noi, pensò Stephanie.

«Era a conoscenza di qualche credenza religiosa tra Darren, Nigel e Carlos?» chiese.

Felix ci pensò un momento. «Ho sempre avuto la sensazione che quei ragazzi fossero *in qualche modo* religiosi. Che avessero una comprensione della Bibbia, ma non che ne sapessero necessariamente quanto me, se capisce cosa intendo. Ma ho avuto decisamente l'impressione che fossero religiosi, ma non devoti. Era così per molti dei ragazzi che frequentavano quella scuola.»

CAPITOLO
CINQUANTASETTE

Kimberley strinse il telefono così forte che temette di poterlo rompere. In quel momento, non desiderava altro che spezzarlo in due, scagliarlo contro il muro e pestare i frammenti finché non si fossero ridotti in cento pezzi.

Stephanie non rispondeva di nuovo; le sue chiamate finivano dritte in segreteria. Sua sorella, colei che aveva promesso di esserci a ogni telefonata e per ogni emergenza, era introvabile. Kimberley aveva voluto crederle, aveva voluto concederle il beneficio del dubbio. Capiva che sua sorella aveva un lavoro impegnativo che richiedeva lunghe ore e frequenti viaggi. Ma era la seconda volta che Stephanie la deludeva, e Kimberley non era sicura di quante altre possibilità fosse disposta a darle.

Una parte di lei provava ancora risentimento verso Stephanie per averle mentito sui loro genitori e sulla loro infanzia, mentre un'altra parte capiva e apprezzava le sue giustificazioni. Era bloccata in una lotta interiore, con le due opinioni che si contendevano il predominio. In quel momento, non aveva idea di quale parte avrebbe vinto.

A peggiorare le cose, nemmeno Jordan rispondeva al telefono.

E non aveva molto senso provare a contattare suo marito. Era in città, al lavoro. Per quando avesse finalmente risposto alla chiamata o letto i suoi messaggi e fosse tornato a casa, lei sarebbe già stata visitata dal dottore.

Non poteva più fidarsi di nessuno nella sua famiglia? Avevano tutti deciso di tradirla e di crearsi una vita segreta tra di loro?

Allentò la presa sul telefono, lo sbloccò e aprì l'app Dov'è. Navigando fino alla sezione amici in fondo allo schermo, vide una mappa del Paese con le foto profilo di Stephanie, Jordan e Jason. Per prima cosa, toccò il viso di Stephanie, che rivelò che si trovava a Norfolk.

«Che ci fa laggiù? Non ha mai detto niente di un viaggio a Norfolk...»

Lavoro. Lo attribuì al lavoro. O quello, o aveva perso il telefono, o forse era stata rapita, o stava incontrando un altro membro della famiglia di cui Kimberley non sapeva nulla.

Prima di potersi agitare ulteriormente, premette sulla foto del suo fratellastro.

Anche lui era in un luogo insolito: Salisbury.

Di nuovo, non c'era stata alcuna menzione o motivazione per la sua presenza lì.

E poi controllò la posizione di suo marito, che era la più preoccupante. Quella mattina, le aveva detto che era a Watford per una riunione con un cliente che sarebbe durata tutto il giorno. Eppure, quando controllò, la sua icona indicava Romford, nell'Essex.

«Quel bugiardo di m...»

Prima che potesse finire il pensiero, un dolore acuto le divampò nell'addome. Se lo strinse con una mano e con l'altra si aggrappò alla sedia dell'ospedale, reprimendo un gemito che minacciava di sfuggirle dalle labbra. Tutt'intorno a lei c'era un piccolo esercito di persone malate e ferite, ognuna preoccupata per il proprio dolore e la propria situazione, ignari della sua angoscia.

C'era stato di nuovo del sangue. Più sangue dell'ultima volta.

Il dolore improvviso svanì quasi con la stessa rapidità con cui era venuto. Non aveva idea di cosa stesse succedendo al suo corpo, al suo bambino, o del perché la sua famiglia l'avesse abbandonata nel momento del bisogno.

Abbandonata da tutti, tranne uno.

Per un lungo istante, fissò lo schermo. L'avrebbe fatto davvero? Poteva farlo?

I suoi occhi si soffermarono sull'icona Telefono nella schermata iniziale. Con esitazione, come se farlo troppo in fretta potesse far esplodere il dispositivo, sfiorò l'app e navigò fino alla segreteria telefonica. Lì, a dominare l'elenco, c'erano diversi messaggi di suo padre, che coprivano il periodo prima, durante e dopo la sua demenza. Si era tenuto regolarmente in contatto, chiamandola a tutte le ore del giorno per una chiacchierata. Ricordava quelle telefonate con grande affetto; avevano parlato di lavoro, di scuola, di Jason e persino di Stephanie. Era stato dolce e piacevole.

Prima che tutto andasse storto.

Suo padre era stato l'unico uomo a non averla delusa, almeno nel loro rapporto. Avevano condiviso un legame e, per un certo periodo, le era sembrato autentico. Ma ovviamente era stata tutta una menzogna, una facciata.

E nonostante ciò, i suoi ricordi di lui erano caldi, dolci e felici.

Ed era proprio di questo che aveva bisogno in quel momento.

Ricacciando in fondo alla mente i pensieri su sua sorella e su quello che avrebbe senza dubbio detto, Kimberley premette la prima voce nell'elenco della segreteria.

«Tutto a posto, Kimbo? Sono io, il tuo caro vecchio papà. Mi dispiace di non averti trovata. Immagino che tu sia al lavoro o qualcosa del genere, quindi non c'è bisogno di richiamarmi.» Una pausa. *«Qui è piovuto a catinelle. Ma è un bene perché l'erba ne ha bisogno, anche se è durata solo trentadue secondi circa. Dovrò tagliarla nei prossimi giorni, appena sarà cresciuta un po'. Comunque, ci sentiamo dopo. Ti voglio bene, piccola.»*

Il corpo di Kimberley fu pervaso dal calore e dall'immagine di suo padre che fissava la finestra, guardando l'erba nel giardino sul retro. Parte della tensione nelle sue spalle si allentò.

Ascoltò un altro messaggio. E un altro. E un altro ancora.

A ogni messaggio, ricordava il momento in cui lo aveva ascoltato per la prima volta, le emozioni che aveva provato, sapendo che un giorno, dopo che la demenza si fosse impossessata di lui per sempre, non avrebbe mai più sentito la sua voce.

Senza che se ne accorgesse, erano passati trenta minuti. Non sentì nemmeno l'infermiera che la chiamava dall'altra parte della sala d'attesa.

«Kimberley Taylor? Il dottore è pronto per lei. Se vuole seguirmi.»

Con un grugnito, Kimberley si alzò a fatica dalla sedia e barcollò dietro all'infermiera, tenendo la pancia con una mano e il telefono con l'altra, un ampio sorriso sul viso.

CAPITOLO
CINQUANTOTTO

La madre di Anthony Shore, Carole, viveva qualche chilometro a sud del figlio, a East Clandon. Ormai ottantenne, aveva bisogno di un deambulatore per muoversi in casa. Ma nonostante gli acciacchi fisici, Giles si rese subito conto che aveva una mente affilata come un rasoio e possedeva ancora il fascino e la prontezza di spirito che l'avevano contraddistinta per tutta la vita.

Chiuse la porta della sala da pranzo alle sue spalle e l'aiutò ad accomodarsi su una sedia.

«Non ce n'era bisogno» disse lei. «Ma non dirò certo di no a un bel giovanottone aitante come lei.»

Giles rise goffamente. «Ci vada piano, signora Shore, se continua a parlare così verrò qui tutti i giorni a fare i lavori pesanti.»

Lei gli lanciò un'occhiata di sbieco, con le labbra che si contraevano in un sorrisetto. «Si stuferebbe di me in una settimana. In men che non si dica la metterei a pulire i battiscopa e a lucidare l'argenteria.»

«Immagini cosa penserebbero i vicini» scherzò Giles, tirando fuori il taccuino. «Ma per oggi, temo di non essere qui per fare le pulizie. Volevo parlarLe di suo figlio, Anthony.

«Anthony? Che ha combinato stavolta?»

«Ha parlato con suo figlio di recente?»

«Saranno un paio di settimane che non lo sento. Perché?»

«Non le ha accennato a una situazione che coinvolge alcuni dei suoi ex compagni di scuola?»

Scosse la testa. «Non siamo tipi da confidenze. È una cosa che ha preso da suo padre, e suo padre l'aveva presa dal padre prima di lui. Ma... perché? Che sta succedendo?»

«Al momento abbiamo suo figlio sotto sorveglianza perché crediamo che ci sia una minaccia credibile contro la sua vita.»

«Come, scusi?»

«Una minaccia credibile. Signif-»

«Sì, sì. So cosa significa. Che diavolo c'entra con mio figlio?»

«C'è stata una serie di omicidi che crediamo possano essere collegati ad Anthony. I nomi Nigel Hadlow, Carlos Vazquez e Darren Fairhurst le dicono qualcosa?»

Non ci volle molto perché riconoscesse i nomi. «Quelli del St Jude's?»

Giles annuì.

«Erano nel suo gruppo di amici» continuò lei. «Erano tutti molto uniti. Dopo scuola e nei fine settimana andavano sempre a casa l'uno dell'altro. Che è successo loro?»

Giles le spiegò come erano morti e il potenziale legame tra loro. La reazione di Carole fu di orrore, per diverse ragioni.

«Cosa intende dire con "suo figlio era un bullo"?» chiese. «Cosa intende dire con "ha fatto quelle cose orribili a quella povera gente"? E cosa intende dire con "ora qualcuno sta uccidendo le persone del suo gruppo di amici"?»

Giles aprì la bocca per rispondere, ma Carole emise un lamento acuto. «Mi perdoni. Io...» Cominciò ad ansimare pesantemente, stringendosi il petto. «È tanto da assimilare. Io...»

«Posso portarLe da bere?»

«Acqua» ansimò lei.

Giles scivolò via da sotto il tavolo e si precipitò in cucina. Frugò in diverse credenze, aprendole di scatto, finché non trovò un bicchiere. Mentre lo riempiva d'acqua, fu assalito dal terrore; l'ultima cosa che voleva era che il cuore di quella povera donna cedesse proprio davanti a lui.

Una volta riempito il bicchiere, tornò di corsa in sala da pranzo e glielo porse. Lei lo ringraziò e bevve un sorso delicato.

«Avrei dovuto chiedere qualcosa di più forte» disse, con un po' di vita che le tornava nella voce. «C'è della vodka in una credenza da vent'anni.»

«Liscio o doppio?»

Carole ridacchiò, ma la risata si trasformò in un colpo di tosse mentre si portava il bicchiere alle labbra, sorseggiando.

Giles le concesse qualche istante, lasciando che il colorito le tornasse sulle guance. Quando gli parve abbastanza stabile, si mise la mano nella tasca interna della giacca e tirò fuori la bustina che aveva portato. «So che è molto da elaborare in questo momento, ma stiamo proteggendo suo figlio. Possiamo assicurarci che non gli accada nulla. Ma prima, dobbiamo confermare che sia sotto una minaccia concreta.»

«Minaccia concreta. Che significa? Pensavo che lei-»

«Vorrei che desse un'occhiata a questa fotografia.»

Fece scivolare l'immagine sul tavolo.

«Riconosce il ragazzo in questa fotografia?»

«È Nigel Hadlow» disse lei senza esitazione.

«Ne è sicura?»

«Sì. Lo riconosco dai tempi della scuola. Nigel era sempre qui, a giocare in giardino con Ant.»

Giles le fece scivolare davanti un'altra fotografia.

«E questo?»

«Carlos Vazquez.»

Due su due.

Un'altra fotografia.

«E questo qui?»

«Darren.»

Ora era il momento della quarta fotografia. Quella che sospettavano appartenesse a suo figlio. Quella che avrebbe confermato chi sarebbe stata la prossima vittima.

Fece scivolare la fotografia sul tavolo con la stessa cura e attenzione che aveva dedicato alle altre. Stavolta, Carole la scrutò da sopra la montatura degli occhiali. La sua espressione non cambiò subito, ma Giles notò il leggero restringersi degli occhi e l'inclinazione della testa.

«Riconosce il ragazzo in *questa* foto?» chiese Giles, con il cuore che martellava e i palmi sudati.

Lei alzò lo sguardo e poi scosse la testa. «No.»

Quelle parole furono come un pugno nello stomaco.

«No?» chiese lui, improvvisamente senza fiato come lo era stata lei pochi istanti prima. «È... è sicura?»

«So che aspetto ha mio figlio, detective. Non è cambiato da quando era un bambino. E quello non è assolutamente lui.»

CAPITOLO
CINQUANTANOVE

Quello che all'andata era stato un viaggio veloce, se non terrificante, al ritorno fu l'esatto contrario. Un incidente sulla A12, seguito da una coda di sei chilometri sulla M25 al Dartford Crossing a causa di un camion in avaria, aveva infranto le loro speranze di un rapido ritorno. Quando tornarono in ufficio, erano passate da poco le sette, e Stephanie si sentiva esausta, pronta per andare a letto e godersi una notte di sonno ristoratore sotto il piumone pulito, con il suo orsacchiotto, Bart, a farle compagnia.

Ma non c'era tempo per quello.

Giles aveva sganciato una notizia bomba che lei aveva passato l'intero viaggio a cercare di elaborare. La loro prossima vittima, la persona che lei e il resto della squadra credevano stesse per morire in un inferno di fuoco, in base alle prove raccolte fino a quel momento, in realtà non era quella giusta. Anthony Shore, il concessionario d'auto di Addlestone, non era il bambino della foto.

Se non era lui, allora chi era?

Stephanie fu la prima a entrare in ufficio, seguita a ruota da Fiona. A quell'ora l'ufficio era silenzioso; erano rimasti solo Giles e Devon, con gli occhi incollati allo schermo del computer, seduti in silenzio. Quando le due donne irruppero dalla porta, entrambi gli uomini sobbalzarono al rumore, il panico evidente sui loro volti.

«Porca miseria!» esclamò Devon, stringendosi il petto. «Mi ha quasi fatto venire un infarto.»

«Penso di essermela fatta un po' addosso» aggiunse Giles.

Stephanie non rise. Senza dire una parola, lasciò le sue cose nel proprio ufficio e si diresse a grandi passi verso la sala operativa. Convocò la squadra schioccando le dita e facendo loro cenno di avvicinarsi.

Come se stessero evacuando le proprie case, i membri della squadra si affrettarono, afferrando ciò che potevano e facendo cadere penne sulle scrivanie e fogli sul pavimento.

Quando finalmente si furono sistemati, Stephanie puntò il dito contro Giles.

«Mi serve la Sua conversazione con Carole Shore. Testuale.»

«Testuale?»

«Significa parola per parola.»

«Io… so cosa significa. È che non ce l'ho parola per parola.»

«Allora il più fedelmente possibile. Se Anthony Shore non è il nostro uomo, dobbiamo esserne assolutamente, al cento per cento, inequivocabilmente sicuri. Cosa ha detto?»

Giles si mise in bocca una gomma da masticare, come per cercare di calmare i nervi. «Il bambino nella fotografia non era suo figlio. Ha riconosciuto tutti gli altri ragazzi così.» Schioccò le dita. «Senza esitazione. Ma quando si è trattato di identificare suo figlio, niente. Non l'ha riconosciuto.»

«Ed è sicuro?»

Giles annuì, con un'espressione perplessa, come se lei avesse appena fatto una domanda stupida. «Considerando che ha riconosciuto dei perfetti sconosciuti di quarant'anni fa con una precisione incredibile, mi preoccuperei un tantino se non fosse in grado di riconoscere suo figlio. Quindi, sì, ne sono certo.»

A Stephanie non piacque il suo tono, ma ammise che aveva ragione.

«Ha dato qualche indicazione su chi potrebbe essere?»

Giles smise di masticare la gomma, strinse le labbra e scosse la testa. «Non è riuscita a identificarlo.»

«Merda.» Stephanie si mise le mani sui fianchi e si voltò verso la lavagna delle indagini. Per la prima volta da molto tempo si sentì persa, con l'acqua alla gola. Allungò la mano verso la sedia più vicina e vi si lasciò cadere, esasperata, fissando la lavagna. Lettere, fotografie, articoli di giornale e mappe la ricambiavano. Il culmine di tutta la loro indagine fino a quel momento. Ed era certa che ci fosse un nesso, una connessione che si erano persi, qualcosa che legava tutti e quattro i ragazzi. Ma le sfuggiva, nascosto alla vista, annidato tra i dettagli.

Fino ad allora, l'assassino era sempre stato un passo avanti: calcolatore, organizzato, sceglieva le vittime e pianificava in anticipo le sue azioni e la fuga.

Lo sguardo di Stephanie cadde su una piccola sezione della bacheca che conteneva le foto d'infanzia delle vittime. Tre fotografie, tre vittime, con una quarta in arrivo. Una lista che esisteva nella testa dell'assassino, nota solo a lui, che specificava quante altre vittime potessero esserci. Nel frattempo, loro potevano solo rincorrere, seguendo le briciole di pane lasciate su ogni scena del crimine.

Era possibile scavalcarli in qualche modo? Arrivare un passo avanti? Non credeva.

«Dobbiamo trovare la prossima vittima» disse senza mezzi termini. «E dobbiamo farlo prima che l'assassino lo raggiunga. Osservando lo schema, l'assassino ha colpito ogni paio di giorni, il che significa che non abbiamo molto tempo.» Si controllò l'orologio. «Anzi, non abbiamo assolutamente tempo.» Si alzò di scatto dalla sedia. «Setacciate tutto quello che abbiamo. Cercate ulteriori connessioni tra Nigel, Carlos e Darren. Ci è sfuggito qualcuno di scuola? Qualcuno che potrebbe essere passato tra le maglie della rete? Qualcuno del golf club? Qualcuno del lavoro di Nigel o del consiglio comunale? Chiunque pensiate possa aver avuto a che fare con tutti e tre? Scavate, scavate e poi scavate ancora. Dobbiamo scoprire ogni aspetto della vita di questi uomini prima che sia troppo tardi.»

CAPITOLO
SESSANTA

O livia sedeva a gambe incrociate sul divano, con il tavolino di fronte a lei sepolto da raccoglitori ad anelli, stampe e fogli sparsi ammucchiati in pile disordinate accanto a diverse lattine di Diet Coke. Stava scrutando la stessa pagina da due minuti, ma le parole le danzavano davanti agli occhi, rifiutandosi di restare unite e di avere un senso. Dal piano di sopra saliva e scendeva il vociare dei suoi figli: uno rideva così forte da emettere un rantolo ansimante, l'altro gridava qualcosa su «camperare allo spawn point». Era un coro familiare a cui si era abituata la sera, con il rimbombo di passi sopra la sua testa e le occasionali raffiche attutite di spari digitali che filtravano dalle loro console. Amava quel momento della notte, quando erano felici, occupati, in casa e, per una volta, non in guerra tra loro.

Per le successive ore, aveva pace. O almeno, una parvenza di essa.

Allungò la mano verso il foglio in cima alla pila. Conteneva i messaggi religiosi trovati sulle scene del crimine. I margini delle pagine erano pieni di annotazioni prese da internet, appunti e scarabocchi di suoi pensieri e idee. La assillavano in silenzio da giorni, come un tarlo che non era riuscita a scacciare, per via di tutto il resto che era successo. In apparenza, i messaggi sembravano semplici affermazioni sul peccato, la giustizia e la punizione. Ma c'era qualcos'altro, qualcosa di più di un semplice riferimento alle malefatte passate delle vittime per il loro bullismo e comportamento atroce.

Non credeva che l'assassino avesse qualcosa a che fare con l'affare immobiliare di Nigel Hadlow, né che fosse affiliato in alcun modo al campo da golf.

Era qualcosa che riguardava i biglietti religiosi.

Sfilò il portatile da sotto la pila, effettuò l'accesso e aprì HOLMES 2. Il suo dominio. Era stata responsabile della sua manutenzione da quando era entrata in squadra, quindi conosceva il software come le sue tasche. A volte, le sembrava di capire i suoi meccanismi meglio di come capiva i suoi ragazzi.

Nel sistema, trovò una registrazione di Fiona: la trascrizione e gli appunti della discussione che lei e Stephanie avevano avuto con Felix Krüger, il prete. Olivia l'aprì e lesse, scorrendo il preambolo di cortesia finché i suoi occhi non si posarono su una singola riga nascosta verso la fine:

«Ho sempre avuto la sensazione che quei ragazzi fossero in qualche modo religiosi. Che avessero una comprensione della Bibbia, ma non che ne sapessero necessariamente quanto me. Ho avuto l'impressione che fossero religiosi, ma non devoti.»

Si rigirò quella frase in testa. *In qualche modo religiosi.* Cliccò per uscire dal file, eseguì una rapida ricerca e aprì una trascrizione più vecchia in cui non si era mai imbattuta prima.

Questa proveniva dall'interrogatorio con la madre di Carlos Vazquez, condotto da Noah. Scorse il testo, superando le informazioni biografiche di base per arrivare alla sezione colloquiale degli appunti.

Eccolo lì.

«Oh, Carlos andava al catechismo. Ogni settimana, per anni. Alla St Joseph. Anche se ha smesso di andarci verso i quattordici anni, quando le ragazze e il calcio si sono messi di mezzo.»

Olivia sentì un brivido lungo la nuca. Passò alle registrazioni che erano state caricate dalla St Jude's. In mezzo alla valanga di pagelle, giustificazioni per le assenze, risultati degli esami e tutto ciò che la scuola aveva archiviato sui suoi studenti, Olivia lo trovò: una menzione del catechismo nei profili personali di tutti e tre i ragazzi. A un certo punto, i loro genitori avevano ritenuto abbastanza importante da menzionarlo ai loro insegnanti, che poi lo avevano registrato.

Olivia si appoggiò allo schienale, lasciando che il collegamento si consolidasse, mentre le risate e le battute dei suoi figli dal piano di sopra soffocavano il rumore nella sua testa.

Non si trattava solo del loro comportamento a scuola. Si trattava del loro comportamento di fronte a Dio. E i loro omicidi servivano da monito per una malefatta passata, un antico tradimento. E qualcuno, là fuori, non aveva dimenticato cosa era successo.

CAPITOLO
SESSANTUNO

Quando Stephanie si svegliò la mattina seguente, provò un misto di emozioni: sollievo, dubbio e gioia.

Sollievo perché non c'erano state segnalazioni notturne di un altro incendio, un altro inferno, un'altra vittima.

Dubbio perché l'assassino era ancora là fuori, in attesa che emergesse la prossima vittima.

Gioia per il fatto che Olivia avesse portato alla luce una nuova, tangibile connessione tra i tre ragazzi. Una connessione che li legava ai messaggi religiosi.

«Ti avrei baciata quando ho visto la tua email stamattina» disse Stephanie mentre attraversava il parcheggio della chiesa.

«Le voglio bene e tutto il resto, capo» rispose Olivia, sbattendo la portiera della macchina. «Ma forse sarebbe un passo azzardato.»

Si incontrarono al centro del parcheggio, su un asfalto cosparso di foglie fradice e pesanti per la pioggia insistente della notte. Sopra le loro teste, una cappa di grigiore smorzava l'atmosfera. Davanti a loro si ergeva la chiesa di St Joseph a Guildford. La sua struttura originale fu eretta nel 1860, ma lo sviluppo più recente risaliva agli anni Ottanta, arroccata su pilastri di cemento che la facevano sembrare sospesa sopra il parcheggio.

Salirono i gradini e si avvicinarono all'ingresso, spingendo il pesante portone di legno che gemette in segno di protesta. L'aria all'interno era più fresca e odorava debolmente di cera di candela.

File di banchi vuoti si estendevano davanti a loro, con il legno levigato da decenni di usura. La luce naturale filtrava attraverso finestre triangolari, mentre alcune candele e luci illuminavano gli angoli più bui che i raggi non riuscivano a raggiungere.

Mentre percorrevano la navata centrale, i loro passi echeggiarono nella sala. Mentre si dirigevano verso l'altare, una porta a lato del presbiterio si aprì ed emerse un uomo, alto e leggermente curvo, con la camicia nera da prete e il collarino ecclesiastico che spiccavano sulla sua giacca di tweed grigia. I suoi capelli radi erano pettinati all'indietro con cura, e portava un mazzo di chiavi in una mano e una cartellina sottile sotto l'altro braccio. Si bloccò non appena le vide. Stephanie gli diede sulla sessantina inoltrata, ma la sua corporatura atletica e le spalle larghe suggerivano che potesse avere qualche anno in meno.

«Posso aiutarvi?»

«Ci perdoni per il disturbo» disse Stephanie, mostrandogli il suo tesserino. «Questa è la mia collega, Olivia. Siamo qui per approfondire una questione che riguarda alcuni individui che crediamo abbiano fatto parte di questa chiesa in passato.»

«Io... Certo.» Posò gli oggetti su una superficie vicina, intrecciò le dita e lasciò riposare le mani davanti a sé. «Per qualsiasi cosa abbiate bisogno, sarò più che felice di aiutarvi.»

«E il Suo nome è?»

«Reverendo John Ellery» rispose lui freddamente.

«Padre» esordì Stephanie «stiamo indagando su tre individui: Darren Fairhurst, Nigel Hadlow e Carlos Vazquez. Da quello che abbiamo ricostruito, frequentavano il catechismo qui quand'erano ragazzi. Speravamo che potesse dirci qualcosa in più al riguardo.»

La fronte del prete si corrugò. «Catechismo...» Si mosse leggermente, e le sue scarpe lucide scricchiolarono contro le lastre di pietra. «Quando sarebbe stato?»

«Dai primi alla metà degli anni Ottanta» disse Olivia. «Potenzialmente tra il 1983 e il 1985.»

Un debole sorriso di cortese rammarico gli sfiorò le labbra. «Sarebbe stato prima del mio arrivo. Sono venuto a St Joseph all'inizio degli anni Novanta, quindi temo di non averli conosciuti personalmente, se davvero frequentavano la parrocchia.»

Olivia lanciò un'occhiata a Stephanie, un lampo di delusione evidente sul suo volto.

«È legato alla faccenda degli incendi?» chiese lui.

Olivia annuì.

«Oh, Signore. Terribile. Semplicemente terribile. Ho pregato per loro.»

«Perché?» Stephanie si sporse in avanti. «Cosa glielo fa dire?»

«Era l'unica cosa che mi veniva in mente per spiegare la vostra presenza qui. Se n'è parlato molto al telegiornale di recente. Io, e il resto della comunità, siamo stati toccati dalle loro tragiche morti.» Il suo sguardo era sincero e la sua voce addolcita da un'autentica compassione, il che placò leggermente i sospetti di Stephanie.

«Ha qualche tipo di archivio di quel periodo?» chiese Olivia. «Elenchi dei parrocchiani, registri del catechismo, fotografie?»

«Sì» rispose Padre Ellery. «Ma non molto. Qui è tutto cartaceo. Non siamo ancora entrati nell'era digitale, quindi molte cose potrebbero essersi sbiadite con gli anni. Ma se avete tempo, sarò lieto di mostrarvi la stanza degli archivi. Non è lontana, è proprio da questa parte.»

Le condusse attraverso uno stretto corridoio laterale, i loro passi che echeggiavano debolmente sulle pietre. Le pareti erano tappezzate di fotografie sbiadite di passati eventi parrocchiali – mercatini di beneficenza, sagre del raccolto, la strana festa di matrimonio sfocata – tutte incorniciate in legni di diverse tonalità.

La stanza degli archivi era uno spazio modesto sul retro della chiesa. Una piccola finestra gettava un sottile raggio di luce su una parete di classificatori metallici, ciascuno etichettato con un pennarello sbiadito. Il reverendo ne aprì uno e iniziò a rovistare tra le cartelle, posandone alcune, rigonfie, sulla scrivania perché potessero consultarle.

Stephanie e Olivia non persero tempo a esaminarne il contenuto: fogli di presenza, appunti di sermoni, certificati di battesimo e vecchi bollettini, sbiaditi da anni di oblio. Ma non trovarono nulla di rilevante o legato al caso. Nessuna traccia dei tre ragazzi, nessuna foto di un gruppo del catechismo del periodo su cui stavano indagando.

«Sembra che ci sia un buco» mormorò Olivia a mezza voce. «I registri saltano direttamente dall'83 all'87.»

«Succede a volte» disse Ellery, non scortesemente. «Le carte si perdono. I volontari vanno e vengono. Per non parlare del fatto che qualcosa potrebbe essere andato perso nelle numerose pulizie che abbiamo fatto nel corso degli anni. Facciamo del nostro meglio per tenere le cose in ordine, ma è difficile tenere traccia di *tutto*.»

Stephanie chiuse l'ultima cartella un po' più bruscamente del necessario. «Sa chi si occupava di questo posto prima che subentrasse Lei, Padre?»

«Assolutamente. Ho lavorato sotto la sua guida per anni e siamo ancora in contatto.»

«È ancora tra noi?»

«Sì» rispose Ellery. «Tuttavia, potreste avere delle difficoltà. Attualmente si trova in una casa di riposo, soffre di demenza.»

CAPITOLO
SESSANTADUE

Il suo corpo tremava alla sola prospettiva di entrare in un'altra casa di cura, e non era ancora nemmeno uscita dalla chiesa.

Mentre tornavano verso il portone della chiesa, qualcosa attirò la sua attenzione: una piccola bacheca di sughero appesa alla parete vicino all'ingresso. Un articolo in particolare la colpì: la fotografia recente di una dozzina di bambini sorridenti a mezz'aria su un castello gonfiabile dai colori vivaci, con i capelli al vento.

Si avvicinò. «Cos'è questo?» domandò, picchiettando sul vetro sopra la foto.

Il reverendo seguì il suo sguardo. «Ah, quella è del nostro doposcuola feriale. Lo gestiamo da... oh, quasi cinquant'anni ormai. Uno dei più longevi del Paese, se la memoria non m'inganna. Il martedì e il giovedì per i minori di tredici anni, il mercoledì per quelli di undici. È solo un posto dove i ragazzini possono sfogarsi dopo la scuola: giochi, merende, lavoretti e, più di recente, videogiochi. Evita che se ne vadano in giro per le strade.»

«È gestito dalla chiesa?»

Lui annuì. «Soprattutto da volontari. Genitori, parrocchiani. Usiamo la sala parrocchiale e a volte il giardino sul retro in estate, quando il tempo lo permette.»

Stephanie aggrottò la fronte. «Ed è aperto a tutti, o solo alle famiglie della parrocchia?»

«Aperto a tutti» rispose il reverendo senza esitazione. «Lo è sempre stato, e sempre lo sarà. La gente della comunità lo considera una buona cosa.»

Stephanie guardò di nuovo la fotografia. Quei volti non le dicevano nulla, congelati in quell'istante di gioia, ma non poté fare a meno di immaginarsi lì Darren, Nigel e Carlos, che ruzzolavano e ridevano nello stesso spazio.

Si chiese se quella fosse il tipo di fotografia più ampia da cui erano stati ritagliati i loro volti.

Provò di nuovo le stesse emozioni.

Letizia, per aver trovato un'altra pista alla casa di cura, anche se significava affrontare i suoi demoni a viso aperto, e dubbio che quella rivelazione avesse soltanto allargato la loro potenziale rete, allontanandoli sempre di più dalla verità. Se l'assassino era un membro delle serate sociali per i minori di tredici anni, ma non aveva alcun legame con la chiesa ed era solo una persona comune, sarebbero di nuovo tornati al punto di partenza.

CAPITOLO
SESSANTATRÉ

Arrivarono, e ogni fibra del corpo di Stephanie avrebbe voluto che non l'avessero fatto, avrebbe voluto essere altrove. A gettarsi in una piscina infestata di serpenti. Qualsiasi cosa.

Tutto il suo corpo si tese. Lo stomaco era un nodo stretto. Si disse di respirare lentamente e regolarmente, di praticare la respirazione quadrata che Elias le aveva insegnato, ma non riusciva a trovare il ritmo. Invece, i suoi respiri erano corti, secchi e spezzati. L'odore le riempiva già la testa. L'odore di decomposizione, di morte e della lenta marcia del tempo. Un fetore che nessun disinfettante o deodorante per ambienti avrebbe potuto mascherare.

Non metteva piede in un posto simile dall'incidente che aveva coinvolto suo padre, e sperava che non le sarebbe mai più accaduto. Ma la vita aveva sempre un modo buffo di farti fare cose che non volevi. E un modo ancora più buffo di infierire quando eri già a terra.

Stephanie rimase seduta per un momento, rivivendo gli eventi di quel giorno con suo padre: la scoperta della bambola voodoo, la colluttazione con Wayne, il suo assistente, l'inseguimento e l'improvvisa cattura sul vialetto, l'orribile consapevolezza che suo padre aveva architettato una serie di brutali omicidi, seguita dalla terribile comprensione che era fuggito.

Sbatté le palpebre con forza e strinse più forte il volante, le nocche che le diventavano bianche.

Olivia le lanciò un'occhiata dal sedile del passeggero. «Stai bene?»

Stephanie fece un impercettibile cenno di sì con la testa, la gola troppo stretta per parlare.

«Vuoi che me ne occupi io, stavolta?»

«Ha senso» rispose Stephanie. «È una buona esperienza per te.»

Olivia fece un sorrisetto d'intesa, poi scese dall'auto. Con cautela, Stephanie la seguì verso la casa di cura, le gambe pesanti come il piombo. Le porte d'ingresso si aprirono scorrendo al loro avvicinarsi, rilasciando una zaffata di aria densa e calda. Si imbatterono in alcuni visitatori che si fecero da parte per lasciarle passare. All'interno, il ronzio di un aspirapolvere si mescolava allo sferragliare di tazze e a una conversazione da qualche parte lungo un corridoio. Il petto di Stephanie si strinse, e un brivido di freddo le percorse il corpo. Ansimò in cerca d'aria.

Un attacco di panico. Improvviso e totalizzante.

Ma finì con la stessa rapidità con cui era iniziato, quando Olivia le posò una mano sul braccio, strappandola ai suoi pensieri.

«Sei sicura di stare bene?»

«Sì. Mai stata meglio.»

Un'altra bugia. Ma le serviva per andare avanti.

Lui non è qui, si disse. *Non lo sarà mai. Se n'è andato.*

Prima che potessero addentrarsi ulteriormente nell'edificio, una donna sulla cinquantina sbucò da dietro il bancone della reception. La sua divisa, una casacca lilla pallido e pantaloni blu navy, era immacolata, sebbene i suoi occhi stanchi suggerissero che fosse in piedi da ore. Un tesserino sulla tasca del petto recitava Sharon Gallagher.

«Posso aiutarvi?» chiese, offrendo un sorriso educato ma di circostanza.

Olivia ricambiò il gesto e spiegò chi fossero e chi fossero venute a cercare.

«Non ha fatto quello che penso abbia fatto, vero?» chiese l'addetta alla reception.

«Cioè?»

La donna lanciò un'occhiata lungo il corridoio. «Beh, sa com'è... si sentono sempre storie di preti e ragazzini. Ho solo pensato che...»

«No» rispose Olivia, troncando la conversazione. «Niente del genere. Speriamo solo che possa aiutarci a ricordare qualche faccia, tutto qui.»

Sharon sbuffò. «State scherzando, vero? Ha una demenza piuttosto avanzata. Parla a malapena. Non credo che riuscirete a cavarci molto.»

«Non lo sapremo se non proviamo» disse Stephanie, avviandosi già nella direzione del corridoio. Non apprezzava l'atteggiamento della donna.

«Correremo il rischio» aggiunse Olivia in modo più garbato.

«State andando dalla parte sbagliata, comunque. È da questa parte.»

Stephanie si fermò, piroettò sui piedi e poi seguì Sharon nella direzione opposta, lungo un corridoio vuoto. Passarono davanti a porte aperte, intravedendo letti ben fatti, deambulatori parcheggiati accanto a poltrone e le sagome curve di residenti che sonnecchiavano sotto le coperte. Da qualche parte, una TV a tutto volume trasmetteva un programma di viaggi pomeridiano.

Sharon si fermò davanti a una porta socchiusa. Bussò leggermente, ma non attese risposta prima di aprirla.

«George? Ha delle visite.»

L'uomo all'interno sedeva su una poltrona vicino alla finestra, fissando i rami scheletrici che ondeggiavano nel vento. Le mani erano posate mollemente in grembo, le lunghe dita che si contraevano di tanto in tanto, come se stessero suonando una melodia contro la gamba. Il suo viso era inespressivo, il suo sguardo vacuo, come se fosse così da anni.

Stephanie sentì qualcosa muoversi nel profondo del suo stomaco. Era seduto nel modo in cui suo padre aveva finto di sedere, il modo in cui aveva convinto lei e sua sorella che era malato, che aveva tutto il diritto di essere lì. Era convinta che l'uomo di fronte a lei stesse recitando la stessa parte, e che da un momento all'altro si sarebbe animato.

«George, questa è la polizia. Sono venute a farle qualche domanda. Le aiuterà, George?»

Nessuna risposta. Nemmeno il più flebile barlume di riconoscimento sul suo volto.

«Sa che siamo qui?» chiese Olivia.

Sharon si strinse nelle spalle. «Certe volte sì. Altre, come oggi, non proprio.»

«Può parlare?»

«Anche in questo caso, a volte sì. A volte no.»

Stephanie ne aveva sentito abbastanza. Ringraziò Sharon per il suo tempo e le chiese di lasciarle sole. Non appena la donna chiuse la porta dietro di sé, si accovacciarono ai due lati dell'uomo. Olivia tirò fuori le fotografie dei ragazzi mentre Stephanie studiava George Grant. Il suo corpo era fragile, malnutrito, i vestiti gli pendevano addosso come se fosse un bambino che indossava abiti da adulto. Sembrava che non mangiasse un pasto decente da mesi. La pelle del viso e delle braccia era flaccida, e un sottile velo di lacrime gli pendeva dagli occhi, riflettendo gli ultimi raggi di vita.

«Salve, George» cominciò Olivia. «Mi chiamo Olivia. E questa è la mia amica Stephanie. Lei non ci conosce, ma lavoriamo per la polizia. Adesso le mostreremo delle foto, e ci chiedevamo se potesse dirci chi potrebbero essere. Un po' come Indovina chi.»

Stephanie inarcò un sopracciglio verso Olivia; la donna si strinse nelle spalle, come per dire, è la prima cosa che mi è venuta in mente.

«Capisce, George?» chiese Olivia.

L'uomo sollevò la testa di una frazione di millimetro, un lampo di qualcosa che balenò dietro i suoi occhi. Stephanie lo prese come un segno promettente. «Forza, finiamola. Mostragli la prima.»

«Questa è la prima foto» disse Olivia mentre posizionava il documento nel campo visivo di George. «Riconosce il ragazzo in questa foto?»

Nessuna risposta.

«Si chiama Nigel Hadlow. Crediamo che frequentasse la sua stessa chiesa negli anni Ottanta. È passato molto tempo, ma se lo ricorda?» Olivia mostrò a George una foto recente di Hadlow. «Questo era lui un paio di settimane fa. Questo è il suo aspetto di adesso.»

Attesero e attesero mentre gli occhi vacui di George passavano sulle fotografie, senza alcun risultato. Alla fine, Olivia rimosse le fotografie e pose le immagini di Carlos Vazquez sul suo grembo.

«E questo? Questo ragazzo le sembra familiare? Si chiamava Carlos...»

Ancora niente.

Stephanie emise un sospiro silenzioso attraverso il naso. Sentiva i minuti dissolversi nel nulla, ogni secondo che si trasformava in una perdita di tempo.

«Proviamo con il terzo» disse Olivia, la voce ancora gentile. Posò la foto di Darren Fairhurst sopra le altre. «Questo. Darren. Se lo ricorda?»

Le dita di George si contrassero contro la gamba, ma il suo sguardo non si fece più acuto. Continuava a fissare dritto davanti a sé, gli occhi fissi su un punto della foto.

Olivia ci riprovò. «All'epoca doveva avere circa dodici o tredici anni. Come tutti gli altri ragazzi.»

Niente. Nemmeno il più piccolo barlume di riconoscimento.

Stephanie si voltò verso la porta. «Andiamo. È inutile. Non caveremo un-»

Ma prima che potesse finire, Olivia disse: «Ancora uno».

Stephanie si fermò a metà strada verso la porta ma non si voltò. Sentì il fruscio leggero della carta mentre Olivia faceva scivolare l'ultima foto nel campo visivo di George: l'immagine sgranata del quarto ragazzo.

Il respiro di George cambiò. Solo leggermente. Un'inspirazione secca, seguita da una lenta espirazione.

E poi lo disse.

Un nome.

Fu così flebile che Stephanie quasi pensò di averlo immaginato. Si voltò e vide gli occhi di Olivia alzarsi di scatto verso i suoi, sgranati per la sorpresa.

«Cosa ha detto, George?» chiese Olivia gentilmente, sporgendosi.

Le sue labbra tremarono, il suono appena udibile. «Kenny...»

Stephanie si bloccò. Quel nome le parve come una scheggia di ghiaccio che le scivolava lungo la schiena. Kenny. Kenny. Chi diavolo era Kenny?

La sua mente prese a correre, il suono del suo stesso battito cardiaco che le rimbombava nelle orecchie. Fece un passo avanti, improvvisamente di nuovo presente nella stanza. «Qual era il suo cognome, George?» chiese, incapace di nascondere l'urgenza nella sua voce. «Kenny chi?»

Ma era troppo tardi. Qualunque finestra si fosse aperta nella mente di George si era richiusa. I suoi occhi si annebbiarono di nuovo e il suo sguardo cadde in grembo, l'espressione vacua come il retro del foglio che Olivia gli aveva messo davanti.

Lo avevano perso.

CAPITOLO
SESSANTAQUATTRO

Nel momento in cui entrarono nella sala operativa, Stephanie afferrò il pennarello dal bordo della lavagna bianca e scarabocchiò il nome «KENNY» a grosse lettere nere. Lo sottolineò una, due e poi una terza volta, con lo stridio del pennarello che echeggiava nel silenzio.

In pochi secondi, la squadra si era riunita intorno a lei.

«Chi ha ucciso Kenny?» chiese Devon, con un tic all'angolo della bocca.

Stephanie lo fulminò con lo sguardo. Ignorando il riferimento a *South Park*, disse: «Non è il momento, Giles». Lui alzò entrambe le mani in segno di resa, ma lei vide gli altri sogghignare alle sue spalle. «Sì, ridete pure, ma se non scopriamo chi è questo Kenny» – e intanto picchiettò sul nome con il pennarello – «allora Kenny potrebbe benissimo finire morto, e noi saremo ancora al punto di partenza su chi l'ha ucciso».

«È la nostra quarta vittima?» chiese Fiona.

«Crediamo di sì».

«Come l'avete trovato?»

Stephanie lanciò una rapida occhiata a Olivia. «È una pista debole, ma ce l'ha data un ex prete ottantenne affetto da demenza».

Devon sbuffò. «Fantastico. Una fonte attendibilissima, insomma. La prossima volta che facciamo, chiediamo a una veggente?»

Stephanie richiuse il pennarello con uno scatto. «Questo è tutto quello che abbiamo. Quindi, a meno che qualcuno di voi non abbia una bacchetta magica nascosta da qualche parte, lo spremeremo fino all'ultima goccia».

I sorrisetti svanirono, poi la squadra si disperse rapidamente per tornare alle proprie scrivanie. Stephanie rimase davanti alla lavagna, a fissare il nome come se fosse una sfera di cristallo.

«Setacciate i registri della St Jude's» gridò alla squadra. «Cercate chiunque, passato o presente, con quel nome. Parlate con gli insegnanti o gli alunni della scuola. Se non funziona, parlate con i genitori delle vittime, vedete se si ricordano che i loro figli frequentavano qualcuno di nome Kenny. Rivoltate ogni sasso, seguite ogni pista. Se qualcuno una volta ha portato a spasso un cane di nome Kenny davanti a casa di una delle vittime, voglio saperlo».

Olivia stava già estraendo dei fascicoli da una pila. «Dovremo controllare se c'è qualcuno di nome Kenny nelle vite attuali di Darren, Nigel o Carlos. Qualcuno del golf club, per esempio».

«Bene» disse Stephanie, con gli occhi ancora fissi sullo scarabocchio nero. «Finché non sapremo chi è, non potremo proteggerlo. E se non possiamo proteggerlo...»

Non ebbe bisogno di finire la frase. Tutti nella stanza sapevano come finiva.

Stephanie si chiuse la porta alle spalle, appoggiandovisi contro e lasciando uscire l'aria dai polmoni. La quiete del suo ufficio l'avvolse, confortante, come un caldo abbraccio. Vedeva ancora il volto vacuo e inespressivo di George Grant, ma non erano i suoi lineamenti a persistere, bensì quelli di suo padre. La stessa postura, gli stessi occhi vitrei che fingevano di essere vuoti quando, in realtà, qualcosa ticchettava dietro di essi. Calcolava. Aspettava.

Si ritrovò a stringere le dita a pugno prima di rendersene conto. Si sedette alla scrivania, si massaggiò le tempie indolenzite e si disse di smettere di rivivere la scena.

Proprio in quel momento, il suo cellulare squillò, facendola sobbalzare. Lo fissò per un istante prima di rispondere.

«Pronto?»

«Ehi. Sono io».

Elias.

«A cosa devo il piacere?» chiese lei.

«Dove sei stata? Ho provato a chiamarti in ufficio un paio di volte».

«A fare il mio lavoro» rispose lei.

«Hai controllato le tue email?»

«Non ancora. Che vuoi?»

«Ti ho inviato i dettagli della camminata sul fuoco di cui ti avevo parlato».

Il corpo di Stephanie avvampò di calore. «Camminata sul fuoco?»

«Non fare la finta tonta, Steph. Ho parlato con un paio di ragazzi qui, e sono stati ben felici di organizzarla per te».

Deglutì, esitò e cominciò a tamburellare con le dita sul tavolo. «Ho scelta?»

«Certo che ce l'hai. Uno dei ragazzi ha invitato sua moglie, visto che ha sempre voluto provare, quindi non sarà uno spreco totale se non vieni».

Un'ondata di sollievo la pervase. Proprio mentre stava per rispondere, il suo telefono emise un segnale acustico, illuminando lo schermo. Un SMS da sua sorella. Lesse il messaggio prima che l'anteprima si interrompesse.

Ho bisogno di parlarti. Sei libera di passare da me stase...

«Steph, ci sei?» chiese Elias.

«Scusa. Cosa stavi dicendo?»

«Mi chiedevo solo se ce la farai a venire».

Stephanie guardò di nuovo lo schermo.

«Io... io... Posso farti sapere? È appena sorto un imprevisto».

CAPITOLO
SESSANTACINQUE

Negli ultimi trentasei anni, Stephanie aveva dato a sua sorella la priorità su tutto. O almeno, per quanto le era stato possibile.

Le ultime settimane erano state un'anomalia nella loro storia. Ma per la maggior parte del tempo, Stephanie si considerava una buona sorella. Si era presa cura di Kimberley, l'aveva mantenuta durante il periodo in affidamento, l'aveva difesa, si era assicurata che Kimberley avesse tutto ciò di cui aveva bisogno, anche a scapito dei propri desideri. Aveva sacrificato tutto per dare a sua sorella una parvenza di vita normale.

Odiava quando litigavano. Odiava il silenzio che seguiva o il modo in cui si escludevano a vicenda. Certo, da adolescenti si erano scontrate, con Stephanie che si comportava come una madre preoccupata e iperprotettiva, ma nulla era paragonabile a quella frattura. La loro famiglia sembrava in pezzi e Stephanie non sapeva come rimetterli insieme. Era sempre stata lei quella che aggiustava le cose, quella che teneva la colla e premeva sulle crepe finché non sparivano. Ma ora, con Jordan nelle loro vite, le sembrava che i pezzi non combaciassero più.

Voleva che fossero solo loro due. Riavvolgere il nastro, tornare ai giorni in cui si rannicchiavano nella loro camera da letto con una coperta, a guardare programmi spazzatura in TV e commentare le pubblicità, sgranocchiando un sacchetto di popcorn da dividere.

Ma mentre attraversava il corridoio di Kimberley ed entrava in soggiorno, non c'era traccia di popcorn, nessun indizio di un armistizio temporaneo. L'aria nella stanza era gelida, nonostante il riscaldamento centralizzato lottasse contro il freddo di novembre.

Stephanie emise un profondo sospiro di sollievo.

«Cosa c'è?» domandò Kimberley mentre si accomodava sul divano.

«Niente.»

«Pensavi che ci fosse lui, vero?»

Stephanie si sedette sull'altro divano, di fronte a sua sorella. «Il pensiero mi aveva sfiorato la mente. Dov'è Jason?»

«Di sopra, al lavoro» replicò Kimberley con la rassegnazione di chi è stanco di arrivare secondo. «Dice che ha qualcosa di importante da finire e che, a quanto pare, non vuole disturbarci.»

«Significa che abbiamo più tempo per noi. Da bere?»

«Oh, sì. Cosa vuoi? Vado a prenderlo io.»

Kimberley fece per alzarsi dal divano, ma Stephanie la trattenne con delicatezza. «Faccio io. So dove si trova tutto. Sono sicura di riuscire a versarmi da bere.»

«Una Coca-Cola per me, per favore. Sono in frigo.»

«Arriva subito.»

Stephanie andò in cucina, versò la Coca-Cola in due bicchieri grandi, poi tornò indietro. Kimberley la ringraziò per la bibita mentre Stephanie prendeva posto. Un attimo di tensione calò tra loro, nessuna delle due sapeva cosa dire o voleva essere la prima a rompere il silenzio.

«Mi odi?» chiese Kimberley all'improvviso.

«Cosa?»

«Mi odi?»

«Come puoi dire una cosa simile? Sei mia sorella. Ti voglio bene più di ogni altra cosa. Non potrei mai odiarti.»

«A volte sembra di sì.»

Da dove veniva fuori questa storia?

«Essere sorelle è anche questo» disse Stephanie. «Dobbiamo litigare e discutere, ma alla fine ci saremo sempre l'una per l'altra.»

Kimberley non riusciva a sostenere il suo sguardo, facendo roteare il bicchiere tra le dita.

«Mi odi perché voglio una relazione con Jordan?»

Stephanie aprì la bocca ma si fermò, riconsiderando la sua risposta. «No. Io... io penso che... Se credi che sia la cosa giusta per te, allora non mi intrometterò. Io... vorrei solo che tu rispettassi i miei limiti, così come io sto facendo con te. Non ti sto costringendo a smettere di vederlo, quindi ti sarei grata se smettessi di cercare di forzare una relazione tra me e lui.»

Kimberley abbassò la testa in quello che Stephanie interpretò come un cenno di assenso.

«Sono tornata in ospedale l'altra sera.»

Quelle parole furono come schegge di vetro che trafissero le viscere di Stephanie. «Quando...?» Gli occhi di Stephanie caddero sul bambino.

«Quando eri a Norfolk. Ho provato a chiamarti, ma poi ho visto dove ti trovavi.»

Stephanie si spostò attraverso il soggiorno per sedersi accanto a sua sorella, posandole una mano sulla pancia.

«Eri da sola?»

Lacrime affiorarono negli occhi di Kimberley. «Jason era via per lavoro e Jordan era da qualche parte a Salisbury.»

«Oh, Kim. Non avevo campo e non ho visto nessuna delle chiamate perse. Altrimenti, sai che ti avrei richiamata... Cos'hai fatto? Sei riuscita ad arrivare in ospedale?»

Un cenno del capo. Altre lacrime. «Sono andata in macchina da sola e mi sono seduta lì, da sola. Ho... ho ascoltato la voce di papà.»

«Come?»

«Messaggi vocali. Ne ho alcuni di quando era nella casa di riposo. Io... avevo solo bisogno di sentire una voce familiare. Avevo bisogno di lui accanto a me, come ultima risorsa.»

Stephanie tolse la mano dalla pancia di sua sorella. Il movimento fu solo leggero, minuscolo, ma Kimberley se ne accorse.

«Tu *mi* odi.»

Per impedire a sua sorella di scoppiare in lacrime, Stephanie la strinse tra le braccia, tirandola a sé contro il petto. Ma fu inutile; le cateratte si aprirono. Stephanie la consolò con parole vuote e frasi di circostanza, mentre dentro di sé fremeva di rabbia contro la sorella per essersi affidata al padre come ultima risorsa. Come poteva invocare la memoria di quell'uomo mentre stava attraversando un calvario del genere?

Prima che Stephanie potesse chiedere quale fosse stato il verdetto dell'ospedale, suonò il campanello.

«Vado io» disse Stephanie d'istinto, alzandosi dal divano.

Attraversò il tappeto, percorse il pavimento in legno del corridoio e aprì la porta d'ingresso. Si bloccò, la presa sulla maniglia si fece più stretta. Davanti a lei, in camicia e pantaloni eleganti, c'era Jordan.

Ma tutto ciò che riusciva a vedere era suo padre. I suoi occhi, le sue guance, il suo naso. Come se Jordan avesse strappato il viso del padre dal suo corpo e lo indossasse come una maschera.

«Che ci fa *lei* qui?» chiese Stephanie a voce bassa.

E poi capì.

Mi odi?

Certo, la domanda era stata carica di sottintesi. Certo che era stata molto più di una semplice richiesta di approvazione per la relazione di Kimberley con Jordan.

«Ehi, sorella» disse lui con un mezzo cenno della mano.

«Non si permetta di chiamarmi così.» Stephanie gli sbatté la porta in faccia, gli voltò le spalle, poi si infilò le scarpe. Afferrando il cappotto e la borsa, spalancò la porta e lo urtò passandogli accanto.

«Steph, aspetta...»

«Non mi parli» sibilò mentre si dirigeva verso la sua auto in fondo al vialetto.

Jordan la rincorse e, proprio mentre stava per chiudere la portiera, lui l'afferrò. Le narici di Stephanie si dilatarono e il suo corpo si tese per l'adrenalina.

«Tolga le mani dalla mia portiera. Subito!»

«Voglio solo spiegarmi, Steph. *La prego*, io...»

Serrando la mascella, disse: «Le do tre secondi per togliere la mano dalla mia portiera. Altrimenti, la metto a terra. Non mi interessa se sia il mio presunto fratellastro o solo un estraneo. Non la conosco e non voglio conoscerla. Lo farò comunque. Ora, tre...»

Il viso di Jordan si contrasse per l'indecisione.

«Due...»

Proprio quando arrivò a uno, lui lasciò la presa. Stephanie accese il motore, inserì la prima e partì a tutta velocità, con le gomme che stridettero e il motore che rombava. Non lo guardò nello specchietto retrovisore, fermo lì come un bambino smarrito.

CAPITOLO
SESSANTASEI

Stephanie ricordava a malapena il tragitto in auto. I fari delle altre macchine, i lampioni e il suono dei clacson le passarono accanto come un miraggio, come se fosse seduta su un treno in corsa. Andava così veloce che non aveva nemmeno visto l'auto che stava imboccando la rotatoria; quella contro cui aveva quasi avuto un incidente mentre entrava in uno dei centri di addestramento dei Vigili del Fuoco del Surrey. Elias le aveva mandato la posizione via messaggio quel pomeriggio, sperando che ciò la persuadesse a venire. Lui era in piedi in fondo al parcheggio, ad aspettarla. Alle sue spalle si ergeva un'imponente struttura: lo scheletro di un magazzino da tempo dimenticato, la cui intelaiatura metallica era annerita e deformata in alcuni punti da ripetuti incendi. A sinistra, un autobus a due piani giaceva all'ombra dell'edificio principale, con i finestrini in frantumi e la vernice che si scrostava in grosse scaglie. Una scala era appoggiata al suo fianco e un debole odore di bruciato si aggrappava all'esterno. Accanto, altri due veicoli – un furgone e una berlina – erano appoggiati su blocchi di cemento, con le portiere spalancate come se fossero stati abbandonati dopo un incidente. Più indietro, oltre la recinzione, la coda di un vecchio aereo passeggeri sporgeva da un'area di addestramento separata, ora crivellata di bruciature e ammaccature. Sembrava che fosse stato strappato dalle macerie di un qualche disastro e messo lì per essere rivissuto più e più volte.

E poi, al centro di tutto, c'era la piccola installazione di Elias: una striscia di braci ardenti, con il calore che tremolava visibilmente al di sopra.

«Sembra che tu sia appena sfuggita alla polizia» disse lui mentre lei si avvicinava.

«Per come mi sento, sono pronta a farlo.»

Gli occhi di Stephanie caddero sulle braci ardenti, il suo sguardo si perse, annebbiato, tra il carbone e il fumo. Contro la sua volontà, nonostante le sue recenti reazioni al fuoco, non provava paura; non si sentiva spaventata. Era così furiosa e carica di adrenalina che le sembrava di poter affrontare di corsa una delle esercitazioni.

Kimberley e Jordan...

Jordan e Kimberley...

Mi odi?

La domanda le risuonava nella mente.

Così come la risposta: sì. Sì, la odiava.

«Dov'è l'altra persona che doveva essere qui?» domandò.

«Ha dovuto rinunciare» disse lui, poco convinto. «Un'emergenza di famiglia.»

Lei si voltò lentamente verso di lui, con un sorrisetto che le spuntava sul viso. Nella penombra, le ombre delle sue cicatrici gli conferivano un aspetto diverso. «Non c'è mai stata un'altra persona, vero?»

Lui abbassò lo sguardo, poi scosse la testa. «Ho pensato che se avessi saputo che sarebbe venuto qualcun altro, ti saresti sentita più a tuo agio.»

«È una bella scommessa.»

«Ma ha dato i suoi frutti, no?»

Ci stava provando? Era il suo modo di flirtare e lei aveva completamente frainteso i segnali? Era fuori dal giro da così tanto tempo – così tanto da non esserci mai stata, a dire il vero – che aveva dimenticato come fossero il flirt e il corteggiamento al giorno d'oggi. Le interessava, poi?

«Dovrai mostrarmi cosa fare» disse.

«*Mostrarti?*»

«Sei un leader. La gente ti ammira. Quindi dovresti dare il buon esempio.»

«Fai come faccio io, non come dico... una cosa del genere?»

«Esatto» disse lei, mentre una piccola folata di vento sollevò il calore dalle braci, scaldandole le guance e il mento.

Lo guardò con muta apprensione mentre Elias si spostava verso il bordo del sentiero, si sfilava le scarpe e si arrotolava i jeans fino agli stinchi, rivelando una serie di cicatrici più profonde e strazianti sulle gambe. In modo perverso e stranamente sessuale, si chiese come fosse il resto del suo corpo. Quanto fosse danneggiato e spezzato.

Come le ferite di lui fossero all'esterno, e le sue all'interno.

«Togliti le scarpe» disse lui, «altrimenti l'esercizio perde il suo scopo. Arrotolati i pantaloni e poi mettiti in piedi con i piedi uniti.»

Mise le mani sui fianchi, gonfiò il petto e guardò verso l'orizzonte.

«È tutta una questione di testa» disse, indicandosela. «Tieni la testa alta, la respirazione calma e la mente sgombra. E poi cammina...»

Senza aggiungere altro, Elias fece un passo avanti. Un piede nudo, poi l'altro, premendo sulla striscia incandescente. Le braci sfrigolarono e si mossero sotto il suo peso, piccole esplosioni arancioni si accesero più luminose intorno ai suoi passi. Non aveva fretta. Ogni passo era deliberato e costante, come se non avesse altro posto dove essere se non lì, in quel momento. Quando raggiunse la fine, si voltò verso di lei, con un'espressione calma.

«Ecco fatto» disse semplicemente. «Tieni la mente dove deve essere, e i tuoi piedi ti seguiranno.»

Ora era il suo turno. Il suo turno di affrontare la paura e toccare il fuoco per la prima volta da quando suo padre glielo aveva imposto.

Con esitazione, un nodo che le si formava nello stomaco e un sottile velo di sudore che le ricopriva gli avambracci e la parte bassa della schiena, si avvicinò al sentiero, posizionandosi nello stesso punto che Elias aveva occupato pochi istanti prima. Si tolse scarpe e calzini, li posò accanto a sé, poi lasciò cadere le braccia lungo i fianchi. Lì, il calore era intenso; lo sentiva intorno ai piedi, che le bruciava i peli sulle dita, prima di risalirle lentamente lungo le gambe fino al resto del corpo.

«Ricorda, sgombra la mente» la chiamò lui dall'altra parte del sentiero. «Se hai bisogno di fermarti, basta che fai un passo lungo di lato. Sarò pronto con un po' d'acqua se ne avessi bisogno.»

Ma non ne avrebbe avuto bisogno, si disse. Mentre lui parlava, qualcosa scattò nella sua mente. Se Elias poteva farlo – con tutte le sue cicatrici, la storia delle sue ferite e del suo dolore incisa sulla pelle – e guardare il fuoco in faccia come faceva ogni giorno, allora poteva farlo anche lei. Era tutto nella sua testa. La mente sulla materia.

Inoltre, aveva passato di peggio che camminare su una striscia di carboni ardenti.

Molto peggio.

Fece un passo avanti.

Il primo tocco della brace fu uno shock, una fitta acuta seguita da un'ondata di calore. La ignorò, concentrandosi sulla respirazione – lenta, costante, uno, due, tre, quattro – mantenendo lo sguardo fisso davanti a sé.

Un altro passo. E un altro ancora.

Il dolore c'era, inconfondibile e inevitabile, ma lo ignorò, imponendosi di rimanere forte.

Mi odi? le risuonavano le parole della sorella. Invece di gettare benzina sul fuoco letterale sotto i suoi piedi, alimentarono la sua determinazione, guidandola attraverso le braci.

Prima che se ne rendesse conto, raggiunse l'altro lato, con il polso che le martellava nelle orecchie.

Non appena sentì la terra fredda sotto di sé, si mise a saltare su e giù, gridando eccitata.

«Ce l'ho fatta! Ce l'ho fatta!»

«Congratulazioni» disse Elias avvicinandosi. «Ora non ti resta che saltare in un incendio e sarai completamente guarita» aggiunse sarcastico.

CAPITOLO
SESSANTASETTE

Il suo corpo formicolava di euforia durante il viaggio verso casa. Si sentiva inarrestabile. Come se potesse correre una maratona. Come se potesse scalare una montagna. E la parte migliore? Non le facevano male neanche i piedi; non sentiva assolutamente nulla. L'oscurità e il miraggio che aveva percepito nel tragitto di andata si erano dissolti e il mondo aveva acquistato una nuova luce, un nuovo splendore. Ogni semaforo sembrava più luminoso, ogni suono più nitido. Poteva sentire la melodia degli pneumatici sull'asfalto come se fosse una canzone.

Stephanie colse il suo riflesso nello specchietto retrovisore. Aveva le guance arrossate, gli occhi spalancati e vivi. L'adrenalina le rese il piede più pesante sull'acceleratore, e dovette coscientemente allentare la pressione, costringendosi a respirare. I dubbi, le paure, l'ombra di suo padre: tutto era svanito. Non sapeva di cosa avesse avuto paura per tutto quel tempo.

Per troppo tempo, aveva permesso alla sua paura di controllarla e consumarla. Mai più.

Tuttavia, la sua euforia alle stelle fu riportata bruscamente con i piedi per terra quando imboccò il vialetto di casa.

Avvistò la macchina qualche metro più in là lungo la strada e ne riconobbe subito la targa. Desiderò che non fosse lui. Desiderò di poter scendere dall'auto ed entrare in casa più in fretta di quanto potesse fare lui.

Ma era troppo tardi. Jordan si stava già avvicinando a grandi passi quando lei spense il motore e aprì la portiera.

«Steph, ehi...»

«Vattene» sbottò lei. «Non voglio parlare con te.»

Sbatté la portiera dell'auto e iniziò ad attraversare il vialetto.

«Steph, voglio solo che tu...»

Si fermò di colpo, girandosi di scatto con il viso che era una maschera di furia. «Che ci fai qui, Jordan? Questa è casa mia. Non puoi presentarti così a casa mia senza preavviso. Non sei il benvenuto qui. Non sei benvenuto da nessuna parte. Non sei benvenuto in questa famiglia. C'è un motivo se i tuoi genitori ti hanno abbandonato a Elliot. Non ti volevano. E non ti voglio neanch'io. Quindi... vattene e basta.»

Jordan si bloccò come se lei lo avesse schiaffeggiato.

Per un istante, la sua bocca rimase semiaperta, come se le parole che intendeva dire gli fossero state strappate di bocca. La luce di sicurezza gli illuminò un lato del viso, rivelando un fremito di angoscia prima che serrasse la mascella così forte che lei poté vedere il muscolo pulsargli sulla guancia.

«Bene. Ricevuto» disse lui con voce profonda. «Pensavo che avremmo potuto avere un rapporto. Qualcosa per rimediare agli ultimi trent'anni, ma è chiaro che non è così. Per quel che vale, non è stato facile neanche per me, va bene? Non l'ho chiesto io, proprio come te. Non ho chiesto io di nascere in questo casino. Non ho chiesto io di essere sballottato di qua e di là. Ma pensavo» la sua voce si incrinò «pensavo che forse con te sarebbe stato diverso. Che avremmo potuto prendere tutta la merda che abbiamo passato e... non so, costruirci qualcosa.» Scosse la testa, con gli occhi che brillavano nella penombra. «Invece, hai messo in chiaro che non vuoi avere niente a che fare con me. Sono stato indesiderato per tutta la vita. Ci sono abituato. Ma non sono una persona cattiva. Non sono come nessuno dei due. Sono diverso. Sono io. E pensavo di potertelo dimostrare. Pensavo di potertelo far vedere.»

«Molestandomi? Mandandomi lettere? Perseguitandomi fuori da casa mia? Questo non è un comportamento normale, Jordan. È proprio così che si sarebbero comportati *loro*, quindi faccio fatica a crederti quando mi dici che non sei per niente come loro. Perché, dalle prove che ho visto finora, semplicemente non è vero. Ora, ti do trenta secondi per sparire dal mio vialetto prima che ti ci spiaccichi la faccia.»

Jordan si voltò di scatto, le scarpe che scricchiolavano sull'asfalto, e tornò a grandi passi verso la sua auto senza un'altra parola. La portiera sbattuta rimbombò nella via silenziosa, seguita dal rombo del motore che si affievoliva nella notte.

Stephanie rimase immobile sul vialetto, con l'accenno di una sensazione di bruciore che cominciava a scaldarle la pianta dei piedi.

CAPITOLO
SESSANTOTTO

I fazzoletti sul divano accanto a lei aumentarono gradualmente fino a formare una piccola montagna. Non aveva smesso di piangere da quando Stephanie se n'era andata, e se ne stava seduta lì, sul divano, a singhiozzare rannicchiata su se stessa mentre la televisione andava in sottofondo. Jason continuava a lavorare di sopra, completamente ignaro dello scontro avvenuto sulla porta di casa.

Non era nemmeno sceso a controllare come stesse o a vedere cosa fosse tutto quel trambusto. Probabilmente se ne stava nascosto di sopra, tenendosi il più lontano possibile da quel dramma. A volte, le sembrava che la sua vita fosse un episodio di *Real Housewives,* e lo odiava. Odiava Jason. Odiava Stephanie. E odiava persino Jordan.

Come aveva fatto a sapere che Stephanie era lì? Non si erano dati appuntamento. Doveva aver visto che Stephanie non era a casa ed era passato nella speranza di trovarla lì. Ora, probabilmente Stephanie pensava che Kimberley l'avesse tradita, ma non era così.

Quando era andato tutto così storto nella loro famiglia?

Prima di imboccare quel tunnel senza uscita, sentì dei rumori di sopra. Il suono di passi sulle assi del pavimento si diresse lentamente verso le scale. Pochi secondi dopo, Jason comparve in fondo alle scale, telefono ancora in mano e fronte aggrottata, ed entrò in soggiorno.

«Kim? Che succede?» le chiese, osservando la pila di fazzoletti, le macchie rosse sulle sue guance e il modo in cui era sprofondata nel divano.

Tirò su col naso, afferrando un altro fazzoletto. «Abbiamo litigato.»

«Erano per questo tutte quelle urla?»

Si sistemò sul cuscino accanto a lei, che si affossò sotto il suo peso.

«Quindi ci hai sentite?»

«Sì.»

«Ma non hai pensato di scendere?»

«Ero al telefono.» Jason si massaggiò la nuca, come se nascondesse qualcosa.

«Eri al telefono con la persona che hai incontrato a Romford l'altro giorno?»

I suoi occhi si spalancarono, anche se cercò di mascherarlo con un'espressione di disgusto. «Romford? Di che stai parlando?»

«Oh, non fare il finto tonto» sbottò lei. «L'altro giorno eri a Romford. Mi hai mentito.»

«Mentito?»

«Hai detto che avevi una riunione a Watford, ma quando ho controllato la tua posizione, eri a Romford.»

Aprì e chiuse la bocca, faticando a trovare le parole giuste. «Stavi tracciando la mia posizione?»

«Ero in ospedale, Jase. Avevo bisogno di te. Pensavo che magari saresti potuto tornare a casa ad aiutarmi, ma poi ho visto dov'eri.» Rallentò per riprendere fiato, sul punto di andare in iperventilazione. «E poi, quando ti ho chiesto com'era andata al lavoro, hai detto che era andato tutto bene. Ti ho persino chiesto com'era Watford e tu hai detto che era "a posto". Ho pensato che forse mi ero sbagliata, ma ora non credo. Che cosa facevi a Romford? Perché eri lì e perché non me l'hai detto?»

«Perché eri in ospedale?» le chiese lui.

Ma lei non era pronta a parlare di quello. Lui non meritava di sapere cosa stava succedendo al suo corpo, cosa stava succedendo al loro bambino.

«Non cambiare argomento, Jason. Rispondimi. Che cosa facevi a Romford?»

«Era... lavoro. La riunione è stata spostata in un'altra sede.»

Lei non gli credeva. E dal suo tono, era chiaro che non si credeva nemmeno lui.

«E ti aspetti che io ci creda?»

La mascella di Jason si contrasse. «Non devo giustificare ogni mio movimento con te.»

«Mi hai mentito, Jason. E adesso sei seduto lì, mi guardi negli occhi e lo stai facendo di nuovo.»

«Non sto-»

«Basta» sbottò lei, interrompendolo. «Non provare nemmeno a manipolarmi per farmi credere che mi immagino le cose. Ho le prove, Jase. La tua posizione. L'ora. Il giorno. Eri a Romford.»

Le sue narici si dilatarono. «Forse se non mi tracciassi come se fossi un criminale, non staremmo avendo questa conversazione.»

«Ah, certo» replicò Kimberley, sporgendosi in avanti con gli occhi fiammeggianti. «Perché il problema qui sono io che controllo la tua posizione, non tu che menti su dove sei stato. Non tu che sparisci quando ho bisogno di te. Non tu che ti nascondi di sopra stasera mentre io qui sotto andavo in pezzi.»

Jason si alzò di scatto e il cuscino del divano tornò al suo posto. «Rigiri sempre tutto per farmi passare per il cattivo.»

«Forse perché lo sei» rispose lei, con voce bassa e ferma, scandendo ogni parola.

Jason strinse più forte il telefono. «Non ho intenzione di discuterne adesso» borbottò, voltandosi verso il corridoio. Si diresse alla credenza, afferrò le chiavi della macchina e non si voltò indietro. Al tintinnio metallico seguì lo scatto secco della serratura della porta d'ingresso, poi una violenta sbattuta che fece tremare sul suo gancio la cornice del quadro sopra il divano.

Kimberley rimase immobile per un istante, ascoltando il rombo lontano della sua auto che si avviava e si allontanava, prima che svanisse in lontananza, lasciandola nel silenzio pesante e opprimente della casa.

Si alzò, asciugandosi il viso con il dorso della manica.

Poi si bloccò.

C'era una sensazione calda e umida che si diffondeva lungo le sue cosce.

Abbassò lo sguardo.

Sangue.

Un fiotto scuro e denso le scorreva lungo le gambe, gocciolando sul tappeto chiaro. La vista la colpì più duramente di qualsiasi parola di Jason. Istintivamente, si portò le mani allo stomaco e il suo respiro si fece corto e affannoso.

«Oh Dio. Oh Dio, no...»

Il suo telefono era sul bracciolo del divano. Lo afferrò, con le mani che le tremavano così tanto che quasi le cadde, e premette il tasto di chiamata sul nome di Jason.

Lo squillo nel suo orecchio le parve un'eternità.

«Rispondi... rispondi!»

Un clic.

Ma non era la voce di Jason.

«Pronto?»

Si bloccò di nuovo. «*Jordan?*»

«Sì... Kim? Mi hai chiamato tu.» La sua voce era cauta, confusa.

Le ginocchia quasi le cedettero. «Io... Oh Dio, non volevo... Stavo cercando di chiamare Jason.»

«Okay... be', hai chiamato me. Che succede?»

«C'è del sangue, Jordan. Un sacco di sangue. È...» La sua voce si spezzò. «È il bambino!»

Silenzio. Poi la voce di Jordan divenne più profonda e più urgente. «Dove sei adesso?»

«A casa. Da sola. Jason se n'è andato.»

«Resta esattamente dove sei. Sto arrivando.»

CAPITOLO
SESSANTANOVE

I resti del curry di Kenny Musgrave giacevano rapprendendosi nella loro vaschetta d'alluminio sul tavolino da caffè. A quella vista, gli si rivoltò lo stomaco, peggio di prima. Distolse lo sguardo e lo riportò sulla televisione, continuando a fare zapping tra i canali. I momenti salienti del calcio. Il telegiornale. Un quiz televisivo. Un qualche dramma giudiziario americano con gente che urlava in tribunale. Niente che valesse la pena di guardare, niente che meritasse il suo tempo. Senza contare che, dopo aver ingerito una quantità così spropositata di cibo, faticava a concentrarsi.

Le palpebre cominciarono a farsi pesanti mentre scivolava nell'abbiocco post-prandiale. Sprofondò di più nel divano, una mano appoggiata sulla pancia gonfia, l'altra che stringeva il telecomando. Proprio mentre stava per cedere alla sonnolenza che lo attanagliava, bussarono alla porta.

Un colpo singolo, deliberato.

Trasali, mettendosi a sedere. Il telecomando gli scivolò di mano e cadde con un rumore secco sul pavimento. Il suo primo pensiero fu che si fosse trattato di un errore, che avesse sentito male. Ma poi qualcosa si insinuò in lui – una premonizione, una consapevolezza – che lo convinse del contrario.

Seguì un altro colpo. Stavolta inconfondibile.

Si sporse in avanti, tendendo le orecchie. Nient'altro che il sibilo del riscaldamento centralizzato e il ticchettio della pioggia contro il vetro della finestra.

Kenny si schiarì la gola. «Chi è?»

Nessuna risposta.

Si alzò lentamente, con le ginocchia che protestavano. Le assi del pavimento scricchiolarono sotto il suo peso mentre avanzava a fatica verso l'ingresso, fermandosi a metà strada. Valutò se ignorare la cosa, tornare sul divano, fingere che non fosse successo niente.

Poi venne un terzo colpo. Più forte. Più deciso.

Il petto di Kenny si strinse. Si strofinò il viso, desiderando di non aver mangiato così tanto, desiderando che il suo corpo non fosse così pesante e fiacco. Rimase esitante vicino all'uscio del soggiorno, lo sguardo che attraversava il corridoio fino alla porta d'ingresso, quando una vibrazione ronzò contro il bracciolo del divano dietro di lui. Un breve e secco trillo squarciò la quiete.

Kenny si immobilizzò, poi girò la testa. Il suo telefono giaceva dove l'aveva lasciato, con lo schermo illuminato. Tornò indietro barcollando, lo prese, spalmando il pollice sul vetro mentre faceva scorrere il dito sulla notifica.

Un nuovo messaggio da un numero sconosciuto.

Sono Bovo. Vieni fuori, amico. Non farmi aspettare!

Kenny si accigliò, la lingua incollata al palato. Cosa voleva Bovo a quest'ora della notte? E perché non aveva chiamato invece di mandare un messaggio?

Un altro trillo.

Sbrigati, amico, qui piove a dirotto.

Kenny sospirò. «Va bene, va bene, arrivo. Datti una calmata!»

Si diresse alla porta d'ingresso senza pensarci due volte. Girò la maniglia e tirò. La porta si aprì con uno scricchiolio di qualche centimetro, poi di più, lasciando entrare una folata di umida aria notturna che lo fece rabbrividire. L'uomo fuori gli fu addosso prima che potesse reagire. Una figura alta, imponente, molto più atletica di lui, che sembrava non aver appena mangiato cibo da asporto per due.

Un attimo dopo, Kenny si ritrovò a terra, stordito, a fissare il soffitto, cercando di capire cosa fosse appena successo.

Poi la figura lo scavalcò, sedendosi sul suo stomaco, che sembrava sul punto di scoppiare.

Kenny emise un gemito di dolore, ma non appena riconobbe l'uomo di fronte a lui, si bloccò. In quell'istante, nient'altro contava. Non c'era dolore, né disagio. Solo shock e terrore puro, abietto.

«Ciao, vecchio amico Kenny» ringhiò l'uomo guardandolo dall'alto. Gli pizzicò le guance e gliele scosse da una parte all'altra. «Sembra che tu abbia messo su un po' di peso dall'ultima volta che ti ho visto. Chissà che odore farà quando comincerai a bruciare.»

CAPITOLO
SETTANTA

I piedi di Stephanie martellavano sul pavimento mentre correva a perdifiato per i corridoi del Royal Surrey University Hospital. Il suo corpo tremava per l'adrenalina e il panico. Travolgenti. Totalizzanti. Il respiro le usciva in ansiti pesanti e rochi, e il cuore le batteva all'impazzata nel petto. Aveva ricevuto la telefonata di Jordan dal cellulare di Kimberley, che la informava della situazione, e aveva immediatamente mollato tutto.

I suoi occhi saettavano da una stanza all'altra, da un letto d'ospedale all'altro, in cerca di sua sorella. Alla fine, trovò la stanza in cui era stata sistemata Kimberley. Irruppe dentro, spalancando la porta con violenza. Lì, al centro della stanza, rannicchiata in posizione fetale sul letto e di schiena a Stephanie, c'era Kimberley. Seduto su una sedia accanto a lei, con il telefono in mano, c'era Jordan.

«Kim...» disse Stephanie a bassa voce, con la voce rotta.

Ignorando Jordan, si precipitò al fianco della sorella. Raggiunse il letto e si accovacciò per poter vedere il viso della sorella. Kimberley voltò la testa appena, con lentezza e riluttanza. Gli occhi di Kimberley erano gonfi, la pelle circostante irritata dal pianto e dallo sfregamento. Ma ormai non c'erano più lacrime. La sua carnagione era del colore del gesso, le labbra pallide e secche, come se il colore, la vita e la vitalità le fossero stati prosciugati via.

Stephanie allungò la mano verso quella di Kimberley. Era fredda, inerte nella sua.

«Oh, Kim. Mi dispiace tanto» disse, mentre le lacrime cominciavano a formarsi nei suoi occhi. «Mi dispiace così tanto. Avrei voluto essere lì. Sarei dovuta essere al tuo fianco.»

Kimberley non disse nulla, continuando a fissare il vuoto come se stesse guardando qualcosa in lontananza che nessun altro poteva vedere. Stephanie le strinse più forte la mano, sapendo che le sue parole non erano di alcuna consolazione. Niente di ciò che chiunque potesse dire avrebbe compensato il dolore e la sofferenza che Kimberley stava provando. Ma lei sentì il bisogno di continuare a parlare.

«Ce la farai» disse, mentre una lacrima le rigava il viso. «Andrà tutto bene. Tu...»

La sua voce si spense mentre i suoi pensieri andavano alla loro mamma. Immaginò cosa avrebbe detto la loro madre in quella situazione, come avrebbe consolato Kimberley a dovere e sistemato ogni cosa.

Ma la loro mamma non c'era. Negli ultimi trent'anni, Stephanie aveva ricoperto sia il ruolo di madre che di sorella, intrecciati come due pezzi di metallo fusi insieme. Ora era il momento di farlo di nuovo.

Lasciando la mano di Kimberley, tirò indietro il lenzuolo e si infilò nel letto con lei, appoggiando la testa della sorella sul suo petto. Ma Kimberley non si mosse, non ebbe un sussulto, non si avvicinò. In quel momento, si limitava a esistere.

Stephanie cominciò ad accarezzarle i capelli, proprio come faceva quando si nascondevano nell'armadio o sotto il letto per sfuggire al padre, rassicurandola, calmandola, dicendole di ignorare i rumori.

«Ti ricordi» mormorò, con voce bassa, come se parlasse a una bambina, «quella volta che la mamma ci trovò nascoste nell'armadio a muro dopo che papà era sbottato ed era uscito di casa? Pensavamo di essere così furbe, a sussurrarci nell'oscurità. E poi la porta si spalancò, e c'era lei con quello stupido piumino, che fingeva di essere una specie di strega venuta a farci una maledizione.» Si lasciò sfuggire una risata sommessa attraverso il nodo che aveva in gola. «Tu hai urlato, e poi ho urlato io, e la mamma... si è messa a ridere così forte che non riusciva a stare dritta. E ha detto...» la voce di Stephanie vacillò, ma andò avanti. «Ha detto: "Se il mondo a volte fa paura, ridetegli in faccia. Così non potrà farvi del male".»

Le sue dita passarono delicatamente tra i capelli di Kimberley, districando un groviglio di nodi. «Era brava a proteggerci, ad assicurarsi che fossimo al sicuro. So che sta vegliando su di noi, che veglia su *te*, assicurandosi che tu sia al sicuro, che io sia al sicuro. Che stiamo tutte bene, e che tutto andrà per il meglio.»

Kimberley non rispose. La sua testa rimase pesante sul petto di Stephanie.

Jordan si mosse sulla sedia. Il rumore fu lieve ma acuto nella stanza silenziosa, e colse Stephanie di sorpresa. Lei guardò la sua espressione a disagio; sembrava più piccolo, in qualche modo, come se la notizia avesse prosciugato la vita da tutti e tre.

«Dov'è Jason?»

Agitando il telefono in aria, Jordan disse: «Non risponde. Ho provato senza sosta, ma è sparito nel nulla.»

«Sparito nel nulla? Perché?»

«Abbiamo litigato» disse Kimberley, con una voce che era poco più di un sussurro.

«Litigato?» ripeté Stephanie.

«L'ho accusato di avermi mentito, lui non ha negato, e poi è uscito di casa sbattendo la porta. E poi... poi è successo.» Kimberley deglutì a secco.

«Lui lo *sa*?»

Jordan scosse la testa.

«Non voglio che lo sappia. Non mi importa di lui. È colpa sua. È per colpa sua se ho perso il mio bambino.»

CAPITOLO
SETTANTUNO

Stephanie si svegliò con una rigidità ostinata al collo e alle spalle, risultato dell'essere rimasta rannicchiata in una posizione scomoda per troppo tempo. Era solo vagamente consapevole di Kimberley, ancora accoccolata su di lei, con il petto che si alzava e si abbassava dolcemente e la testa pesante contro il suo braccio. Ricordò vagamente di essersi addormentata poco dopo il loro arrivo; lo stress e il tumulto della serata avevano sfinito tutti. Delicatamente, Stephanie accarezzò la schiena della sorella mentre rivolgeva l'attenzione al fratellastro.

Jordan era sprofondato nella sedia accanto a lei, il corpo contorto sui braccioli, le gambe divaricate in angolazioni innaturali. Una nottata scomoda per tutti loro. Ma Stephanie non l'avrebbe voluta diversa; era felice di rinunciare alle comodità di un letto e a un caldo piumone invernale per Kimberley.

Alla fine, Stephanie si mosse per alleviare il dolore sordo alla parte bassa della schiena e lasciò vagare lo sguardo, in parte per osservare la stanza e in parte per sciogliere i muscoli del collo, che le stavano causando un notevole fastidio. La stanza era spoglia, le pareti nude, l'arredamento sterile. Stephanie sapeva che erano progettate così, ma sarebbe costato tanto mettere un quadro o una pianta finta, qualsiasi cosa per far sembrare quello spazio meno simile a una visita nell'ufficio di Leanna Moore?

E poi i suoi occhi caddero sulla porta. Nessuna traccia di Jason.

Aveva forse scoperto tutto e si rifiutava di assistere la moglie sofferente? O era ancora disperso?

Prima che potesse rimuginarci sopra, il telefono prese a vibrare. Olivia.

Disattivò la vibrazione prima che potesse svegliare gli altri, abbassando lo sguardo su Kimberley. La sua pelle sembrava quasi traslucida in quella luce fioca. Per un istante, la mano di Stephanie indugiò sulla schiena della sorella, sentendone il debole calore. Poi, con delicatezza, sfilò il braccio da sotto la testa di Kimberley. Il movimento fece sì che la sorella si muovesse e borbottasse qualcosa di incomprensibile, ma non si svegliò. Stephanie l'adagiò allora per gli ultimi centimetri sul cuscino, sistemandole la coperta per coprirla bene.

Il russare di Jordan ruppe il silenzio e Stephanie lo osservò per un momento, notando l'angolazione della testa che più tardi gli avrebbe fatto male.

Si alzò lentamente, con le articolazioni che si lamentavano, e si stirò portando le braccia sopra la testa, con la schiena che scrocchiò rumorosamente. Poi aggirò il letto e uscì dalla stanza senza voltarsi, lasciando che la porta si chiudesse lentamente alle sue spalle.

Proprio mentre stava per rispondere alla chiamata, la linea cadde. Chiamò Olivia e l'agente rispose immediatamente.

«Capo» disse lei. «Mi scusi se è presto, ma ho appena parlato con la Centrale. Ne hanno un altro. C'è stato un altro incendio.»

Stephanie trattenne il respiro, la sua mente letargica e stanca cominciò a correre.

«Non posso» disse, voltandosi lentamente verso la porta. «Ho… ho un'emergenza familiare. Non riuscirò a venire. Dovrete occuparvene lei o qualcun altro. Mi dispiace.»

Olivia non rispose subito. «Va tutto bene?»

«Non proprio. Mia sorella ha appena perso il bambino. Devo stare qui adesso.»

«Se ha bisogno di qualcosa, sa dove trovarci.»

Stephanie la ringraziò e aggiunse: «Mi tenga comunque aggiornata. Leggerò le email se e quando potrò.»

«Certo, capo. Ricevuto. Lasci fare a me.»

Stephanie riattaccò e stava per tornare nella stanza quando qualcuno la chiamò per nome.

«Steph!»

Jason stava sfrecciando verso di lei. Sembrava che non avesse dormito né si fosse cambiato i vestiti nelle ultime ventiquattr'ore.

«Steph, che diavolo sta succedendo?» Rallentò fino a fermarsi accanto a lei. «Ho un sacco di chiamate perse da Jordan e Kim. Cos'è questa storia del bambino?»

«Dove sei stato?» chiese Stephanie.

«Ero fuori... da un amico.»

«Perché non rispondevi al telefono?»

«Stavo... stavo bevendo. Sono crollato.»

Stephanie non credette a una sola parola.

«Dimmi cos'è successo. Cos'è successo a Kim? E al bambino?»

Stephanie non rispose; la sua reazione diceva tutto.

Il volto di Jason si afflosciò.

«No...» La parola uscì roca, quasi un sussurro. Barcollò all'indietro di un passo finché la mano non urtò il muro dietro di lui, le dita aperte contro la vernice bianca. Per un battito di cuore rimase lì, oscillando leggermente, e poi le ginocchia gli cedettero. Si accovacciò, con i palmi premuti contro il muro per sorreggersi, mentre un suono roco e gutturale gli proruppe dalla gola. Nascose il viso nell'incavo del braccio, con le spalle scosse da ogni singhiozzo, il cui suono echeggiò nel corridoio silenzioso.

Stephanie rimase rigida, il telefono ancora stretto in mano.

Prima che potesse consolarlo, la porta si aprì e Jordan emerse, stanco e confuso, massaggiandosi il collo.

«Che succede?»

Jason non perse tempo. Scansò Jordan e si precipitò nella stanza.

Kimberley si svegliò di soprassalto, sbattendo le palpebre contro la luce cruda. Sollevò la testa intontita dal cuscino, gli occhi socchiusi per la confusione finché non si posarono su Jason. Per una frazione di secondo, lo fissò come se non riuscisse a riconoscerlo, e poi la sua espressione crollò.

«Kim...» La voce di Jason si spezzò. Era già al suo fianco, cadendo in ginocchio accanto al letto, cercando le sue mani. «Mi dispiace tanto. Non c'ero. Sarei dovuto essere qui. Ti prego...»

All'inizio lei si ritrasse leggermente, come se il suono della sua voce fosse troppo. Poi crollò, e nuove lacrime le rigarono le guance.

Stephanie era immobile sulla soglia, con Jordan appena dietro di lei. Poteva sentire il calore della sua presenza sulla spalla; entrambi erano estranei in quel momento tra marito e moglie.

Poi la testa di Kimberley si voltò, guardandoli entrambi.

«Potete... potete lasciarci soli?» gracchiò, con la voce che si spezzò sull'ultima parola. «Abbiamo bisogno di un po' di tempo da soli.»

Stephanie annuì. Senza parlare, afferrò il braccio di Jordan e lo guidò di nuovo nel corridoio. Chiuse la porta piano dietro di loro, ma il suono soffocato del dolore di Jason filtrava ancora attraverso di essa.

CAPITOLO
SETTANTADUE

K enny Musgrave viveva in un paesino di nome Dunsfold, dove si trovava l'aerodromo di Dunsfold, reso famoso dal programma della BBC *Top Gear*. Per tutto il viaggio con Devon, Olivia non riuscì a scacciare il pensiero di Stephanie. Il suo istinto materno era a pieno regime e la sua preoccupazione per l'ispettrice era ai massimi livelli. Non per il trauma che circondava la famiglia di Stephanie, già abbastanza grave di per sé, ma per il potenziale impatto che avrebbe potuto avere sulla sua bulimia. Nelle ultime settimane, Olivia aveva osservato Stephanie con discrezione e, dopo tutto quello che aveva passato, era contenta di vedere che l'ispettrice sembrava stare meglio. Più felice, meno stanca, più presente e, per quanto Olivia potesse giudicare, mangiava in modo corretto. Stephanie era riuscita a tenere a bada i suoi demoni.

Almeno per il momento.

I pensieri di Olivia furono interrotti quando arrivarono sulla scena del crimine. Un altro edificio annerito, bruciacchiato e carbonizzato, spiccava in netto contrasto con quelli vicini. La loro quarta scena del crimine in meno di due settimane. La faccenda si stava facendo seria. E Olivia cominciava a sentire la pressione. Ufficialmente non era lei il funzionario responsabile delle indagini, ma con il livello di responsabilità e il lavoro extra che le erano stati affidati, il fardello di catturare l'assassino le pesava sulle spalle.

Fallire non era un'opzione.

Devon spense il motore ed entrambi scesero nell'aria gelida. La casa era un guscio vuoto, con il tetto parzialmente crollato. Un viavai di divise, giubbotti catarifrangenti dei vigili del fuoco e tute bianche della scientifica si muoveva dentro e fuori la proprietà. Il nastro della scientifica sbatteva al vento, isolando la strada dove i vicini e un piccolo esercito di giornalisti erano riuniti in capannelli, bisbigliando tra loro.

Olivia scrutò la scena da fuori il cordone, in cerca di Elias. Niente.

Si voltò verso Devon. «Dov'è Elias?»

Lui si strinse nelle spalle. «Magari è a spegnere incendi da qualche altra parte?»

Prima che lei potesse rispondere, un uomo in tuta da lavoro si avvicinò, con il casco sotto il braccio. Aveva la barba brizzolata e una macchia di fuliggine spalmata su una guancia. «Siete della MIT?»

«Sì», risposero all'unisono.

«Sono Trevor Hart». Fece un breve cenno col capo. «Il caposquadra di turno per questa scena del crimine».

«Dov'è Elias?»

«È stato chiamato per un'altra emergenza, quindi al suo posto ci sono io».

«È stato informato su quanto è successo di recente?» domandò Olivia, sentendosi sulla difensiva riguardo al suo interlocutore.

«Sono stato presente a ogni intervento», rispose Trevor.

Lei deglutì a fatica. «Va bene. Per me è sufficiente. Che cosa abbiamo?»

Trevor si girò rapidamente verso la scena del crimine prima di guardare di nuovo Olivia e Devon. «La casa appartiene a un uomo di nome Kenny Musgrave. Abbiamo ricevuto la segnalazione dell'incendio verso le dieci di ieri sera. Siamo riusciti a estinguerlo nel giro di un'oretta. Purtroppo, abbiamo trovato un corpo sul divano. Abbiamo dovuto aspettare la luce del giorno prima di poter iniziare le ricerche».

Olivia impiegò un istante per elaborare l'informazione. Kenny Musgrave. Il ragazzo nella quarta fotografia.

«Segni di effrazione?» chiese Devon, visto che Olivia non diceva nulla.

«Non ancora. La porta d'ingresso è andata, *letteralmente*, quindi non possiamo dirlo con certezza. Le porte sul retro sembrano intatte, ma i cardini si sono deformati per il calore, quindi è difficile stabilirlo».

Olivia incrociò lo sguardo di Devon prima di tornare a rivolgersi a Trevor. Niente di tutto ciò era importante in quel momento. C'era qualcosa di molto più urgente.

«Avete trovato un'altra scatola?»

La sua espressione si rabbuiò. Annuì. «La prima cosa che abbiamo notato».

Il petto di Olivia si serrò. «Dov'è?»

«Da questa parte». Fece loro cenno di seguirlo. Indossarono le tute da scena del crimine, si chinarono sotto il nastro e si fecero largo con cautela tra le manichette e l'attrezzatura sparsa fino a un tavolo pieghevole sistemato sul vialetto. Trevor prese un sacchetto per le prove appoggiato su un lato.

Dentro, sporca di fuliggine ma per il resto intatta, c'era una piccola scatola di metallo ammaccata. Trevor la posò con cura sul tavolo e aprì la cerniera del sacchetto.

«Stavo per aprirla proprio quando siete arrivati», disse, sollevando il coperchio con una mano guantata.

Olivia si chinò. All'interno c'era lo stesso tipo di fotografia che aveva già visto tre volte. Ma questa volta era diversa. Questa volta conteneva le fototessere dei volti di due ragazzi invece di uno. Entrambi i ragazzi le rivolgevano un sorriso tirato, le loro espressioni innocenti in netto contrasto con le circostanze in cui avevano trovato la foto. I ragazzi avevano gli stessi capelli – un taglio popolare all'epoca – ma le somiglianze finivano lì. Le fu chiaro che non erano fratelli, come aveva pensato all'inizio. Quando erano nati i suoi figli, non aveva notato la somiglianza tra loro, ma crescendo si era resa conto di quanto fossero incredibilmente simili. Non aveva la stessa impressione con questi ragazzi.

«Due?» chiese Devon, chinandosi per esaminare la foto. «Perché ce ne sono due?»

«Era una domanda retorica, vero?» rispose Olivia.

Devon finse di no. «So cosa significa, ma spiegami solo cosa pensi che significhi».

Lei fece un sorrisetto. «Se non mettiamo fine a questa storia, la prossima volta che verremo su una scena del genere avremo due cadaveri».

CAPITOLO
SETTANTATRÉ

Olivia andò su e giù, girando gradualmente attorno all'auto. Il trillo acuto le risuonava nelle orecchie, amplificato dal nervosismo e dall'ansia che le stavano rapidamente attanagliando lo stomaco.

Nessuna risposta.

Ritentò, questa volta muovendosi in senso antiorario attorno all'auto, come se potesse fare qualche differenza.

La situazione era grave. L'assassino dimostrava costantemente di essere un passo avanti a loro. Il giorno prima, seguendo l'indizio carpito al prete, George Grant — dal quale avevano avuto soltanto un nome: Kenny —, Olivia e la squadra avevano scoperto l'identità di quest'ultimo. Kenny Musgrave frequentava la stessa chiesa e gli incontri sociali infrasettimanali assieme a Nigel, Darren e Carlos negli anni Ottanta. L'unico problema era che non erano riusciti a rintracciarlo.

Fino a quel momento, quando l'assassino aveva mostrato loro dove trovarlo.

Quando raggiunse la portiera del guidatore, Stephanie rispose alla chiamata; la sua voce colse Olivia di sorpresa, facendola andare a sbattere contro lo specchietto retrovisore.

«Maledizione!»

«Tutto bene?» chiese Stephanie, con un tono tutt'altro che divertito.

Olivia si massaggiò il fianco. Una botta dolorosa che probabilmente le avrebbe lasciato un livido e sarebbe rimasta indolenzita per il resto della giornata.

«Sto bene. Mi scusi... mi scusi se La disturbo di nuovo, signora...»

«È importante, Olivia? Sono ancora in ospedale. Devo stare con mia sorella e non posso permettermi di allontanarmi per troppo tempo.»

«No. Certo che no. Capisco. Io...»

Era stato un errore. Non avrebbe dovuto chiamare. Avrebbe dovuto fidarsi di sé stessa e di Devon per gestire la situazione.

Si voltò a guardare la scena del crimine, dove Devon e Trevor stavano discutendo dell'accaduto tra loro.

«Abbiamo trovato un'altra scatola» disse infine.

Silenzio. Per un attimo, Olivia pensò che fosse caduta la linea.

Poi, un sospiro echeggiò nel microfono.

«Mentirei se dicessi che sono sorpresa» rispose Stephanie.

«Lo sarà quando Le dirò che c'erano due fotografie anziché una.»

Una pausa. Un'inspirazione secca.

«*Due?*»

«Due ragazzi nella stessa fotografia, abbracciati.»

Un'altra pausa, questa più lunga e significativa.

«Grazie per avermi informata» disse alla fine, con una punta di rassegnazione nella voce. «Mi piacerebbe essere lì, ma non posso lasciare mia sorella. Lei... lei, Devon e il resto della squadra dovrete cavarvela finché non torno.»

«Quando pensa di...»

«Non lo so. Ma presto. Forse domani. Tu e la squadra dovrete gestire questa situazione senza di me.»

«Okay...» Ora era il turno di Olivia di sembrare rassegnata.

«Comincia identificando i ragazzi nella fotografia. Parla con tutti quelli che abbiamo già interrogato, specialmente la madre di Anthony Shore e George Grant alla casa di riposo. Potrebbero riconoscere i ragazzi e darci dei nomi. Se non funziona, indaga sulla chiesa e sul doposcuola. Trova una connessione tra le vittime. Determina il legame tra le due potenziali vittime. Perché sono nella stessa fotografia? Dev'esserci una ragione. Scopri qual è, e fallo il più in fretta possibile. Hai tutto ciò che ti serve. Ma chiamami se hai bisogno di qualcosa. Aiuterò come e quando potrò.»

«Grazie, Steph. Ci mettiamo subito al lavoro.»

Olivia riattaccò, si mise il telefono in tasca, inspirò profondamente e gonfiò il petto, sentendosi improvvisamente pervadere da un rinnovato senso di determinazione e fiducia.

CAPITOLO
SETTANTAQUATTRO

Il distributore automatico si attivò con un ronzio, la spirale girò e il pacchetto di patatine avanzò lentamente, per poi incastrarsi a metà, rimanendo sospeso appena fuori portata, come a volerla schernire.

«Maledetta macchinetta» borbottò a mezza voce, premendo di nuovo il pulsante di selezione con rabbia.

Niente.

Lo premette ripetutamente, sperando che funzionasse, ma non fu così. Dopodiché, picchiò un pugno sul vetro. Ancora niente. Poi colpì il lato della macchina con il palmo della mano. Il pacchetto di patatine rimase saldamente al suo posto.

Accovacciandosi, sbirciò nella stretta fessura, come se fulminarla con lo sguardo potesse convincerla a rilasciare il suo ostaggio. Il suo stomaco brontolò in risposta.

Un altro colpo, stavolta più forte. La macchina vibrò, ma si rifiutò di arrendersi. Infilò le dita attraverso lo sportello, allungandosi finché le nocche non grattarono contro la protezione di plastica. Il pacchetto era troppo lontano, appena fuori portata.

Alle sue spalle, una voce gracchiò: «Una volta mi è rimasta la mano incastrata in una di quelle cose».

Stephanie si raddrizzò e si voltò di scatto, vedendo Jordan appoggiato allo stipite della porta, con i capelli sparati da un lato.

«Super imbarazzante» continuò lui entrando nella stanza. «I

proprietari del negozio sono dovuti venire a tirarmi fuori la mano... con l'aiuto dei vigili del fuoco e di un po' di lubrificante. Alla fine c'era una folla enorme che faceva il tifo per me».

Stephanie inarcò un sopracciglio. «Sembra che abbia vinto la macchinetta».

«Non ha vinto» disse lui, fintamente offeso. «Alla fine ho avuto il mio pacchetto di patatine».

«Dopo esserti umiliato di fronte a mezza città».

«A volte si vince, a volte si perde». Le si affiancò, sbirciando nella macchinetta. «E per cosa stai lottando? Gamberetti in salsa rosa? Lo sai che sono praticamente un crimine di guerra, vero?»

«Sono le uniche rimaste che non siano al formaggio e cipolla» ribatté lei, offesa. «E sto morendo di fame. Mangierei qualsiasi cosa in questo momento».

Jordan schioccò la lingua, le fece cenno di spostarsi, poi appoggiò entrambe le mani ai lati della macchina. «Il trucco è darle una bella scrollata» disse. «Come per prenderla di sorpresa. È qui che entra in gioco la finezza».

«È così che la chiami?»

«Tutti i miei anni di esperienza mi hanno portato a questo momento».

Con un grugnito e un gemito, scosse il distributore a destra e a sinistra, finché non sembrò sul punto di ribaltarsi. Dopo qualche scossone, il pacchetto di patatine, insieme a un pacchettino di Skittles abbandonato da un cliente precedente, cadde nello scomparto.

Jordan infilò la mano nel vassoio e glieli porse.

«Salvati dalle fauci del capitalismo».

Stephanie li prese, anche se si sforzò di non sembrare troppo colpita. «Hai raggiunto l'apice della tua vita» disse.

«Per me non può andare meglio di così. Meno male che sono arrivato quando sono arrivato, altrimenti avresti potuto dover chiamare i vigili del fuoco».

Una risatina le increspò l'angolo della bocca e fece del suo meglio per nasconderla. Aveva capito, non appena l'aveva visto in ospedale, che avrebbe dovuto essere gentile, civile, mantenere una tregua non dichiarata tra loro. Non era necessario che gli parlasse, ma quando lo faceva, doveva essere in modo amichevole e cordiale. Per il bene di Kimberley.

Jordan si appoggiò alla macchina, con le mani in tasca, osservandola attentamente, impaziente di dire qualcosa. «Sai, Kimberley non voleva chiamare me, comunque» disse dopo una pausa. «È stato un incidente. Voleva chiamare Jason, ma ha solo premuto il primo nome che ha visto con una J, e invece è partita la chiamata a me».

Stephanie si bloccò a metà masticazione. Non sapeva cosa ci si aspettasse che rispondesse. Apprezzava la sua onestà, ma le sue difese erano alte, e ci sarebbe voluto molto di più per abbatterle.

«Sono solo contenta che sia riuscita a contattare uno di noi» disse freddamente. «Non riesco nemmeno a immaginare cosa sarebbe successo se non l'avesse fatto».

«Già. Era... be', lo sai. Non stava per niente bene». Abbassò lo sguardo per un momento prima di guardarla di nuovo. «Ma so per certo che avrebbe preferito te lì piuttosto che me o Jason».

Stephanie rimase in silenzio, ingoiando il nodo che le si stava formando in gola.

«Ma io non c'ero» disse. «L'ho delusa».

«Non potresti mai deluderla, Steph. Lei ti adora. Ti venera. Mi dice sempre che ci sei sempre stata per lei. Che non avrebbe superato metà delle stronzate della sua vita senza di te». La sua voce si addolcì. «È fiera di te, Steph. Parla sempre dei casi che hai risolto, delle ore che ci dedichi, del modo in cui le guardi le spalle, qualunque cosa accada. Sei praticamente la sua eroina».

La gola di Stephanie si serrò per un nodo inaspettato. Non si aspettava questa reazione da lui, né l'aveva prevista da se stessa. Le sue difese stavano lentamente iniziando a crollare.

Abbassò lo sguardo sul pacchetto di patatine accartocciato che aveva in mano, improvvisamente incerta su cosa fare con le dita. «È mia sorella. Farei qualsiasi cosa per lei. Solo... solo vorrei che dicesse qualcuna di queste cose a me».

«Forse pensa che tu lo sappia già» disse Jordan gentilmente. «È sempre più facile dire queste cose ad altre persone che alla persona direttamente interessata. Ma so che lo pensa davvero».

Stephanie emise un lungo respiro. «Forse hai ragione. Grazie» disse a bassa voce, sorprendendosi di quanto fosse sincera.

Jordan fece una piccola alzata di spalle, come per dire che non era nulla. «Avevi il diritto di saperlo. So che le cose sono state piuttosto turbolente tra voi due di recente».

Esitò, poi si voltò per guardarlo dritto in faccia. «Senti... so di essermi comportata da stronza in queste ultime settimane, ma... ma è stato strano, difficile. Non è stato facile per me, sapere che in qualche modo siamo parenti. Non volevo credere che fosse vero - e una parte di me ancora non ci crede - ma tu ci sei stato per Kimberley ogni volta che io non c'ero, e di questo ti sono grata. Quindi, credo che quello che sto cercando di dire è che mi dispiace, e che forse dovrei accettare il fatto che fai parte della nostra famiglia, che mi piaccia o no. Per il bene di Kimberley, e per il mio». Si schiarì la gola. «Non sono molto brava con queste smancerie, se non si fosse capito».

«Mi avevi quasi convinto del contrario» rispose lui con una risatina.

Stephanie si concesse il più piccolo dei sorrisi. «Non farci l'abitudine».

Il ghigno di Jordan si addolcì in qualcosa di più tranquillo, più caldo. «Non cerco di piacerti, Steph. Anche se forse un giorno spero che lo farai. Voglio solo che Kimberley abbia entrambi nelle sua vita. Tutto qui. Ha bisogno di noi adesso. Di entrambi».

Non era forse la verità?

Incontrò il suo sguardo allora, lo incontrò davvero, e per un lungo momento nessuno dei due parlò. Era inutile fingere di non vedere la verità nei suoi occhi.

Gli porse il pacchetto di Skittles. «Offerta di pace?»

La sua espressione fu attraversata da un lampo di sorpresa prima che li prendesse. «Immagino di dover prendere quello che posso. Grazie».

CAPITOLO
SETTANTACINQUE

Aprendo la porta di casa diverse ore più tardi, Stephanie fu accolta da un silenzio e un'immobilità soffocanti. La casa era rimasta vuota per più di ventiquattro ore, eppure l'atmosfera sembrava diversa. Era come se una fitta nube di dolore e senso di colpa aleggiasse sull'edificio, filtrando attraverso i muri e permeando l'aria. A ogni passo, Stephanie la inspirava.

Rimase ferma per qualche istante, si sfilò le scarpe e lasciò cadere le sue cose sul bancone della cucina, prima di dirigersi dritta verso il bagno al piano di sopra. Non si era lavata; si sentiva sudata, maleodorante, e aveva bisogno di purificarsi dagli orrori della giornata.

Con la mente in pilota automatico, aprì la doccia, si spogliò ed entrò.

L'acqua le colpì la pelle, calda e implacabile, martellandole sulle spalle: una punizione adatta per ciò che sentiva di meritare. All'inizio, si concentrò sulla sensazione – il vapore che le avvolgeva il viso, il bruciore dove l'acqua colpiva troppo forte – qualunque cosa pur di distrarsi dai pensieri che cominciavano a farsi strada nella sua mente.

Ma quelli si insinuarono lo stesso.

Immagini che prima non aveva voluto raffigurarsi ora le si presentavano comunque: il minuscolo pugno di un neonato che si stringeva attorno al suo dito; Kimberley che sorrideva in un modo in cui non la vedeva da anni; l'orgoglio di annunciare che sarebbe diventata zia.

E poi l'immagine si infranse. Un dolore sordo le si formò nelle viscere, espandendosi sempre più pesante finché non riuscì più a reggersi in piedi. Le mani le scivolarono lungo la parete piastrellata mentre si accovacciava, lasciando che il getto d'acqua le martellasse la schiena. Con la fronte premuta sulle ginocchia e i capelli appiccicati alle guance, le lacrime si mescolarono all'acqua che le scorreva via dal corpo.

Per un po' rimase così, il rumore dell'acqua che copriva il suono affannoso del suo respiro. Pensò a Kimberley in quel letto d'ospedale, pallida e immobile. Rifletté su tutte le cose che avrebbe dovuto dire, le volte in cui avrebbe dovuto esserci e i momenti in cui aveva deluso sua sorella.

Non era solo la perdita di un figlio; era la perdita di ciò che significava per tutti loro. I compleanni che non ci sarebbero mai stati, le foto di famiglia che non sarebbero mai state scattate e la frattura nel matrimonio di Kimberley che ne era derivata.

Voleva restare fuori dalla loro relazione – ciò che accadeva tra loro restava tra loro – ma era impossibile non vedere i segnali. I segnali che si stavano palesando da settimane.

Quando finalmente sollevò la testa, la sua pelle era rossa e irritata, eppure si sentiva ancora impura.

Chiuse il rubinetto e sedette nel silenzio improvviso, gocciolante e vuota. In fondo, sapeva che avrebbe dovuto alzarsi, asciugarsi e affrontare qualunque cosa il futuro le riservasse. Ma per il momento, rimase semplicemente lì, lasciando che le ultime gocce d'acqua le scivolassero lungo la spina dorsale e le ultime lacrime le si asciugassero sulle guance.

CAPITOLO
SETTANTASEI

I suoi piedi erano di nuovo saldamente ancorati a terra, mentre l'incendio infuriava di fronte a lei, con le fiamme che consumavano i lati dell'edificio. Il fumo riempiva l'aria, denso e acre. Ondate di calore intenso le colpivano il viso e le braccia, arricciandole le punte dei capelli.

In breve tempo, il suono delle urla la raggiunse.

Ma stavolta era diverso. C'era solo una persona che urlava. E un altro rumore... peggiore, stridulo, molto più devastante. Il suono di un bambino che piangeva, che si lamentava, che implorava per la propria sopravvivenza. La testa di Stephanie scattò verso l'alto, i suoi occhi che scrutavano le sagome frastagliate delle finestre in frantumi finché non trovò l'origine del rumore.

Kimberley.

Era incorniciata dal fumo, con un braccio che cullava un fagotto stretto disperatamente al petto. Anche da lontano, Stephanie riuscì a vedere il modo in cui le labbra della sorella si muovevano, urlando qualcosa che non riusciva a sentire sopra il fragore del fuoco.

Eppure, i pianti del bambino fendevano il caos.

Lo stomaco di Stephanie le si attorcigliò in un nodo. Sua sorella e suo nipote erano lì dentro, disperati e in punto di morte. Non importava che non avesse una preparazione formale – una camminata sui carboni ardenti non era certo come gettarsi in un incendio

– ma sapeva di doversi muovere, di dover fare qualcosa. Proteggere sua sorella, come non era riuscita a fare così tante volte nel recente passato. Ogni istinto le urlava di fare qualcosa. Sfondare una porta, arrampicarsi su un pluviale, qualsiasi cosa per tirarli fuori prima che le fiamme si richiudessero su di loro.

Stava per muoversi quando una figura apparve, svoltando l'angolo della loro casa d'infanzia. L'impostore. L'intruso. La persona che non aveva fatto parte della loro vita, la persona che non era nemmeno mai entrata nella loro casa d'infanzia prima di allora. Jordan. Non aveva alcun diritto di trovarsi lì vicino. Quella era la loro casa, il loro spazio. Ma ciò non lo fermò; i suoi occhi si fissarono sulla stessa finestra che lei stava guardando, mettendo immediatamente a fuoco Kimberley e il bambino. Non ci fu esitazione, né pausa.

«Stai indietro» ringhiò lui sopra il frastuono, muovendosi già verso la porta d'ingresso della proprietà.

Ma lei non gli diede retta. Serrando i pugni, le sue gambe scattarono, quasi di propria iniziativa. Corse attraverso il vialetto, superando Jordan, e si fermò davanti alla porta d'ingresso.

Si bloccò. Poteva già sentire l'intensità e la ferocia del calore che ardeva all'interno.

Puoi farcela. Se puoi camminare sul fuoco, puoi correrci attraverso, si disse.

Senza pensare, sollevò la gamba e sfondò la porta con un calcio. Una fiammata di ritorno la investì, esplodendo in una palla di fuoco di fronte al suo viso e scaraventandola all'indietro. Tutto ciò che riusciva a sentire era l'odore dei suoi capelli bruciacchiati. Continuò comunque, proteggendosi il viso con il braccio mentre entrava dalla porta d'ingresso. L'ambiente risplendeva di un arancione cupo e profondo, il soffitto era soffocato da un fumo denso e nero. L'intensità del fuoco le risucchiò l'ossigeno dai polmoni. Immediatamente, iniziò a capire come si erano sentiti Nigel Hadlow e le altre vittime nei loro ultimi istanti, mentre il fuoco e le fiamme cominciavano a impadronirsi dei loro corpi.

Una serie di urla provenienti dal piano di sopra la strappò alle sue fantasticherie. L'accesso al piano superiore era libero. Corse verso il primo gradino e iniziò a salire, facendo attenzione a non toccare i muri o il corrimano, per non bruciarsi la pelle delle dita.

Con sua sorpresa, l'incendio non aveva ancora intaccato l'integrità strutturale dell'edificio, e riuscì a salire le scale con facilità. Per un attimo, le parve persino di sentire il suono familiare delle assi del pavimento che scricchiolavano sotto i suoi piedi.

Quando raggiunse l'ultimo gradino, tutto divenne stranamente silenzioso, fatta eccezione per il suono del suo respiro e l'eco distante di Kimberley e del suo bambino nella camera da letto dei loro genitori. Stephanie si avvicinò. La porta era chiusa a chiave.

Prima, quando si era imbattuta in quella stanza, qualcosa l'aveva trattenuta, impedendole di entrare. Stavolta, non esitò; sfondò la porta con un calcio, proprio come aveva fatto al piano di sotto pochi istanti prima, e si accovacciò, anticipando la fiammata di ritorno che le passò sopra la testa.

Con l'avambraccio in fiamme, si tuffò nella camera da letto e si diresse verso sua sorella. Trovò Kimberley rannicchiata in un angolo, che cullava il bambino contro il petto.

Stephanie afferrò Kimberley per un braccio e la trascinò fuori, avvolgendo le braccia attorno alla sorella mentre procedevano. Pochi istanti dopo aver lasciato la camera da letto dei loro genitori – il luogo che era stato testimone di così tanti orrori nel corso degli anni – il tetto crollò e implose in una palla di fuoco.

Scesero le scale con cautela, trattenendo il respiro e proteggendosi il viso.

In fondo ai gradini, la luce iniziò a filtrare nel corridoio, segnalando la loro uscita. Stephanie sentì crescere dentro di sé un rinnovato senso di determinazione. Era fatta. L'ultimo sforzo.

Si precipitò fuori dalla porta, e irruppero alla luce del sole, tossendo e sputacchiando, liberando il contenuto dei loro polmoni sul vialetto. Era implacabile. Ma mentre i curiosi cominciavano rapidamente a circondarle, Stephanie si rese conto che riusciva a sentire solo il rumore proveniente da sua sorella.

Il pianto del bambino era cessato.

Stephanie le prese il bambino, ma le parve pesante e inerte tra le braccia.

Non ebbe bisogno di scoprirlo per sapere che era morto, che era stato sopraffatto dal fuoco, che non era riuscita a salvarlo... né nella vita reale, né tantomeno in un sogno.

CAPITOLO
SETTANTASETTE

Stephanie si assicurò di arrivare per prima la mattina seguente, in modo da potersi portare avanti prima che arrivasse il resto della squadra. Avevano inviato i loro rapporti giornalieri in vari momenti della serata precedente, e lei li stava scorrendo dalle cinque, cercando di distrarsi dall'incubo che l'aveva tenuta sveglia.

Era a metà del rapporto di Devon quando la prima persona entrò nell'ufficio.

Olivia.

«Buongiorno, capo» esclamò l'agente, lasciando cadere le borse vicino alla sua scrivania. «Non pensavo che l'avremmo vista oggi. È tutto a posto con l'ospedale?»

«Per quanto possa essere a posto» rispose Stephanie, uscendo da dietro la scrivania. Raggiunse Olivia in cucina, dove la macchina del caffè si avviò borbottando.

«Quand'è l'ultima volta che ha dormito?» chiese Olivia.

«Come si deve? Intorno al 1995. Di recente? Qualche giorno fa. I letti d'ospedale non sono granché come si dice.»

«Non credo che nessuno in tutta la storia dell'universo abbia mai detto di preferire un letto d'ospedale al proprio.»

Stephanie ridacchiò mentre premeva il pulsante del caffellatte sulla macchina e attendeva che i suoi ingranaggi entrassero in funzione. Olivia le ronzava accanto, come se volesse dire qualcosa.

«È stato...? Si tratta...? Come sta...? Mi dispiace tanto, Steph» disse infine Olivia, posandole una mano ferma sulla parte superiore del braccio. Fu un piccolo gesto, ma Stephanie lo apprezzò comunque.

«Stiamo bene. Io sto bene. Il modo migliore per elaborare è fare quello che faccio con tutto: nascondere la testa sotto la sabbia e immergermi nel lavoro per dimenticare.»

«Non è sano.»

«Da quando qualcosa di quello che faccio è sano?»

Olivia non seppe cosa rispondere. La macchina del caffè finì l'erogazione e Stephanie riportò la sua tazza in ufficio. Quando entrò, erano arrivati tutti tranne Giles, vestiti con impermeabili, i capelli umidi per la pioggerellina persistente che cadeva da quando si era svegliata.

«Buongiorno a tutti» esclamò. «Lieto di vedervi tutti così presto. Voglio un aggiornamento sul punto della situazione, quindi mettetevi comodi e ci vediamo nella sala operativa tra cinque minuti.»

Poco più di cinque minuti dopo, la squadra sedeva di fronte a lei nella sala operativa. Giles era entrato di corsa all'ultimo minuto, l'unico senza una bevanda calda per scacciare il freddo dell'ufficio.

«Mi scuso per aver mandato tutto all'aria ieri» esordì, «ma apprezzo la professionalità con cui tutti voi avete gestito la situazione in mia assenza.» Si voltò verso la lavagna del caso, notando che qualcuno aveva aggiunto il nome, la fotografia e l'indirizzo di Kenny Musgrave. I suoi occhi scorsero l'ultima fotografia dei due ragazzi. «Questa faccenda non sta scomparendo, né sta migliorando. E ora abbiamo potenzialmente altre due vittime in arrivo. Ma prima: a che punto siamo con la nostra quarta vittima? Cosa sappiamo di lui?»

Devon fu il primo a parlare. «Si chiamava Kenny Musgrave. Cinquantatré anni, come le altre vittime. Viveva da solo e lavorava come revisore contabile. Gestiva una sua società, iscritta al Registro delle Imprese, ma risulta solo lui.»

«Abbiamo parlato con i suoi vicini, e lo hanno descritto come una persona amabile» continuò Noah. «Amichevole. Non si è mai inimicato nessuno e ha aiutato un paio di vicini quando stavano attraversando problemi finanziari con la loro auto.»

Stephanie annuì. «E qualcosa di utile? Collegamenti con Nigel Hadlow, Carlos Vazquez e Darren Fairhurst?»

«Ho parlato con il padre di Musgrave» disse Fiona, tormentandosi le unghie mentre parlava. «E, be', non è stato di grande aiuto, a essere sincera. A quanto pare, non è stato molto presente nella vita di Kenny, quindi non ha riconosciuto nessuno dei due ragazzi nell'ultima fotografia. Ha confermato, però, che Kenny andava a una scuola diversa rispetto alle altre vittime e che da ragazzo frequentava il doposcuola della chiesa nei giorni feriali. Se lo ricorda perché ha dovuto andarlo a prendere lì un paio di volte.»

«Quindi tutte e quattro le vittime, e potenzialmente le prossime due, provengono dal gruppo del doposcuola della chiesa e non da St Jude?» ripeté Stephanie a proprio beneficio. «Kenny era religioso?»

«Sua madre lo era» continuò Fiona. «È per questo che andava al doposcuola, ed è stato anche uno dei motivi per cui i suoi genitori si sono separati. Ma suo padre non ha detto se frequentasse la chiesa nei fine settimana. Come dicevo, non si vedevano molto.»

«C'è qualcosa che collega le quattro vittime oltre al doposcuola?»

Il silenzio riempì la stanza, mentre volti inespressivi la fissavano. Non poteva aspettarsi troppo in un solo giorno.

«Molto bene» disse. «Devon e Noah, voglio che vi mettiate subito al lavoro su questo. Analizzate la cronologia dei messaggi, i tabulati telefonici e finanziari. Qualsiasi cosa suggerisca che i quattro possano essersi incontrati negli ultimi mesi.» Si rivolse all'altro lato della stanza. «Giles, Fiona e Olivia, ho bisogno che scopriate chi sono quei due ragazzi. Sono fratelli? Migliori amici? O uno di loro è l'assassino e l'altro la prossima vittima? Questa è la priorità. Siamo stati un passo indietro rispetto a questo bastardo per tutta l'indagine. Non possiamo permettergli di prendere altre due vite. Noi-»

Improvvisamente, una porta dall'altra parte dell'ufficio si aprì. L'ispettore capo McGowan apparve con la coda dell'occhio, lento e metodico, interrompendola. Perse rapidamente il filo del discorso.

«Ispettore» disse lui con voce suadente. «Quando ha finito, posso rubarla un momento?»

Lo disse con tale calma, così a bassa voce, eppure perché si sentiva come se fosse stata convocata nell'ufficio del preside?

Dopo che lui sparì nel suo ufficio, lei si rivolse di nuovo alla squadra. Balbettando e distratta, disse: «Sapete tutti cosa dovete fare. Sapete tutti dove trovarmi se avete bisogno. Dateci dentro.»

CAPITOLO
SETTANTOTTO

Stephanie rifiutò l'offerta di sedersi.

«Sicura?» chiese McGowan.

«Certamente, signore. Sono seduta da quasi ventiquattro ore. La parte bassa della schiena ha bisogno di riposo.»

Clive armeggiò goffamente con alcuni fogli sulla scrivania. «Come... come va *tutto*?» chiese infine.

«Ha perso il bambino.»

Clive lasciò cadere i documenti e la fissò con sguardo assente. Per una persona in una posizione di alto livello con anni di esperienza, sembrò, per la prima volta da quando lei lo conosceva, come se non sapesse cosa dire.

«È terribile» rispose. «Mi dispiace molto. Porga le mie condoglianze a sua sorella, per favore. Se avessero bisogno di qualcosa, sono sicuro... sono sicuro che potremo aiutarli.»

«Lo apprezzo, signore. Ma in questo momento, non credo che qualcosa possa colmare l'enorme vuoto che si è creato nelle loro vite.»

E nel loro matrimonio.

«Certo» disse lui a bassa voce. «L'offerta è ancora valida.» Fece una pausa, tornando di nuovo con l'attenzione ai fogli. «Sono sicuro che questo sia un momento difficile per la sua famiglia. E sono sicuro che sia difficile anche per lei, Steph.»

Stephanie si sporse rapidamente verso la porta. «Non dobbiamo parlarne, io devo-»

«E sarebbe una negligenza da parte mia non considerare come si sente lei in tutto questo. Ho il dovere di prendermi cura di lei, tanto quanto di chiunque altro. Anche se la vedo fare buon viso a cattivo gioco con tutti, l'ho visto abbastanza volte e l'ho provato io stesso per capire quando qualcuno è in difficoltà.»

«Signore...»

Lui sollevò una mano per zittirla. «Non deve fingere di stare bene quando non è così. Se... se le cose si stanno facendo troppo pesanti, con la vita e con l'indagine, allora deve farmelo sapere.»

«Signore» disse lei con uno sbuffo. «Con tutto il rispetto, la ringrazio, ma no. So come sono fatta. So come gestire i traumi. Ci sono passata così tante volte che potrei prenderci una laurea. Ma onestamente, sto bene. Tutto ciò di cui ho bisogno è tornare a concentrarmi e puntare la squadra su questa indagine. Troppe persone stanno morendo mentre il caso è nelle mie mani, e dobbiamo assicurarci che non accada a nessun altro.»

Lui intrecciò le dita e la fissò con sguardo vuoto. «Ha bisogno di supporto?»

«No. Ho piena fiducia nella mia squadra e ho piena fiducia in questa indagine.»

«Che sospettati avete?»

Lei aprì la bocca, aspettandosi una domanda diversa che avrebbe potuto deviare rapidamente, ma non le uscì alcuna parola. Non aveva risposta. Non c'erano sospettati. Solo sempre più ragazzi che erano cresciuti conducendo vite diverse, tutti collegati a qualcosa del loro passato che ora stava tornando a perseguitarli.

«Stiamo lavorando su tutte le piste attive» rispose.

Lui emise un leggero sbuffo. «Sa con chi sta parlando, vero? Questa frase potrebbe funzionare con la gente comune, ma purtroppo non con me. Vorrei che funzionasse; mi renderebbe la vita molto più facile.»

Lei abbassò lo sguardo sul pavimento. «Ha ragione. Mi scusi, signore. Al momento non abbiamo sospettati.»

«E le identità dei due ragazzi nell'ultima fotografia?»

«Una priorità assoluta per noi» ammise lei. «Condurrò personalmente alcuni interrogatori con le persone necessarie.»

Questo parve placarlo momentaneamente. Lei lo interruppe prima che potesse rispondere.

«Con tutto il rispetto, signore. Apprezzo la sua preoccupazione. Ma non ho tempo per questo. Sto bene, e continuerò a stare bene. In questo momento, devo uscire e fare qualcosa, perché due vite dipendono da me.»

Aprì la porta e lasciò la stanza senza dargli l'opportunità di replicare.

CAPITOLO
SETTANTANOVE

Questa volta, la casa di riposo non le sembrò altrettanto imponente o terrificante. Anzi, appariva più piccola, più sporca, più simile a un edificio abbandonato che a un luogo per moribondi. L'ultima volta che aveva varcato quelle porte, il petto le si era stretto, i palmi le si erano imperlati di sudore e la mente era sprofondata in un vortice di tormento. Ora, mentre Stephanie parcheggiava e scendeva dall'auto, non c'era nulla di tutto ciò. Niente palpitazioni. Nessuna difficoltà a respirare. Nessuna voce nella testa che la esortasse a tornare indietro.

Avanzò con passo deciso sulla ghiaia, stretta nel cappotto e con i capelli che le sferzavano il viso al vento. Trovò l'addetta alla reception, Sharon Gallagher, dietro al bancone e si presentò.

«Sono qui per George Grant» spiegò Stephanie mentre firmava il registro.

Sharon non perse tempo: aggirò la scrivania e la condusse lungo il corridoio. Invece di seguire il percorso precedente, la receptionist la portò lungo un altro lungo corridoio. Passarono accanto a stanze da cui proveniva il suono metallico di televisori a buon mercato e la puzza di spray antisettico che lottava contro un odore opprimente di urina.

Il posto puzzava di morte e decadenza. E Stephanie ne aveva vista abbastanza nella sua vita per sapere che non voleva finire in un posto del genere, a consumarsi fino a diventare pelle e ossa. Una morte rapida e indolore era il modo in cui voleva andarsene. Meno sofferenza possibile per i suoi cari.

Pochi istanti dopo, entrarono nel soggiorno comune. In testa alla stanza, un grande schermo televisivo trasmetteva un innocuo programma pomeridiano che aiutava a coprire il silenzio. Lungo il perimetro era disposta una fila di poltrone imbottite con lo schienale alto. Lo spazio era occupato prevalentemente da donne, che superavano gli uomini in un rapporto di quasi dieci a uno. Stephanie rivolse a tutti loro un caldo sorriso, salutando con la mano ciascuno di loro mentre la fissavano con sguardo assente, le loro menti che cercavano di decifrare chi fosse e se la conoscessero. Nonostante la morbosità della stanza, i pazienti sembravano essere di buon umore. Coloro che potevano parlare – un'abilità non ancora sottratta dall'Alzheimer – conversavano, mentre quelli abbastanza lucidi da ricambiare il saluto lo fecero.

In fondo alla stanza, rannicchiato in un angolo, sedeva George Grant, curvo e con lo sguardo fisso sul pavimento. Una paziente gli stava borbottando qualcosa, ma lui la ignorava. Man mano che si avvicinavano, divenne più consapevole e sollevò leggermente la testa.

«George, ha una visita, tesoro. Si chiama Stephanie. Ha qualcosa da mostrarLe».

George sbatté lentamente le palpebre; aveva gli occhi cerchiati di rosso e le guance incavate. Sembrava più piccolo e più fragile di come lo ricordava, come se il peso del suo corpo stesse cedendo su se stesso. Eppure c'era ancora qualcosa nel suo sguardo, qualcosa di nascosto dietro i suoi occhi, che suggeriva che non era *neanche lontanamente* andato come gli altri.

Stephanie si accovacciò leggermente per mettersi al suo stesso livello. La receptionist le lanciò una rapida occhiata prima di ritirarsi ai margini della stanza, concedendo loro privacy pur continuando a osservare.

«Salve, George» disse Stephanie con dolcezza. «Si ricorda di me?».

Le sue labbra ebbero un fremito, ma non lasciarono trapelare nulla.

«Ho qualcosa che vorrei che guardasse».

Infilò la mano nella tasca del cappotto, le dita che sfioravano il bordo di una busta di plastica. Quando la estrasse, la foto all'interno rifletté la luce. La sollevò perché potesse vederla.

«Riconosce i ragazzi in questa foto?» domandò, calma e controllata. Si rese conto di dover esercitare un certo grado di pazienza, cosa molto più facile a dirsi che a farsi senza Olivia lì a fare il lavoro al posto suo.

Gli occhi di George scattarono sulla fotografia. Per un secondo, non accadde nulla. Solo lo stesso sguardo distante e annebbiato che aveva rivolto loro l'ultima volta. Ma più a lungo guardava, più la sua espressione mutava. Le pupille si dilatarono, gli occhi si spalancarono e le labbra tremarono prima di arricciarsi verso l'alto.

«Sono molto carini».

All'inizio, non sentì. Ma quando la donna accanto a George lo ripeté, capì cos'era successo. La donna alla destra di George si era sporta verso di lui, allungando la mano verso la busta delle prove.

«Sono dei ragazzini molto carini» ripeté la donna.

Prima che Stephanie potesse rispondere, George annuì. «Sì» sussurrò, con la voce roca e secca. «Molto carini, davvero. Mi sono sempre piaciuti a quell'età».

A Stephanie venne la pelle d'oca. Il modo in cui lo disse non era innocente. La luce dietro i suoi occhi non illuminava il pensiero di cori di bambini o giochi parrocchiali. C'era qualcos'altro lì. Qualcosa di più oscuro.

Non si lasciò andare a reazioni, sebbene ogni fibra del suo corpo volesse ritrarsi. Invece, mantenne il tono di voce piatto, professionale e distaccato. «Le piacevano a quell'età?».

Gli occhi di George non si staccarono mai dalla fotografia. Il suo respiro era diventato corto e irregolare, come se le immagini lo avessero risvegliato dalla nebbia più di quanto qualsiasi farmaco avesse mai potuto fare. «Così teneri, così fiduciosi» mormorò. «Era il periodo migliore. Prima che il mondo e la pubertà li rovinassero».

Stephanie sentì la bile salirle in gola. Allungò di nuovo la mano in tasca, tirando fuori una seconda busta. Un'altra fotografia. Un'altra vittima. La sollevò, osservandolo attentamente.

La reazione di George fu immediata. Le sue labbra si curvarono di nuovo verso l'alto. «Sì. Carino. Mi piaceva anche lui».

Un'altra foto. Quella di Nigel Hadlow. Di nuovo, le stesse parole. «Carino. Proprio dell'età giusta».

Il polso le martellava nelle orecchie, ma lei andò avanti, con le mani ferme nonostante le viscere le si contorcessero. Una dopo l'altra, dispose le foto sulle ginocchia, e ogni immagine di una vittima suscitava in lui la stessa reazione.

E poi fece scivolare l'ultima foto. Kenny Musgrave.

Per la prima volta, la mano di George ebbe un fremito, avanzando lentamente, tremando mentre premeva contro la plastica. Ora c'era una luce nei suoi occhi. Una scintilla. Le labbra screpolate si dischiusero e la sua voce emerse con sorprendente chiarezza.

«Quello» disse, le parole quasi reverenziali. Il suo dito picchiettò sulla plastica. «Kenny. Quello era il mio preferito».

La stanza parve inclinarsi intorno a Stephanie. Si costrinse a respirare, a rimanere salda, sebbene ogni istinto le urlasse di strappare via le foto e andarsene. Deglutì a fatica, mantenendo la voce piatta.

«Mi dica perché, George».

Lui sorrise e si appoggiò allo schienale della sedia come se stesse sprofondando nei ricordi. «Perché cantava per me» sussurrò. «Aveva la voce più bella. E la bocca».

CAPITOLO
OTTANTA

Il telefono le parve pesante tra le mani, come se fosse appesantito dall'aggiornamento che Stephanie le aveva appena dato.

«Che cosa ha detto?» chiese Fiona.

Pochi secondi dopo, Olivia si riscosse. «Pensa che possa esserci una sorta di legame sessuale tra i ragazzi».

«Andavano a letto insieme? Avevano tredici anni!»

Olivia scosse la testa, rendendosi conto dell'errore. «No, no, no. Intendevo tra i ragazzi e i preti del doposcuola. Ha mostrato le foto a George Grant e lui ha detto che erano carini».

«*Carini?*»

Olivia annuì. «Ma dal modo in cui l'ha detto, sembrava...»

«Losco?»

Un altro cenno del capo. «Non crederai che abbiano fatto qualcosa ai ragazzi, vero?»

«Una persona influente che abusa della propria posizione di potere e fiducia? Una storia vecchia come il mondo» disse Fiona, mordicchiandosi l'unghia del mignolo. «Ma non vedo come possa essere collegato a questi omicidi. Se uno dei ragazzi ha subito abusi, di certo si vendicherebbe su chi glieli ha inflitti — ovvero i preti — e non sulle persone con cui frequentava il doposcuola, no?»

Lo sguardo di Olivia cadde sull'asfalto. Poi lo sollevò verso la chiesa di fronte a loro.

«A meno che Nigel, Carlos e gli altri non abbiano presentato l'assassino ai preti, e che ora lui si stia vendicando su *di loro* per questo» suggerì.

Un momento di solenne silenzio aleggiò tra di loro, trasportato dalla brezza. Si scambiarono sguardi imbarazzati. Come madre di due figli adolescenti, Olivia sentì quel pensiero avvolgerle il petto come filo spinato. Era sempre stata vigile riguardo ai pericoli che si nasondevano in piena vista, in particolare i rischi dell'adescamento e della pedofilia. Era una preoccupazione che non l'abbandonava mai, specialmente nel suo lavoro.

«Cosa ne pensi?» chiese Fiona.

Olivia non lo sapeva. Ma di certo cambiava il tenore della conversazione che stavano per avere.

Con il fardello sulle spalle che d'un tratto sembrava più pesante, attraversarono il parcheggio in direzione della chiesa di St Joseph. Quando Olivia aprì il pesante portone di legno, un brivido le investì, più freddo dell'aria esterna. All'interno, trovarono John Ellery con una pila di libri dei canti in mano.

Il rumore lo mise in allerta e lui le chiamò: «Già di ritorno?»

«Purtroppo» rispose Olivia. «Potremmo farle qualche altra domanda sulla questione di cui abbiamo discusso in precedenza, Padre?»

«Certo, certo». John posò i libri e fece loro cenno di seguirlo nell'archivio. Lì era più tranquillo, più appartato e, pensò Olivia con cinismo, lontano dalle orecchie indiscrete di Dio.

«Ho visto che c'è stato un altro incendio stanotte» disse lui. «Mi dirà che anche la vittima apparteneva alla parrocchia?»

«Sì» rispose Fiona senza mezzi termini. «Purtroppo. Si chiamava Kenny Musgrave. Crediamo facesse parte dello stesso gruppo di amici delle altre vittime che la mia collega ha portato alla Sua attenzione l'altro giorno». Si frugò in tasca, tirò fuori il telefono e gli mostrò una foto recente di Kenny, presa dai suoi profili social. «Lo riconosce?»

Ellery diede una breve occhiata all'immagine. «Non direi. E di solito sono abbastanza bravo a ricordare le facce».

Olivia si sporse un po' in avanti. «Lei ha menzionato prima che George Grant era stato molto coinvolto nei gruppi per ragazzi. Nel frattempo abbiamo parlato noi stesse con lui. Quando gli abbiamo mostrato le stesse fotografie che abbiamo fatto vedere a Lei, li ha descritti come "carini"».

Il prete aggrottò la fronte ed emise una risatina secca. «George è un uomo anziano. La sua mente non è più quella di una volta. Non darei molto peso alle parole di una persona nelle sue condizioni».

«Forse» disse Olivia, con tono deliberatamente mite. «Ma quando abbiamo insistito, ha detto che gli piacevano "a quell'età" e che uno dei ragazzi aveva una bocca bellissima».

A quelle parole, il prete alzò la testa. «Mi dispiace, detective, ma devo obiettare. George ha dedicato la sua vita a questa chiesa. Ha battezzato bambini, seppellito i loro nonni e dato conforto nei momenti di crisi. È un prete, un servitore di Dio, e non resterò a guardare mentre la sua reputazione viene infangata da insinuazioni».

«Non stiamo insinuando» intervenne Fiona. «Stiamo indagando. E se mai ci fosse stato un incidente che ha coinvolto George e i ragazzi, dobbiamo saperlo».

Ellery scosse fermamente la testa, come per scacciare il suggerimento via come una mosca. «Non c'è stato nessun "incidente", né ce ne sono mai stati. Mi creda, negli anni in cui ho prestato servizio, ho sentito voci su altre parrocchie, altri preti. Ma non su George. Mai su George. Era una persona fidata, rispettata, amata. Qualsiasi cosa vi abbia detto, state travisando le parole di un uomo confuso. Se siete venute qui sperando che io confermi qualche scandalo, temo che ve ne andrete deluse. I ragazzi di cui chiedete erano senza dubbio bravi ragazzi. George li guidava. Li incoraggiava. Non ha mai fatto loro del male. E se state suggerendo il contrario, allora posso solo supporre che la disperazione stia annebbiando il vostro giudizio».

Fiona incrociò le braccia, lasciando che il silenzio si protraesse. Olivia lo studiò attentamente.

«Non siamo disperate, Padre» disse infine Olivia. «Siamo scrupolose. Se non c'è stato nulla, allora non c'è stato nulla. Ma se c'è stato… verrà fuori».

Le labbra di Ellery si strinsero in una linea sottile. «Allora vi suggerisco di cercare altrove. Perché qui non troverete le vostre risposte».

Olivia colse l'invito al volo ed esaminò la stanza. C'erano pile di carte e fascicoli sparsi sul tavolo vicino al muro, accanto a una manciata di vecchie fotografie. Su una sedia a lato, delle scatole traboccavano di bollettini parrocchiali e vecchi fogli di presenza. Una pila era legata con uno spago, ma un nodo si era allentato e un fascio di fogli si era aperto, rivelando volti di uomini, donne e bambini congelati in un sorriso di vent'anni prima.

Inclinò la testa. «Si è dato da fare qui dentro».

Ellery seguì il suo sguardo. «Sì, be'» disse, schiarendosi la gola, «dopo la vostra visita dell'altro giorno, mi ha fatto riflettere. La storia della chiesa, i giovani con cui abbiamo lavorato nel corso degli anni... Ho pensato che potesse essere utile mettere un po' d'ordine. Magari anche trovare qualcosa di utile per voi».

«Una bella riordinata» disse Olivia, avvicinandosi alla scrivania. Le sue dita sfiorarono le fotografie senza toccarle. «Molto premuroso da parte Sua».

«Sì» rispose lui in fretta. «Voglio aiutare in ogni modo possibile. Se questi terribili incendi sono collegati alla chiesa, allora verrei meno al mio dovere se non facessi qualcosa per aiutare le vostre indagini».

Olivia spostò un paio di carte con le dita. I suoi occhi scorsero bollettini, un turno dattiloscritto dei volontari della domenica e una locandina disegnata a mano per una festa parrocchiale. Poi, a metà della pila, colse il bordo di qualcosa di diverso: carta di giornale, più spessa, sbiadita.

La sfilò con cautela.

Era una doppia pagina del *Surrey Advertiser*. Il titolo, seminascosto dalla piega, recitava: *Chiesa Lodata dalla Comunità per il Gruppo Giovanile Settimanale*. Sotto, si estendeva una fotografia in bianco e nero su entrambe le pagine. Una dozzina di ragazzi, appena adolescenti, vestiti con camicie e pantaloni, erano in piedi nella sala parrocchiale, ogni volto che sorrideva alla telecamera con goffo orgoglio, un castello gonfiabile alle loro spalle. Al centro, con le braccia l'uno sulle spalle dell'altro, c'erano i ragazzi che riconobbe all'istante: Nigel, Carlos, Darren... e Kenny.

Il petto di Olivia si gelò mentre i suoi occhi si posavano sulla foto. Era la stessa foto da cui erano state ritagliate le immagini lasciate su ogni scena del crimine. La sua mano si librò appena sopra la pagina, come se temesse che toccandola potesse rovinarla.

«Dove ha preso questo?» chiese Olivia, con un tono più aspro di quanto intendesse.

Ellery si mosse alle sue spalle, sbirciando verso il basso. «Quello è dell'*Advertiser*. Venivano spesso ai miei tempi, e presumibilmente anche prima, per scrivere articoli su di noi, per mostrare alla comunità cosa facevamo. Un po' di pubbliche relazioni».

Sollevò la pagina dalla pila, ma non c'era nient'altro sul documento. Nessun nome. Nessuna età. Nessuna intervista con nessuno dei ragazzi nella fotografia. Solo i volti di coloro che erano stati bruciati vivi. E da qualche parte tra loro, pensò Olivia, l'assassino.

CAPITOLO
OTTANTUNO

I tergicristalli sferzavano violenti da un lato all'altro, lottando contro la pioggia incessante che era peggiorata con il progredire della mattinata. Il telefono vibrò nel supporto sul cruscotto. Era Olivia. Sporgendosi in avanti sul sedile, premette il pulsante e rispose alla chiamata.

«Può parlare?» chiese Olivia, con la voce quasi senza fiato.

«Sto guidando, ma mi dica pure.»

«Ho appena lasciato il St Joseph's e abbiamo trovato la fotografia dei ragazzi. Quella originale.»

«L'*originale*?»

«Viene da un servizio fotografico del doposcuola che il *Surrey Advertiser* ha fatto nell'ottantatré. Ci sono tutti: Nigel, Carlos, Darren, Kenny.»

Stephanie si distrasse e non si accorse che l'auto davanti a lei stava frenando. Inchiodò, evitando per un pelo una collisione.

«E le due nuove vittime?»

«Ci sono anche loro. In fondo al gruppo.»

Il fruscio del vento e della pioggia crepitò attraverso il microfono.

«C'è qualcun altro?»

«Qualche altro individuo,» spiegò Olivia. «Ci sono una dozzina di ragazzi in totale, insieme a tre adulti.»

«Chi sono gli adulti?»

«Non lo sappiamo. Sospettiamo che uno di loro sia George, ma Padre Ellery non ha riconosciuto gli altri. Ha detto che potrebbero essere stati membri della chiesa che facevano volontariato, forse dei genitori.»

«C'è del testo nell'articolo?»

«Sì, c'è,» disse Olivia. «Ma non nella versione che abbiamo trovato. Abbiamo solo la fotografia.»

L'auto davanti ripartì, ma Stephanie rimase dov'era, distratta. Si mosse solo quando l'auto dietro di lei suonò il clacson.

«Signora, è ancora lì?» chiese Olivia.

«Ci sono. Sto pensando.» Fece una pausa mentre superava un semaforo. «Qual è stato il risultato sulla pista dell'adescamento?»

«Fiona e io abbiamo opinioni diverse al riguardo,» rispose Olivia.

«Continui.»

Olivia si schiarì la gola prima di proseguire. «Lei crede che se ci fosse stato uno scandalo di adescamento, l'assassino prenderebbe di mira gli adescatori, non i ragazzi. Io invece non sono d'accordo. Penso che tutti gli adescatori siano probabilmente morti da un pezzo, a eccezione di George, e che ora l'assassino stia cercando vendetta sui ragazzi che lo hanno introdotto all'adescamento. Che forse, le vittime bruciate vive siano i ragazzi che hanno convinto l'assassino a unirsi al gruppo e di conseguenza a subire abusi.»

Stephanie svoltò in una tranquilla zona residenziale e accostò a lato della strada. La temperatura all'interno dell'auto sembrò improvvisamente soffocante, così abbassò il finestrino, con gli ingranaggi del cervello che giravano rapidamente. Rimuginò sulle informazioni, soppesando i pro e i contro di ogni argomentazione. Da un lato, ciò approfondiva il legame tra le vittime. Se fossero stati tutti sottoposti ad adescamento e molestie infantili, i loro legami sarebbero stati più profondi di qualsiasi altra cosa nella vita. Ma perché uno di loro si sarebbe improvvisamente rivoltato contro gli altri per ucciderli? Perché non avrebbero incanalato la loro rabbia verso i responsabili del trauma e degli incubi?

Per Stephanie non aveva senso.

E poi le venne in mente un pensiero: gli incendi.

Credeva che la modalità della morte, insieme alle citazioni religiose lasciate sulle scene del crimine, fosse simbolica. Troppo evidente per essere ignorata.

Bruciare le persone vive era una forma di giustizia o di punizione per essere stati introdotti in una banda di adescatori e molestatori di bambini?

Il suo istinto diceva di no.

«Teniamo aperte tutte le opzioni,» disse. «Potrebbe esserci un altro pezzo in questo puzzle. Faccio una telefonata a Louis, vediamo se può aiutarci con l'articolo.»

Stephanie concluse la chiamata con Olivia e scorse immediatamente i suoi contatti. Il pollice esitò un momento, poi toccò quello di Louis Brown. La linea squillò due volte prima che una voce secca rispondesse.

«Stephanie. Che sorpresa. Cosa posso fare per la polizia del Surrey in questo bel sabato mattina?»

«Louis, ho bisogno del suo aiuto. Riguarda questa indagine. Abbiamo trovato la foto originale di tutti i ragazzi che sono stati uccisi, e proviene da un servizio fotografico su una vecchia edizione del *Surrey Advertiser*. Sembra che facesse parte di un pezzo più ampio che il giornale pubblicò all'epoca.»

Louis grugnì. «E quindi?»

«Crediamo sia importante. Abbiamo bisogno di accedere ai vostri archivi: stampe originali, articoli, qualsiasi editoriale di accompagnamento. Riteniamo che da qualche parte ci possano essere i nomi delle vittime e anche degli altri membri del gruppo.»

«Certo,» disse Louis. «Sì, può avere accesso. Teniamo gli archivi cartacei nel seminterrato, tutto è digitalizzato dal novantasei in poi. Ma se è roba di metà anni Ottanta, avrà bisogno delle copie fisiche. Oggi non sono lì, ma posso farla accogliere da qualcuno alla reception.»

«Bene. Saremo lì questo pomeriggio.»

CAPITOLO
OTTANTADUE

Poco dopo mezzogiorno, Stephanie, Giles, Olivia e Fiona si installarono in una stanzetta nella redazione del *Surrey Live*. Lo spazio era a malapena sufficiente per due persone, figuriamoci per quattro, specialmente con il flusso costante di scatoloni che lo staff e gli stagisti del giornale continuavano a portare. I decenni di storia di Guildford erano proprio lì davanti a loro, in attesa di essere svelati. Ci vollero quasi venti minuti per radunare tutto in un unico posto e, dopo che Stephanie fu tornata dal vicino M&S con una selezione di panini già pronti, snack e bevande, furono pronti a iniziare. Avevano tutto ciò di cui avevano bisogno per le successive ore di noiosa e sfiancante ricerca.

«Sarà a dir poco divertente» borbottò Giles, squadrando le torri di cartone ammassate contro il muro. Il suo sguardo cadde poi sul cibo e sulle bevande. «Non avevano niente di più forte nel reparto offerte?»

Stephanie stava in piedi a capotavola, con le mani sui fianchi, e osservava Giles con un sopracciglio inarcato. «Purtroppo no. Quello arriverà dopo, a patto che tu trovi una svolta.»

«Sfida accettata.»

«Bene» disse lei. «Ci concentriamo sull'ottantatré, ma voglio coprire anche un anno prima e uno dopo. Dal millenovecentottantadue al millenovecentottantaquattro. Ci serve qualunque cosa menzioni la chiesa, i doposcuola o gli incendi. Qualsiasi cosa si ricolleghi ai ragazzi. Incidenti, vandalismo, tutto quanto. Spulciamo ogni singola riga. Non ci deve sfuggire nulla.»

Fiona emise un fischio sommesso, tirando fuori una pila di giornali e stendendola sul tavolo. «Si tratta di migliaia di pagine.»

«Allora è meglio se cominciamo» disse Stephanie con fermezza. Sapeva che era un lavoro ingrato, ma sapeva anche che era lì che le risposte dovevano essere sepolte. Da qualche parte, in quelle colonne infinite, si nascondeva il filo che dovevano tirare.

In breve tempo, nella stanza si creò un ritmo: il rumore delle pagine sfogliate, il fruscio della carta e il graffiare delle penne. Di tanto in tanto, uno di loro sbuffava o borbottava qualcosa a mezza voce. Fuori, l'eccitazione e il fervore di un giornale locale ronzavano dall'altra parte della porta.

«Sembra che si stiano divertendo un mondo, là fuori» commentò Giles. «Questo è peggio di quando ripassavo per la maturità.»

«Tu non hai ripassato per la maturità» replicò di rimando Fiona senza alzare lo sguardo. «Non dire bugie.»

Stephanie si concesse un piccolo sorriso, ma i suoi occhi non lasciarono mai la pagina che aveva di fronte. Feste locali, dispute comunali, necrologi, allarmi per inondazioni: niente. Prese un'altra pagina.

La prima mezz'ora passò in silenzio, rotto solo dal fruscio della carta di giornale e dallo scricchiolio occasionale di un pacchetto di patatine. Stephanie si era posizionata vicino alla porta, a gambe incrociate, con una pila di numeri del marzo 1983. Giles lavorava sulla parete opposta, mentre Olivia e Fiona si erano incastrate vicino alla finestra, la luce del giorno che si riversava sulle loro spalle mentre si chinavano sulle pagine.

«Qui ce n'è uno su un vicario che organizza una fiera estiva» disse Olivia dopo un po'. «Ottantatré, luglio. Grande lotteria, mercatino dell'usato, giochi per bambini. Non dice molto altro.»

«Inutile» borbottò Giles.

Poi toccò a Fiona proporre qualcosa. «Ci sono un sacco di articoli su furti con scasso quell'anno. Qualcuno prendeva di mira i negozi di quartiere. Potrebbe non essere rilevante, però.»

«Segnatelo» disse Stephanie. «Qualsiasi cosa che sembri un disordine in quella zona potrebbe essere importante.»

«Che ne dite di un incendio doloso in un magazzino a Woking, con tre feriti?» chiese Fiona, scorrendo la breve colonna. «Non sembra però avere nulla a che fare con la chiesa.»

«Tienilo» disse Stephanie.

Le ore successive si confusero in un ciclo ripetitivo: trovare qualcosa, leggere ad alta voce, scuotere la testa, andare avanti. Ogni volta che un titolo sembrava promettente, si dissolveva in nient'altro che microcriminalità o occasionali scandali sui bilanci comunali e alcuni dei suoi membri. Alle due, con i resti dei panini spariti da un pezzo, il morale era a terra. Tutto ciò che Stephanie aveva letto erano righe su righe di testo irrilevante che si confondeva: incidenti d'auto, furti con scasso e quasi una mezza dozzina di articoli sull'apertura di un nuovo Sainsbury's.

«Tamponamento tra due auto sulla A3. Tre morti» annunciò Giles.

Stephanie alzò lo sguardo. «No.»

Poco dopo, Olivia aggrottò la fronte. «Questo parla di uno spettacolo di fuochi d'artificio in una scuola. Due bambini ustionati, ma niente di fatale.»

«Dove?»

«Dorking.»

«Non è quello» disse Stephanie.

Tornò il silenzio, rotto solo dal costante voltare delle pagine. Poi, il brusco respiro di Olivia squarciò la quiete.

«Steph... credo di averlo trovato.»

Si voltarono tutti mentre lei appiattiva con cura il foglio fragile sulla scrivania. *Surrey Advertiser*, 19 aprile 1983. Al centro della prima pagina, sotto la piega.

ADOLESCENTI SCAMPANO A UN INCENDIO A GUILDFORD

Amici del doposcuola sopravvivono a un rogo notturno

Un incendio notturno in una casa abbandonata alla periferia di Guildford ha lasciato diversi ragazzi sotto shock ma illesi martedì sera. Il rogo, divampato poco dopo le 21, ha devastato la proprietà fatiscente dove si era riunito un gruppo di amici di un doposcuola locale.

Tutti i ragazzi sono riusciti a fuggire prima che l'edificio fosse comple-

tamente avvolto dalle fiamme. Alcuni hanno riportato una lieve intossicazione da fumo, ma nessuno ha richiesto cure ospedaliere.

La causa dell'incendio è oggetto di indagine, sebbene le prime ricostruzioni suggeriscano che possa essere stato appiccato accidentalmente dopo che i ragazzi avevano acceso delle candele all'interno della proprietà abbandonata.

«È stato come in un incubo» ha detto la signora Anne Whittaker, una residente della zona. «È andato a fuoco tutto in un attimo. Sentivo le urla dei ragazzi. Sono fortunati a essere usciti tutti.»

I testimoni hanno descritto frenetici tentativi di aiuto. «Abbiamo spaccato una finestra per farne uscire alcuni» ha raccontato il signor Peter Clarkson. «Il fumo ci stava soffocando tutti. Poteva andare molto peggio.»

Il personale volontario del doposcuola ha confermato che il gruppo si era incontrato quella sera prima di dirigersi verso la casa. «Erano inseparabili» ha detto un volontario. «Facevano sempre ridere la gente. Siamo solo sollevati che stiano bene.»

I genitori hanno da allora richiesto misure più severe per impedire ai ragazzi di accedere agli edifici abbandonati della zona. I vigili del fuoco del Surrey hanno confermato che è in corso un'indagine approfondita sull'incendio.

Stephanie si sforzò di parlare, la voce bassa ma ferma. Non voleva lasciarsi prendere dall'entusiasmo. «Fa il nome di qualcuno dei ragazzi coinvolti?»

Olivia continuò a leggere, i suoi occhi che scorrevano veloci la pagina. Aprì la bocca, poi la richiuse, come se le fosse mancata l'aria. «Nigel... Carlos... Darren... e Kenny Musgrave... ci sono tutti i loro nomi perché hanno rilasciato interviste al giornale.»

«Ecco il collegamento» disse infine Stephanie. «Ecco di cosa si tratta...»

CAPITOLO
OTTANTATRÉ

Fuoco. Era quello il collegamento tra le vittime.

Un'esperienza traumatica che le aveva unite. Lo sentiva fin nelle ossa. Ma il suo intuito le diceva che c'era qualcosa di più del semplice coinvolgimento dei quattro ragazzi in un incendio.

Il problema era che tutte le persone a cui volevano fare domande, le persone che conoscevano la verità, erano morte.

Stephanie camminò avanti e indietro per la piccola stanza, anche se nello spazio angusto sembrava più che altro che spostasse il peso da un piede all'altro.

«Dobbiamo scoprire chi sono queste due persone» disse, mordicchiandosi il labbro inferiore. «Penso che qualcuno possa essere morto in quell'incendio, e gli individui che erano presenti sanno esattamente cosa è successo. Nigel, Carlos e Darren hanno già dimostrato di poter mentire e mantenere segreti tra loro; guardate cos'è successo con Felix Krüger». Si voltò verso Olivia. «L'articolo menziona qualcos'altro sull'incidente?»

L'agente scosse il capo.

«Vengono menzionati altri nomi?»

Un altro cenno di diniego.

Stephanie si rivolse a Giles e Fiona. «Per favore, esaminate i rapporti dei mesi successivi alla data sul giornale di Olivia. Se ci fosse stata un'indagine della polizia o dei vigili del fuoco, i loro verbali potrebbero essere stati pubblicati».

Annuendo, Giles e Fiona iniziarono la loro ricerca, prendendo pile di carte e mettendosele in grembo. Le sfogliarono in silenzio, vagliando attentamente le informazioni, girando le pagine con particolare attenzione, come se ora avessero un nuovo peso e un nuovo significato.

Nel frattempo, Stephanie tirò fuori il telefono e chiamò l'ufficio. Noah rispose dopo qualche squillo.

«Controllo a terra a Maggiore Tom» disse lui con leggerezza. «Qui è Noah che parla».

«Rispondi sempre così al telefono?» chiese lei.

«Solo quando so che sei tu, capo».

«Come facevi a saperlo?»

Lui esitò. «Un colpo di fortuna? Ad ogni modo, come posso esserti d'aiuto?»

«Ho bisogno che tu smetta subito di fare quello che stai facendo» disse lei, poi procedette a spiegare il collegamento dell'incendio tra tutte le vittime. «Supponiamo che sia stata avviata un'indagine della polizia parallelamente a quella dei vigili del fuoco. Ho bisogno che tu controlli se i ragazzi siano mai stati portati in centrale per un interrogatorio. Inoltre, cerca le deposizioni di testimoni chiave affiliati alla chiesa e al club del doposcuola. Potrebbero essere le nostre prossime vittime, o uno di loro potrebbe essere l'assassino».

Seguirono alcuni istanti di silenzio.

«Noah?» chiese lei. «Noah, ci sei?»

«Colpa mia. Perdonami, stavo scrivendo quello che hai detto e il mio cervello maschile non mi permette di fare più cose contemporaneamente».

Le venne da ridere, ma non era il momento. «Inoltre, cerca le denunce di scomparsa di quel periodo. Non risulta che nessuno sia morto nel rogo, ma ciò non significa che non ci fosse nessun altro. Potrebbero averne denunciato la scomparsa dopo l'evento».

«Sissignore, capitano. I tuoi desideri sono ordini. Ti aggiorno a breve».

CAPITOLO
OTTANTAQUATTRO

Isaac si era convinto che Portsmouth fosse abbastanza lontana. Che tre giorni rintanato nella stretta villetta a schiera vittoriana di Sarah, sopravvivendo con caffè solubile e qualsiasi cibo in scatola che lei aveva lasciato prima di partire per le vacanze, fosse un compromesso migliore che restare a casa, dove non era al sicuro. Aveva visto i notiziari, li aveva seguiti dall'inizio. Aveva ingenuamente creduto che non fosse possibile, che quella parte delle loro vite che tutti avevano cercato di lasciarsi alle spalle non potesse essere tornata a perseguitarli. Ma tutti i suoi amici di quel periodo – Nigel, Carlos, Darren, Kenny – erano ora morti, uccisi, assassinati. Fu solo dopo aver visto la notizia della morte di Kenny che la consapevolezza gli era piombata pesantemente sul petto: il prossimo era lui.

Non aveva alcun dubbio.

L'assassino stava venendo a prendere *lui*.

Ma era impossibile. Non poteva essere...

Sarebbe dovuto andare dalla polizia? Sì. Ma per qualche ragione, la chimica del suo cervello gli aveva detto di scappare, di fuggire e non guardarsi mai indietro. Era un uomo di poche pretese. Non gli serviva molto: solo un letto, un po' di calore, cibo e acqua. Il resto erano lussi di cui poteva fare a meno. E poi, come avrebbe potuto aiutare la polizia a identificare un bambino morto che non era morto ed era ormai diventato un adulto? Non era al sicuro, né lo sarebbe stato finché non si fosse allontanato il più possibile dal Surrey.

Isaac stava saccheggiando le dispense vuote della cucina di sua sorella quando bussarono.

Tre colpi secchi alla porta d'ingresso. Isaac lasciò cadere la lattina di fagioli, il barattolo di metallo che rimbombò sulle piastrelle della cucina con un suono che parve echeggiare per tutta la casa. Le mani presero a tremargli in modo incontrollabile mentre si aggrappava al bordo del bancone, le nocche che diventavano bianche contro la superficie.

Poteva essere chiunque. Un postino. Un vicino. Qualcuno che cercava Sarah.

O forse se l'era immaginato. Forse lo stress alla fine lo aveva sopraffatto e la sua mente gli stava giocando brutti scherzi. La casa si quietò intorno a lui, il vecchio termosifone che scricchiolava raffreddandosi. In lontananza si sentivano i gabbiani e, da qualche parte lungo la strada, lo sbattere di una portiera.

Bussarono di nuovo. E Isaac seppe con assoluta certezza che la sua vita da fuggitivo era appena scaduta. Si costrinse a respirare, contando i secondi tra un'espirazione e l'altra come gli aveva insegnato il suo terapista anni prima. Milleuno, milledue. Ma la tecnica che una volta lo aveva aiutato a superare gli attacchi di panico ora sembrava inutile.

Il polso gli martellava nelle orecchie mentre si avvicinava furtivamente alla finestra d'ingresso, attento a non fare rumore mentre si accostava al vetro. Attraverso uno spiraglio nella tenda, vide un'ombra sulla soglia.

«So che è lì dentro, Isaac». La voce filtrò attraverso il vetro, calma e colloquiale, come se fossero vecchi amici che si incontravano per pranzo.

A Isaac si gelò il sangue nelle vene. Le gambe gli diventarono di gelatina mentre si allontanava dalla finestra, la mente che correva frenetica alla ricerca di impossibili vie di fuga. Il giardino sul retro era minuscolo, delimitato da alte recinzioni. Le finestre del piano di sopra erano troppo alte per saltare senza rompersi il collo.

«Andiamo», continuò la voce, accompagnata dal leggero strisciare di una scarpa sul cemento. «Sappiamo entrambi che sarebbe finita così, in un modo o nell'altro. Gli altri hanno pagato per i loro peccati. Ora è il suo turno».

Isaac premette la schiena contro il muro accanto alla finestra, il respiro corto e affannoso. Chiuse gli occhi e cercò di pensare, ma era inutile con il fragore del suo cuore che rimbombava.

Poi il suo istinto di sopravvivenza scattò.

Isaac sfrecciò verso il retro della casa. I suoi piedi martellarono sul pavimento di legno mentre irrompeva in cucina, facendo stridere le sedie sulle piastrelle. Dietro di sé, sentì la maniglia della porta d'ingresso vibrare, seguita da uno schianto secco, come di qualcosa di pesante che colpiva il legno.

La porta sul retro era chiusa a chiave. Certo che era chiusa a chiave. Le dita armeggiarono con la chiave incastrata nella toppa mentre dei passi rimbombavano per la casa dietro di lui. La serratura finalmente cedette con un clic metallico, e Isaac si precipitò nello stretto giardino, l'aria fredda di Portsmouth che lo colpì in faccia come uno schiaffo.

Il giardino era ancora più piccolo di quanto ricordasse. Ma là, nell'angolo più lontano dove Sarah teneva i bidoni, notò un'apertura dove uno dei pannelli della recinzione era marcito vicino alla base.

Isaac si gettò carponi, forzandosi attraverso l'apertura scheggiata proprio mentre sentiva la porta sul retro spalancarsi con violenza dietro di lui. Il buco era più stretto di quanto fosse sembrato. Il legno scheggiato gli strappò la camicia, impigliandosi nel tessuto. Spense con più forza, la disperazione che lo rendeva avventato, ma le sue spalle erano troppo larghe per l'apertura marcia.

Era incastrato.

Il panico lo inondò mentre si divincolava contro il legno scheggiato, sentendo i frammenti mordergli la schiena. Dietro di lui, dei passi si avvicinarono sull'erba.

«Male, molto male, Isaac». La voce era più vicina ora, a pochi passi. «Sembra piuttosto scomodo».

Mani forti gli afferrarono le caviglie e Isaac si sentì trascinare all'indietro attraverso l'apertura. Il legno gli graffiò la pelle, il pannello della recinzione che gemette mentre il suo corpo veniva tirato fuori. Si contorse freneticamente, cercando di scalciare, ma la presa era troppo forte.

Venne tirato su e girato per trovarsi faccia a faccia con il suo inseguitore per la prima volta.

«Salve, vecchio amico».

Isaac aprì la bocca per parlare, per supplicare, per implorare perdono, ma il colpo arrivò rapido e preciso, spegnendo tutte le luci del mondo.

CAPITOLO
OTTANTACINQUE

Avevano un nome.

Due, a dire il vero.

Il primo era il nome del ragazzino che, la notte dell'incendio, era stato dichiarato scomparso dai suoi genitori. Noah lo aveva trovato nel sistema poco dopo la loro telefonata, e Giles e la squadra avevano scoperto ritagli di giornale sulla sua scomparsa, datati qualche giorno dopo l'incendio. Si chiamava Toby Ashworth, e la squadra poté confermarne approssimativamente l'identità confrontando una sua foto sull'annuario della scuola St Jude's con quella dei due ragazzi trovata sulla quarta scena del crimine. La corrispondenza c'era; conoscevano l'identità di uno dei ragazzi. L'unico problema, però, era che il corpo di Toby Ashworth non fu mai ritrovato, e l'indagine sulla sua scomparsa si era arenata in fretta per poi essere interrotta. Non era chiaro se fosse coinvolto nell'incendio alla casa abbandonata, poiché tutti i ragazzi presenti sostennero che Toby non era stato con loro.

Si riteneva che il secondo ragazzo nella fotografia fosse il dodicenne Isaac Grove, che frequentava il doposcuola serale con gli altri ragazzi, ma non andava alla St Jude's. Il suo nome e la sua foto erano comparsi per la prima volta in un trafiletto editoriale dopo l'evento, dove aveva rilasciato una breve dichiarazione sull'incendio, scusandosi per il caos e il disturbo arrecati.

Certa che fosse una potenziale vittima – o potenzialmente l'assassino – la squadra rintracciò Isaac Grove in una villetta con tre camere da letto a Camberley, una cittadina situata proprio ai margini tra l'Hampshire e il Berkshire.

Svoltarono dalla strada principale in una rete di vie strette. Stephanie sedeva sul sedile del passeggero, osservando le case sfrecciare indistinte, i suoi pensieri che correvano veloci come quelle macchie. Il navigatore annunciò la svolta e l'auto rallentò. Giles mise la freccia, il motore che brontolava mentre si immettevano in una via fiancheggiata da case pressoché identiche.

«Lì» borbottò Giles, accennando a una casa a metà della curva.

Il convoglio si fermò a poche case di distanza. Davanti a loro, agenti in uniforme scesero dal furgone prima di dirigersi verso la porta d'ingresso. In fondo al gruppo c'era un agente alto e dalle spalle larghe che trasportava un pesante ariete. Giles spense il motore, e un silenzio greve riempì rapidamente l'auto. Il cuore di Stephanie batteva all'impazzata, i nervi le si attorcigliavano nello stomaco mentre guardava gli agenti radunarsi.

Ci siamo.

Lì dentro c'era il loro assassino o la loro prossima vittima.

Sperava nel primo, ma fino a quel momento l'assassino era stato sempre un passo avanti a loro, e avrebbe mentito se avesse detto di sentirsi fiduciosa.

«Pronta?» chiese Giles, allungando già la mano verso la maniglia.

Stephanie fece un cenno secco col capo. Lo seguì fuori, l'aria del tardo pomeriggio fresca sul viso. Gli agenti in uniforme si sparpagliarono, muovendosi rapidamente e con precisione disinvolta. Una coppia si posizionò al cancello posteriore, mentre altri due affiancarono la porta d'ingresso. Il sergente responsabile fece un cenno deciso col capo.

L'ariete oscillò.

Uno schianto sordo rimbombò lungo la strada mentre la serratura cedeva. La porta si spalancò, sbattendo contro il muro. Gli agenti si riversarono dentro, gli stivali che martellavano sul pavimento in laminato, le voci alte.

«Polizia! Si faccia vedere!»

«Polizia! Si faccia riconoscere!»

Stephanie rimase sul bordo del vialetto, il polso accelerato, gli occhi fissi sulle ombre all'interno.

Un istante dopo, la voce del sergente echeggiò di rimando: «Libero!»

Poi un'altra voce dal piano di sopra: «Libero anche qui!»

Sentì le spalle rilassarsi mentre avanzava, scavalcando il telaio scheggiato della porta per entrare in casa. Giles la seguì, la sua mano che sfiorava lo stipite mentre scrutava il corridoio.

«Non è qui» disse uno degli agenti mentre entravano.

«Non può essere andato via da molto» rispose lei automaticamente.

Giles inclinò la testa. «Come fai a saperlo?»

«Guarda.»

Indicò l'appendiabiti. Solo un gancio era vuoto. Si addentrò ulteriormente nella casa, osservando la scena nel soggiorno: il posto era pulito e ordinato, con ogni cosa al suo posto. In cucina, una pagnotta di pane era appoggiata sul ripiano, la confezione semiaperta.

«Forse è andato in vacanza» suggerì Giles.

«Dovremo controllare con le compagnie aeree» disse lei, aprendo il frigorifero. All'interno c'era un cartone di latte aperto. «Ma se sapessi di andare in vacanza per un po', non lasceresti queste cose aperte, non perché vadano a male per quando torni.»

Chiuse lo sportello e si avventurò di sopra, nella camera da letto di Isaac Grove, che confermò la sua convinzione: l'anta dell'armadio era aperta, con diverse grucce gettate sul piumone mezzo sistemato. E la conferma finale di cui aveva bisogno era in bagno: mancavano lo spazzolino e il dentifricio.

Sentì un nodo alla gola.

«Ha fatto una valigia» disse, raddrizzandosi. «Vestiti, articoli da toeletta... sembra che sia partito di fretta.»

Giles si appoggiò allo stipite della porta, con le braccia conserte. «Sta scappando da noi?»

«O da qualcun altro.»

CAPITOLO
OTTANTASEI

Stephanie sedeva alla sua scrivania, i gomiti appoggiati sul legno, gli occhi fissi sulla fotografia posata davanti a lei. Era la stessa immagine che studiava da un'ora, con lo sguardo che vagava su ogni pixel. Dodici ragazzi, congelati nel tempo, le sorridevano. Era tardo pomeriggio, ma il buio fuori faceva sembrare che fosse mezzanotte. La sua lampada da scrivania faceva poco per illuminare il resto della stanza. Una vaschetta di plastica di insalata di pasta era posata intatta al suo fianco, la forchetta ancora avvolta nel tovagliolo. Sapeva che avrebbe dovuto mangiare, ma il solo pensiero le faceva contrarre lo stomaco e minacciava di farla vomitare.

Un colpo improvviso alla porta la distolse dai suoi pensieri.

«Avanti» disse, sorpresa.

La porta si aprì piano e Devon entrò, stringendo un sottile fascio di fogli.

«Hai un minuto?» domandò lui.

Stephanie si appoggiò allo schienale, stirando la colonna vertebrale finché non scrocchiò. «Dipende. Sono buone notizie?»

Lui emise un breve sospiro. «Dipende dal tuo punto di vista, immagino.» Chiuse la porta alle sue spalle. «Ho seguito la pista delle molestie, nel caso ci fosse qualcos'altro... ed è un vicolo cieco.»

Stephanie si accigliò. «In che senso un vicolo cieco?»

«La polizia condusse un'indagine approfondita tra l'inizio e la fine degli anni Ottanta. Due uomini della chiesa furono implicati a seguito di una serie di denunce. Entrambi furono accusati, condannati e scontarono la pena. È tutto agli atti.» Lasciò cadere i fogli sulla scrivania di lei e li colpì una volta con il dito. «Ma le persone che denunciarono non erano i nostri. Darren, Nigel, tutti gli altri... furono tutti interrogati, ma dichiararono inequivocabilmente che non era mai successo loro nulla e negarono di essere a conoscenza di quanto accaduto.»

Stephanie si massaggiò una tempia, sentendo l'inizio di un sordo mal di testa dietro gli occhi. «Erano ragazzini. Potrebbero aver mentito; hanno già dimostrato di saperlo fare.»

«Lo so. Ma chissà perché non credo che l'avrebbero fatto. Ai ragazzi fu promesso l'anonimato e, secondo gli appunti del responsabile delle indagini dell'epoca, disse che ciò diede a quattro dei cinque querelanti la fiducia per farsi avanti. Matematicamente, dei quattro che sono morti, penso che almeno uno di loro si sarebbe fatto avanti se fosse stato questo il motivo.»

Lasciò che il silenzio si protraesse, gli occhi di nuovo attratti dalla foto. Alla fine, sospirò. «Va bene. Grazie, Devon. Almeno è qualcosa che possiamo escludere.»

Lui annuì, indugiando un momento, come incerto se dire altro, prima di ritirarsi. La porta si chiuse alle sue spalle, lasciandola di nuovo sola con la fotografia, il buio e il cibo intatto.

Stephanie espirò dal naso. Aveva appena finito di scrivere un appunto sul suo blocco quando sentì bussare di nuovo alla porta. Comparve Olivia, che si lasciò cadere sulla sedia di fronte a lei, un'espressione di sconcerto e preoccupazione incisa in ogni poro della sua pelle.

«Credo di avere qualcosa, capo» esordì, con la voce incrinata. «E non so se sto impazzendo o se quello che vedo è vero. In entrambi i casi, non voglio crederci.»

Stephanie si raddrizzò sulla sedia, la serietà improvvisa nel tono di Olivia che catturava la sua attenzione. «Che cosa hai?»

Olivia aprì il fascicolo, le dita che le tremavano leggermente mentre spargeva le pagine sulla scrivania tra di loro. «Volevo passare al setaccio l'indagine originale sull'incendio. Il rogo dell'edificio nell'ottantatré. Ma...» Deglutì. «I fascicoli sono spariti.»

Stephanie si sporse in avanti, gli occhi che si restringevano. «Spariti?»

«Non solo archiviati male» disse Olivia, scuotendo la testa. «Cancellati. Intere testimonianze. Interrogatori incrociati con alcuni dei ragazzi che ce l'avevano fatta a uscire. E... sembra deliberato. Ho controllato i registri degli accessi digitali negli archivi.» Batté il dito su un foglio, dove un elenco di voci era stato stampato con un inchiostro nero e pulito. Ogni riga conteneva una data, un'ora e un nome utente.

Stephanie passò in rassegna la colonna finché il suo sguardo non si posò sulla voce che Olivia aveva cerchiato con una penna rossa.

Accesso: 02:14 - quattordici giorni fa

Utente: E. Thorne.

Lo stomaco le si strinse. Si appoggiò lentamente allo schienale, l'aria nella stanza sembrò improvvisamente più pesante. «Elias.»

Olivia annuì lentamente, gli occhi sbarrati per la paura. «È stato l'ultimo ad accedere al fascicolo prima delle cancellazioni.»

Stephanie fissò il nome sulla pagina. La sua mente ripercorse le ultime conversazioni che aveva avuto con Elias. La sua storia sull'incendio. Un incidente d'auto da adolescente. Le cicatrici sul suo viso. Il modo in cui gli si illuminavano gli occhi quando vedeva il fuoco o ne parlava. Il modo in cui non si era lasciato consumare.

Guardò di nuovo Olivia. «Sei sicura?»

Un debole cenno del capo. «Ho fatto un controllo incrociato con l'informatica. Nessun altro ha toccato quei fascicoli da anni. È stato lui.»

Per un momento, nessuna delle due parlò. I suoi occhi caddero di nuovo sulla fotografia, sul ragazzo nell'immagine che credeva fosse Toby Ashworth. Per la prima volta da quando la stava guardando, vi riconobbe qualcosa. Vide il volto di Elias in quegli occhi, in quei lineamenti.

Prima dell'incendio.

Prima delle cicatrici.

Prima del dolore.

CAPITOLO
OTTANTASETTE

La testa di Isaac Grove sembrava imbottita di esplosivo. Gli fischiavano le orecchie, un sordo martellare gli pulsava dietro le tempie, come se ogni battito gli conficcasse un chiodo rovente più a fondo nel cranio. Il mondo intorno a lui era di traverso e, quando tentò di muoversi, il suo corpo scattò contro qualcosa di ruvido. Corda. Gli mordeva i polsi e il petto, e le fibre ruvide già gli tagliavano il tessuto sottile della camicia.

Sbatté le palpebre con forza. Una. Due volte. La vista gli si schiarì gradualmente. L'aria odorava di umido, era pregna di muffa. Si trovava in una chiesa, questo riuscì a dedurlo, ma non una che avesse visto la luce o una funzione da mesi. Le vetrate colorate erano semi-distrutte, sbarrate con cartone e compensato. I banchi erano stati rovesciati e accatastati di lato, e granelli di polvere fluttuavano nella penombra; la chiesa era spoglia, pronta per la demolizione.

Poi udì un rumore. Un respiro. Lo strascicare di scarpe sul pavimento di pietra.

La testa di Isaac si girò lentamente in quella direzione.

Una figura si mosse nell'ombra, con passo fermo e deliberato.

Toby.

Si muoveva con una strana calma, le spalle rilassate. In mano, una piccola tanica di metallo oscillava mollemente, luccicando sotto il tremolio di una lampada portatile che aveva appoggiato sul pavimento. Benzina. Il suo odore dolciastro era inconfondibile.

«Ti prego... ti prego, Toby. Non devi...»

L'uomo che conosceva solo come Toby Ashworth si fermò e si chinò abbastanza da permettere a Isaac di vedere il tessuto cicatriziale sulla sua mascella. Il respiro di Elias era regolare, l'epitome della calma.

«Sono anni che nessuno mi chiama Toby. Così tanto tempo che quasi dimentico che quello una volta era il mio nome. Stanotte brucerai» sussurrò Elias. «Proprio come mi hai lasciato a fare tu, tanti anni fa.»

Si allontanò di nuovo. Isaac si dibatté contro le corde, le gambe della sedia che grattavano contro la pietra, ma i legacci tennero. Il panico crebbe, soffocandolo, mentre la testa gli martellava più forte a ogni strattone frenetico.

«Ho tenuto te per ultimo» continuò Elias, la sua voce più forte questa volta, che echeggiava contro le pareti. «Tu e io... dovevamo essere fratelli di sangue, inseparabili nel bene e nel male. Te lo ricordi? Dicemmo che non ci saremmo mai abbandonati a vicenda. Ma quando tutti gli altri hanno proposto l'incendio e di lasciarmi lì dentro, tu sei stato d'accordo. Non ti sei nemmeno voltato indietro.»

Isaac scosse la testa freneticamente, disperato.

«Non è vero. Non potevo...»

Elias sbatté la tanica sul banco più vicino con un colpo secco, schizzando benzina sul legno. Isaac trasalì a quel suono improvviso.

«Non osare mentirmi! *Tu* hai appiccato il fuoco, Isaac. E *tu* mi hai lasciato a morire.» La sua mano sfregiata ebbe un fremito mentre si alzava la manica con l'altra, rivelando la ragnatela di ustioni che gli risaliva il braccio. «Ecco cosa mi è costata la tua lealtà.»

Isaac si sentì male. «Toby, eravamo ragazzini. È stato un errore. Noi...»

«Non osare nasconderti dietro a questo» sibilò Elias, avvicinandosi, il viso a pochi centimetri da quello di Isaac. I suoi occhi brillavano di furia. «Sono strisciato fuori da quell'inferno da solo. Con la pelle che mi pendeva come cera fusa. Dissero che non sarei dovuto sopravvivere. E forse non avrei dovuto. Perché quello che è venuto dopo… i mesi in ospedale, gli sguardi, i sussurri…»

Elias inspirò con un respiro spezzato.

«Credevamo che fossi morto.»

«Avete mentito ai giornali. Avete detto a tutti che non ero con voi quando è scoppiato l'incendio. Avete mentito per proteggervi.»

«Come hai fatto…? Come sei sopravvissuto?»

«Quando sono uscito, ho corso e corso, finché non ce l'ho fatta più. E poi qualcuno mi ha trovato, nei boschi lì vicino. Mi ha accolto, si è preso cura di me. Mi ha procurato le cure mediche di cui avevo bisogno, mi ha aiutato a rimettermi in sesto. Ma sapevo di non poter tornare indietro. Almeno, non come me stesso. Non ero più Toby Ashworth. Ero irriconoscibile. Tutti credevano che fossi scomparso, e così ho lasciato che fosse così. Sono rimasto con lui, mi sono ripreso, ho cambiato nome, ho cambiato identità. Mi sono lasciato alle spalle mia madre e mio padre. Mi sono lasciato alle spalle la mia vita. Mi ci sono voluti anni per rimettere insieme i pezzi. Anni a guardarvi tutti camminare liberi, fingendo che il passato non esistesse. Come se non mi aveste lasciato a morire in quella stanza.»

Isaac si tese di nuovo contro le corde, i polsi ormai scorticati. Eppure, non si mossero di un millimetro.

«Toby, ascoltami. È stato un errore. C'era un problema con la serratura. Non riuscivamo ad aprirla. Non c'era niente che potessimo fare. Se avessi saputo…»

«Se avessi saputo?» Elias scoppiò in una risata, aspra e vuota. Si tirò indietro, riprendendo in mano la tanica, facendola oscillare con noncuranza al suo fianco come per pesarla. «Se avessi saputo, saresti comunque scappato. Perché è questo che sei, Isaac. È questo che eravate tutti voi. Vigliacchi. Bulli. Pensavate solo a voi stessi.»

Si accovacciò così in basso che Isaac non poté evitare il suo sguardo. Il tremolio della lampada proiettava ombre demoniache sulle cicatrici del suo viso e del suo collo.

«Ma non questa volta. Questa volta, non potrai sfuggire al fuoco.»

CAPITOLO
OTTANTOTTO

L'ufficio fremeva di attività febbrile. Stephanie stava al centro di tutto; controllava, osservava e pensava a Elias. Al suo sorriso. A quanto era stato vicino all'indagine fin dall'inizio. A come se l'era trovato proprio sotto il naso, senza che lei se ne accorgesse.

Rinchiuse i sentimenti che provava per lui in una scatola sprangata e si costrinse a concentrarsi. In quel momento, era una detective e c'era una vita appesa a un filo.

«Novità da casa di Elias?» domandò.

«Negativo» gridò Giles dall'altra parte della stanza, tenendo il cellulare all'orecchio. «L'agente di pattuglia dice che la sua auto non c'è. Di lui nessuna traccia.»

«E il suo telefono?»

«Spento» rispose Devon. «Disattivato o distrutto.»

Stephanie serrò la mascella, camminando avanti e indietro per la sala operativa. «E Isaac?»

Olivia emerse da dietro il suo monitor. «Lo abbiamo rintracciato a casa di sua sorella Sarah, a Portsmouth. La polizia dell'Hampshire è andata a controllare, ma dicono che non c'è nessuno in casa. C'è un'auto nel vialetto, ma nessun segno di vita all'interno. Anche se la porta d'ingresso sembra essere stata danneggiata in qualche modo. Hanno parlato con un paio di vicini, i quali hanno riferito di aver sentito una colluttazione nel primo pomeriggio, prima che un'auto partisse a tutta velocità. Potrebbero essere loro...»

Cadde un silenzio pesante come il piombo.

«Controllate l'auto di Elias tramite ANPR e telecamere a circuito chiuso» disse Stephanie. «Scoprite dove sta andando e dov'è stato. E diramate subito un avviso di ricerca per la sua targa. Se qualcuno la vede, deve fermarlo e arrestarlo.»

Fiona si assunse l'incarico, battendo furiosamente sulla tastiera. Un attimo dopo, la sua sedia stridette all'indietro. «Trovato» disse. «Circa dieci minuti fa. Sulla A3, in direzione Surrey. Ma è tutto. Nient'altro.»

Stephanie si bloccò. Il Surrey. Perché il Surrey? Perché tornare lì, quando ogni strada avrebbe potuto essere una via di fuga?

«La chiesa!» gridò Olivia all'improvviso.

Le teste scattarono in su.

«St Mary, a Shalford!» continuò Olivia, senza fiato. «Quella la cui ristrutturazione è stata bloccata dopo che Nigel Hadlow ha ricevuto quei messaggi.»

«Sì!» esclamò Devon. «Esatto.» Schioccò le dita ripetutamente, come per cercare di afferrare un ricordo. «Ho indagato sulle finanze della società di Hadlow, e indovinate chi era il revisore dei loro ultimi conti depositati alla Companies House? Kenny. Proprio così. E indovinate quale impresa di costruzioni ha ricevuto soldi da Hadlow? Esatto. Quella di Carlos. Ci lavoravano tutti insieme, si oliavano gli ingranaggi a vicenda. L'unica persona non affiliata al progetto della chiesa era Darren Fairhurst, ma a quel punto, se Elias è davvero Toby Ashworth, non avrebbe avuto importanza.»

Il sangue di Stephanie ribollì per la rivelazione. La chiesa. L'incendio. Un'ultima possibilità di ottenere giustizia per coloro che lo avevano lasciato morire, prima che l'edificio venisse demolito. «È lì che lo sta portando» disse. «È lì che sono.»

Le sue parole schioccarono come una frusta, spronando la squadra all'azione.

«Giles, manda le unità ARV sul posto. Devon, coordinati con le pattuglie locali; avremo bisogno di bloccare le strade, liberare il traffico. Olivia, tira fuori le planimetrie della chiesa. Voglio una mappa di ogni punto d'accesso prima del nostro arrivo. E abbiamo bisogno dei vigili del fuoco lì, il più velocemente possibile.»

La squadra si disperse, spinta dalla sua urgenza.

Stephanie appoggiò le mani sulla scrivania, la foto di Elias

Thorne e Isaac Grove la fissava. E poi capì. Il significato della presenza di entrambi i ragazzi nella fotografia. Finora, lo schema aveva stabilito che il ragazzo nella foto sarebbe stato il prossimo a morire.

Non pensava che Elias avrebbe cambiato le cose.

Il che significava che quella notte avrebbe portato a termine quel suo viaggio di giustizia e peccato.

Che li avrebbe uccisi entrambi.

CAPITOLO
OTTANTANOVE

Nessuno dei due disse nulla per qualche istante. L'unico suono che echeggiava nella chiesa era il respiro pesante, esasperato e affannato di Isaac. Presto, cominciò a sentirsi la testa leggera, sopraffatto dall'adrenalina della situazione.

Sarebbe morto. Era la fine. Non c'era nulla che potesse farci.

Sarebbe morto.

Tutto per un errore commesso quarant'anni prima. Uno scherzo. Un capitolo della sua storia di cui si era pentito amaramente e con cui aveva convissuto da allora.

Un incubo ricorrente che si era materializzato e riemerso dopo tutto quel tempo.

Doveva essere uno scherzo. Un po' di goliardia. Un'innocua bravata da iniziazione. Era stata un'idea di Nigel, all'inizio: chiudere Toby nello sgabuzzino e poi appiccare il fuoco fuori dalla porta. Ma non avevano intenzione di chiudere la porta a chiave. Non l'avrebbero lasciato davvero lì dentro; avrebbero usato il loro peso per tenere la porta chiusa fino all'ultimo minuto. Ma il fuoco si era propagato più in fretta, più violentemente e più ardentemente di quanto si aspettassero e, quando erano fuggiti via di corsa, aveva già consumato la porta dello sgabuzzino, lasciando che Toby bruciasse all'interno. I ragazzi erano stati fortunati a uscirne vivi. Avevano tutti dato per scontato che Toby fosse morto nell'incendio. E in quel momento, mentre stavano fuori dalla casa, riprendendo fiato, si erano promessi a vicenda, giurando di mantenere il segreto, che non avrebbero mai detto la verità, che non avrebbero mai raccontato a nessuno ciò che era accaduto quella notte, nemmeno alla polizia.

E avevano mantenuto la promessa.

Avevano continuato con le loro vite, erano cresciuti, avevano fatto carriera, si erano creati una famiglia, tutti con il peso del loro segreto che incombeva su di loro. Certo, era diventato sempre più facile dimenticarsene, andare avanti, ma lui non aveva mai dimenticato davvero. Il suono delle urla di Toby aveva echeggiato nei suoi pensieri, nei suoi sogni, riaffiorando di tanto in tanto come ululati di lupo nella notte.

E ora quell'uomo era lì. Un fantasma, tornato dal regno dei morti.

E ora era giunto il momento di sentire di nuovo le urla. Questa volta, le sue.

Elias si mosse con la calma e la precisione di un uomo che aveva il controllo. Di un uomo che aveva pianificato quella scena nella sua mente per quarant'anni, in ogni suo meticoloso aspetto. Di un uomo che era a suo agio con la propria decisione, in pace con ciò che stava per accadere.

Si mosse con la calma e la precisione di un uomo che lo aveva già fatto quattro volte.

I passi di Elias echeggiarono sulla pietra mentre cominciava a trascinare i banchi fuori dall'ombra. Il vecchio legno gemette, le gambe che strisciavano come unghie sull'ardesia mentre li ammassava in un grande cerchio attorno alla sedia di Isaac, disponendoli come a creare un pubblico. Poi vi impilò sopra oggetti di legno più piccoli: leggii per i libri dei canti, inginocchiatoi e un paravento di un confessionale rotto, trascinato dall'angolo.

Il respiro di Isaac divenne affannoso, corto e superficiale, con fitte acute che gli attraversavano il petto a ogni inspirazione.

«Toby… ti prego. Non devi farlo…»

L'uomo sfregiato non si fermò. Fece una pausa solo per alzare lo sguardo, con gli occhi che luccicavano di godimento, poi afferrò la tanica. L'odore acre della benzina colpì all'istante, soffocante. Elias inclinò la tanica senza esitazione, e fiotti di liquido schizzarono sul legname, scurendo il legno, impregnandone le fibre. I fumi riempirono la gola di Isaac, facendogli girare la testa. L'ultima goccia di benzina si riversò sulla pietra, scorrendo in rivoli sottili sul pavimento verso le scarpe di Isaac. Elias la gettò da parte, e il clangore echeggiò come una campana di chiesa.

Isaac tremava violentemente sulla sedia, le corde che gli incidevano sempre più a fondo i polsi. «Ti prego, Toby. Ti giuro, non volevamo che...»

«Non v'ingannate; di Dio non ci si può beffare», disse Elias, con la voce bassa e decisa, ogni parola amplificata dall'eco nello spazio. Tirò fuori dalla tasca una scatola di fiammiferi, rigirandosela lentamente in mano, soppesandola.

Gli occhi di Isaac si spalancarono, tutto il suo corpo fremeva mentre Elias apriva la scatola con un colpo di pollice.

«Perché ciò che un uomo semina, quello pure mieterà.»

Elias si accovacciò di fronte a lui, abbastanza vicino da permettere a Isaac di vedere le profonde valli e creste del tessuto ustionato sul suo viso. Elias lo studiò con una calma inquietante, poi sfilò un singolo fiammifero dalla scatola.

«Per quarant'anni hai camminato libero. Quarant'anni di vita, di risate, di felicità. Il salario del peccato è la morte.»

Sfregò il fiammifero.

La fiammata divampò, dipingendogli il viso di una luce arancione. Le ombre balzarono sulle pareti della chiesa, come demoni evocati dalla fiamma. Elias la tenne ferma, la sua espressione indecifrabile mentre la luce danzava nei suoi occhi.

Isaac gemette, strattonando le corde, la testa che si scuoteva violentemente. «No, Toby, no! Ti prego...»

«"A me la vendetta; io darò la retribuzione", dice il Signore.» Gli occhi di Elias si fissarono su di lui, senza battere ciglio, ipnotizzati dalla piccola fiammella che tremava tra le sue dita.

La minuscola fiamma vacillò. Elias la inclinò verso il legno intriso di benzina.

L'urlo di Isaac squarciò la chiesa, ma la voce di Elias lo sovrastò, calma, ferma, risoluta.

«Stanotte, Isaac, Egli mi ha scelto come Sua mano. E stanotte, pagherai per i tuoi peccati.»

Elias abbassò la fiamma.

CAPITOLO
NOVANTA

Stephanie afferrò la maniglia della portiera mentre l'auto svoltava all'ultima curva e si fermava di colpo davanti alla chiesa. Nel buio, il fumo usciva dalle finestre rotte in spesse colonne nere che si attorcigliavano nel cielo serale.

Nel momento in cui aprì lo sportello, il calore l'accolse come un abbraccio. Il fumo acre le graffiò la gola, costringendola a tossire, ma lei si tirò il colletto del maglione sulla bocca.

Per un istante, si bloccò, in pausa, a fissarlo.

Le apparve suo padre con l'accendino. Seguì la sensazione di bruciore sul braccio e l'odore di capelli bruciacchiati.

E poi tutto fu sostituito dall'immagine della casa della sua infanzia in fiamme, con sua sorella e sua madre intrappolate dentro che graffiavano i vetri delle finestre.

L'odore, il sapore, il calore.

Sbatté le palpebre con forza, scacciando l'immagine, e fissò lo sguardo sul compito che l'attendeva.

Agenti in uniforme stazionavano vicino ai cancelli del sagrato, il bagliore arancione che rimbalzava sulle strisce riflettenti delle loro giacche. Nessuno di loro osava entrare, il fuoco era troppo violento. L'urlo di un uomo squarciò il silenzio, un urlo crudo e selvaggio, seguito da un tonfo fragoroso proveniente da un punto imprecisato all'interno dell'edificio.

I peli sulle braccia di Stephanie si drizzarono mentre si affrettava verso gli agenti in uniforme. «Cosa sta succedendo?» abbaiò. «Dove sono i vigili del fuoco? Perché non c'è nessuno là dentro?»

Fiona fece il giro del cofano di un'auto e le si affiancò, con il telefono premuto contro l'orecchio. «Sono in ritardo, signora» disse. «Due delle loro autopompe hanno avuto un incidente mentre venivano qui. I rinforzi più vicini sono ad almeno cinque minuti di distanza.»

Cinque minuti? Non avevano cinque secondi.

Dall'interno esplose un altro urlo, questa volta più acuto, rauco e disperato.

Il polso di Stephanie martellava mentre fissava l'edificio, seguendo con gli occhi il fumo che saliva sempre più alto nel cielo.

Pensò al sogno, all'incendio nella casa della sua infanzia, alla volta in cui si era precipitata dentro e aveva salvato sua sorella.

Pensò alla pirobazia che aveva completato sotto la supervisione di Elias. Alla sua presa di coscienza successiva: era tutto nella sua testa. La sua paura, la sua paranoia, la sua preoccupazione. Era tutto nella sua testa.

C'erano due persone là dentro, e sarebbero morte se nessuno avesse fatto qualcosa.

Se era in grado di camminare sul fuoco, poteva salvarli.

Se era in grado di entrare in un edificio in fiamme nel suo sogno, poteva salvarli.

Così, senza dire nulla, senza pensarci oltre, si avviò verso St Mary's, ricordando a se stessa che era tutto nella sua testa.

Stephanie si tirò più su il dolcevita a coprirsi bocca e naso, accovacciandosi mentre si faceva strada attraverso le porte scheggiate. Immediatamente, il mondo la inghiottì. Il calore le toccò la pelle, premendo da ogni lato, soffocante, pizzicandole le braccia, il cuoio capelluto. All'interno il fumo era più denso, una tempesta nera che le straziava e le scorticava i polmoni a ogni respiro. Gli occhi le lacrimavano copiosamente, distorcendo le forme che la circondavano.

Si costrinse ad abbassarsi ancora, sui talloni, strisciando attraverso la chiesa. L'aria era viva del suono del legno che si piegava e scoppiettava. E poi lo sentì, così vicino da trafiggerle il petto.

Isaac.

Lamenti rotti, rochi. Si spinse verso il suono, sbattendo le palpebre attraverso la foschia finché il profilo di una sedia non si mise a fuoco. Era legato, con la testa ciondoloni, le braccia e il petto avvinghiati alla sedia. Quando la vide, sbarrò gli occhi.

«Aiuto!» La sua voce si spezzò in un colpo di tosse, il corpo che sussultava mentre le fiamme scoppiettavano e mordevano la catasta di banchi intorno a lui.

«Stai fermo!» gracchiò lei, trovando un varco tra i banchi per raggiungerlo. Le sue dita si accanirono sui nodi che gli legavano i polsi e il petto, ma la corda era stata tirata al massimo, quasi fusa. Le unghie le si piegarono e si spezzarono, ma fu inutile. Imprecò, urlò, soffocò mentre tirava più forte, mettendoci tutto il suo peso. Il calore era ormai insopportabile, le cuoceva la schiena, le bruciava il viso e le braccia. Ogni respiro era una lotta, ogni deglutizione come ingoiare vetro. Sentiva il fuoco salire, consumando rapidamente tutto ciò che incontrava sul suo cammino.

Il tempo stava per scadere.

«Ti prego, devi aiutarmi!» la supplicò Isaac.

Stephanie puntò il ginocchio contro la sedia, si frugò in tasca in cerca di un coltellino e cominciò a tagliare. I suoi muscoli urlavano mentre le fibre finalmente cedevano, filo dopo filo, finché all'improvviso il nodo si sciolse. Le mani di Isaac ricaddero libere, ma lei non attese. Fece lo stesso con i legacci intorno al suo petto e lo liberò con un pesante urlo. Poi gli passò le braccia sotto le ascelle e lo tirò su, mentre la sedia cadeva all'indietro tra le fiamme con un gran baccano. Le sue gambe cedettero, reggendo a malapena il suo peso.

«Muoviti!» gridò, anche se non era sicura se lo stesse dicendo a lui o a se stessa. «Altrimenti moriremo entrambi qui dentro!»

Isaac non se lo fece ripetere due volte. Insieme barcollarono attraverso il fumo denso, ogni secondo che si dilatava come un'eternità. St Mary's gemette di nuovo sopra di loro, come se la sua omonima stesse urlando di dolore.

Uno schianto assordante esplose quando parte del tetto si spaccò e cadde da qualche parte dietro di loro, facendo divampare le fiamme più luminose, più fameliche.

Stephanie chinò la testa, con gli occhi che le bruciavano, trascinando Isaac attraverso la foschia nella vaga direzione della porta da cui era entrata.

Ancora un passo. Un altro. Non fermarti. Non osare fermarti.

Se puoi camminare nel fuoco, puoi anche uscirne.

L'aria fresca della notte la colpì come una benedizione mentre inciampava fuori dal fumo, un braccio stretto sotto l'ascella di Isaac Grove. Il suo era un peso morto e goffo, le gambe che gli cedevano a ogni passo trascinato.

«Continua a muoverti...» soffocò. «Ancora qualche passo. Forza...»

Crollarono a pochi metri dalla soglia, l'erba umida sotto i palmi delle sue mani che offriva un po' di sollievo alla sua pelle infiammata e bruciata. La chiesa alle loro spalle era viva di fuoco, bagnando l'area circostante di un debole bagliore arancione che tremolava sui vetri delle auto. Da qualche parte nel profondo, le fiamme ruggivano e scoppiettavano, un suono tanto terrificante quanto ipnotico.

Isaac si piegò a terra in preda ai conati, tossendo al punto che sembrava dovesse sputare i polmoni sull'erba. Il suo viso era viscido di sudore e fuliggine, gli occhi che lacrimavano, i capelli appiccicati alla fronte. Lei gli premette una mano sulla spalla per dargli stabilità.

«Isaac.» La sua voce era roca, urgente. «Dov'è Elias? Dov'è Toby? Dove è andato?»

Lui scosse debolmente la testa, il bianco dei suoi occhi che brillava alla luce del fuoco. «Non lo so» gracchiò, a malapena udibile sopra il boato dell'incendio e le grida dei suoi colleghi che li stavano rapidamente circondando. «Giuro, non lo so. Lui... se n'è andato appena sei entrata tu.»

Prima che Stephanie potesse rispondere, la squadra arrivò, allontanando di peso lei e Isaac dal fuoco. Le parlarono, chiedendole se stesse bene, ma lei non riusciva a sentirli. La sua mente era preoccupata per Elias. Di come era sfuggito a un incendio da bambino e di come fosse pronto a fare di nuovo la stessa cosa.

Ma poi si ricordò della fotografia. Di come entrambi sarebbero dovuti morire tra le fiamme. Non credeva che avrebbe acceso il fiammifero per poi andarsene. Non era così che voleva che finissero le cose.

Stephanie si liberò dalla presa della sua squadra con uno strattone, poi si voltò verso il fuoco.

Il calore la colpì in pieno viso, cocente, implacabile. Si protesse gli occhi con una manica sporca e avanzò barcollando, ignorando le grida alle sue spalle. Pezzi di cenere e detriti piovevano, bruciando buchi nel tessuto dei suoi vestiti.

«Steph! Fermati!» gridò Giles mentre cercava di prenderla. La sua mano le afferrò la giacca, ma lei si divincolò, con gli occhi fissi sul fuoco.

«È ancora là dentro!» gracchiò, indicando l'incendio, la sua voce più animale che umana. «Elias è ancora dentro.»

Un'altra esplosione crepitò dalle profondità, il tetto che gemeva sotto il peso del fuoco. La squadra imprecò dietro di lei, ma nessuno fu abbastanza coraggioso – o stupido – da seguirla.

Stephanie continuò comunque ad avanzare. Il suo corpo le urlava contro, ma lei costrinse le gambe a muoversi. Mentre varcava la soglia, un'improvvisa ondata di calore e fumo la costrinse in ginocchio. Si tirò il colletto del maglione sulla bocca e sul naso, forzando un altro respiro nei suoi polmoni che protestavano, e barcollò più a fondo.

La chiesa era un inferno. I banchi, anneriti, erano rovesciati in ondate di scintille. Il fumo si avvolgeva sopra la sua testa in spire dense e soffocanti, consumando tutto, privando lo spazio di ogni luce. Aveva gli occhi pieni di lacrime. Ogni respiro che faceva le bruciava la gola peggio del precedente.

E poi lo sentì.

Un urlo.

Elias.

Proveniva dal profondo della navata, distorto dal crepitio e dal boato del legno che bruciava. Il grido crudo e gutturale di un uomo inghiottito dall'elemento stesso che aveva brandito come un'arma.

Stephanie barcollò verso il suono, lottando per l'equilibrio. Le gambe le sembravano pesanti e il suo corpo era pronto a crollare. Ma non poteva fermarsi. Non ora.

Il calore del fuoco premeva contro di lei come mani che cercavano di reclamarla. Non riusciva a vederlo, non riusciva a vedere nulla. Tossì e si piegò in due, macchie nere che le lampeggiavano davanti agli occhi. Le ginocchia le cedettero, il fumo le si schiantò contro il petto come un muro. Si graffiò la gola, cercò di costringere il suo corpo a prendere aria, ma non entrò nulla.

Le orecchie le fischiavano per un altro urlo. Più lungo, più profondo. Elias, che bruciava vivo.

Cercò di spingersi di nuovo in avanti. Ma il suo corpo la tradì. Non riusciva a vedere. Non riusciva a respirare. Il suo stesso urlo non fu che un suono vuoto, inghiottito dal fuoco.

E poi le sentì. Mani che l'afferravano da dietro. Mani forti, guantate. All'inizio si oppose, pensando che Elias l'avesse in qualche modo raggiunta e la volesse reclamare come sua ultima vittima. Ma poi colse il riflesso di una visiera, la forma di un elmo, e infine cedette il controllo. Il pompiere si caricò il suo corpo in spalla e la portò fuori da lì senza sforzo.

Mentre uscivano, l'aria notturna le si riversò nei polmoni e lei crollò ancora una volta sull'erba e sulla terra umida, tossendo finché tutto il corpo non fu scosso da tremiti.

Intorno a lei, i vigili del fuoco urlavano ordini, le voci soffocate dal crollo della chiesa. Il tetto emise un gemito mostruoso, poi cedette, con scintille che esplosero verso il cielo come fuochi d'artificio.

Stephanie sbatté le palpebre attraverso gli occhi che le lacrimavano, cercando di guardare di nuovo dentro. Le urla di Elias erano cessate. Tutto ciò che rimaneva era il fuoco.

E poi, mentre continuava a lottare per respirare, chiuse gli occhi e perse i sensi, crollando sulla coperta fredda e umida dell'erba.

CAPITOLO
NOVANTUNO

La prima cosa che notò quando aprì gli occhi e intravide qualcosa nell'oscurità fu la gola: le sembrava di aver ingoiato carboni ardenti seguiti da una manciata di lamette.

Poi, dopo che ebbe sbattuto le palpebre più volte, il viso di Kimberley alla fine le apparve a fuoco, accanto a lei.

«Che ci fai qui?» chiese Stephanie, la voce ridotta a un sussurro.

Kimberley ebbe un piccolo sussulto. Allungò la mano verso quella di Stephanie e la strinse tra le sue, con forza. «Potrei dire lo stesso di te» sibilò. «Che stavi facendo? A che stavi pensando? Sei corsa dentro un edificio in fiamme, Steph.»

Stephanie aprì la bocca per rispondere, ma Kimberley non glielo permise.

«Ho già perso un bambino. Non posso perdere anche mia sorella.»

Quelle parole la colpirono. Forte. E all'improvviso si rese conto di ciò che aveva fatto. Aveva pensato di essere in un sogno. Che avrebbe potuto semplicemente svegliarsi, rinascere, e che tutto sarebbe andato bene, sarebbe stato perfetto, normale. Ma la realtà era stata diversa. Aveva messo a repentaglio la propria vita.

Strinse la mano della sorella e sorrise nel modo più caloroso possibile. «Mi dispiace, io...»

Fu tutto ciò che riuscì a dire prima di essere colta da un attacco di tosse. Pugnali le esplosero nei polmoni e in gola mentre rantolava.

«I medici hanno detto che sei fortunata a essere qui, per la quantità di fumo che hai inalato» spiegò Kimberley. «E hanno detto che sei stata ancora più fortunata a non riportare ustioni più gravi.»

Fu allora che Stephanie abbassò lo sguardo sulle braccia e notò per la prima volta le bende. Non sentiva dolore lì, solo una strana sensazione di fastidio, come un prurito che non riusciva a raggiungere.

«Credo che la mamma ti stesse vegliando» continuò Kimberley. «Hanno detto che il peggio che hai subito sono state ustioni di secondo grado alle dita e ai palmi delle mani. Ti sei quasi bruciata le impronte digitali.»

«Una vita nel crimine mi attende...» gracchiò Stephanie scherzando, prima di scoppiare in un altro accesso di tosse.

«Smettila di parlare. Ti prego. Non farai che peggiorare le cose.»

Stephanie fece come le era stato detto e per un momento rimasero lì, in silenzio. C'erano così tante cose che Stephanie voleva dire, per cui voleva scusarsi. Voleva sollevare sua sorella, abbracciarla e non lasciarla mai più andare.

«Ti voglio bene» disse alla fine.

«Lo so» rispose Kim. «Anch'io ti voglio bene. E... e...» Inspirò profondamente. «Jordan voleva venire» continuò. «Ma non pensava fosse una buona idea, quindi è rimasto a casa.»

Kimberley si allungò al suo fianco e sollevò un piccolo mazzo di fiori. Bianchi. Graziosi.

«Te li ha presi lui.»

Stephanie fece un sorrisetto. «Sono bellissimi. Digli che lo ringrazio.»

«Vuoi dire che non vuoi che li getti nel cestino?»

Stephanie scosse la testa. «Ho capito che non è poi così male. Immagino che potrei conoscerlo un po' meglio. Purché smetta di presentarsi a casa mia...»

Gli occhi di Kimberley si spalancarono. «Dici sul serio?»

Un debole cenno del capo.

«Potremmo andare a prendere un caffè una volta, magari a pranzo» rispose Stephanie. «Tutti insieme.»

Prima che Kimberley potesse rispondere, bussarono alla porta e l'euforia sul suo viso svanì. La porta si aprì ed entrò il DCI Clive McGowan, la cui presenza riempì la stanza in quel suo modo silenzioso e inamovibile.

«Chiedo scusa per l'interruzione» disse, chiudendosi la porta alle spalle. «Sono venuto a controllare se fosse sveglia.»

«Quasi» scherzò Stephanie. «Anche se un pisolino non mi dispiacerebbe.»

Kimberley si alzò dalla sedia e si diresse verso l'uscita. «Vi lascio aggiornarvi tra di voi.»

Stephanie stava per protestare, finché sua sorella non lasciò la stanza rapidamente, riempiendola di un silenzio imbarazzante.

«Perché ho la sensazione che sto per essere sgridata?»

Clive ridacchiò. «Non ancora. Una volta che si sarà ripresa del tutto. O forse prima.»

«Non vedo l'ora.» Si sollevò sul letto, ansimando, con i polmoni che faticavano a trovare aria.

«Deve andarci piano» disse Clive dolcemente. «È fortunata a essere viva.»

«Me l'hanno detto.»

«Sono tutti preoccupati per lei. Soprattutto Olivia. Quindi saranno felici di sapere che è del tutto sveglia e che respira, anche se a malapena.»

Stephanie non disse nulla. Aveva già parlato troppo e il dolore al petto e alla gola stava diventando troppo forte.

«Ho pensato di passare per aggiornarla, per tranquillizzarla un po'.»

Sostenne il suo sguardo.

«L'incendio al St Mary's è stato domato» disse lui. «Stavolta i vigili del fuoco hanno recuperato il corpo di Elias. Non ce l'ha fatta.»

Stephanie non disse nulla, non lasciò trasparire alcuna emozione.

«Non hanno trovato altre scatole, né fotografie o iscrizioni» continuò lui. «Il che mi porta a credere che sia finita. L'ha trovato.»

«E Isaac?»

«Anche lui è vivo. Vivo e vegeto. O quasi. Le sue ustioni e il livello di inalazione di fumo erano molto più gravi dei suoi, ma sopravviverà. Grazie a lei, Steph. Gli ha salvato la vita.»

«Avrei potuto salvarne un'altra.»

Clive si avvicinò, scuotendo la testa. «Quando hanno trovato il corpo di Elias, hanno scoperto che si era chiuso a chiave in una piccola stanza e aveva ingoiato la chiave. Non sarebbe mai uscito vivo di lì. Se n'è assicurato. Non c'era nient'altro che avrebbe potuto fare.»

DELLO STESSO AUTORE JACK PROBYN

La serie dei thriller polizieschi dell'Ispettrice Stephanie Broadbent:

Libro 1: Il Killer Voodoo

Tornò a casa per ricominciare da capo. Invece, risvegliò l'oscurità che pensava di aver sepolto. Prima ancora di essersi sistemata, una studentessa universitaria venne trovata morta nel suo studentato dopo una serata fuori. Quello che all'inizio sembrava un caso di facile soluzione prese una piega più oscura quando vicino al corpo venne trovata una bambola voodoo. Stephanie è costretta ad affrontare i fantasmi del suo passato, mentre lotta contro il tempo per fermare un killer la cui prossima mossa sta già prendendo forma con stoffa e filo.

Leggi Il Killer del Voodoo su Kindle e Kindle Unlimited

Libro 2: L'Uomo Nero

Trent'anni fa, gli abitanti di Guildford erano perseguitati da una figura che si intrufolava nelle camerette dei bambini e li guardava dormire. Quando se ne andava, lasciava un solo palloncino colorato. E poi svanì. Le visite cessarono. Ora sta succedendo di nuovo.

Leggi L'Uomo Nero su Kindle e Kindle Unlimited

Libro 3: L'uomo in Fiamme

Quando i resti carbonizzati di un corpo vengono ritrovati nelle pittoresche Surrey Hills, il trauma del passato dell'Ispettrice Stephanie Broadbent si riaccende. Quando compare un altro cadavere, Stephanie scopre una connessione che minaccia di dare fuoco al mondo, e ad altri corpi.

Leggi L'uomo in Fiamme su Kindle e Kindle Unlimited

ANCHE DI JACK PROBYN

La serie di gialli del DS Tomek Bowen:

LIBRO 1: LA GIUSTIZIA DELLA MORTE

Southend-on-Sea, Essex: Il Detective Sergente Tomek Bowen - determinato, tenace e perseguitato dalla morte del fratello - viene chiamato su una delle scene del crimine più scioccanti che abbia mai visto. Un uomo è stato ucciso secondo un rituale e abbandonato in un orto vicino all'aeroporto locale. Le prime indagini indicano che si trattava di un uomo con un passato. Un passato che gli ha procurato molti nemici.

Scarica La Giustizia della Morte

LIBRO 2: LA MORSA DELLA MORTE

Annabelle Lake pensava di riconoscere la Ford Fiesta che aspettava fuori dalla sua scuola, e l'autista al suo interno. Si sbagliava. Il suo corpo viene scoperto qualche tempo dopo, appeso a un'altalena in un parco giochi locale a Canvey Island.

Scarica La Morsa della Morte

LIBRO 3: IL TOCCO DELLA MORTE

Quando la nebbia si dirada una mattina di dicembre nell'Essex, il corpo di una ragazza adolescente viene scoperto disteso a faccia in giù in un campo. Di conseguenza, il caso finisce rapidamente sulla scrivania del DS Tomek Bowen che, mentre cerca di gestire la sua nuova vita come genitore single di una figlia tredicenne, deve portare alla luce la mortale sequenza di eventi e far emergere la verità.

Scarica Il Tocco della Morte

LIBRO 4: IL BACIO DELLA MORTE

I segreti più oscuri non restano mai segreti a lungo...

Quando il corpo di un senzatetto viene scoperto sul lungomare di Southend, incastrato tra le cabine da spiaggia di Thorpe Bay, la gente dell'Essex non batte ciglio.

Ma quando l'autopsia rivela che l'identità è quella del parlamentare locale, Herbert Tucker, la città inizia a farci caso.

LASCIA UNA RECENSIONE

Eccoci qui. La fine.

Beh, dico "noi"... intendo *tu*. Grazie.

Grazie per essere arrivato fin qui e per essere rimasto con me mentre davo vita a queste storie folli e bizzarre nella mia testa, per poi tradurle su carta (o meglio, in file digitali).

Amazon è piena di milioni di libri (letteralmente, e non uso questo termine alla leggera), quindi è spesso difficile trovare la prossima lettura. Vuoi solo sapere in quale libro tuffarti. Ma a volte non hai il tempo di vagliarli tutti, quindi cosa fai?

Guardi le recensioni, naturalmente.

Le usiamo in ogni aspetto della nostra vita. Ristoranti. Film. Il nostro prossimo televisore. Cuffie. Quasi tutto è governato dai pensieri di altre persone.

Pazzesco, vero?

Ma cosa succede quando ti imbatti in un libro senza recensioni? Potresti evitarlo. È difficile fidarsi del libro.

Il tuo tempo è prezioso. Il tuo tempo ha valore. Non vuoi sprecarlo con storie deludenti. Nessuno lo vuole. E non lo voglio nemmeno io per te. A volte temo che la stessa cosa possa accadere a questa storia. Ma c'è una soluzione.

Una recensione fa la differenza. E mi dà la fiducia per continuare a elaborare i pensieri folli nella mia testa - con l'obiettivo di trasformare questo sogno in una carriera a tempo pieno.

Grazie.
Il tuo amichevole autore,
Jack Probyn

INFORMAZIONI SULL'AUTORE

Jack Probyn è uno scrittore britannico di gialli e autore della serie thriller Jake Tanner, ambientata a Londra.

Attualmente vive nel Surrey con la sua compagna e il suo gatto, e sta lavorando a una nuova serie di gialli ambientata nella sua città natale dell'Essex.

Non vuoi iscriverti a un'altra mailing list? Puoi rimanere aggiornato sulle nuove uscite di Jack seguendo uno degli account qui sotto. Sarai informato quando uscirà un mio nuovo libro, senza il fastidio di dover aderire alla mia mailing list.

Pagina autore Amazon "Segui":

1. Clicca il link qui: https://geni.us/AuthorProfile

2. Sotto la mia foto profilo c'è un pulsante che dice "Segui"

3. Cliccaci sopra, e Amazon ti invierà email con nuove uscite e promozioni.

Pagina autore BookBub "Segui":

1. Simile a quello di Amazon sopra, clicca il link qui: https://www.bookbub.com/authors/jack-probyn

2. Accanto alla mia foto profilo c'è un pulsante che dice "Segui"

3. Cliccaci sopra, e BookBub ti avviserà quando avrò una nuova uscita

Se desideri informazioni più aggiornate riguardo le nuove uscite, il mio processo di scrittura e tutto il resto, il posto migliore per essere informato è la mia Pagina Facebook. Abbiamo una piccola comunità che sta crescendo là. Perché non farne parte?

www.ingramcontent.com/pod-product-compliance
Lightning Source LLC
Chambersburg PA
CBHW011551190726
48287CB00010B/2833